BIBLIOTHÈQUE HISPANO-AMÉRICAINE

LA FILLE
DU CRYPTOGRAPHE

DU MÊME AUTEUR

CHEZ LE MÊME ÉDITEUR

La Traduction, 2000

Le Théâtre de la mémoire, 2002

Le Calligraphe de Voltaire, 2004

Le Cercle des Douze, 2009

La Soif primordiale, 2012

Crimes et jardins, 2014

Pablo DE SANTIS

LA FILLE DU CRYPTOGRAPHE

Traduit de l'espagnol (Argentine)
par François Gaudry

Éditions Métailié
20, rue des Grands Augustins, 75006 Paris
www.editions-metailie.com
2018

Retrouvez-nous sur les réseaux sociaux :

Titre original : *La hija del criptógrafo*

ISBN : 979-10-226-0809-1
ISSN : 0291-0154

Prologue

Ce matin glacial de 1983, lorsque j'ai découvert le professeur Colina Ross dans son sépulcre de sel j'ai pensé, en un instant de peur et de confusion, qu'il vaudrait mieux quitter la maison et laisser cette mort secrète. Mais les choses ne se sont pas passées ainsi : aux appels téléphoniques et aux inévitables policiers et médecins légistes succédèrent les nécrologies érudites, les honneurs académiques, les plaques commémoratives et les minutes – les vingt secondes – de silence. Seule la vérité fut absente de l'hommage rendu ; mais le fait est qu'hommage et vérité ne s'accordent jamais.

J'avais assisté pour la première fois à un cours de Colina Ross à l'automne 1970 et j'étais entré dans un cercle de fumée et de paroles en croyant que nous serions des centaines d'acolytes. Mais nous étions à peine vingt. J'avais imaginé que seul le grand amphithéâtre convenait à l'aura du professeur, mais le panneau d'affichage de la faculté, plus digne de foi que mes espérances, indiquait un antre souterrain. Je descendis l'escalier en ciment jusqu'à l'entrée d'une salle étroite et obscure. Dans le fond s'entassaient des bancs cassés pieds en l'air, une armée de scarabées vaincus.

Je m'assis au milieu des quelques étudiants, tous muets, grelottant, alors que l'automne ne faisait que commencer. La moitié d'entre eux fumaient, personne ne se souciait de se trouver dans un sous-sol mal aéré. Les minutes passaient et j'étais le seul à regarder la porte, dans l'attente de l'apparition du professeur ; j'essayais de me convaincre que cette ambiance de froid et d'ennui était le décor approprié à l'éblouissement. Dans les contes de fées et les vieilles légendes, les savants vivent toujours dans des cabanes, ou des pièces oubliées d'un vaste palais, ou bien dorment et prient en haut d'une colonne, ou dans une grotte en plein désert.

Un étudiant partit, vaincu par l'attente ou l'absence du professeur, et d'autres commencèrent à parler d'examens, de monographies et de manifestations. Alors apparut Colina Ross, un petit cigare Avanti au coin de la bouche. Il posa sur la table un vieux cartable en cuir marron d'où il sortit des livres et des papiers. Pendant les deux heures qui suivirent, il ne regarda pas une seule page.

Le ton monocorde de Colina Ross me faisait somnoler, la cryptographie m'ennuyait. Étais-je venu pour cela? C'était pour cela que je m'opposais à mon père? Je vais partir avant la fin du cours, me suis-je dit, et ne jamais revenir.

Tout en allumant un autre de ses épouvantables cigares, le professeur nous disait: La cryptographie ne nous intéresse pas pour le labeur prolixe des espions, ni pour les hiéroglyphes, ni pour les langues inconnues que personne n'a jamais déchiffrées. La cryptographie nous intéresse parce que nous ne savons pas ce que pensent ceux qui nous entourent et parce que souvent nous ne savons pas ce que nous-mêmes nous pensons.

Ce fut comme si cette classe s'était prolongée à travers les heures et les jours, jusqu'à ce que, quinze ans après, j'entre dans le sépulcre de sel et considère la leçon terminée.

I

LE CERCLE

QU'EST-CE QUE LA CRYPTOGRAPHIE ?

Le docteur Ezequiel Colina Ross était pour moi une légende depuis que j'avais lu un mince volume à couverture rouge intitulé *Qu'est-ce que la cryptographie?* Il racontait très simplement l'histoire des messages secrets et expliquait la façon de les déchiffrer par la fréquence d'apparition des lettres dans chaque langue. Il se proposait aussi de montrer ce qu'avaient en commun les cryptoanalystes – chargés de décoder les messages de l'ennemi – et les archéologues, qui s'escrimaient à comprendre des mots mystérieux écrits des milliers d'années auparavant. Ce petit livre avait été publié au début des années 60 par les éditions Columba, dans une collection conçue pour expliquer ce qu'étaient la littérature anglaise, la physique quantique, l'existentialisme ou l'astronautique.

Colina Ross ne publia dans sa vie aucun autre livre, bien qu'il fût le plus grand spécialiste du pays en cryptographie et langages hermétiques. Les inscriptions gravées sur les tombes millénaires lui étaient aussi familières que les livres de codes des agents secrets. Je n'avais jusque-là jamais écrit mon nom sur les livres, mais je me souviens que sur la page de faux-titre j'avais noté, d'une écriture ronde et nette : Miguel Dorey, 5 septembre 1968. Et laissé tomber une goutte d'encre, modeste ex-libris.

J'avais alors seize ans et je suivais, sans effort ni éclat, les cours de terminale dans un lycée catholique de Ramos Mejía. Dès que j'eus terminé ce petit livre, je commençai à résoudre les exercices proposés dans les dernières pages et à inventer mes propres systèmes de codes. À partir des indications de l'auteur je parvins à construire un modeste dispositif de chiffrage qui consistait en un support en bois, sur lequel j'écrivis les lettres de l'alphabet, et deux anneaux en laiton, eux aussi avec leurs abécédaires. C'était une simplification extrême du procédé qui était à la base de la fameuse Enigma, la machine dont les Allemands s'étaient servis pendant la Seconde Guerre mondiale pour coder et déchiffrer des messages.

Mon modeste dispositif n'était pas autre chose que le jeu d'un solitaire, car je ne réussis à convaincre personne de partager mon engouement. C'était moi-même qui envoyais et recevais tour à tour les messages, en m'efforçant d'oublier leur contenu pour que le jeu puisse fonctionner. Une inutile tentative de dédoublement.

Mais mon père n'avait pas prévu que je me consacre aux messages secrets. Il avait choisi pour moi les études de droit, espérant que je prendrais la suite de son cabinet, un quatrième étage, rue Talcahuano, à quelques pas du Palais de Justice, dans un immeuble où il n'y avait que des avocats et des notaires. Je lui ai obéi et me suis inscrit en droit. Pendant deux ans j'ai pris le train Sarmiento puis le bus; parfois j'allais à pied de la Plaza Once jusqu'à la faculté, par l'avenue Pueyrredón. J'ai suivi cinq matières en première année et cinq autres en deuxième – les matières à cette époque étaient annuelles –, et passé les partiels puis les examens finaux sans résultats remarquables ni grandes difficultés. Mon père ne s'inquiétait pas trop de ce manque d'ambition : il considérait que tant les mauvaises notes que les examens brillants détonnaient avec la mystique même du droit, discipline destinée à exalter l'impératif de patience et la modération.

Comme j'habitais très loin de la faculté, je me suis habitué à tuer le temps dans les environs. Seul ou accompagné, je passais des heures à la cafétéria de Bellas Artes, à attendre ou retarder le moment d'aller en cours. Parfois je renonçais aux cours théoriques bondés – qui rassemblaient un demimillier d'étudiants – et je m'échappais à Ital Park, dans l'odeur des pralines et d'huile de moteur des manèges.

En 1970, je lus dans le supplément dominical du journal *La Nación* un article de Colina Ross qui commentait un livre de René Guénon, *L'ésotérisme de Dante*. Je me rappelai alors l'émotion que m'avait causée la lecture de *Qu'est-ce que la cryptographie ?* Pour je ne sais plus quelle raison j'avais pensé que l'auteur était mort, ou qu'il était étranger, ou inaccessible. Mais au bas de l'article il était indiqué que l'auteur dispensait un cours universitaire intitulé "Cryptographie et écritures perdues". Je me rendis aussitôt à la faculté de philosophie et lettres – à cette époque avenue Independencia – et me renseignai sur cet enseignement. Une femme aux longs faux cils m'informa qu'il n'y aurait pas de cours de cette matière avant l'année suivante, mais que je pouvais m'inscrire à un séminaire que le professeur Colina Ross animait dans un autre lieu. Je me rendis alors à l'immeuble de la rue 25 de Mayo, qui paraissait à ce moment-là un édifice abandonné sur le point de s'effondrer sous le poids de tonnes de papier. C'est là, dans une salle du sous-sol, que je vis pour la première fois le professeur. Au début je pouvais seulement assister au cours comme auditeur libre, car je n'étais pas inscrit dans cette faculté, mais cela me suffisait. Le séminaire avait lieu le vendredi après-midi. Aux dimensions d'un palais, la faculté de droit avait été construite une fois pour toutes ; par contraste, la faculté de philosophie et lettres occupait des locaux provisoires, une sorte de faculté itinérante hébergée dans des immeubles abandonnés.

En 1972, après avoir suivi deux séminaires en auditeur libre, je mis à exécution de manière surprenante un plan que j'avais conçu dans ma tête pendant les cours de droit romain : je quittai le domicile familial de Ramos Mejía et m'installai au centre dans une pension pour étudiants. Mais avant il me fallut passer un mauvais quart d'heure en annonçant à mes parents que j'abandonnais leur toit et mes études de droit.

La maison de ma famille à Ramos Mejía était une grande villa, avec un jardin derrière où survivait un hamac au support en bois soutenu par des chaînes en fer et entouré de glycines. Le centre spirituel de la maison consistait en une vaste salle à manger, où nous n'entrions jamais, car elle était réservée pour les grandes occasions – un dîner avec des avocats amis de mon père, ou une réunion de bienfaisance de ma mère et ses amies – qui ne se produisaient jamais. Nous mangions dans la petite salle à manger ou, s'il ne faisait pas froid, sur la véranda donnant sur le jardin. Le dimanche où j'ai annoncé mes projets à mes parents, nous avons mangé sur la véranda. Quelques feuilles étaient tombées et le jaune contrastait avec le vert invincible de l'herbe, brillant de la dernière pluie. Le vent nous apporta le bruit du train et ma mère dit : "Quand les trains passent, ça me rend triste." J'expliquai mes décisions inconsidérément, mais comme un fait résolu et sans appel. Alors ma mère me dit à voix très basse, comme s'il s'agissait d'un vieux secret dont le moment de la révélation était venu, que le grand espoir de mon père était que je lui succède quand j'aurais terminé mes études. Le cabinet de la rue Talcahuano m'attendait avec ses fauteuils de cuir vert, son bureau gigantesque, les étagères chargées de livres reliés en cuir bleu qui montaient jusqu'au plafond, et la secrétaire Stella Maris, célibataire, discrète et efficace, qui faisait partie du mobilier.

Ma mère continua à m'expliquer tout ce que je savais déjà, qu'ils m'avaient répété pendant mon adolescence. Mon père avait hérité ce cabinet de son associé et maître, le docteur Euclides Samir, vice-président de l'Association des avocats. Il n'avait jamais eu l'espoir que mon frère, de six ans mon aîné, s'intéresserait au droit, mais il avait toujours été persuadé que moi je l'aiderais dans ses affaires ; il faisait l'éloge de ce qu'il appelait mon "œil de lynx", la capacité de remarquer des détails que les autres négligeaient. Et voilà que maintenant je renonçais à tout cela : le droit, l'héritage de Samir et une secrétaire parfaite comme Stella Maris.

Voyant qu'elle ne me convainquait pas, ma mère commença à s'en prendre à mon père, trop accaparé par son travail pendant mon enfance ; à un professeur de littérature du lycée ; à la collection de romans policiers "Le septième cercle", qui avait occupé mes étés; à la fatalité. Mon père, lui, ne blâma personne, il ouvrit juste la bouche pour demander qu'on lui passe le sel. Mais à partir de ce jour, il me parla de moins en moins. Au lieu d'exploser tout de suite de colère pour, les jours passant, la corriger, la tempérer, il commença par prendre la chose comme une petite contrariété, puis son animosité s'approfondit, comme si mon péché ne faisait que croître.

Quand je leur rendais visite, le dimanche à midi, on n'entendait que la voix de ma mère, qui parlait des problèmes avec la femme de ménage, des fléaux qui attaquaient les plantes du jardin, de la voisine d'en face qui prenait des bains de soleil toute nue. Mon père ne disait rien, ne me regardait pas, il mangeait la soupe de légumes, puis la viande accompagnée de salade et les pêches au sirop sans lever les yeux de son assiette. Si ma sœur était présente, l'ambiance se détendait un peu.

Après le café, je m'éclipsais sous prétexte d'examens et d'exposés à préparer. Soulagé et abattu à la fois, je passais tout le trajet de retour dans le train Sarmiento en pensant au silence de mon père; ce n'était plus un silence de paroles tues, de reproches réprimés, mais un silence fait de pur silence: rien à dire, rien à reprocher, aucune pensée au centre de cette obstination. Il me semblait parfois que mon vieux problème d'audition – qui avait marqué mon enfance et mon adolescence – revenait, perfectionné, et au lieu d'effacer voix et sons, n'effaçait plus que la voix de mon père.

Pour pouvoir subsister et payer la pension, je donnais des cours particuliers d'espagnol et de littérature à des élèves du secondaire et j'aidais quatre enseignantes à composer une interminable anthologie de littérature régionale argentine. Nous nous réunissions dans l'appartement de l'une d'entre elles, à Palermo. Elles prenaient toutes du thé et je me suis habitué moi aussi à boire du thé. C'étaient des professeurs de collège, déjà retraitées, qui disposaient d'un temps libre illimité. L'une avait réussi à être rectrice, une autre vice-rectrice. Elles se plaignaient des nouvelles générations de professeurs, ignorants et mal élevés ; des vieilles générations, ces momies pétrifiées ; des inspectrices du ministère, délatrices à gages ; des élèves, plus bêtes chaque année. À mesure que passaient les mois et que l'anthologie avançait, elles divisaient le territoire en sous-régions et micro-régions, menaçant de le parcelliser jusqu'à l'extinction. Pour chaque paysage elles trouvaient un conte, un fragment de quelque auteur de mémoires voué à l'évocation de montagnes et de rivières, un couplet d'auteur anonyme ou oublié. Je les écoutais, prenais des notes sur leurs idées, passais à la machine les poèmes qu'elles transcrivaient à la main, ou qu'elles avaient indiqués par de petits bouts de papier insérés dans de vieux livres achetés dans leur jeunesse. Grâce à elles j'apprenais l'existence de poètes dont j'ignorais tout, comme Manuel Castilla ou Juan Sebastián Tallon. Elles aimaient beaucoup Alfonsina Storni, que je ne connaissais que par des lectures scolaires et dont les poèmes des dernières années m'enchantèrent. Mais je devais aussi être attentif aux scones et aux strudels aux pommes qu'elles préparaient pour chaque réunion (il fallait répartir les compliments avec équilibre et ne laisser aucun gâteau sans l'avoir goûté, ce que la pâtissière aurait considéré comme une offense impardonnable).

C'était un bon travail, mais il se termina cinq ou six mois plus tard : l'une de ces dames, la plus raisonnable de toutes, devint subitement folle : au beau milieu d'une homélie dans l'église du Pilar, elle monta en chaire, ignorant les admonestations du prêtre, et commença à déclamer contre le sombre avenir qui attendait un pays sans Dieu. On l'emmena en ambulance, l'anthologie fut suspendue et il n'y eut plus ni scones ni strudels. À ce moment-là, je travaillais déjà comme professeur suppléant dans un collège.

Obscurité

Les cours de Colina Ross étaient continuellement interrompus par des étudiants qui venaient appeler à des manifestations, des grèves, des hommages à Che Guevara, ou à un manifestant mort quelque part dans le monde. Ils n'avaient que les mots de progrès et d'avenir à la bouche, mais c'étaient des obsédés de cérémonies funèbres : il y avait toujours quelque mort à canoniser. Par la mort, les noms devenaient des symboles, ainsi le patronyme d'un étudiant inconnu tué dans un affrontement, ou d'une balle perdue, ou pas si perdue que cela, devenait un mot qui fédérait les volontés, un synonyme à la fois d'injustice et d'avenir. Par leur mort, des inconnus montaient en grade dans un voyage symbolique, et même s'ils n'atteignaient pas le prestige d'un Che Guevara – ils n'étaient que des noms, pas des visages – ils se dépouillaient de leurs contingences triviales – leurs études, leur petite amie, les conflits avec leurs parents, qui étaient fréquents – pour les échanger contre les circonstances de leur mort.

Colina Ross était le seul professeur qui tentait de faire taire les membres de cette commission d'hommages permanents, ce qui avait créé une espèce d'hostilité incessante entre les étudiants et lui. En général il parvenait à les éviter, car ils oubliaient d'intervenir dans cette salle perdue, la grotte humide de Colina Ross. Mais au cours d'une grève universitaire, les activistes, plus rigoureux que d'habitude, passèrent de salle en salle, pour obliger tout le monde à s'interrompre et à manifester dans la rue.

Je me souviens que ce jour-là Colina Ross était en train de parler de l'intérêt d'Edgar Poe pour les messages secrets. Il racontait que Poe lançait des défis aux lecteurs du journal

Alexander's Weekly. Il leur proposait des textes codés et les lecteurs devaient lui envoyer une lettre contenant les réponses à l'énigme. Il n'y avait pas de réelle récompense pour le gagnant, juste la fierté d'avoir triomphé dans cette compétition de solitaires et d'obsessionnels. C'était ce que nous expliquait Colina Ross lorsque la porte s'ouvrit brusquement et un groupe de trois étudiants entra dans la salle. Sans demander la permission de parler, ils annoncèrent que l'assemblée générale venait de voter une grève illimitée et qu'il fallait quitter la faculté. À aucun moment ils ne regardèrent Colina Ross, qui les observait, moins attentif à ce qu'ils disaient qu'à leurs gestes. Leur annonce faite, ils restèrent près de la porte en attendant que l'ordre de sortir de la salle fût exécuté. Le professeur leur répondit :

– Vous ne croyez pas que le mot "illimitée" est un peu exagéré ? Ou, selon vous, inclut-il l'éternité ?

Un des étudiants, grand et blond, répliqua aussitôt d'un ton tellement neutre qu'on avait l'impression qu'il avait répété la même chose toute la journée :

– Nous ne cesserons pas notre mouvement avant d'avoir obtenu satisfaction, c'est pourquoi nous appelons à une grève illimitée.

– Si j'étais à votre place, ce qui n'est heureusement pas le cas, je limiterais la durée maximale de la grève à quatre-vingts ans, c'est ce que dure, bon an, mal an, une vie humaine.

Les activistes se regardèrent et, sans tenir compte de Colina Ross, répétèrent leur message avec un mélange de véhémence et d'agacement. Quatre ou cinq étudiants rangèrent leurs affaires et sortirent. Les autres, dont j'étais, restèrent, un peu intimidés de voir Colina, indifférent, reprendre son cours.

Les représentants de l'assemblée générale s'en allèrent : je pensai qu'ils s'avouaient vaincus. Mais un moment plus tard, ils coupèrent le courant de tout le secteur. Il était plus de sept heures, c'était déjà l'hiver et il faisait nuit. Une obscurité d'encre envahit le sous-sol.

Colina Ross continua à parler comme si de rien n'était. Profitant des ténèbres, les étudiants s'éclipsèrent peu à peu, discrets, invisibles. J'entendais passer près de moi une procession furtive. L'un d'entre eux trébucha sur quelque chose et tomba par terre, mais le professeur n'en interrompit pas pour autant son cours. Il parlait de la nouvelle *Le Scarabée d'or.*

– Il est curieux que Legrand, celui qui déchiffre le message secret, soit un aristocrate déchu, un fou. Dupin, le détective que Poe nous présente dans *Double assassinat dans la rue Morgue*, est lui aussi un homme qui a dilapidé la fortune dont il a hérité, capable de raisonner sur tout sauf sur sa propre existence. Poe nous murmure à l'oreille : celui qui trouve la vérité n'y arrive que parce qu'il a gâché sa vie. Ne font preuve de logique que ceux qui ont perdu toute logique. Le talent pour découvrir la vérité et le talent pour vivre sont incompatibles.

"Vous vous rappelez la fable de Thalès de Milet ? Thalès marche dans les champs en observant les étoiles, lorsque soudain il tombe dans un puits. Une jeune Thrace qui passait par là se moque de lui. Pourquoi ris-tu ? demande Thalès. Parce que je suis tombé dans un puits ? Non, dit la jeune fille. Je ris parce que tu sais tout sur les étoiles lointaines, mais tu ne vois pas ce qu'il y a devant tes pieds.

"Ceux qui cherchent la vérité sont comme Thalès de Milet : ils ont les yeux fixés sur les étoiles et tombent dans le puits. Sauf qu'avec les années les puits sont devenus de plus en plus profonds."

Puis il revint aux messages secrets de Poe et dit qu'il allait écrire un exemple. On entendit le crissement de la craie sur le tableau. Pourquoi écrivait-il dans l'obscurité ? Croyait-il que la craie était phosphorescente ? La fin du cours était arrivée lorsque soudain la lumière fut rétablie, avec un grésillement qui me fit penser que les tubes de néon allaient éclater.

Colina Ross nous regarda avec des yeux brillants, surpris de découvrir que nous n'étions plus que deux. L'autre était Rodrigo Tarrés, que Colina Ross baptiserait plus tard Bobby Tarrés. Tarrés et moi, qui ne nous connaissions que de vue – et jusque-là nous regardions avec antipathie –, nous nous sentions vaguement honteux pour les absents, comme si nous étions responsables de la débandade. L'obscurité puis le retour de la lumière des néons nous avaient unis dans un même camp.

– Excusez-moi, dit le professeur, si j'ai proféré des bêtises. Je croyais que j'étais tout seul, que vous étiez tous partis.

Hôpital Rawson

Mon intérêt pour les messages secrets était prévisible, car pendant toute mon enfance j'avais vécu dans un monde de phrases incomplètes. Une anomalie congénitale dans les conduits auditifs m'avait condamné à une audition déficiente, qui avait provoqué chez moi une attitude de réserve naturelle face aux autres. J'avais beaucoup de mal à comprendre ce qu'on me disait quand il y avait un bruit de fond ou lorsque quelqu'un me parlait au milieu d'un groupe. Les croisements de conversations me perturbaient. Ce n'était pas tant le volume qui était en cause que la qualité du son, comme si toutes les voix me parvenaient opaques. Je ne me sentais à l'aise qu'en parlant avec une seule personne à la fois. J'appris à me concentrer sur la lecture des lèvres pour compléter les mots perdus.

Je percevais ma propre voix étouffée et lointaine, et j'avais bien du mal à savoir si je parlais à voix basse ou haute. Elle résonnait sous mon crâne et prenait un grain étrange, comme si un inconnu parlait à ma place. À cette difficulté s'ajoutait de temps en temps un bourdonnement qui survenait et disparaissait de façon capricieuse. Un essaim de guêpes parcourait couloirs, escaliers, salles, pour arriver jusqu'à moi et me remettre son message fait de *z* sans fin.

Pendant toute l'école primaire j'avais essayé d'éviter que mes camarades se rendent compte de mon problème et pour ce faire je participais le moins possible aux conversations. Il valait mieux passer pour un orgueilleux, un fou ou un idiot que pour un sourd. Mes parents m'avaient commandé un audiophone coûteux, mais quand je partais à l'école, je le rangeais dans mon cartable, avec les cahiers et les manuels, pour que personne ne le voie. Dès que j'avais une heure de libre, je m'enfermais dans la bibliothèque du collège pour lire les livres de la collection Robin Hood et des tomes usés par de nombreuses mains de l'Encyclopédie estudiantine des éditions Codex. Une des couvertures représentait un astronaute et je m'imaginais voyageant seul dans l'espace, à bord d'un vaisseau d'un blanc éclatant, rempli de mécanismes ; un long voyage où je n'étais tenu de parler à personne.

J'avais l'impression que dans toutes les conversations, même celles que j'arrivais à comprendre parfaitement, il y avait quelque chose que je perdais ; je sentais qu'un mot essentiel m'avait échappé et postulais que tout était plus compliqué que ce que je percevais. De toute façon, je prêtais tellement d'attention à ce qui m'entourait que personne ne se rendait compte de mon état. J'éprouvais toujours la sensation de n'avoir qu'une connaissance superficielle des choses ; que les autres vivaient dans la certitude et moi dans la conjecture.

Ce comportement m'épuisait. Les autres pouvaient se montrer spontanés. Moi, en revanche, je devais me concentrer sur le rôle que j'avais choisi – celui de quelqu'un qui entendait tout à la perfection – et cette tension me provoquait des crises de sommeil, je m'endormais à tout moment de la journée avant que ma tête ne touche l'oreiller. Parfois je m'endormais assis à la table de la petite salle à manger.

À l'âge de quinze ans mes parents m'emmenèrent consulter un chirurgien de renom, du service d'oto-rhino-laryngologie de l'hôpital Rawson. Le docteur Jaris était un homme de haute taille, aux oreilles démesurées, comme si cette particularité avait décidé de son destin de spécialiste de l'ouïe. Outre les inévitables diplômes accrochés aux murs, il y avait dans son cabinet de grandes planches de coupes transversales de l'oreille. Palais en miniature que les paroles devaient traverser pour arriver à la chambre secrète du sens. Le médecin avait une boîte en bois à l'intérieur tapissé de velours noir. Il en sortait divers modèles de diapason. Les plus gros correspondaient aux notes les plus graves, les plus fins aux aiguës. Il les manipulait avec grand soin, comme de délicats instruments d'une antique magie.

Après m'avoir examiné et fait sonner les diapasons contre mes oreilles et au milieu de la tête, il me dit :

– Dans le ventre maternel, nous commençons à entendre avant d'être capables de voir, et nous nous faisons une idée de ce qu'il y a à l'extérieur à partir de quelques sons. À la naissance, nous naissons à la lumière, mais pas au bruit, que nous connaissions déjà. En général, les gens associent l'imagination à la vue, mais c'est l'ouïe qui est le siège de l'imaginaire et de l'occulte. Nous croyons, par exemple, que les gens *voient* des fantômes, mais il a été prouvé qu'en réalité ils *entendent* des fantômes.

– Miguel ne voit ni n'entend de fantômes, dit ma mère alarmée.

– Bien sûr, sourit le docteur Jaris. Mais je suis persuadé que Miguel, comme tous ceux qui souffrent d'une affection auditive, remplace ce qu'il n'entend pas par ses propres paroles fantômes. – Je fus sur le point d'acquiescer, mais pensai que j'allais inquiéter ma mère. – Si nous devons imaginer pour pouvoir écouter, comment savoir où s'arrêter ? Comment ne pas imaginer exagérément ?

J'imaginais donc des paroles fantômes ? Ce que je croyais entendre des autres, le disaient-ils réellement, ou s'agissait-il du fruit de mon imagination ? Savais-je quelque chose de quelqu'un, ou tous les autres étaient-ils des inconnus ?

Le médecin parla ensuite d'une opération et j'eus un moment de panique, non à cause de l'opération en soi, mais parce que j'imaginais m'éveiller à un monde où toutes les personnes diraient des choses différentes de celles qu'elles avaient dites avant.

– Vous croyez qu'il est indispensable d'opérer ? demanda ma mère.

En guise de réponse, le docteur Jaris ouvrit un de ces énormes agendas en cuir de couleur bordeaux que les laboratoires offrent aux médecins en fin d'année et proposa une date pour l'opération. Ma mère accepta. Jaris prit un stylo et nota lentement le nom à l'encre noire, comme pour une cérémonie par laquelle j'allais faire mon entrée dans ce grand agenda doré sur tranche. Pour la première fois, je perçus cette radicale inégalité qui existe entre médecin et patient : pour celui-ci l'opération, la maladie ou le problème est un fait central et unique, mais il n'est pour le médecin qu'un élément d'une série, le maillon d'une chaîne.

– Juste après l'opération, je pars pour un long voyage en Europe. Je l'ai promis à ma femme. Et en plus, des congrès, encore des congrès… Aussi, je vais opérer les deux oreilles le même jour.

Puis il exposa, devant une de ses planches, le déroulement de l'opération. Je crus comprendre que c'était un procédé très nouveau, ce qui en médecine n'est jamais bon signe. En tant que patients, nous n'avons jamais intérêt à être les pionniers d'une technique révolutionnaire.

Aussi lointains qu'ils paraissent, les jours finissent par arriver. Nous sommes partis de Ramos Mejía de très bonne heure, le soleil n'était pas encore levé. L'avenue Rivadavia baignait dans le brouillard et mon père conduisait le nez contre le pare-brise, en essayant d'éviter les nids-de-poule et les véhicules sans lumière. Pour que tout se passe bien, ma mère avait allumé un cierge à sainte Thérèse de Lisieux.

Construit début 1900, quand les maladies infectieuses étaient l'obsession de la médecine, l'hôpital Rawson se composait de pavillons isolés, séparés par des franges d'herbe non coupée. À mesure que nous passions entre ces bâtiments aux tuiles rouges, je sentais que l'opération n'était pas quelque chose qui allait se passer dans mon corps, mais à l'extérieur ; que c'était la portion de réalité altérée qui allait être allongée dans la salle d'opération et, une fois réparée, serait greffée dans ma tête.

On me plaça une perfusion dans le bras gauche en me demandant de compter jusqu'à dix à voix haute ; je ne réussis pas à dire trois.

Quand je me réveillai, je crus que quelque chose avait raté et que j'avais complètement perdu l'audition, car je n'entendais que mon propre cœur. Mais les coupables de ce silence étaient les bandages et le coton. L'opération me rendit presque intégralement le sens de l'ouïe, assorti d'une intolérance pour la musique stridente et les voix aiguës, qui persiste encore (et, bien que cela paraisse incroyable, pour les couleurs trop vives, comme si certains verts et jaunes torturaient non pas mes yeux mais mes oreilles).

Quatre jours après l'opération on m'emmena dans un établissement privé, avenue Santa Fe, où on me fit entrer dans une cabine aux parois tapissées de liège. Je passai les tests auditifs avec succès : je levais la main droite quand j'entendais un son aigu, la gauche quand il s'interrompait. Le médecin – beaucoup plus jeune que Jaris, parti en voyage – se servit lui aussi des diapasons. J'étais conscient de tout percevoir, pourtant je ne cessais de penser que je perdais une partie de la signification. J'étais habitué à recomposer par l'imagination tout ce qui m'échappait, et si rien ne m'échappait, de toute façon j'ajoutais un élément, ou du moins avais-je le soupçon qu'il y avait quelque chose de plus.

J'étais tellement anxieux de connaître ce qui était caché que je devins, à la fin du cycle secondaire, un élève appliqué, et j'étais au courant de toutes les choses et des vies qui m'entouraient. Les autres pouvaient se distraire ; moi j'étais condamné à l'attention. Je me rappelais avec précision les noms, les professions, les liens de parenté, je disposais même de cette mémoire réservée aux femmes, qui permet de se souvenir des anniversaires, des dates importantes, du nombre d'enfants qu'ont les gens, des âges et des prénoms de ces enfants.

Malgré cette immersion dans le flux de la vie, on me faisait très souvent remarquer ma neutralité, mon manque d'empathie, une certaine froideur, comme si je n'avais pu échapper à l'isolement provoqué par un sens de l'ouïe défaillant. Plus je m'impliquais dans la vie des autres, plus ils se rendaient compte que j'étais loin d'eux. Connaître les noms, les âges, les liens de parenté, ou se rappeler les détails de vieilles conversations n'équivaut pas à une véritable connaissance des autres, qui n'est pas faite de données fastidieuses, mais du mot juste ou d'un sourire au bon moment. J'avais espéré que l'opération allait me rendre le sens de la spontanéité, mais je devais accepter que je l'avais bel et bien perdu. Je m'adressais aux autres comme s'il me fallait suivre les instructions d'un mode d'emploi. Je délaissai les sports d'équipe qui se pratiquaient au collège, comme le football ou le rugby, pour le tennis, où on était seul, et seul responsable de ses succès et de ses échecs, où on n'était pas dépendant des paroles d'un autre.

Le jour où je trouvai chez un bouquiniste de la rue Riobamba le livre de Colina Ross, je découvris que cette science – s'il s'agissait réellement d'une science – était faite pour moi. La cryptographie était une métaphore parfaite pour définir ma vision des choses : toujours indirectes, toujours voilées, cachées. Grâce à l'étude des langues oubliées et des messages secrets, j'observais de l'extérieur, comme à travers un microscope, mon éternelle sensation : je perdais toujours quelque chose, et ce que je perdais était le plus important.

Sciences humaines

Certains étudiants qui suivaient les cours réguliers et les séminaires de Colina Ross comptaient, comme moi, s'orienter vers la linguistique, mais il y avait aussi des mathématiciens et quelques aspirants archéologues. Au début des années 70 on commençait à parler de la grammaire générative de Chomsky et tout l'intérêt pour les langues allait dans cette direction : l'utopie d'une grammaire universelle qui rende compte du squelette secret de toutes les langues du monde. L'hypothèse d'une grammaire universelle revenait à ne plus considérer le monde capricieux des êtres parlants, mais à se limiter à l'étude de l'esprit humain. La langue avait cessé d'être une laborieuse acquisition pour se convertir en héritage et destin.

Mais ce n'était pas la seule nouveauté à laquelle nous devions être attentifs. De France nous étaient arrivées depuis un certain temps des nouvelles sur le triomphe du structuralisme : l'étude des lettres avait cessé d'être une discipline molle qui faisait partie depuis toujours des humanités ; enfin on s'inspirait de la rigueur scientifique, on rêvait d'atteindre à l'objectivité dans le monde fantomatique des mots. Poèmes et récits n'étaient plus lus comme des songes diurnes mais comme des systèmes clos pouvant être disséqués et observés au microscope. On divisait un conte en segments pour mieux l'analyser. La biographie des écrivains, qui jusque-là avait été fondamentale dans les études littéraires, était supprimée. Que Melville ait navigué sur un navire baleinier avant d'écrire *Moby Dick* était complètement dépourvu d'importance, puisque le livre était fait de mots, non de morceaux de bateau ou de morceaux de

Melville. Quiconque se penchait sur la littérature devait apprendre à se défaire de l'illusion qu'existaient des écrivains, pour affronter les textes comme des messages surgis du néant, qui ne disaient quelque chose qu'à travers leurs correspondances, et non pas de l'illusoire monde réel.

Chacune des disciplines dominantes (psychanalyse, structuralisme, grammaire générative) nous montrait qu'au-delà des variations et des apparences se cachaient des vérités aussi constantes qu'élusives. Tout ce qu'on nous avait appris avant n'était que d'élégants mirages d'esprits oiseux, des divertissements de salon, la culture des belles lettres : l'heure était venue pour nous d'affronter la vérité.

Mais il existait une discipline qui surpassait les autres dans son projet de démasquer le monde : l'économie marxiste. Dans cette dernière étape, tout se révélait comme illusion (y compris les ismes récemment acquis) et le monde devait nous apparaître comme une lutte d'intérêts et de classes. Les historiens avaient décrit batailles et conquêtes, effondrements de murailles et constructions de cathédrales, mais le cœur du monde était resté secret. Les étudiants en humanités, les personnes moins douées pour l'économie, ceux qui, comme moi, ne savaient rien du débit et du crédit et auraient trouvé indéchiffrable le livre de comptes d'un épicier, étaient devenus de grands experts en économie théorique. Enfin une économie faite exclusivement d'idées, sans cette complication de chiffres, de pourcentages et de statistiques ! Nous pouvions déjà nous considérer comme des connaisseurs, nous étions supérieurs à ceux qui ignoraient la vérité cachée derrière le décor. Les autres, les innocents, et surtout nos parents, assis dans le théâtre du monde, croyaient voir la réalité même, dont ils étaient à la fois complices et victimes. Nous, en revanche, percevions le rideau, les cordes des machinistes, l'appareillage compliqué de la représentation.

Tous les professeurs aux cours desquels j'assistais se laissaient capturer par l'une de ces sectes : le structuralisme, le marxisme, la psychanalyse, la linguistique, et parfois toutes en même temps. Mais le professeur Colina Ross les détestait toutes. Il se moquait de savoir ce que les langues du monde avaient en commun – le sujet, le prédicat, le nombre –, seul lui importait ce qu'elles avaient de différent. Il se méfiait de l'étude scientifique de la littérature et des ambitions structuralistes. Il n'appréciait même pas les formalistes russes, que moi j'adorais.

– Avec la langue, on ne peut pas faire de la science, parce que pour parler des mots nous utilisons des mots, de sorte que nous manions toujours un matériel infecté, nous disait-il. Les scientifiques savent qu'en étudiant une réalité, ils la transforment. Mais dans l'étude des langues cela survient avec plus de force que dans tout autre champ : nous sommes l'incarnation même du principe d'incertitude. Nous sommes comme des médecins pestiférés qui traitent des patients sains. En les contaminant nous découvrons les traces de la maladie dont nous sommes porteurs.

Conversation sur la ligne A du métro

Le professeur Colina Ross arrivait toujours en retard et ne paraissait pas en être conscient. Il portait un costume gris anthracite froissé, une chemise au col élimé et une très fine cravate noire ou bleue à raies jaunes. Ses chaussures, noires, étroites et à lacets, avaient le bout râpé et, depuis de nombreuses années, n'avaient pas de nouvelles du cirage. Il se coiffait d'un chapeau bleu, alors que depuis belle lurette on ne voyait des hommes en chapeau que dans les films argentins en noir et blanc, diffusés à la télévision à trois heures de l'après-midi.

Malgré son allure, on disait qu'il avait beaucoup d'argent, car sa famille avait été propriétaire des laboratoires Colina, de La Plata, qui des années 20 jusqu'au milieu des années 50 avaient saturé les pharmacies de tout le pays des célèbres sels Colina, que les femmes utilisaient pour préserver sérénité et jeunesse, deux choses incompatibles. On voit encore parfois dans quelque vieille pharmacie de La Plata les illustrations art déco des affiches, avec des dryades ou des naïades qui paraissent dessinées par Alfons Mucha. Les flacons d'un verre bleuté annonçant le bleu des sels donnaient une impression de potion magique. L'étiquette représentait de belles femmes flottant dans les eaux de la mer Morte, origine supposée des sels Colina.

Il se disait aussi que le professeur avait été marié avec une actrice de théâtre, Marilú Miller, morte très jeune. Certains professeurs aimaient faire allusion à leur vie personnelle : ils étaient persuadés que le récit de leur choix de la philosophie, ou de la linguistique, ou bien de la littérature gauchesque, devait passionner leurs étudiants. Colina Ross récusait de telles illusions.

Le professeur habitait à La Plata et ne venait à la faculté que le mercredi et le vendredi. Il n'avait pas de voiture, et ne savait pas conduire : il prenait l'autobus Río de La Plata, qui le laissait Plaza Miserere, et de là le métro de la ligne A.

Un soir, en rentrant à la pension pour étudiants où je logeais, je rencontrai Colina à la station de métro Plaza de Mayo. Une rame était arrêtée à quai et je vis le professeur à travers la fenêtre. Il était assis sur un siège individuel, sa mallette sur les genoux, et sur la mallette un exemplaire de la 5e édition du quotidien *La Razón*. Je m'assis en face de lui. Je crois qu'il fut contrarié de rencontrer une connaissance, et il me tendit la main avec un mélange de déplaisir et de réticence. Je l'interrogeai sur l'abbé Trithème, l'auteur de la *Polygraphie* (un de ses sujets favoris), et il me fit une réponse vague. Comme il y avait un problème technique avec le métro nous sommes restés longuement dans le vieux wagon de bois, qui finit par se remplir. Le chef de station donnait par haut-parleurs des explications précipitées et brouillonnes.

– Nous devrions nous consacrer au déchiffrement de ces messages, dit Colina Ross. Les haut-parleurs des aéroports et des administrations, les micros des cérémonies scolaires, la voix de ceux qui passent un examen oral sans avoir étudié, les filles raffinées qui parlent avec une patate dans la bouche : tout cela met à l'épreuve notre capacité d'interprétation.

Il essaya de lire une blague du journal – *Don Fulgencio, l'homme qui n'a pas eu d'enfance* – mais il en fut dissuadé par la faible lumière jaunâtre. Je regardai le quai et vis que deux passagers – un homme et une femme –, qui attendaient le prochain métro, le saluaient à travers la fenêtre. Il leva la main, sans sourire. Je les reconnus : professeurs d'histoire et de philosophie. Lui était le typique universitaire, le triomphe du stéréotype : barbe, lunettes, veste en velours. Elle, environ trente-cinq ans, portait un tailleur qui lui donnait plutôt une allure d'avocate ou de notaire. Elle lui parla à l'oreille et il rit.

– Ce sont des professeurs de la faculté, non ? Je les ai déjà croisés, dis-je.

– Lui, c'est Daniels et elle, Mónica Farina.

– Des amis ?

– Des crétins. Ce Daniels, malgré les sourires qu'il m'adresse, intrigue pour qu'on annule le concours que j'ai gagné.

– Pour quelle raison ?

– C'est le problème. Je ne le sais pas encore. Ils voudraient imposer un professeur de lettres, Víctor Crámer. Crámer, ça vous dit quelque chose ?

– Non.

– Il vient de Córdoba. Il s'est autoproclamé grand spécialiste de la langue de Dédale. Il prétend que je me suis approprié les papiers de Maldany à mon usage exclusif et que je refuse de partager ce que j'ai.

– Maldany ?

– Alexander Maldany. Architecte de métier et archéologue amateur. Le déchiffreur de la langue crétoise. J'ai été son ami dans les années 50, quand je faisais des études en Angleterre grâce à une bourse.

Je me souvins que Colina Ross avait mentionné Maldany en passant, dans les dernières pages de son livre. Mais je ne me rappelais pas qui c'était, ni à quoi il se référait en parlant de la langue de Dédale.

– J'étais aux côtés de Maldany quand il a découvert la méthode pour déchiffrer ces signes qui étaient restés dans l'obscurité pendant plus de trois mille ans. Et pourtant Víctor Crámer a toujours voulu s'approprier Maldany, il croit être le seul en Argentine à connaître son existence. Je ne sais pas pourquoi il ne se consacre pas plutôt à poser des bombes avec ses amis, c'est ce qu'il sait faire de mieux.

Je jetai un coup d'œil alentour pour voir si quelqu'un avait entendu la dernière phrase du professeur. Mais tous les passagers étaient plongés dans leurs pensées. C'était l'accablement de sept heures du soir : vêtements froissés, bâillements, regards dans le vague. Quoi qu'on dise, personne ne nous prêterait attention.

– Et comment savez-vous qu'ils veulent faire annuler votre concours ? demandai-je.

– On me l'a dit.

– Qui ? Un membre du jury ?

– J'y ai des espions, mais pas très efficaces. Je n'obtiens que des informations parcellaires.

Je regardai Daniels et Farina qui se parlaient avec animation, en sachant que nous ne pouvions pas les entendre. La femme agitait les bras en parlant et passait une main sur ses cheveux : signes qu'elle voulait plaire à Daniels. Celui-ci tripotait machinalement son alliance. Je me demandai si cette amourette allait prospérer.

Le train s'ébranla et prit de la vitesse. Les lumières s'éteignirent. Quand elles se rallumèrent, je remarquai que Colina Ross était tendu, comme si l'obscurité lui avait fait peur. Je fus tenté de le rasséréner. Je m'approchai de son oreille :

– Ils veulent faire annuler votre concours parce qu'ils ont découvert que l'un des jurés était votre assistant de la chaire de logique à La Plata.

Colina Ross me regarda.

– Oui, Russack. C'est curieux qu'ils veuillent contester le concours à cause de Russack, qui ne garde pas un bon souvenir de moi. Et quoi d'autre ?

– Seulement ça.

– Il doit y avoir autre chose.

– S'il y a autre chose, ils n'en ont rien dit.

– Russack… répéta le professeur, comme s'il vérifiait combien un mot peut être rebutant. Je pensais que c'était plus grave que ça. Qu'ils savaient réellement quelque chose sur moi.

Une fillette de dix ans se fraya un passage entre les passagers et nous tendit des images défraîchies de saint George. Colina Ross me dit :

– C’est un signe, vous voyez ? Nous avons tué le dragon.

L’instant d’après il sursauta, comme si une pensée l’avait blessé. Il me prit le bras.

– Qui vous a appris ce que vous venez de me dire ? Quelqu’un de confiance ?

– Personne.

Jusqu’à ce moment, Colina Ross n’avait jamais fait attention à moi (ni à aucun autre étudiant, sauf à Bobby Tarrés). Je fus ravi de découvrir sa curiosité, de voir que pour une fois il était suspendu à mes lèvres et que je pouvais émerger de l’ensemble flou de ses étudiants. Mais il y avait de la méfiance dans son regard, il craignait que je lui aie menti, que le dragon ne soit pas mort. Je finis par lui dire la vérité.

– Daniels vient de le dire à Farina.

– Vous vous moquez de moi.

– Je vous assure que non.

– Comment avez-vous pu les entendre au milieu de la foule et à travers la fenêtre ?

– Je peux lire sur les lèvres.

Il attendit quelques secondes que je lui dise que je plaisantais, qu’il y avait une autre explication. Mais il finit par accepter :

– Où avez-vous appris ?

– Enfant j’étais hypoacousique et je me suis habitué à compléter avec mes yeux l’information que percevaient mes oreilles.

Colina plia soigneusement son journal. Un vendeur ambulant annonçait en criant un set de peignes.

– Votre étrange pouvoir m’a ôté aujourd’hui un poids sur les épaules.

– Que pensiez-vous qu’ils avaient découvert ?

– Quand on a beaucoup vécu il y a toujours quelque chose à cacher.

Il donna une pièce à la fillette et, à ma surprise, il garda l’image. Puis il glissa le journal sous son bras, descendit à la station Once et se perdit dans la foule.

Le fantôme de Crámer

Ainsi que le prévoyait Colina, cette annulation du concours n'avait aucune possibilité d'aboutir. À cette époque, le dénommé Víctor Crámer, ce professeur qui convoitait la chaire de Colina Ross, avait beaucoup d'amis, mais pas suffisamment, ou plutôt suffisamment, mais pas assez haut placés, et le fait que Colina ait partagé une chaire avec un membre du jury n'était pas une raison suffisante pour invalider le résultat du concours. L'annulation ne fut même pas discutée et Colina conserva sa chaire à l'université de Buenos Aires. Il venait le mercredi et le vendredi. Le lundi et le jeudi, il enseignait la logique à La Plata.

Il avait suffi que Colina Ross mentionne Víctor Crámer dans ce wagon de métro pour que son nom commence à circuler autour de moi, comme si ses paroles avaient activé un mécanisme ou un complot. Dans un bar, tard dans la nuit, devant des verres de gin, un assistant de travaux dirigés fit l'éloge de la façon avec laquelle Crámer joignait la curiosité pour l'Antiquité classique à des centres d'intérêt plus urgents. La même semaine, une camarade qui se déplaçait toujours avec un livre de Paulo Freire sous le bras me recommanda un article que Crámer venait de publier dans une revue de linguistique. “Enfin quelqu'un conçoit la Révolution comme un changement dans le langage.” Une autre avait lu une longue analyse sur la situation cubaine dans la rubrique internationale du journal *La Opinión*. Un camarade, pour faire l'important, me confia à l'entrée de la faculté : “Il y a cinq minutes, je disais à Crámer que la théorie des acrostiches de Saussure…” Pour moi, Crámer était l'homme invisible, une de ces personnes que, comme dans une nouvelle de Henry James, nous sommes toujours sur le point de connaître, mais qui s'éclipsent cinq minutes avant notre arrivée, ou arrivent cinq minutes après notre départ.

J'avais pris parti pour Colina Ross, non par sympathie, mais par fatalité ou destin, aussi ai-je lu les articles de Crámer avec la ferme intention qu'ils ne me plairaient pas, et ils ne m'ont pas plu. Peu importait qu'ils portent sur Maldany (qui avait commencé à être pour moi un nom familier), Cuba ou la révolution mexicaine : Crámer semblait tellement sûr de tout que les mots se noyaient avant la fin de la phrase et qu'on avait l'impression de lire une série de répétitions, chacune plus mécanique que la précédente. Çà et là il lardait le lexique marxiste d'une expression populaire ou gauchesque ("bordel", "fumasse") ou emprunté au tango ("fêlé", "piaule"), ou d'un vers du *Martín Fierro*, mais dans sa prose les mots paraissaient sortir tout droit d'un dictionnaire d'argentinismes récemment acheté et déjà couvert de poussière. Ses articles sur Maldany ne faisaient que mettre l'accent sur la solitude de l'architecte, comme s'il voulait suggérer insidieusement que l'amitié avec Colina Ross était une invention de Colina Ross. "Pendant les laborieuses années de sa découverte, personne ne vint rompre la solitude de Maldany." Crámer écrivait des articles sur Maldany pour décerner à Colina Ross un brevet d'inexistence.

Les références à Crámer atteignirent un pic d'intensité lors d'une réunion chez un ami, César Calmet. Son appartement occupait un cinquième étage dans la rue French, à Barrio Norte. Parquet ciré, patins de laine pour ne pas le rayer, tables avec vases, chemins de table, tableaux aux cadres dorés. L'inviolable salle à manger, réservée aux visites : porte-cigares en étain, vases chinois, boîtes en verre remplies de bonbons acidulés qui s'étaient transformés en cailloux. Puis les appartements des parents : surchargés, obscurs, étouffants, encombrés de vitrines et d'espaces sacrés, musées de toutes les choses qui ne se feraient jamais, des libertés que personne ne prendrait. L'avenir auquel nous voulions échapper. Après avoir passé l'adolescence à marcher avec des patins tricotés au crochet sur un parquet en bois embaumant la cire, rien d'étonnant à ce qu'on ait envie de prendre un fusil et de s'enfoncer dans la jungle.

Mais les parents de Calmet étaient partis en voyage, et l'appartement, entretenu comme un musée pendant tant d'années, était maintenant la savane des fauves. Les bonbonnières en verre servaient de cendrier. Pour faire une blague, quelqu'un avait accroché à l'envers un tableau de Soldi. Le maître de maison s'en souciait comme d'une guigne et s'était consacré au pillage de la cave de son père. À un moment, il sortit sur le balcon et je le suivis. Ce soir-là je ne connaissais que lui et je ne voulais pas rester seul dans un coin, sans personne avec qui parler. Appuyé sur la balustrade, Calmet paraissait en proie à une crise subite de mélancolie.

– J'espérais que Crámer resterait plus longtemps. Mais il est parti très vite. Il ne supporte pas la musique forte. Mais on ne peut pas faire une fête sans musique, non ?

– Il y a longtemps qu'il est parti ?

En guise de réponse, Calmet prit dans un pot le mégot d'un cigare.

– Il vient de partir. Voilà ce qu'il a laissé.

– Un mégot. Comme c'est gentil.

– Il y a des mois qu'on lui demande si c'est vrai qu'il a travaillé à Cuba pour les services secrets, à déchiffrer des messages de la CIA. Sa réponse : faux-fuyants, mots couverts, soupirs. Il n'a même pas reconnu être allé à Cuba. Mais aujourd'hui, quand je lui ai offert un cigare de mon père et demandé comment il le trouvait, il a dit : J'en ai fumé de meilleurs.

– Et ils sont bons les cigares de ton père ?

– Tu ne comprends pas ? Il m'a dit : "J'en ai fumé de meilleurs."

– Ce qui signifie…

– Ce qui signifie que tout est vrai.

– Il aurait pu fumer un meilleur havane dans une autre fête. Ou peut-être qu'il n'y connaît rien en havanes.

– Ne sois pas bête. Il parle pour qui sait comprendre.

Et Calmet, un peu éméché et morose, retourna dans la fumée et le bruit de sa fête, qui commençait à languir, comme languit toute fête : avec des invités parlant de politique ou du dernier film qu'ils avaient vu.

De même que je me suis habitué à entendre le nom de Crámer, je me suis habitué à ne plus l'entendre. Quelques mois après sa fête, je rencontrai Calmet dans la rue et lorsque je mentionnai Crámer, il lui fallut quelques secondes pour se rappeler qui c'était. Avant, il lui aurait dressé un autel, maintenant il ne se rappelait plus son nom. Non que Calmet ait souffert d'une amnésie passagère : mais la vie était si prolixe et si changeante que ce qui n'était pas continûment présent s'évaporait dans l'air.

Bobby Tarrés

Se faire des amis après trente ans est un miracle, mais dans la jeunesse c'est une habitude et même une fatalité. Nous allions toujours aux mêmes endroits, nous faisions toujours les mêmes balades et nous disions les mêmes choses lors de soirées semblables ; mais malgré les répétitions nous allions à la recherche de l'irremplaçable et de l'unique. C'était une époque où nous ne savions quasiment rien des amis : leurs familles ne nous intéressaient pas, ni les lycées où ils avaient étudié, nous n'échangions pas de souvenirs de vacances ni ne parlions de jeux, de livres et autres irréalités de l'enfance. Tenir compte du passé des autres était une erreur et une impolitesse. C'était l'avenir de chacun que nous devions connaître et auquel nous devions nous fier. Qu'importe ce que je suis maintenant, seul compte ce que je serai.

Mais avec Rodrigo Tarrés tout était différent. Lui avait un passé : tous les films qu'il avait vus. Et il ne se souciait pas de l'avenir. Colina Ross le préférait à tous les autres étudiants, car Tarrés venait d'un collège de jésuites et, malgré ses distractions et ses extravagances, c'était lui qui comprenait le mieux cette matière. Grand, dégingandé, portant des lunettes passées de mode, Tarrés était toujours exagérément couvert, avec des chemises de flanelle et des pulls énormes et rapiécés. Il chaussait des souliers noirs toujours délacés, du 45. Il avait une capacité de déduction quasi prodigieuse et Colina Ross lui-même était épaté quand il écrivait un message au tableau et que Tarrés le déchiffrait avant que nous ayons le temps de trouver le *s*, le *n* et les voyelles, les premières lettres que l'on devine dans la langue espagnole. Colina Ross l'appelait Bobby, il était, disait-il, le Bobby

Fischer de la cryptographie, génial mais excentrique et fou, et Tarrés finit par accepter qu'on l'appelle tous ainsi.

Colina Ross lui offrit de prendre en charge un cours de travaux pratiques, alors que Tarrés était très loin d'obtenir son diplôme ; qui plus est, Tarrés appartenait de toute évidence à ces étudiants qui suivent les enseignements mais ne passent pas les examens, s'inscrivent dans des matières inadéquates, abandonnent les cours par antipathie pour le sujet ou le professeur et n'obtiennent jamais leur diplôme. Cette sorte d'individus qu'attriste tout ce qui est conclu, complet, définitif. Comme Bobby lui avait dit qu'il n'avait pas la moindre envie d'enseigner, Colina Ross m'offrit le poste, que j'acceptai aussitôt. Quand j'ai demandé à Bobby pourquoi il ne voulait pas enseigner, il m'a répondu :

– Moi, la linguistique, la cryptographie, l'archéologie, rien de tout ça ne m'intéresse. Ce qui m'importe le plus c'est d'échapper à l'entreprise familiale. Mon vieux voudrait que je prenne la suite. Tu m'imagines donner des ordres aux ouvriers ? En plus il faut se lever tôt.

– Qu'est-ce qu'il fabrique ton père ?

– Kamionka, le camion indestructible.

C'était un célèbre jouet qui, selon la devise de l'entreprise, durait cent ans. Il était fabriqué dans un matériau mystérieux qu'ils appelaient "caoutchouc vulcanisé". Le Kamionka ne se cassait jamais, contrairement aux têtes des enfants, car c'était un jouet d'un poids considérable.

– Moi, ce qui m'intéresse, c'est le cinéma.

Je lui citai un camarade de la faculté qui tournait des films en super 8.

– Je te parle de vrai cinéma, pas de ces types qui vont filmer les bidonvilles. Qui a envie de voir des pauvres dans un film. On les voit déjà dans la réalité. Mais je ne veux pas faire un film, je veux avoir un cinéma, passer les films que j'aime.

Il me récitait les noms de ses réalisateurs préférés. Certains me disaient quelque chose, d'autres rien du tout : Wajda, Ozu, Welles, Griffith, Visconti, Rossellini.

– Et les Argentins ?

– Saslavsky, Fregonese, Christensen, Hugo del Carril, Leonardo Favio. Ces deux-là sont péronistes, mais ça m'est égal.

Dans les cours je croisais souvent une fille rousse et très blanche. J'étais timide, mais j'admirais la désinvolture ; j'étais taiseux, mais j'admirais ceux qui parlaient. Je regardais fasciné ses cheveux roux, sa peau très blanche qui ne tolérait pas le soleil, la conviction qui paraissait animer chacun de ses mouvements. Je m'étais approché d'elle, mais en gardant une certaine distance, et je n'étais pas arrivé à discerner sa voix. La voix était pour moi quelque chose d'important, car les voix aiguës me faisaient trembler. Il existait toujours le danger qu'une belle femme se change aussitôt en une harpie au chant terrible.

– Comment tu la trouves ? je demandai à Tarrés en lui indiquant la rousse. Il l'observa l'air grave.

– Je n'ai pas une opinion bien définie. Je suis toujours sorti avec des folles. Celles qui ne sont pas folles vivent pour moi dans une autre réalité. Je ne comprends pas de quoi elles me parlent, quand par miracle elles me parlent.

La fumée

Je la revis quelques jours plus tard, à l'occasion d'un conflit syndical, un de ces événements où les étudiants en humanités voulaient témoigner de leur solidarité, qui devenait rapidement un problème. Les travailleurs d'une entreprise de carrelage occupaient leurs ateliers pour exiger le paiement de salaires en retard. Un des délégués de la commission interne avait un neveu à l'association des étudiants et nous sommes allés là-bas, dans le quartier de Mataderos, avec pancartes et mégaphones.

J'avais essayé de convaincre Bobby Tarrés de m'accompagner. Il me regarda comme si je lui parlais chinois.

– Excuse-moi, mais je ne sors pas du centre. Ma zone a ses limites : au sud, l'avenue Rivadavia ; au nord, Santa Fe ; à l'est, le Bajo ; à l'ouest, Callao. Et tu voudrais que j'aille à Mataderos ?

La fabrique était un bâtiment de la fin du XIXe, de deux étages, entouré d'une grille verte en fer de lance. Il y avait deux hautes cheminées en briques. Derrière la grille, les travailleurs nous observaient avec une certaine méfiance. Ils refusaient d'ouvrir le portail par crainte que la police en profite pour entrer et les déloger. D'un côté de la grille, pancartes ; de l'autre, rien. Les cheveux longs et les rouflaquettes des étudiants contrastaient avec les joues bien rasées et les cheveux courts et gominés des ouvriers.

Des pneus brûlaient au milieu de la rue. Poussée par le vent, la fumée noire s'éloignait vers le sud. Sur le trottoir en face de la fabrique, la fille rousse observait la scène comme une spectatrice neutre. Les étudiants formaient des groupes, elle était seule. Et tellement élégante – robe à fleurs, chaussures vertes – que sa présence ici avait quelque chose d'incongru, comme si elle était une touriste égarée.

Le feu des pneus se fit plus intense et la rue se couvrit comme d'un rideau effiloché. Et à peine cette nuit improvisée et asphyxiante nous eut-elle complètement enveloppés, les chevaux apparurent, sans cris ni avertissements autres que le claquement des sabots sur les pavés. La réalité préfère parfois les effets théâtraux, comme si elle voulait fixer les choses dans notre souvenir et qu'elle ne se résignait pas aux distractions continuelles qui forment notre vie. Lorsque je les vis, j'eus un instant l'impression que c'étaient des chevaux sans cavaliers, un troupeau fantomatique qui se frayait un passage à travers la brume noire. Ils étaient montés par des policiers armés de bâtons, mais les têtes des chevaux étaient si grandes, si impressionnantes qu'elles s'imposaient à tout. On n'avait pas le sentiment qu'ils étaient là pour nous affronter, mais pour se faire voir quelques instants, majestueux, étrangers, avant de repartir au galop vers un autre objectif plus noble et lointain.

Quelques étudiants s'immobilisèrent sous l'effet de la surprise. Si la police continuait à utiliser des chevaux, malgré leur entretien compliqué et la difficulté de les déplacer d'un endroit à l'autre entre les voitures et les bus, c'était à cause de cet effet saisissant et mystérieux qu'ils produisaient sur les gens à pied. L'arrivée des chevaux donnait à tout événement la densité mercuriale de l'Histoire. Les étudiants laissèrent tomber pancartes et drapeaux dans la poussière, et s'enfuirent sur l'avenue où nous nous trouvions en direction du nord. La police était probablement sur place, dans l'attente des fugitifs.

Un étudiant de grande taille, que j'avais déjà entendu vociférer dans une assemblée, tenta de franchir la grille de la fabrique. Les ouvriers l'observaient mi-stupéfaits mi-sceptiques, car la grille était très haute et l'étudiant était dépourvu de toute agilité. Les coups de matraque s'abattirent sur son dos.

Je traversai la rue en courant, en direction d'une ruelle. En passant devant la fille rousse, je m'arrêtai, car elle venait de ramasser une pierre. En fait, un morceau de dalle. Sans prendre le temps de choisir une cible elle la lança. La pierre se perdit au milieu de la fumée et des têtes des chevaux. Personne ne la vit, sinon la fille aurait été poursuivie. Cette pierre n'était destinée qu'à moi seul : pour que je la voie et qu'elle me serve d'avertissement. Non pas un avertissement pour cette journée particulière, mais pour les années à venir. Cette mise en garde – je m'empresse de l'avouer – ne servit à rien.

Avant qu'elle ait l'idée de recommencer son petit exploit, je la pris par le bras et lui criai de courir. Ce fut comme si elle s'éveillait d'un rêve. Elle m'obéit : elle courut avec moi dans une rue étroite aux dalles cassées et aux mauvaises herbes qui formaient sur les murs des jardins verticaux. Nous longions des hauts murs d'usines ou d'abattoirs abandonnés. J'aperçus une tête de taureau en métal au-dessus d'un portail. Je craignais de tomber au bout de la rue sur la police montée, ou des effectifs à pied, mais il n'y avait personne, ils avaient négligé cette ruelle. Nous avons couru le long de deux ou trois pâtés de maisons, en regardant derrière nous pour voir si on nous suivait. Nous ne nous connaissions pas mais on se tenait par la main. Je remarquai qu'elle avait les mains froides. J'ignorais encore sa manie d'acheter des gants, qu'elle oubliait un peu partout. En quelques minutes nous avons atteint une rue tranquille, où il n'y avait aucun signe de présence policière. Je lâchai sa main.

Nous arrivâmes à l'avenue du Trabajo. Bus, taxis, piétons. Quelques rues avaient suffi pour entrer dans un monde différent, où personne ne savait rien de la fabrique occupée et de la police montée. À bout de souffle, nous toussions. Sans que je ne lui aie rien demandé, elle me dit son prénom : Eleonora. Sa voix était merveilleusement grave. Deux rues plus loin, elle alluma une cigarette et me dit qu'elle était née à La Plata, qu'elle habitait dans la capitale depuis deux ans et qu'elle n'avait jamais participé à un rassemblement de protestation ou une manifestation d'aucune sorte. Je lui demandai alors pourquoi elle avait lancé cette pierre. Je ne sais pas, dit-elle, j'ai pensé que c'était ce qu'on attendait de moi. Tout le monde lance des pierres à la police, non ?

La fumée et la course m'avaient desséché la gorge. Nous avons bu de l'eau à la fontaine de pierre d'une place, près d'un manège immobile. Ma soif semblait inapaisable et je laissai l'eau couler sur mon visage et ma chemise. Nous étions loin du centre, les minutes et les heures passaient, curieusement nous marchions sans nous arrêter pour prendre un bus ou un taxi. De temps à autre, elle sentait ses vêtements comme y cherchant l'odeur de la fumée, une trace de l'aventure. En traversant le parc Chacabuco, je l'embrassai brièvement et pensai que notre chemin allait s'arrêter là, car elle parut un instant surprise ou irritée. Mais nous avons continué à marcher, rue après rue, sans faire allusion au baiser ou à la fabrique de Mataderos, au nombre d'étudiants blessés ou détenus : tout cela avait eu lieu très longtemps avant. La lumière se retirait paresseusement de la ville.

Nous sommes arrivés au centre, jusqu'à un immeuble décrépit de la rue Uruguay, flanqué d'un entrepôt et d'un magasin de guitares. Je lui demandai son numéro de téléphone, mais elle répondit qu'elle n'avait pas le téléphone. À cette époque, le loyer d'un appartement pouvait doubler s'il était équipé d'une ligne téléphonique.

– Si tu veux me dire quelque chose, écris-moi une lettre.

– Et si c'est urgent ?

– On vient de faire connaissance. Que peut-il y avoir d'urgent entre nous ?

Et nous nous sommes séparés. Alors seulement je me rendis compte que j'étais fatigué, que je tenais à peine debout. Je m'assis sur le dernier siège libre d'un bus et m'endormis. Je me retrouvai à dix rues de la pension où je logeais.

Eleonora m'avait dit qu'elle allait à la faculté l'après-midi et le soir – horaires qui convenaient à ceux qui travaillaient et à ceux qui se sentaient obligés de simuler qu'ils travaillaient, c'est-à-dire la majorité. Les jours suivants je prêtai attention aux bars proches de la faculté, à la porte d'entrée, aux cours qu'elle m'avait dit suivre. Je faisais aussi le tour du bâtiment avec l'espoir qu'elle apparaisse. Un soir – ayant déjà perdu cet espoir-là – je l'aperçus assise sur les froides marches de marbre de la faculté, en train de s'escrimer sur une cassette en mauvais état. Elle essayait de rembobiner un long serpentin de bande magnétique.

– Tu enregistres les cours ? lui demandai-je.

– Non, non. – Elle me regarda avec un peu de stupeur. – J'étudie la linguistique.

– Et ce magnéto ?

– J'enregistre les voix des gens. Dans le métro, la rue, le bus.

– Pourquoi ?

– Je fais un travail de terrain.

– Tu ne veux pas m'enregistrer ?

– Non.

– Pourquoi non ?

– J'enregistre les gens ordinaires, pas les étudiants.

Elle enregistrait les gens ordinaires, le peuple, du moins ce qu'elle considérait être le peuple, une abstraction conçue à partir des employés domestiques qui travaillaient dans les maisons de la classe moyenne, les retraités qui s'asseyaient sur les bancs des places, à lire le journal ou jeter du maïs aux pigeons, les passagers des trains et des bus qui rentraient en banlieue le soir, entassés et somnolents. Ainsi composait-elle sa collection de phrases triviales, d'accents provinciaux, d'expressions de la campagne. Après elle commencerait à enregistrer des secrets (*racontez-moi un secret, quelque chose que vous n'avez jamais dit à personne*), et les cassettes se multiplieraient jusqu'à remplir sept boîtes de chaussures. Bien sûr, rien de tout cela ne m'écarta d'elle : à travers les jolies femmes nous apprenons à aimer l'imposture et à admirer l'erreur.

Je m'inscrivis dans une matière seulement pour voir Eleonora. Puis nous marchions. Nous allions partout à pied, si loin que fussent les cinémas, les théâtres, les maisons des amis. Nous étions comme ceux qui nous entouraient. Nous avions les mêmes conversations dans les mêmes bars, écoutions les mêmes disques rayés, échangions des recueils de poésie qui avaient abandonné rimes et versification pour leur substituer les mots de la rue, et où ne manquait jamais quelque hommage à Che Guevara, Rosa Luxembourg ou Hô Chi Minh. Le poète semblait s'adresser à une femme, mais au dernier vers on découvrait que la destinataire du poème était Cuba ou la révolution. Le poème apostrophait un tigre féroce, une bête assoiffée de sang, et nous apprenions au dernier vers qu'il s'agissait des États-Unis ou de Richard Nixon.

Un soir je l'ai raccompagnée jusqu'à son immeuble. J'attendis qu'elle me dise au revoir, mais elle retint la lourde porte et j'entrai. La cage d'ascenseur faisait un bruit terrible, comme s'il annonçait son départ.

– Ne t'attends pas à un palais, me prévint-elle.

Elle était tellement soigneuse avec ses vêtements que j'avais imaginé un ordre semblable à son apparence, mais l'appartement de deux pièces était un chaos de cendriers (volés dans des bars), de livres, de papiers, de cardigans et de chaussures laissées n'importe où. Des cintres surchargés pendaient aux poignées de porte. Sur un fauteuil était posé un soutien-gorge noir, qu'elle enleva d'un geste machinal. Sur la table basse des oranges commençaient à se couvrir de moisissure blanche. Elle fit réchauffer un peu de café. Je la pris par le cou et l'embrassai, mais le baiser ne fut pas semblable à celui du parc. Ce fut un baiser de bienvenue, un rite, l'entrée dans son royaume chaotique, qui embaumait Chanel Nº 5, le café brûlé et les oranges mûres.

Quelques jours plus tard, je lui demandai si elle connaissait Colina Ross. Elle hésita une seconde et répondit que oui et, devant mon insistance, elle accepta d'assister à un de ses cours. Colina Ross arriva, comme toujours, en retard et la salua avec le sourire. Je lui murmurai à l'oreille :

– Colina Ross ne sourit jamais à personne. C'est la première fois qu'il fait cet honneur à quelqu'un.

– Les gens de La Plata se connaissent tous, dit-elle en guise de réponse.

Nous étions fiancés, mais c'était un mot à ne pas prononcer ; étaient également prohibées les déclarations d'amour. Elle connaissait tant de gens en tellement d'endroits, que j'éprouvais un sentiment de jalousie qui ne pouvait se rapporter à personne ; et ma jalousie ne concernait pas seulement les personnes, mais aussi tel bar, telle rue, ou la ville entière. Ma famille m'ennuyait et je supposais que c'était aussi le cas pour Eleonora, car elle n'en parlait jamais. On pouvait bien vivre sans la famille, tant qu'arrivaient ponctuellement les mensualités qu'elle nous versait pour payer les appartements partagés, les chambres de pension, les livres qui incitaient à rejeter les livres, les gins dans les bars et couvrir les frais inévitables qu'entraîne toute révolution. La mensualité d'Eleonora ne devait pas être modeste, car chez elle les boissons ne manquaient jamais et elle ne semblait pas intéressée par l'idée de trouver du travail. Son appartement était toujours plein d'amis de passage et de fumée stagnante.

Je la présentai à Tarrés : ils se détestèrent immédiatement.

Le noyau fondateur

C'est grâce à mon enthousiasme pour l'enseignement de Colina Ross que je réussis à convaincre trois amis de fonder le Cercle des Cryptographes. Eleonora finit par accepter en rechignant. Nous nous réunissions le vendredi soir, après onze heures, au bar La Giralda de l'avenue Corrientes, serveurs impassibles et tables en marbre, ou chez Fabiani, un ex-séminariste, dont les parents étaient en voyage en Europe. Située dans le quartier de Recoleta, la maison était immense, aux murs ornés de tableaux de Xul Solar et de Horacio Butler, qui était un ami de la famille. Bien que les autres méprisent Colina Ross pour diverses raisons – l'un pour ce qu'il appelait son autoritarisme, l'autre à cause de son amour pour l'Angleterre, Fabiani parce que, disait-il, il avait été mêlé à un scandale sexuel, dont il ne donnait aucune précision –, je tenais pour ma part à son parrainage. Tarrés adorait Colina, il se moquait éperdument de l'obscure légende qui courait sur son compte.

Fabiani, frôlant l'obésité, imberbe, complexé par la profusion de barbes et de moustaches qui l'entouraient, tenta en vain de me convaincre d'oublier le professeur.

– Cet homme va finir par nous porter malheur : il nous apprend à invoquer les anges, comme le faisaient les anciens cryptographes, mais en réalité il veut nous pousser dans les bras du démon.

– Moi aussi je suis catholique, rétorqua Tarrés, et je le défends.

– Toi, catholique ? Tu es déjà entré dans une église ?

– J'aime le cinéma. Et qu'est-ce que le cinéma ? C'est un temple. Dans la salle obscure il n'y a que péché et rédemption.

La résistance de Fabiani était ridicule, Colina Ross n'était pas seulement le plus savant en la matière, il avait aussi fondé, à la fin des années 50, le Cercle des Cryptographes de La Plata. D'après ce que j'avais pu apprendre – non pas grâce à Colina Ross, mais malgré Colina Ross – le professeur avait été absent quelques années de l'université, et à son retour il s'était entouré d'un groupe d'étudiants qui l'écoutaient comme un messie et avec lesquels il avait fondé le Cercle. Ses membres avaient publié quatre brochures contenant le fruit de leurs recherches. La première, écrite par deux disciples, avait porté sur le relevé des signes maçonniques cachés dans l'architecture de La Plata. Puis le groupe s'était dissous, on ne sait pourquoi.

Nous ne voulions pas seulement obtenir le soutien symbolique de Colina Ross, mais aussi un lieu de réunion au sein même de la faculté, où ne manquaient pas les salles à l'abandon, converties en sépulcres de chaises cassées et de thèses rongées par les mites. Occuper un bureau dans le bâtiment de la faculté rue 25 de Mayo donnerait au groupe une image de sérieux, d'authentique institution. De plus, à cette époque je savais qui était Alexander Maldany, l'ami de jeunesse de Colina Ross, avec lequel il avait collaboré au déchiffrement de l'écriture crétoise. J'avais trouvé tout ce qui était disponible à la bibliothèque. J'avais fait des recherches dans les archives de *La Nación* pour lire les articles de l'époque. Ainsi avais-je appris que le déchiffrement de ladite langue de Dédale avait été une prouesse comparable à celle de Champollion pour les hiéroglyphes. À travers Colina Ross, je pourrais avoir un accès direct aux détails de la découverte. Je voulais que le professeur me permette de consulter ses archives, ses notes, sa correspondance. Chaque fois que nous faisions des recherches sur un sujet, nous avions conscience de procéder depuis un endroit lointain, où nous ne recevions que l'éclat de lueurs distantes. Mais, cette fois, j'avais une communication directe avec l'histoire des langues perdues.

– Pourquoi tu t'intéresses à ces papiers ? me demanda Eleonora pendant que nous finissions de prendre un café dans un bar de la rue Sarmiento.

– Maldany a déchiffré la langue de Dédale, et Colina Ross…

– Nous avons toute la vie devant nous, des années et des années. Et tout va changer autour de nous.

– Que veux-tu dire ?

– Je veux dire qu'il y a quelque chose de maladif à vouloir lire les lettres d'un mort, des papiers jaunis, des notes en marge des livres.

– Regarde ce que nous laissons. De la cendre au fond d'une tasse. La marque de rouge à lèvres sur une serviette. – Je cherchai dans mes poches. – Un bout de papier où j'ai noté le numéro de téléphone de je ne sais plus qui. Un ticket de bus. Un prospectus d'astrologue. Rien de tout ça n'a de sens. En revanche, ces papiers ont une signification.

– Mais c'est du passé. Alors que nous…

– Nous aussi nous sommes le passé. Ou nous allons l'être. À moins qu'on trouve la fontaine de jouvence.

– Je connais une fontaine de jouvence et je t'assure que tu n'aimerais pas te plonger dans ses eaux, dit Eleonora.

J'allais lui demander ce qu'elle voulait dire, lorsqu'arrivèrent Fabiani et Tarrés.

– Qui va demander à Colina Ross de nous soutenir ? dit Tarrés, tandis que je remarquai avec un peu d'inquiétude un des trous de son gigantesque pull couleur bordeaux.

Il regarda Eleonora, qui baissa les yeux.

– Allons-y en groupe, suggéra Fabiani.

– Non, Colina Ross déteste les groupes, dis-je. Vas-y toi, Fabiani, tu es le plus diplomate.

– Non, pas moi. Plutôt toi, Bobby, tu es son préféré.

– Son préféré c'est Dorey, dit Tarrés, qui tenta de faire un nœud avec un long fil de laine qui pendait de son pull.

– Je ne suis pas son préféré, dis-je. Mais si vous voulez, j'y vais.

Colina Ross travaillait tard dans son bureau du dernier étage, à préparer le désordre des prochains cours. Un mercredi soir, à dix heures, dix minutes avant le rendez-vous qu'il m'avait donné, je montai l'escalier et m'engageai dans le couloir désert, plongé dans l'obscurité. Il n'y avait de lumière que dans son bureau. À mesure que je me rapprochais, je percevais les voix d'une dispute. C'était le moment où toute dispute se dénoue, lorsqu'il n'y a plus d'arguments, si fantaisistes soient-ils, et qu'il ne reste qu'exaspération, menaces et propos inintelligibles. Colina Ross semblait serein ou, plus que serein, absent ; mais la femme, qui était Eleonora, parlait d'une voix tremblante entrecoupée de sanglots.

J'eus l'idée absurde qu'elle avait pris l'initiative de lui demander son appui pour notre club et que ses pleurs étaient dus au refus de Colina Ross. J'étais tellement absorbé par mes propres pensées que je ne voyais aucun autre motif expliquant cette étrange scène. Je sentis, comme si souvent autrefois, qu'un élément fondamental m'échappait, que je ne percevais que la surface des mots, mais qu'on pouvait leur trouver un sens complètement différent, si on possédait le code.

La dispute s'acheva lorsque Eleonora sortit rapidement, presque en courant vers l'escalier ; au lieu de la retenir et d'essayer de la consoler, je me réfugiai dans un recoin obscur et y restai en pensant à ma propre fuite. Ce fut la seule fois de ma vie où je la vis pleurer ; bien des années plus tard, face à l'autel des sels Colina, je la verrais étouffer un sanglot, mais à ce moment-là elle avait déjà perdu l'art mystérieux des larmes.

– Pareille, tu es pareille à ta mère… dit Colina Ross. Au ton, c'était moins un reproche qu'une découverte.

J'attendis quelques minutes et m'avançai lentement dans le couloir. Je trouvai Colina Ross debout, regardant vers moi. Comme s'il pouvait voir dans l'obscurité, il me dit :

– Venez, Dorey. Je vous attendais.

J'entrai lentement avec les papiers à la main. J'avais noté une série d'idées sur l'avenir du Cercle, qui à présent me semblaient inadéquates et stériles.

– Vous avez croisé ma fille ?

J'eus l'impression de n'avoir jamais entendu avant le mot “fille”, dont je n'étais pas sûr de la signification.

– Eleonora ?

– Elle utilise le nom de sa mère, Bartoldi. Elle ne veut pas qu'on sache qu'elle est ma fille. Vous êtes son petit ami, non ? Elle vous a sûrement parlé de son père. Ça m'intéresserait de savoir quelle histoire elle a inventée.

– Elle m'a dit que son père vivait à l'étranger.

C'était un mensonge. Elle m'avait dit que son père était mort dans un accident de voiture quand elle était enfant.

– Pourquoi Eleonora ne dit pas que vous êtes son père ?

– Si je pouvais répondre à cette question… de toute façon je ne le ferais pas.

– Mais votre épouse n'était pas Marilú Miller ?

– Mon épouse s'appelait María Luisa Bartoldi. Au théâtre, à cette époque, les acteurs portaient tous des surnoms. Des pseudonymes artistiques. Les noms juifs étaient amputés des *k*, des *s*, des *z*, ou carrément supprimés et remplacés par le deuxième nom. Les noms italiens étaient francisés. Les français, anglicisés. Et les anglais… bon, il n'y avait pas d'anglais. Aujourd'hui, seuls continuent à le faire les chanteurs de tango, ou ceux de la nouvelle vague. Ou encore, les trotskystes, mais eux préfèrent les pseudonymes telluriques.

Je m'assis sur une chaise branlante.

– Il paraît que votre femme a joué dans un film. Un seul film.

– *La Fontaine du crapaud*, de Luis María Meyer. Il n'est jamais passé à la télévision. C'étaient les studios Lumiton. Le pauvre Meyer a eu beaucoup de mal à filmer pendant le péronisme, parce qu'il passait pour antipéroniste, et quand Perón a été renversé, il a eu des problèmes pour distribuer le film, parce qu'on le croyait péroniste. Mais parlons plutôt de l'objet de votre visite. Je n'ai jamais aimé le cinéma argentin.

Je posai les papiers que j'avais apportés sur le bureau et me mis à chercher parmi eux pour éviter de regarder le professeur. Je lui expliquai mes projets en bredouillant. Je voulais constituer de petits groupes de recherche. Publier une série de cahiers monographiques. Organiser un congrès sur la cryptographie. J'avais prévu de m'exprimer avec clarté, aisance et espoir, mais tout dans mes propos n'était que confusion et abattement. Mon esprit était occupé par une seule et unique phrase : *Eleonora est la fille de Colina Ross.* Le professeur me regardait avec un sourire indécis, comme s'il avait du mal à garder son sérieux et à ne pas éclater de rire.

– Nous savons que vous avez fondé le Cercle des Cryptographes de La Plata. Nous voudrions faire quelque chose de semblable.

– Ah non ! Vous ne savez pas de quoi vous parlez. Semblable à ça, non ! Nous étions peu nombreux, mais nous avons tous fini par nous fâcher. Les mots secrets attirent les personnes déséquilibrées, vous le savez ? La cryptographie est semblable à la folie. Les fous comprennent tout, sauf ce qui les concerne. Les cryptographes sont tous pareils, nous pouvons déchiffrer tous les messages, sauf un : celui qui nous est destiné.

Il finit par dire qu'il acceptait le parrainage et son assistance et qu'il essaierait de nous obtenir un bureau. Il ne pouvait pas s'engager à montrer ses archives sur Maldany, car elles étaient chez lui à La Plata, et là-bas, il ne recevait personne. Il n'aimait pas non plus que les autres sachent où il habitait.

– La cryptographie nous conduit tout droit à la paranoïa. Après avoir passé des heures à chercher un message caché, nous commençons à penser qu'on nous suit dans la rue.

Pendant qu'il parlait, j'étais légèrement absent et je regardais vers la porte, comme si j'attendais d'un instant à l'autre le retour de sa fille.

Puis, il me tendit la main et dit :

– Le Cercle des Cryptographes de La Plata est donc fondé, pardon, celui de Buenos Aires, ou d'Argentine, ou du Monde. Que la curiosité l'anime, que l'imagination l'éclaire et que la bonne vue l'accompagne. Il faut toujours lire ce qui est écrit en tout petit dans les contrats : tel est le premier enseignement, et aussi le dernier.

Ciné-club

Les membres du Cercle des Cryptographes de Buenos Aires abandonnèrent La Giralda pour un bar situé lui aussi sur Corrientes, mais entre Riobamba et Callao. C'était un bar étroit, sans nom, ou au nom oubliable. L'intérieur était une espèce de pénombre blafarde, créée par une série d'ampoules qui grillaient et que personne ne remplaçait. Le serveur était cérémonieux, muet, hostile. Les tables proches de la porte étaient toujours occupées, mais dans le fond il y avait trois ou quatre tables en marbre où personne ne s'installait, sauf nous. C'est là que nous avons tenu nos premières réunions, dans l'enthousiasme des commencements et la classique prolifération d'idées dont la seule énonciation exempte de l'obligation de les mettre en pratique.

À ce moment-là, notre groupe comptait Fabiani, Eleonora, Tarrés et moi. Eleonora ne supportait pas Tarrés qui, pendant les réunions, ne s'adressait qu'à moi seul, comme si les autres étaient invisibles et surtout comme si elle était invisible. À cause de moi, ils étaient parfois obligés de partager la même table, mais ils me parlaient alors chacun de leur côté en utilisant toutes sortes de sous-entendus, si bien que l'autre ne pouvait se rendre compte de rien. Destinataire de ces sous-entendus, en général je ne les comprenais pas moi non plus.

Tarrés continuait à résister aux incessantes invitations de son père à diriger l'usine, qui se trouvait dans la banlieue de Lincoln. Il avait commencé à s'occuper d'un ciné-club qui l'avait recruté pour sélectionner les films et dont il rédigeait les programmes. Ses notes étaient incompréhensibles, même si parfois une pensée lumineuse surgissait de cette obscurité. Il les signait Rara Avis. Il passait les films qu'il parvenait à trouver : Fellini, Truffaut, Kurosawa, Bergman, Godard, Ford, et quelques films argentins, comme *La mort marche sous la pluie*, *Les Verts Paradis*, ou *Histoire d'une nuit*.

– C'est un ami qui me prête les films, le Russe, qui vit cloîtré dans une maison du quartier de Congreso, entouré de boîtes de films. Il ne sort jamais, les persiennes sont toujours baissées, il passe son temps à manger du chocolat et à fumer. Il vit de ses rentes et ne travaille pas, les femmes ne l'intéressent plus, alors il n'a aucune raison de sortir. Un soir il va s'endormir avec une cigarette allumée et l'incendie sera visible de la Lune.

Le père de Tarrés se montrait insistant dans ses appels et ses longues lettres. De temps à autre, il envoyait aussi des émissaires ; un cousin de passage dans la capitale, une tante que Bobby devait inviter à prendre le thé avec des petits gâteaux au café El Molino, en face du Palais du congrès. Le père offrait à Bobby de lui payer des voyages pour visiter des fabriques de jouets en Europe et aux États-Unis. Il voulait qu'il en ramène des idées de nouveaux produits. La fabrique avait besoin de lui. Le caoutchouc vulcanisé avait besoin de lui. Les enfants de tout le pays avaient besoin de lui. Mais Bobby disait :

– L'ennemi, c'est les enfants. Ce sont des envahisseurs extraterrestres. Ils nous font dégager. Ils nous bousculent, emplissent nos oreilles de sanglots et de cris, collent leurs sucettes à nos vêtements. Nous devons nous venger en les ennuyant, en les mortifiant. Lamorisse, notre vengeur, le savait : c'est pour ça qu'il a réalisé *Le Ballon rouge* et *Crin blanc*. Pour que les enfants pleurent dans les salles obscures.

Il m'arrivait d'aller aux cycles de "ciné-débat" organisés par Bobby Tarrés. Eleonora, en revanche, n'acceptait jamais de m'accompagner par ressentiment contre mon ami. Le ciné-club fonctionnait au Continental Flores, sur Carabobo, dans une salle qui vivotait en semaine en passant des films vaguement érotiques pour les élèves qui séchaient les cours, ou pour des hommes seuls qui travaillaient dans le quartier. La programmation : Lando Buzzanca, Isabel Sarli, versions italiennes de Carmilla ou de Dracula, peuplées de vampires nues et bien nourries. Les titres variaient, mais les affiches de la rue étaient toujours les mêmes (femmes pulpeuses surprises sous la douche ou dans leur lit par quelque créature abominable). La salle sentait l'humidité et le renfermé, et la moquette râpée était jonchée de boîtes de cacahuètes au chocolat et de mégots de cigarettes. Très souvent survenait une inspection et si, au guichet, il n'y avait pas assez d'argent pour suborner l'inspecteur, le placeur de salle cachait les spectateurs de moins de dix-huit ans derrière une petite porte donnant sur un puits de jour et d'air.

Le vendredi soir, Buzzanca & Cie cédaient la salle au ciné-club et à Tarrés, qui vendait les entrées, présentait le film et animait le débat. Est-il besoin de dire que le débat était circonscrit aux opinions de Tarrés ? Il pérorait et les autres fuyaient. Nous étions quelques stoïques à rester jusqu'à la fin. Si l'on osait formuler une opinion qui ne concordait pas avec la sienne (et aucune opinion ne concorda jamais avec la sienne), il partait d'un éclat de rire méprisant, ajoutant parfois des propos tels que :

– Le plus grand cinéaste d'aujourd'hui est Antonioni ? Ce farceur ? S'il vous plaît ! Pour vous asseoir dans cette salle vous devriez passer un examen d'entrée !

Ou encore :

– Les frères Mekas sont des génies ? J'ai bien entendu ? Vous voulez parler de ces exécrables nihilistes qui filment leur gros orteil et le montrent comme un chef-d'œuvre ? Virez-moi cette personne de la salle !

– Qui a parlé de cinéma révolutionnaire ? Qu'il lève la main. – Personne n'osait lever la main. – Allons-nous juger les films pour leur contenu ? Le message, encore le message ! Vous allez finir par dire que l'insupportable *Queimada* est un chef-d'œuvre ! Pourquoi on ne donnerait pas la Palme d'or à Fidel Castro qui a pris un jour un paysan en photo dans une plantation de café ?

Bien qu'il fût le plus doué de tous, Tarrés ne s'intéressait guère au Cercle des Cryptographes. Il restait par amitié. Il avait pour moi une dévotion absolue. Il contestait tout ce que je pensais, tout ce que je disais, mais c'était comme s'il ne pouvait maintenir un contact avec le monde qu'à travers moi. Cela ne signifiait pas qu'il respectait mes idées sur le cinéma :

– Tu penses sérieusement que *2001. L'Odyssée de l'espace* est un film intelligent ? Ce film avec les singes qui sautent sur une musique de Richard Strauss et qui servent de prologue à une suite d'incohérences spatiales avec les petites valses de l'autre Strauss ? Je ne sais pas ce qu'est le cinéma, mon cher Dorey, mais je suis sûr de ce que le cinéma n'est pas : qu'on te passe des photos avec de la musique classique, pour te faire gober qu'il s'agit de quelque chose d'important. Ils auraient mieux fait de laisser les singes diriger le film !

Grâce à Colina Ross, nous avons rapidement obtenu un bureau dans la faculté. Il se trouvait au dernier étage, très proche du sien. Il nous fallut le dépeupler d'une multitude de thèses : les plus anciennes reliées en cuir, destinées à la publication ; les plus récentes, avec une modeste couverture de bristol bleu ciel. Sous les piles de papiers, nous découvrîmes une grande table, une machine à écrire Underwood, des étagères et une petite table sur laquelle était vissé un taille-crayon mécanique. Quelques gouttes d'huile et je vis qu'il fonctionnait. Ce taille-crayon made in USA, qui me plaisait beaucoup, finit par devenir le symbole du Cercle, et j'entrepris de le dessiner à la plume et à l'encre de Chine, pour qu'il figure sur la couverture de notre publication intitulée *Cahiers du Sphinx*.

Comme nous avions besoin d'une inauguration formelle, nous invitâmes le professeur Colina Ross à donner une conférence. Les quatre membres du Cercle que nous formions étaient présents ainsi que deux ou trois étudiants dont je ne me rappelle pas le nom.

“Il y eut deux déchiffreurs de hiéroglyphes dont nous ne devons pas oublier l'exemple, commença Colina Ross. Le premier était Athanasius Kircher, le second, Champollion.

“Kircher était un théologien jésuite qui, à partir de 1630, compila autant de hiéroglyphes qu'il put et les étudia avec acharnement jusqu'à leur arracher un sens. Explorateur de volcans, inventeur de machines étonnantes, parmi lesquelles un *perpetuum mobile* fabriqué avec des aimants, Kircher ne se résignait jamais devant l'inconnu. Aussi ne pouvait-il tolérer l'obscurité des signes. Il donna une interprétation sagace de tous les hiéroglyphes et mit des mots là où il n'y avait que des dessins. Il arracha à ces signes des phrases mystérieuses, des incantations, de la poésie ; quiconque se penchait sur ces mots pouvait sentir la présence de dieux à tête de chacal, de faucon ou de crocodile. Il donna de plus à ce monde si mystérieux une cohérence interne, comme on ordonne en constellations le chaos des étoiles. Puis, on comprit que son interprétation était pure illusion : le jésuite avait tout inventé, ses interprétations des signes égyptiens étaient complètement imaginaires et ses longues chaînes de signification n'avaient aucun rapport avec la réalité.

"Aujourd'hui, plus personne ne croit en Kircher, mais nous croyons tous en Champollion. Si Napoléon croyait en lui, comment pourrions-nous ne pas le croire ? Champollion se procura la pierre de Rosette et découvrit que le hiératique, le démotique et les hiéroglyphes étaient trois formes d'écriture différentes d'une même langue et leva ainsi l'obscurité. Il déchiffra complètement la langue des prêtres égyptiens.

"Mais qui fut le plus fidèle à la vérité des hiéroglyphes ? Parce que si les prêtres égyptiens avaient voulu être compris avec clarté, ils auraient choisi un autre mode de communication. Ils étaient amoureux de cette obscurité qu'ils avaient créée pendant des siècles. Leur vérité ne pouvait être révélée ; leur vérité tenait au mystère même, pas à sa révélation. Kircher avait été fidèle à cette volonté de tout cacher sous des dessins. Il avait livré les hiéroglyphes au rêve de l'Occident. Champollion, en déchiffrant tout, effaça également tout. Il effaça l'antique mystère. Aucune signification ne peut rivaliser avec l'inquiétude que provoquent ces signes dont la splendeur repose dans leur obscurité.

"Sur Champollion, les encyclopédies répètent une phrase, une idée que nous ne pouvons pas ignorer : *Après cette prouesse, l'intérêt pour les hiéroglyphes est presque complètement retombé.*"

J'avais apporté mon magnétophone, promis de transcrire la conférence et de la lui donner pour qu'il la corrige avant de la publier. Quand le professeur eut terminé, je sortis une bouteille de champagne bon marché, et plus très froid, des gobelets en plastique, et nous avons trinqué à l'avenir du Cercle des Cryptographes de Buenos Aires.

Bien qu'il nous ait aidés à obtenir notre local, Colina Ross l'évitait : parfois il passait devant la porte, dans le couloir, mais en général il marchait tellement absorbé qu'il me croisait sans me reconnaître. Une fois, en feuilletant une des brochures, son index s'arrêta sur l'illustration du taille-crayon :

– C'est un bon choix.

– Vraiment ?

– Pour déchiffrer des messages, il faut d'abord aiguiser le crayon.

Malgré nos discussions interminables, qui hérissaient de difficultés même les décisions les plus simples, les *Cahiers du Sphinx* commencèrent à être publiés avec une certaine régularité. C'étaient des brochures de 36 pages, avec une couverture de bristol bleu ciel, éditées par l'imprimerie de la faculté. Chaque numéro se composait d'un article de fond et de textes hétérogènes : une critique de film, une page consacrée aux nouveautés ou aux recensions de livres et la traduction d'un poème. Cette variété me déplaisait, je voulais donner à la revue un caractère monographique. Mais Bobby m'objectait :

– Pour les livres, il y a déjà les livres. Une revue doit toujours avoir quelque chose d'actuel, de familier, mais aussi d'incongru. Sinon, ce n'est pas une revue.

Les numéros successifs reflétèrent en partie les idées de Tarrés : l'actuel n'était pas trop actuel, car l'imprimerie était toujours en retard, mais l'incongru abondait. Le premier numéro fut consacré aux codes utilisés pendant la Seconde Guerre mondiale ; le deuxième, à la cryptographie hermétique de la Renaissance. Le troisième, que j'écrivis avec Tarrés, et qui fut celui que Colina Ross apprécia le plus, portait sur les *sorts virgiliens*, une méthode de divination pratiquée chez les Romains. Le consultant posait une question sur sa vie personnelle, ou sur une décision importante qu'il devait prendre. Puis il fermait les yeux et indiquait au hasard un vers de *L'Énéide*. Il devait ensuite interpréter ce vers. Bobby insista pour faire l'expérience, prit dans sa bibliothèque une traduction espagnole et posa une question :

– Est-ce que le Cercle des Cryptographes nous mènera à bon port ?

Les yeux fermés il ouvrit le livre et indiqua un vers au hasard :

“Je suis maintenant à la merci des flots et les vents du rivage m'entraînent et m'emportent.”

Tarrés parut soucieux.

– J'espérais trouver une prédiction plus édifiante.

– Il faut voir le contexte. Qui prononce ces mots ? lui demandai-je.

– C'est le chant IV. Celui qui parle est Palinure, le pilote noyé.

Un autre cahier fut consacré aux algorithmes mathématiques. Ce travail servit de prétexte quelques mois plus tard pour faire entrer dans notre Cercle Gabriel Cimer, qui travaillait alors aux archives du journal *La Razón* et qui ne cessait d'imaginer de nouveaux systèmes pour organiser l'information. Il y eut d'autres cahiers dont je n'ai plus le souvenir et que je n'ai pas conservés ; le dernier, que j'avais commencé à rédiger et qui ne fut pas publié, avait pour thème l'œuvre de Maldany et sa relation avec Colina Ross. Ce numéro-là, je me le rappelle avec précision comme s'il avait vu le jour. Rien n'excite plus la mémoire que l'inachevé, comme si elle était fatiguée de cette servile subordination au passé et acceptait avec plaisir les tâches en suspens, tout ce qui a une particule de futur dans sa structure.

En sortant d'un cours, je rencontrai Colina Ross. Il me rendit une première ébauche du cahier sur Maldany. Une vingtaine de feuillets écrits à la machine. J'espérais y trouver quelques remarques de sa part, une erreur signalée, l'approbation d'un paragraphe ou d'une phrase, mais il n'y avait rien de tel. Contrairement à son habitude, il me gratifia d'une parole d'encouragement :

– Vous travaillez très bien, Dorey. On ne va pas laisser notre Maldany tomber entre les mains de cet imposteur.

– Quel imposteur ?

– Crámer. Vous ne vous rappelez pas ? Víctor Crámer. – Il y avait des mois que personne ne prononçait son nom. Je me souvins de la conversation que nous avions eue dans le wagon du métro. – Il veut s'approprier Maldany. Je l'ai connu, j'étais son ami, et ça, Crámer ne me le pardonnera jamais.

– Je pensais qu'il y avait longtemps que Crámer avait cessé d'être un danger. Je croyais qu'il n'était plus là, qu'il était parti.

– Crámer est encore là. Si on ne pense pas à lui, c'est parce qu'il veut se faire oublier. Mais il reviendra quand on l'attendra le moins.

Au fil des mois, je pris des centaines de notes sur l'amitié entre Maldany et Colina Ross. J'obtins certains renseignements à travers ses cours, d'autres par des questions directes, auxquelles il répondait avec réticence. J'examinai aussi les quelques papiers que possédait Eleonora. Parmi eux, une photo de Marilú Miller au moment de sa splendeur, quand elle jouait dans son unique film : *La Fontaine du crapaud.* Elle avait de grands yeux et portait les cheveux courts. Eleonora lui ressemblait, mais l'actrice avait une aura enfantine qu'Eleonora avait perdue.

La langue de Dédale

Colina Ross avait trente ans quand il avait fait la connaissance de Marilú Miller au café París de La Plata. Elle portait encore son vrai nom, María Luisa Bartoldi, et se réunissait tous les vendredis au premier étage de l'établissement avec un groupe de théâtre. Un des acteurs, ancien condisciple de Colina à la faculté des sciences humaines, la lui présenta. María Luisa avait alors vingt-cinq ans, mais avec ses cheveux très courts elle en paraissait seize. Elle travaillait comme secrétaire dans un cabinet juridique et avait joué dans quelques pièces de Tchekhov et d'Ibsen dans de petits théâtres de La Plata. Le metteur en scène d'une de ces pièces lui demanda de prendre un nom artistique, car "María Luisa Bartoldi" était très long et ne convenait pas à une actrice. Comme tout le monde l'appelait Marilú et que ce jour-là elle tenait à la main une édition de *Mort d'un commis voyageur*, d'Arthur Miller, à l'époque peu connu à Buenos Aires, le metteur en scène lui proposa le pseudonyme de Marilú Miller. Il lui plut.

Colina Ross obtint une bourse d'une fondation anglo-argentine pour séjourner à Londres. Il se proposait d'étudier des fragments d'Archiloque, un poète grec, conservés dans les réserves du British Museum. Le manuscrit en question était un papyrus trouvé en Egypte à la fin du XIXe siècle, et comportait aussi des fragments d'une tragédie perdue de Sophocle sur le siège de Thèbes. La bourse était pour une durée de deux ans et lorsqu'il l'apprit à Marilú, celle-ci pleura deux nuits de suite, une pour chaque année où ils ne se verraient pas. Pour la consoler, Colina Ross l'assura que lorsqu'il aurait mis assez d'argent de côté, il lui enverrait un billet d'avion pour qu'elle vienne le voir.

À ce moment-là, la fortune familiale était presque épuisée. Le père – biochimiste – était mort un an plus tôt et les sels Colina languissaient sur les étagères des pharmacies. La famille possédait encore des terrains, mais ils faisaient l'objet de procédures successorales. La mère du professeur vivait seule dans la grande maison de La Plata, avec son jardin en désordre et sa tour dans le fond, obscurcie par le lierre. La bourse était un sauf-conduit permettant à Colina Ross de s'éloigner de sa mère, toujours entourée de chats, dans une maison rapetissée par les pièces fermées, encombrées de malles, de vases et de lampes. Mme Colina s'était vue obligée d'abandonner ces régions de la maison parce qu'elle ne pouvait plus y faire le ménage et refusait de recruter du personnel domestique. "Les bonnes sont toutes des espionnes du gouvernement." Même après la chute de Perón, elle persistait dans son refus. "Toutes des espionnes au service du tyran en fuite."

Colina Ross prit l'habitude d'écrire tous les jours à Marilú, mais il postait les lettres tous les deux ou trois jours. Parfois il n'écrivait qu'une seule ligne, résumant la journée en un instant, mais Marilú prenait ces épiphanies pour de l'indifférence et de la lassitude. Eleonora conservait quelques-unes de ces lettres, toutes dans des enveloppes *Par avion* et sur papier pelure. Colina Ross n'était pas très effusif : sa signature, Ezequiel, suivie d'un laconique "à qui tu manques", comme s'il ne pouvait exprimer ce manque à la première personne.

Les mois suivants les lettres se croisèrent à travers l'océan. Celles de Marilú, écrites d'un jet, avec des timbres à l'effigie de Perón et d'Evita. Le sujet principal en était ses sentiments. Parfois elle notait des choses de sa vie, mais l'important était ce qu'elle imaginait, évoquait et projetait pour l'avenir. Celles de Colina Ross étaient plus brèves, estampillées du visage de la jeune reine d'Angleterre, et parlaient de son ennui croissant pour les manuscrits d'Archiloque, le poète qu'il avait choisi. La sagesse est toujours rétroactive, écrivait Colina Ross : elle nous sert à reconnaître que nous avons fait fausse route, mais pas à reconnaître le bon chemin au bon moment. Ses lettres donnaient l'impression d'un homme désemparé, qui a beaucoup voyagé sans savoir exactement pourquoi. Tout cela changea lorsque Colina Ross commença à travailler avec Alexander Maldany au déchiffrement de ce qui fut appelé "la langue de Dédale", une écriture de huit siècles antérieure à *L'Iliade.*

Depuis les années 20, la langue de Dédale était devenue l'obsession des plus grands archéologues du monde. Personne n'avait pu en déchiffrer un seul mot, mais dans les congrès et les publications académiques tous se disputaient et contestaient leurs observations. De toutes les langues qui n'avaient pas été déchiffrées, la langue de Dédale était celle qui avait inspiré la plus grande quantité d'articles et de conjectures, comme deux siècles avant les hiéroglyphes égyptiens. L'obscurité de cette langue servait à quelques universitaires à affirmer qu'elle recélait un monde de beauté et de connaissances, tandis que d'autres répétaient que c'était la nouvelle Atlantide de l'archéologie : une chimère, un fantasme, quelque chose qui révélait seulement notre inépuisable besoin d'étrangeté et de sortilège.

Maldany

Alexander Maldany était un homme de grande taille, un peu timide, mais doté d'un charme personnel considérable.

– Il faisait partie de ces personnes auxquelles il suffit de prononcer quelques mots pour capter l'attention générale, comme si sa seule présence déchirait le voile d'ennui qui enveloppe toute réunion, m'expliquait Colina Ross.

Quand il avait fait la connaissance de Maldany, le professeur avait écrit à Marilú Miller : "À peine a-t-il ouvert la bouche que nous avons tous su que nous nous étions jusque-là ennuyés et que nous n'avions prêté une véritable attention à rien. Il réveille notre curiosité, notre capacité d'étonnement."

Je lui demandai une fois comment il était entré en contact avec lui et il me répondit :

– J'avais assisté à un de ses cours. À chaque phrase aux accents enthousiastes, il opposait une autre empreinte de mélancolie. Il était faible en grec et n'avait aucune honte à l'avouer. Quelques mois plus tard, je l'ai croisé dans un couloir. En fait j'aurais pu ne pas le reconnaître, ou ne pas oser l'interrompre, car il marchait toujours pressé, les yeux baissés, comme s'il se parlait à lui-même, mais cette fois il s'était arrêté pour observer une espèce de bourdon qui se cognait contre la vitre d'une fenêtre. La lumière donnait en plein sur son visage et c'est par les reflets rougeâtres de sa tête que je l'ai reconnu. Je lui ai fait une remarque sur la *Scripta Minoa,* le volume dans lequel l'archéologue Evans avait réuni cette écriture mystérieuse. Au début il m'a écouté en prêtant plus d'attention au bourdon qu'à moi, mais lorsque je lui ai dit qu'un groupe de signes se répétaient avec une fréquence surprenante, il m'a regardé. “Pourquoi parlez-vous avec cet accent. Vous êtes italien?” m'a-t-il demandé. Je lui ai expliqué que j'étais argentin. Ces quelques mots ont suffi pour que Maldany me demande de collaborer avec lui. Il était entouré des plus grands spécialistes en langue grecque, d'archéologues, de linguistes, mais c'est moi, qui venais de loin et qui étais désemparé, qu'il a considéré comme un pair. Ni lui ni moi n'avions un patronyme illustre, un arbre généalogique, un blason, une maison de campagne : nous étions perdus dans ce monde compartimenté en institutions qui se livraient des guerres secrètes depuis le XIVe siècle. De plus, j'étais argentin, ce qui revenait à posséder un certificat d'inexistence signé par la reine et par Dieu.

Maldany n'était pas archéologue mais architecte, il avait néanmoins depuis l'enfance un don pour les langues (ce même don que possédait Champollion). Il avait appris facilement six langues, mais il éprouvait des difficultés avec le grec. (Il est fréquent, me confia Colina Ross, que les personnes qui ont une extraordinaire facilité pour les langues aient des problèmes avec le grec ancien, alors que d'autres qui rencontrent beaucoup de difficultés dans l'apprentissage des langues peuvent traduire le grec avec facilité. Le latin, l'anglais, les mathématiques, l'habileté pour le dessin et la musique logent dans la même région du cerveau, alors que le grec ancien se trouve dans une zone très différente. J'ignore d'où Colina Ross tirait ces précisions anatomiques.)

L'obsession de Maldany pour l'écriture crétoise s'était éveillée lors d'une sortie scolaire. Il avait quatorze ans lorsqu'il visita avec des condisciples une exposition sur l'archéologie dans un musée de Londres. L'exposition célébrait les cinquante ans de l'École britannique d'Athènes. Il dut assister, au début sans grand enthousiasme, à une conférence d'Arthur Evans, l'archéologue qui avait découvert le palais de Cnossos et les vestiges de ce qu'on appela la civilisation minoenne. Evans n'était pas un universitaire, c'était un aventurier ; il avait dépensé tout ce qu'il possédait en voyages épuisants, en serviteurs dangereux et en pots-de-vin aux autorités.

Lorsque quelqu'un demanda à Evans ce qui l'avait poussé à chercher ce palais fantomatique, il répondit : "La légende du roi Minos, que me racontait ma nounou avant de dormir."

Evans dépensa la fortune familiale en voyages, fouilles, et en problèmes que causent les voyages et les fouilles, et découvrit finalement le palais de 1 500 pièces ainsi qu'une culture entière jusque-là complètement inconnue. Après avoir égrené devant les élèves les souvenirs de sa vie d'archéologue, Evans parla des tablettes qu'il avait trouvées, écrites en ce qu'on appelait la langue de Dédale. Non seulement elles n'avaient pas été déchiffrées, mais on n'avait même pas identifié une seule langue avec laquelle elle aurait pu avoir un lien de parenté. Evans écrivit sur un tableau quelques signes figurant sur ces tablettes.

"On dirait un labyrinthe vu d'en haut", dit Maldany. Les signes étaient les obstacles et les couloirs de cette construction imaginaire.

L'archéologue acquiesça :

"C'est mon labyrinthe portatif."

Maldany leva la main et demanda s'il avait bien compris, s'il était vrai que rien, pas même un seul signe, n'avait été déchiffré.

"Pas un seul", répondit Evans.

"Alors je vais me consacrer au déchiffrement de la langue de Dédale", déclara Maldany qui avait quatorze ans.

"C'est une idée magnifique, mais je crains de n'être plus de ce monde quand vous aurez trouvé la solution de la devinette."

Evans avait raison : l'entreprise prit vingt ans à Maldany. À ce moment-là, et bien qu'il ait eu une longue vie, Evans était mort depuis longtemps.

Pendant la guerre, Maldany servit dans la RAF comme navigateur dans les bombardiers Lancaster qui détruisirent les villes allemandes de 1944 jusqu'à la capitulation. Sur une petite table, éclairée par une lumière très ténue, il s'efforçait de déchiffrer les cartes de l'Allemagne, tandis que l'avion, tous feux éteints, filait dans la nuit.

La guerre terminée, on commença à parler de la méthode qu'avaient utilisée les services secrets anglais pour casser le code secret des Allemands. C'étaient des informations qui circulaient à voix basse, des confidences, des secrets révélés très tard la nuit et après quelques verres : la vérité allait sortir à la lumière bien des années plus tard. Mais ce que colportaient les rumeurs était que l'on avait réussi à déchiffrer les messages secrets allemands grâce à un groupe hétérogène d'experts en mots croisés. (*Venez à notre rédaction et résolvez une grille de mots croisés en moins de 12 minutes ; si vous réussissez, un philanthrope donnera 100 livres à une institution de charité.*) Maldany prêtait une grande attention à ces rumeurs.

– Alexander disait que les rumeurs sont le seul oracle qui subsiste, rappelait Colina Ross. Elles nous préviennent que dans quelque recoin, loin de nos yeux, le futur commence à poindre.

Passionné par les histoires d'espions, Maldany eut le sentiment que les messages codés du haut commandement allemand n'étaient peut-être pas si différents des tablettes de Crète et décida d'appliquer la méthode utilisée contre les machines Enigma pour résoudre le cas de la langue de Dédale. Il entreprit de réunir des versions différentes, contradictoires, et de jouer sur les variantes possibles jusqu'à ce qu'apparaisse quelque chose qui ait du sens. Il se mit à appeler ses hypothétiques collaborateurs *Nos experts en mots croisés*. Maldany expliquait au jeune Colina Ross :

“Malgré ce que l'on dit des journalistes, j'ai personnellement pu constater combien les gens deviennent intelligents dans les journaux, alors que les facultés de sciences humaines semblent détruire les neurones des universitaires. Dans les salles de rédaction les idiots deviennent savants et dans les universités les savants deviennent idiots. Et cela pour la raison suivante: si limité que soit un individu, dans les journaux il travaille avec d'autres esprits, il apprend des autres, et s'il se trompe, il sera prévenu de son erreur le lendemain. Quand il consulte les archives, ce labyrinthe alphabétique, c'est en général pour un motif pertinent, car tous les journalistes sont très occupés, et s'ils consacrent un moment de la journée à chercher dans des enveloppes poussiéreuses, c'est parce qu'ils ont une bonne raison. Dans les universités, c'est tout le contraire. Les esprits sont séparés les uns des autres. Chacun ne s'occupe que de son sujet. Si quelqu'un se fourvoie, des années peuvent s'écouler avant qu'il soit averti de son erreur. Pour comprendre la langue de Dédale nous devons agir comme des journalistes, relier autant d'esprits que possible, comme l'ont fait les spécialistes pour déchiffrer les messages envoyés par les machines Enigma."

Colina Ross semblait faire des efforts pour ne pas mentionner Maldany dans ses cours et ses conversations, mais il ne pouvait éviter de le citer à tout propos. Je prenais des notes, parfois devant lui, d'autres fois à son insu. J'avais un carnet bleu où j'avais écrit sur la première page *Maldany*. Parfois je demandais à Colina de coucher ses souvenirs sur papier, mais il écrivait un article de temps à autre seulement pour avoir des atouts lui permettant de ne pas rester hors course en cas d'un éventuel concours. Il refusait d'écrire des livres. Et, surtout, il refusait d'écrire sur Maldany.

– Mon enseignement est oral, comme celui de Socrate ou de Jésus-Christ, plaisantait-il. L'écriture tue, l'esprit vivifie.

Pendant ses années en Angleterre, Colina aida Maldany dans toutes les étapes de son travail, y compris la première, peut-être la plus ardue et la plus inutile, qui consistait à rédiger et envoyer un minutieux questionnaire sur cette langue inconnue à tous les spécialistes qui s'étaient prononcés à son sujet. Au bureau de Maldany arrivaient – avec le retard typique des universitaires – des dizaines d'enveloppes. Colina Ross était chargé de les ouvrir et de faire une première lecture.

Malgré ses faibles aptitudes pour la classification, Colina Ross collabora à la compilation et à l'analyse de cette enquête, qui révélait dans la plupart des cas une collection d'erreurs, des disputes entre universitaires qui se détestaient et de minutieux travaux, lestés d'une interminable bibliographie, aboutissant à la conclusion que la réponse à cette énigme serait toujours une page en blanc. Mais, ainsi que l'avait prévu Maldany, le fait que l'information soit rassemblée en un seul endroit et que l'isolement soit rompu (comme il s'était rompu dans la *X Station* de Bletchley Park, comme il se rompt tous les jours dans la rédaction d'un grand journal) était la voie pour trouver la vérité. Colina Ross l'avait aussi aidé avec le grec, ce qui finalement allait être fondamental pour le déchiffrement de cette écriture.

Parfois, Colina Ross le trouvait dans son bureau, ou sur un banc du parc en train de lire des romans policiers. Mais ce n'étaient pas les romans en eux-mêmes qui plaisaient à Maldany, l'intrigue concentrée dans une maison de campagne, un train immobilisé dans la neige, ou un grand hôtel. Les couvertures des livres que choisissait Maldany abondaient en scorpions, boules de cristal, hiéroglyphes égyptiens, mains brandissant des poignards orientaux. Ses auteurs favoris étaient Edgar Wallace – que Colina connaissait par les éditions Tor de Buenos Aires – et deux écrivains dont il ne savait absolument rien : Talbot Mundy et Leo Perutz.

Dans les romans de Wallace, des personnages mystérieux échangeaient des messages dans des trains de nuit ; leurs assassinats s'accompagnaient toujours de signes mystérieux promettant d'autres assassinats. À la fin, de vastes conspirations internationales étaient nécessaires pour expliquer les nombreuses incohérences. De Talbot Mundy, il aimait surtout *Les Neuf Inconnus*, dont le titre évoquait une secte de neuf sages, adorateurs de la déesse Kali et gardiens de neuf livres où était chiffrée une sagesse ancestrale. Leo Perutz était un écrivain tchèque de langue allemande. Les couvertures rappelaient qu'il avait aussi été un brillant mathématicien. Ses mystères n'étaient pas conventionnels ; dans un de ses romans, les habitants d'une bourgade tombaient dans une frénésie religieuse sans limites ; dans un autre, une série de personnages mouraient à cause de la lecture d'un livre.

Chesterton avait divisé les romans policiers entre ceux qui appartiennent à "la chambre jaune" (une énigme parfaitement définie, un groupe de suspects limité, une explication économique et rationnelle) et ceux du "péril jaune", avec leurs conspirations de Chinois, d'Hindous, ou autres. Chesterton, bien sûr, préférait les premiers, et Colina Ross aussi. Mais au fil des mois qu'il passa avec Maldany, le professeur en arriva à comprendre pourquoi l'architecte était plus séduit par les conspirations exotiques que par les énigmes domestiques. Les espoirs et terreurs de leurs détectives étourdis étaient les espoirs et terreurs de Maldany. Comme eux, il rejetait une réponse modérée. Il voulait une révélation totale et absolue. Il aurait détesté une réponse qui mette fin au mystère ; il désirait une réponse qui multiplie le mystère à l'infini.

– Tous les romans policiers me déçoivent, disait Maldany. Sauf ceux que je n'arrive pas à comprendre.

La visiteuse

Colina Ross tint sa promesse, il épargna quelques livres sterling et envoya à sa fiancée un billet d'avion. Marilú interrompit les répétitions de *L'Alouette*, de Jean Anouilh, et partit à Londres. Quand ils se retrouvèrent à l'aéroport, tous deux se virent changés. Elle avait les cheveux très courts, ainsi que l'exigeait la pièce, et lui s'était laissé pousser la moustache. Ils vécurent pendant trois mois dans un petit appartement, qui était plutôt une mansarde. La propriétaire du logement, une veuve sévère, accueillit d'un mauvais œil l'arrivée d'une femme dans la vie de son locataire. Pour éviter des problèmes, Colina Ross présenta Marilú comme son épouse, bien qu'ils ne fussent pas mariés.

À ce moment-là Colina Ross avait découvert ce qu'on appelait la *loi de Zipf* qu'il tenta d'appliquer à la langue de Dédale. Zipf était un linguiste nord-américain qui avait fait, en 1940, une découverte singulière : la fréquence des mots dans la langue anglaise respectait un ordre mathématique. Le mot le plus commun apparaissait deux fois plus que le deuxième le plus commun, trois fois plus que le troisième le plus commun, quatre fois plus que le quatrième… ainsi de suite. Très vite d'autres linguistes tentèrent d'appliquer la règle à d'autres langues, comme l'espagnol, l'allemand ou l'italien, et la loi s'avéra posséder une validité universelle. La loi de Zipf devint ainsi un instrument servant à définir si une série de signes dont on ignore la signification fait réellement partie d'une langue existante ou s'il s'agit d'une pure invention. De fait, on l'appliqua au manuscrit Voynich, un livre hermétique de la Renaissance, écrit en caractères mystérieux et illustré d'images de plantes, de fleurs et de minuscules femmes nues qui semblaient participer d'un rituel ou d'un sortilège. Soumis à l'épreuve de la loi de Zipf, le manuscrit Voynich révéla que ses caractères incompréhensibles étaient la transcription, en un alphabet inventé, d'une langue réelle.

Mais Colina Ross ne fut pas aussi chanceux que les passionnés du manuscrit Voynich : il découvrit que la langue de Dédale n'obéissait pas à cette loi. La fréquence des mots n'obéissait à aucun ordre prédictible.

Cette découverte aurait dû obliger Maldany à modérer son espoir de trouver, sous les signes obscurs, un texte tissé d'ordre et de signification. Cela ne voulait pas dire que la langue de Dédale n'était pas une langue, mais qu'elle pouvait être, par exemple, une longue liste de noms propres ou d'objets. Un traité de philosophie, un article d'un magazine de mode ou un chant de la *Divine Comédie* permettent de vérifier la loi de Zipf, mais pas la liste d'ingrédients d'une recette ou le catalogue d'une bibliothèque. Maldany implora Colina Ross de s'abstenir d'appliquer "la loi maudite" et de rester attentif à la correspondance, pour voir si l'un ou l'autre de leurs multiples échanges comportait quelque chose qui pût être utile à leurs recherches.

Le professeur passait souvent la nuit entière à travailler dans les locaux de la faculté, au grand dépit de Marilú qui avait l'impression que cette solitude à laquelle elle était maintenant condamnée commémorait sa longue solitude antérieure. Marilú ne voulait pas être la spectatrice des routines de son fiancé : elle voulait être l'exception, l'interruption, l'interminable récréation. Mais Colina Ross ne voulait pas se laisser distraire de son travail. Il tentait d'élaborer un schéma général avec le résultat des questionnaires envoyés aux plus grands archéologues et linguistes du monde.

Colina Ross disait : "En suivant les pas de Maldany, j'étais tombé dans la pire erreur épistémologique : le respect des idées étrangères."

Mais il découvrit simultanément que les erreurs pouvaient être une source d'inspiration. Non pas les erreurs raisonnables et sensées, mais les autres : les énormités. Quelque chose dans les énormités séduisait l'imagination et indiquait un chemin nouveau, même s'il était bloqué. Un groupe de correspondants mystérieux, autodidactes étrangers à l'université, avaient découvert l'enquête de Maldany et envoyé leurs propres réponses. Les fous arrivaient toujours à une traduction totale et absolue des vieux signes.

"Toute langue mystérieuse a son Athanasius Kircher, disait Maldany. Allons-nous finir par devenir ainsi ?"

Pendant que Colina Ross se noyait dans ses papiers, Maldany se chargeait d'emmener Marilú au théâtre ou à quelque soirée. À ce moment-là, l'architecte avait une fiancée grande et extrêmement pâle, qui ne plut jamais à Marilú. Ils allaient parfois au cinéma tous les quatre dans la voiture de Maldany, une Bristol bleue. Maldany aimait les comédies, les films de gangsters nord-américains et les films d'Hitchcock, surtout ceux qu'il avait tournés en Angleterre avant de partir aux États-Unis, comme *Une femme disparaît* et *Les 39 marches*, vertigineux comme des rêves. À la sortie de la séance, ils allaient dans un des bars de la ville, bondés d'étudiants, et là il revenait à Marilú et à Maldany de porter le poids de la conversation. Colina Ross restait toujours silencieux et la fiancée de Maldany, par pur ressentiment contre la beauté de Marilú, faisait écho à ce silence. Mais il lui arrivait de parler, comme le jour où Marilú eut le fantasme de faire carrière à Hollywood et qu'elle lui répondit : "Il vaudrait mieux que tu apprennes d'abord à bien parler anglais, sinon tu seras condamnée aux rôles de bonniche."

La période que Marilú passa en Angleterre coïncida avec les mois précédant la révélation finale. Colina Ross se demandait si la conversation de Marilú, son désintérêt pour le monde universitaire, ses bâillements à la moindre allusion à la langue de Dédale, ses plaisanteries stupides, les films dont elle parlait, avec une mémoire prodigieuse pour le dernier des acteurs de la distribution, la musique qu'elle écoutait à la radio, toujours vulgaire et toujours trop forte, tout ce qu'elle avait fait pour les détourner de leur travail n'avait pas été ce qui avait donné à Maldany l'élan nécessaire pour résoudre enfin cette énigme.

C'est parfois la dispersion qui nous conduit au cœur de l'affaire, disait Colina Ross.

Le poème

Ces tablettes trouvées à Cnossos avaient été sauvées de l'oubli total par un pur hasard. Les Crétois n'avaient pas pour habitude de cuire la terre des tablettes sur lesquelles ils écrivaient, mais à cause de grands et vieux incendies de nombreuses tablettes avaient été cuites et conservées ainsi pour l'éternité provisoire.

Maldany examinait les transcriptions, en parcourant du doigt les espaces en blanc, comme si c'était un de ces labyrinthes qu'on trouve dans les magazines de jeux. Il laissait son doigt s'égarer sur les murs de la langue de Dédale. Elle était devenue pour lui, comme elle l'avait été pour Evans, un labyrinthe portatif, et où qu'il aille, il emportait ses transcriptions.

Il espérait trouver, caché dans ces tracés, un chef-d'œuvre perdu, un poème écrit huit siècles avant *L'Iliade*. Il ne se laissait pas décourager par le fait qu'après de longues années de recherches, rares étaient les textes de valeur trouvés sur leur support original. Si quelque chose avait été sauvé de l'Antiquité, c'était parce que en des temps lointains quelqu'un avait découvert sa valeur et l'avait transcrit en entier sur papyrus, parchemins ou livres, ou que quelques fragments avaient été cités dans une œuvre.

Maldany avait commencé à l'appeler “le poème”, au début comme une boutade, puis sans la moindre ironie. “Quand apparaîtra le poème...” disait-il, mais il ne complétait pas la phrase. Celui qui est amoureux nomme l'aimée à propos de tout et de rien, juste pour le plaisir de la nommer. Ainsi en allait-il pour Maldany avec “le poème”.

Était-il possible que “le poème” recèle le lien entre les poèmes homériques et les anciennes cultures orientales?

Était-il possible qu'y soit cachée une espèce de *pré-Iliade* racontant l'histoire du dieu absent, ce dieu qui, après les milliers de transformations provoquées par la transmission orale, avait fini par devenir l'Achille homérique ?

À la fin d'un cours, je posai la question à Colina Ross :

– Si Maldany n'avait pas déchiffré un seul signe, qu'est-ce qui lui faisait penser qu'un poème se cachait dans ces fragments ?

– Alexander était très rationnel pour d'autres choses, mais il souffrait de la même maladie que Nerval, que Strindberg, ou que le pauvre Akutagawa.

– Laquelle ?

– La manie des correspondances. Il y a un mot grec pour cela, mais je ne me le rappelle pas. C'est le mal qui nous porte à penser que tout signe que nous voyons n'est pas un vestige du hasard, mais quelque chose qui nous a été envoyé directement par le destin. Nerval voyait une correspondance entre les allées et venues des fous dans l'hospice et le mouvement des planètes. Akutagawa liait la série de malheurs qu'il vivait aux imperméables qu'il voyait autour de lui. Pour lui, le malheur arrivait vêtu d'un imperméable un jour de pluie. Strindberg, lui, voyait l'intervention d'une main invisible dans les curieuses correspondances de la nature, dans les noms de rue qui semblaient parler de sa vie, dans des livres ouverts au hasard sur un paragraphe ou un mot qui abritaient de terribles significations. Maldany appelait ces hasards et ces signes *le bureau de poste des dieux*. Combien d'hommes ont cru voir leur destin préfiguré dans une conversation saisie au vol, une affiche collée sur le mur d'un terrain vague, ou un rêve.

– Il est arrivé à Maldany de rêver que ce qu'il déchiffrait était un poème ?

– Non, il était anglais, les Anglais ne rêvent pas. Ou du moins ne se rappellent pas leurs rêves. Mais un incident dans sa vie l'amena à la conviction que ce qui l'attendait depuis trente siècles était un poème.

– Quel incident ?

– Je vous le raconterai un jour. Je l'appelle "l'incident de la bicyclette verte".

Il avait suffi à Maldany de découvrir que ces signes n'étaient pas des lettres, mais des syllabes, et qu'elles étaient une forme archaïque du grec, pour que la signification commence à apparaître. Lentement, après sa sieste séculaire, le sens se laissait percevoir.

À ce moment-là, Marilú était partie. Elle était restée trois mois en Angleterre mais avait dû retourner à La Plata à l'expiration de son permis de séjour. Quand elle partit, ses cheveux, coupés pour son rôle de Jeanne d'Arc, avaient repoussé. Dans une lettre que Colina Ross lui envoya les mois suivants, il lui disait, peut-être pour la flatter, que Maldany avait été désolé du départ de sa camarade de conversation. L'architecte fut d'humeur taciturne pendant des jours entiers. Quand ils se retrouvaient pour travailler, Maldany interrompait la réunion par des réflexions absurdes sur les films qu'il avait vus et que Colina Ross avait complètement oubliés. Je n'ai jamais vu les lettres de Marilú (qui sait si Colina Ross les avait conservées), mais d'après ce que je pus déduire de celles de son fiancé, Marilú feignait de n'être pas flattée par cette lointaine dévotion.

"J'ai transmis, comme toujours, tes pensées affectueuses à Alexander", écrivait le professeur.

La découverte ne fut pas l'affaire d'un instant, ce fut une constellation unissant des fragments dispersés : la ressemblance de quelques rares signes avec les lettres grecques ; la possibilité qu'il s'agisse – à cause de la brièveté des mots – d'une écriture syllabique, le caractère "énumératif" de beaucoup des textes trouvés… La langue de Dédale confirma ce que l'intuition avait dicté à Maldany (intuition de laquelle il s'était ensuite éloigné) : c'était une variante archaïque du grec.

En résolvant ce que les universitaires appelaient "l'énigme crétoise", Maldany devint la grande figure de l'archéologie mondiale. La nouvelle s'échappa des milieux universitaires et parvint aux journaux, qui le surnommèrent souvent "le Champollion anglais". "L'architecte qui a découvert la sortie du labyrinthe", titra un quotidien. Les journalistes de la presse étrangère venaient l'interviewer dans son bureau, le prenaient en photo et Maldany rougissait et se plaisait à dire que son rôle avait été fortuit et mineur. Les photographes avaient du mal à lui faire regarder l'objectif. Il baissait toujours les yeux.

Son triomphe le plongea cependant dans une mélancolie durable, comme si ces messages venus du fond des âges lui avaient transmis un sentiment de défaite à lui seul destiné.

Colina Ross disait : "Quand il y avait une réunion en son honneur, on le trouvait sur le balcon, en train de fumer, seul, comme si au lieu d'être l'invité d'honneur il était un individu entré par erreur, ne connaissant personne et n'ayant pas la moindre conversation. Vous avez déjà vu ces assiettes qu'une fêlure rend extrêmement fragiles, mais qui n'apparaît que lorsque l'assiette est chaude ? Eh bien, c'est son triomphe qui a fait apparaître la fêlure, sûrement présente en lui depuis toujours."

La traduction de ces syllabes révéla qu'elles ne formaient aucun poème. C'étaient des annotations commerciales, des transactions, des listes de choses à acheter. Bœufs, outres, sacs de farine. Paies de soldats, de cuisiniers, de messagers : les dépenses routinières du palais. Il n'y avait rien qui intéressât moins Maldany que la vie quotidienne d'un palais antique. Il ne voulait rien savoir de sacs de céréales, d'outres de vin, de bœufs ou d'esclaves. Il n'était ni un historien ni un marxiste : c'était un romantique. Il était en quête d'un sortilège capable de réenchanter le monde. À mesure que chaque signe était interprété, Maldany regardait ceux qui restaient à déchiffrer, comme si "le poème" était une sorte de fugitif se cachant dans des refuges de plus en plus réduits, traqué par des traducteurs implacables. Mais il fut bientôt évident que "le poème" n'avait plus d'endroit où se cacher.

Outres, bœufs, esclaves…

Il était logique que cette écriture n'aurait pas passé l'épreuve de Zipf, car c'était une série de substantifs, une liste d'objets et non pas le reflet d'une langue réelle, avec ses pronoms, verbes, adjectifs, promesses, vacillations et mensonges. À peine Colina Ross lui eut-il fait cette observation, Maldany lui demanda de ne plus jamais prononcer le nom de Zipf.

– À celui qui est touché par la malédiction, il ne sert à rien de penser à l'oracle auquel il aurait dû obéir.

Le piège avait duré des siècles, des millénaires, et il était tombé dedans. Il avait eu beaucoup de mal à déchiffrer le message et maintenant il aurait aimé le renvoyer dans les ténèbres.

Les adieux

Un an après avoir été qualifié de Champollion anglais, Maldany s'embarqua pour Rio de Janeiro, où il donna une conférence, avant de poursuivre son voyage en Argentine. Il visita l'université de Tucumán et celle de Córdoba. Puis il alla voir son ami Colina Ross et logea dans un hôtel de La Plata. Pendant trois mois il rencontra tous les jours Colina Ross et son épouse. Ils dînaient ensemble tous les soirs et firent aussi quelques petites excursions au Tigre et à la campagne, chez une famille amie qui possédait une propriété.

"Maldany était toujours sur le point de dire quelque chose, mais il ne le disait pas. Il paraissait ne pas pouvoir trouver les mots adéquats", se rappelait Colina Ross.

Colina travaillait alors comme professeur dans un lycée. Il enseignait les mathématiques, la philosophie, la logique, et d'autres matières s'il le fallait.

Je demandai à Colina Ross :

– Maldany n'était pas étonné que vous, qui aviez participé au déchiffrement de la langue de Dédale, donniez des cours dans un établissement des faubourgs de La Plata ?

– Il trouvait naturel que dans un pays comme l'Argentine il se passe des choses étranges. C'est la normalité qui l'aurait surpris. Les hommes civilisés ont un grand respect pour tout ce qui se pratique loin de chez eux : le mariage par castes, la lapidation des femmes adultères, le cannibalisme.

Colina Ross profita de l'arrivée de Maldany pour épouser Marilú. Ils se limitèrent à une cérémonie civile, bien qu'elle eût aimé se marier en blanc et à l'église. Elle dut se contenter d'une simple robe vert d'eau et d'une capeline. La fête compta peu d'invités : la famille de Marilú et quelques amis du monde du théâtre. Côté mari, il n'y eut que sa mère, sa cousine Haydée Porta, avec laquelle il avait joué pendant les interminables étés de son adolescence à la maison de campagne de City Bell, et Maldany qui fut un des deux témoins. Il n'invita aucun de ses ex-collègues de la faculté.

Après la cérémonie civile ils allèrent dans un café du centre de La Plata, dont le premier étage servait de salle de fêtes. Marilú voulut absolument danser une valse. Colina esquissa avec elle quelques pas maladroits et la confia à Maldany qui la fit tourner sur la piste, sous une claire-voie aux vitraux colorés et continua à danser sans que personne vienne lui prendre sa cavalière, jusqu'à ce que les couples quittent la piste et qu'il ne reste plus qu'eux.

Quand les jeunes mariés revinrent de leur lune de miel (une semaine à Mar del Plata), ils découvrirent que Maldany avait annulé les deux conférences qu'il devait prononcer (l'une au Club argentin d'échecs, l'autre à la faculté de philosophie et lettres de Buenos Aires) et qu'il était reparti dans son pays.

Quelques mois après son retour en Angleterre, Maldany mourut dans un accident de voiture. Il était resté très tard dans son bureau de l'université. Il était, semble-t-il, revenu à ses vieilles traductions, en essayant d'être plus précis dans leur signification. Un concierge confirmerait plus tard avoir vu la fenêtre de son bureau éclairée.

Après avoir travaillé sur la *Scripta Minoa* jusqu'à deux heures du matin, il monta dans sa voiture et prit la direction de Norwich. Il était seul et roulait à toute vitesse sur une route déserte lorsque sa voiture s'écrasa en pleine obscurité contre un camion garé sur le bas-côté. Que faisait Maldany sur cette route, personne ne le sut jamais. Son corps traversa le pare-brise. Il mourut sur le coup. Il avait trente-sept ans.

Sa voiture était une Bristol, fabriquée par une entreprise qui, durant la guerre, avait construit des avions, ces mêmes bombardiers dont Maldany avait fait partie de l'équipage dans la nuit allemande.

Quand Maldany mourut, il y avait longtemps que l'intérêt pour l'écriture crétoise s'était complètement éteint. Il aurait voulu être Athanassius Kircher et découvrir un monde plein de beauté et de sens : il lui échut d'être Champollion et de devoir se contenter de la vérité.

Quand Colina Ross apprit la mort de son ami, Marilú était soignée dans une clinique de La Plata pour des problèmes liés à sa grossesse, datant déjà de sept mois. Le médecin lui avait prescrit un repos absolu jusqu'à l'accouchement. Sachant combien Marilú aimait Maldany, Colina lui cacha la nouvelle jusqu'à la naissance de la petite fille. Il interceptait tous les journaux qu'il trouvait, craignant qu'un petit encadré signale la fin tragique de Maldany. Il les remplaçait par des romans de Stefan Zweig ou de William Somerset Maugham. Ainsi que par des romans-photos, qu'elle adorait, et par le magazine *Radiolandia*.

Quand ils rentrèrent chez eux, Marilú lui demanda d'informer Maldany de la naissance d'Eleonora. Son mari dut alors lui dire la vérité. Marilú ne pleura pas, mais resta totalement muette pendant des jours. Elle ne parlait en murmurant qu'au bébé. La mère de Colina Ross essaya en vain de lui arracher quelques mots, elle l'accablait de conseils et la gavait de potions et d'onguents des laboratoires Colina.

La mort de Maldany avait certes quelque chose de mystérieux, mais j'étais plus intrigué par la tournure qu'avait prise la carrière de Colina Ross.

En s'embarquant pour l'Angleterre, il était un espoir de la science argentine. Le conseil d'administration de l'université de La Plata l'avait invité à créer la première chaire spécialisée en déchiffrement des langues archaïques et cryptographie. Quatre mois après son retour il occupa son premier poste : une suppléance comme professeur de philosophie dans un lycée de la banlieue de La Plata. Cela ressemblait à un destin de fugitif. C'était comme si en franchissant la ligne de l'équateur, il avait aussi franchi celle de l'échec.

Il lui fallut trois ans pour obtenir de nouveau un poste à l'université. Et cela comme assistant de travaux pratiques, rivalisant avec des étudiants de vingt-deux ans.

J'ai demandé à Colina si quelque problème politique expliquait cette sanction. Pour toute réponse il m'a dit :

– Vous savez, Dorey, les voyages transocéaniques sont très ennuyeux. Et en fin de compte la malédiction crétoise s'est aussi abattue sur moi.

La promesse

Il n'y eut pas dans ma vie un moment de plus grand enthousiasme que les premiers temps du Cercle des Cryptographes. Les réunions m'emplissaient d'énergie et je faisais des projets de recherche sur les sujets les plus divers. Je lisais des essais sur Giordano Bruno, Alan Turing, Champollion, sur la longue tradition de livres maudits, le manuscrit Voynich, sur l'alchimie, l'histoire de la CIA. J'adorais Eleonora et ne cessais de la regarder, en réunion ou en cours, comme si je la voyais pour la première fois. Mon métier de professeur m'emplissait aussi d'enthousiasme. Dans mes premiers cours, ma timidité me faisait perdre le fil du sujet et parfois même la voix, mais j'appris rapidement à parler sans lire. Je préparais un canevas du cours et cela me suffisait pour parler jusqu'à la fin.

À ce moment-là, j'essayais de relier le monde de la cryptographie à la littérature : marchant sur les pas de Colina Ross, je centrais mes cours sur Edgar Allan Poe, l'interprétation hermétique de *La Divine Comédie,* la figure de l'anagramme dans la poésie, ou encore les correspondances chez Baudelaire, Nerval et Rimbaud. Dans une modeste maison d'édition je parvins à publier une petite anthologie de nouvelles sur la cryptographie. Certains auteurs étaient célèbres, comme Edgar Poe (*Le Scarabée d'or*), Arthur Conan Doyle (*Les Hommes dansants*), Rudyard Kipling (*Hors du cercle*) et M.R. James (*Le Trésor de l'abbé Thomas*). D'autres relativement inconnus, comme F.A.M. Webster (*Le Secret de la clé extraordinaire*) et J. Dardalhon (*Explication du texte*).

J'avais également commencé à mettre au propre les notes que j'avais prises sur Maldany dans mon carnet bleu ; j'en vins même à imaginer un livre rapportant mes entretiens avec le professeur, mais il s'opposa à l'idée.

– Un livre ? Non, il y a déjà trop de livres dans le monde.

– Mais vous avez bien publié un livre aux éditions Columba. J'ai encore mon exemplaire, à la couverture déchirée.

– C'est bien que vous ayez un exemplaire, moi je n'en ai aucun. Je l'avais écrit parce que j'avais besoin d'argent. Je devais vendre des terrains de mon père, mais ils étaient bloqués par une procédure successorale. Et comme vous le savez, le manque d'argent est la dixième muse. Les neuf autres sont des usurpatrices.

Si je n'arrivais pas à l'enthousiasmer avec l'idée d'un livre d'entretiens, il fut en revanche bientôt évident que le Cercle des Cryptographes le réjouissait. Jusque-là il avait été isolé : il n'avait pas de contacts avec les autres professeurs, qu'à de rares exceptions près il méprisait, et les associations étudiantes, qui n'étaient jamais d'accord entre elles, faisaient pour lui une exception en le détestant toutes. Le Cercle fut pour lui une manière de se rapprocher des étudiants et de voir circuler son nom parmi les jeunes. Nous étions un groupe marginal et extravagant, mais jeunes en fin de compte. Ce fut aussi une manière de se rapprocher de sa fille. Il y avait longtemps qu'ils ne se parlaient plus, mais dans les réunions ils commencèrent à se disputer et toute dispute vaut mieux que le silence.

Grâce à Fabiani, qui se chargeait de la correspondance, le Cercle avait réussi à devenir une entité reconnue dans les universités européennes. Peut-être trouvaient-elles exotique que dans un pays si lointain il y ait des gens qui se consacrent à l'étude de la cryptographie et au déchiffrement de langues anciennes. Nous recevions des revues de philosophie, d'archéologie, d'herméneutique. Arrivèrent aussi des lettres de Francis Yates, de John Chadwick (qui avait été un ami de Maldany), d'un biographe d'Alan Turing, d'un professeur qui éditait le journal intime de Ludwig Wittgenstein, écrit en code. Les lettres étaient déposées dans un classeur métallique et classées selon les initiales de l'expéditeur. Nous avions fixé au mur des étagères destinées aux revues et aux livres.

Après une réunion qui se termina tard, Colina et moi partîmes à pied vers la station Plaza de Mayo du métro A. Avant de disparaître dans l'escalier au milieu de la foule des employés qui se hâtaient de descendre, il me dit :

– Je dois vous remercier.

– Pourquoi ?

– Pour le Cercle. Il m'a permis d'être plus près de ma fille que je ne l'ai jamais été. Si un jour je décide de publier les papiers de Maldany, vous vous chargerez de l'édition.

– Que sont exactement ces papiers, professeur ?

– Des lettres qu'il m'envoyait d'Angleterre, des articles qu'il me demandait de réviser et qu'il n'a pas publiés, des notes de ses conférences. Je pense que ce sont des documents qui peuvent avoir de l'intérêt.

Ce bref dialogue fut ma condamnation. Tel le pauvre critique des *Papiers d'Aspern*, je commençai à fantasmer sur la possession du trésor. Les papiers de Maldany devinrent mon Graal. Je demandais au professeur dans quel état ils étaient, écrits à la machine ou à la main, je le mis en garde contre le risque que le papier se désagrège. Les avait-il placés à l'abri de l'humidité ? Savait-il que les trombones laissaient une marque de rouille sur le papier ?

À part ces préoccupations pour les papiers de Maldany, rien ne m'inquiétait. Les journaux rendaient compte d'enlèvements et d'assassinats. Des succursales de banques nord-américaines explosaient tous les jours, ainsi que les supermarchés appartenant à des mains étrangères. Des groupes de guérilleros attaquaient des commissariats et même des casernes. Des syndicalistes de gauche et des avocats de prisonniers politiques étaient criblés de balles dans la rue, en plein jour, et les tueurs repartaient sans se presser dans des Ford Falcon qui les attendaient. Tous les mois apparaissait une nouvelle organisation révolutionnaire avec un sigle différent, ou l'une qui existait déjà scissionnait, ou deux qui avaient été adversaires encore récemment fusionnaient. Nous autres, lecteurs de langues perdues, scrutateurs des symboles que cachait la réalité, ne prenions pas la peine de déchiffrer les signaux de la catastrophe.

Personne n'a besoin d'un monde parfait. Avec les années, nous apprenons que la perfection est une ennemie obstinée de la vie. Il suffit d'avoir une bonne raison pour se lever tous les matins. Moi, j'avais Eleonora, mes études, mes amis, la promesse des papiers de Maldany. J'étais heureux.

II

L'INVASION

Barnes

Ce fut Claudio Barnes qui ouvrit la porte à l'invasion.

Eleonora le connaissait bien : ils avaient été condisciples au Collège national de La Plata. C'était le fils du directeur d'une succursale de la Banque hypothécaire. Il se rasait la tête, ce qui à cette époque était une excentricité. Barnes portait des lunettes à monture ronde et une veste en cuir noir. Les jours de chaleur il se coiffait d'une espèce de panama, et d'une casquette quand il faisait froid. Il militait dans un groupe trotskyste qui avait découvert récemment le péronisme : ils assistaient éblouis à la capacité du mot "peuple", abstrait et pur, à s'incarner dans des individus concrets, quoique imprégnés de croyances barbares. Malgré ses priorités politiques, Barnes avait un intérêt authentique pour le passé et, à cette époque, il avait commencé à étudier le sanscrit. Colina Ross lui avait conseillé de lire Mircea Eliade et le monde des mythes avait fasciné Barnes.

Colina Ross préférait ignorer les convictions politiques de Barnes. Il était évident qu'il avait confiance en lui, bien qu'il ne le traitât pas avec cette espèce de complicité moqueuse qu'il réservait à Tarrés, mais plutôt une certaine distance respectueuse. Ils restaient parfois tous les deux à parler après le cours. Colina Ross essayait de le convaincre d'envoyer des articles à des congrès et des revues universitaires de référence. Barnes acquiesçait, mais n'envoyait jamais rien. Je pensais que c'était par flemme, mais déjà à ce moment-là la politique était devenue la plus persistante de ses excentricités.

La seule fois où je vis Colina Ross complètement offusqué pendant un cours, ce fut à cause d'une question innocente de Barnes qui conduisit, après un moment d'échanges, à ce qui ressemblait à une voie sans issue. Il demanda au professeur quel était le message le plus bref qu'il ait connu.

Colina Ross réfléchit quelques secondes, rajusta ses lunettes et répondit :

– Bien avant d'écrire ses *Vies parallèles*, Plutarque était un prêtre du temple de Delphes. Il était alors très jeune et donc très curieux. Un jour il trouva, gravée sur une colonne, la lettre epsilon, qui paraissait être là depuis la nuit des temps. Il la trouva ensuite sur la façade du temple, puis sur les colonnes et même sur les pièces frappées à l'oracle. Comment était-il possible que personne, à part lui, n'ait jamais remarqué cette lettre, si visible et pourtant si secrète ? Pourquoi personne ne s'en souciait ? Il interrogea les prêtres plus âgés, mais ceux-ci n'avaient aucune certitude, chacun avait sa propre théorie, mais aucune ne convainquit le jeune Plutarque.

“Les années passèrent, Plutarque quitta l'oracle, mais n'oublia pas l'epsilon. Il avait plus de soixante-dix ans quand il entreprit d'écrire un dialogue sur cette lettre.

“Dans ce dialogue, cinq philosophes conversaient au sujet de leur maître Ammonios, qui est le Socrate de Plutarque. L'un postule que l'epsilon, en tant que cinquième lettre de l'alphabet, affirme que les grands philosophes de Grèce furent au nombre de cinq. La réponse ne convainc personne. Avec une logique numérique semblable, un autre avance qu'étant la deuxième voyelle elle correspond au deuxième astre, le soleil, l'astre d'Apollon, à qui était consacré le temple. On dirait une réponse de cryptographe plutôt que de philosophe.

“Le troisième propose qu'il s'agit d'un signe grammatical spécifique, une particule de question dans celles que l'on pose à l'oracle. Le quatrième penche lui aussi pour une solution philologique : l'epsilon serait une conjonction conditionnelle, quelque chose de semblable à notre *si*. Mais ces opinions ne triomphent pas dans l'esprit de celui qui lit ce dialogue : confrontés à un objet fait de mots, les lecteurs veulent toujours qu'on leur indique quelque chose qui soit au-delà des mots. De plus, s'ils sont cinq à parler, nous nous attendrons toujours à ce que ce soit le cinquième qui possède la vérité.

“Le maître, Ammonios, réserve son avis pour la fin. À son tour, il dit que l'epsilon se réfère au verbe *eimi*, être, et signifie donc ‘tu es’. Le voyageur qui arrive à l'oracle reçoit l'enseignement du *connais-toi toi-même*. Alors il répond ‘tu es’, ce qui signifie que seule la divinité existe véritablement. Toi, le dieu, tu es; moi, le mortel, je ne suis pas, je ne suis pas du tout. L'epsilon est le message secret du pèlerin qui accepte son irréalité face à la réalité du dieu.”

Nous avions écouté Colina Ross en silence, mais à peine eut-il fini de parler que nous avons commencé à nous demander s'il existait à un message aussi bref que celui-ci, mais qui soit un message réel, envoyé par une personne à une autre, avec une signification spécifique.

– On pourrait penser à un message ne comportant aucune lettre, dit Tarrés.

– Cela ressemblerait à quoi?

– À un espace en blanc.

– Reste à savoir si un message sans lettres est plus bref qu'un message d'une seule lettre, dis-je. Le vide occupe lui aussi l'espace. Dans le morse, les pauses entre une impulsion et une autre occupent de l'espace sur le papier et du temps dans l'air.

– Il peut aussi exister des messages non linguistiques, dit Barnes.

– Par exemple? demanda Bobby Tarrés.

Les exemples étaient nombreux et chacun de nous en avait au moins un en mémoire. Mais Colina Ross s'empressa de parler, comme si la réponse était aux aguets en lui, dans l'attente de l'instant de bondir.

– Une feuille d'arbre. Une feuille qui aurait un sens pour quelqu'un qui est préparé à la voir comme un signal, mais pas pour les autres.

– Une feuille d'arbre, répéta Barnes. Que pourrait signifier une feuille d'arbre? Elle ne serait significative que s'il n'y avait pas d'autres feuilles autour, avec lesquelles elle risquerait d'être confondue. Elle n'aurait de sens que seule, ou singulière pour quelque raison.

Colina Ross ouvrit alors la bouche pour répondre, mais ne dit rien. Il y avait du trouble dans ses yeux : de la peur, ou de la honte, les deux émotions les plus aptes à priver de parole celui qui les éprouve. Quelle était donc cette feuille qui l'avait rendu muet ?

Peu de mots avaient été prononcés, mais je me rendis compte que cette feuille avait existé, non dans un recoin oublié d'une histoire de la cryptographie, entre références aux bâtons étrusques, à Giordano Bruno, ou aux livres de codes japonais, mais dans la vie même de Colina Ross. Une feuille s'était changée en message, en un message si important que maintenant, à peine mentionnée, la feuille le contraignait au repentir. J'aurais voulu interrompre ce trouble, mais je ne trouvai rien à dire.

Pour sauver la situation, Barnes s'empressa de demander :

– Et quel serait le message le plus long, professeur ?

La question permit à Colina d'émerger aussitôt de son étourdissement :

– Le message le plus long est l'apanage des fous. Cette idée paranoïaque que tout ce qui les entoure, tout ce qu'ils entendent à la radio et à la télévision, les graffitis sur les murs des terrains vagues, les dialogues chez le marchand de primeurs, que tout cela fait partie d'une transmission secrète dont ils sont l'objet et que tous les autres comprennent sauf eux. Peut-il exister un message plus long ? Telle est la leçon secrète que nous donnent les fous : si long soit-il, et bien que nous en possédions les clés, nous ne comprenons jamais le message qui nous est destiné.

Ce fut la dernière classe dont je me souvienne avant que l'on commence à percevoir dans le Cercle les premiers signes de l'invasion.

Les nouveaux venus

Bien qu'ils se connaissent depuis le collège, Barnes et Eleonora ne se parlaient jamais. Il me semblait parfois y voir une discrète antipathie. D'autres fois, que le secret d'Eleonora (qui était la fille de Colina Ross) pesait tellement sur eux qu'ils préféraient se comporter comme deux inconnus.

Quand je lui demandai la raison de cette attitude distante, elle me répondit :

– On se connaît depuis si longtemps que nous n'avons plus rien à nous dire.

Les jeux de Barnes avec la politique semblaient relever d'une espèce de personnalité parallèle, qui n'interférait pas avec nos recherches. Mais un soir, pendant une de nos réunions du jeudi, Barnes nous annonça qu'il avait un ami qui souhaitait intégrer le Cercle des Cryptographes.

– Quelqu'un qu'on connaît ? demandai-je.

– Il s'appelle Ramiro Lemos.

– Ça ne me dit rien.

– Il a suivi un séminaire avec Víctor Crámer.

Fabiani intervint :

– Je crois qu'il vaut mieux ne pas nous développer trop vite avant d'avoir mené à bien ce que nous avons projeté de faire et que nous n'avons pas encore fait.

– Qu'est-ce que nous avons projeté ? demanda Barnes.

– La publication d'un *Cahier du Sphinx* chaque trimestre.

– Je ne m'en souvenais pas. J'ai dû être absent ce jour-là.

Fabiani soupira, comme soupiraient à cette époque mes tantes pour suggérer qu'une jeune fille, le pays, ou le monde, étaient en voie de perdition.

– Alors aucun nouveau n'entrera? demanda Barnes. Nous allons toujours rester entre nous?

– Bien sûr que de nouveaux membres seront acceptés, répondit Fabiani. Mais selon une procédure comportant plusieurs entretiens, la présentation d'un travail écrit, l'aval de l'un d'entre nous et un vote final…

Barnes hocha la tête : il acquiesçait aux paroles de Fabiani comme on acquiesce à la poussière qui flotte dans l'air et au changement des saisons.

– Ce nouveau candidat pourrait nous aider pour la revue. Il a de l'expérience en publications.

– À la prochaine réunion nous pourrons voter si nous entamons la procédure…

– À la prochaine réunion il votera lui aussi, le coupa Barnes.

Je crus que l'arrivée de ce nouveau membre n'était qu'une simple éventualité, mais Ramiro Lemos était déjà là, à l'extérieur du bureau, comme un événement sur le point de survenir, et lorsque Barnes, sans attendre l'avis de personne, pour ou contre, ouvrit la porte pour l'appeler, Lemos entra la main tendue. Ce qui n'était qu'en puissance était passé en acte. Il était grand, énergique, et serrait la main comme s'il allait casser une noix. Fabiani me regarda, espérant que j'allais chasser l'intrus. Je haussai les épaules.

Lemos portait un pantalon clair et une chemise verte : il ressemblait plus à un chanteur à la mode qu'à un aspirant cryptographe, ou (comme nous le comprîmes dès qu'il ouvrit la bouche) un cadre politique. Nous n'étions déjà plus les anciens membres recevant le nouveau ; c'étaient nous, maintenant, les nouveaux, les nouveaux venus. Lemos nous saluait comme s'il nous souhaitait une chaleureuse bienvenue dans ce bureau qu'il foulait pour la première fois.

Lemos s'assit sur une chaise branlante restée libre. Nous évitions de nous y asseoir de crainte qu'elle ne se disloque, et lorsqu'il s'assit nous le regardâmes comme s'il s'agissait d'une de ces épreuves magiques que pratiquent les tribus africaines dans les films : celui qui ment est mordu par le serpent, l'impie se brûlera avant de traverser le feu, celui qui ne mérite pas d'entrer dans le Cercle des Cryptographes se retrouvera assis par terre. La chaise ne se brisa pas. Elle avait prononcé son verdict : Lemos était accepté.

Il avait l'allure de ceux qui dominent les assemblées et ne sont jamais le personnage principal, mais plutôt le bras droit de celui-ci, qui attend dans l'ombre le bon moment pour parler et triompher. Sa voix était grave et puissante. Il connaissait bien cette rhétorique indirecte avec laquelle on s'impose dans les discussions, où les décisions se prennent en prévoyant les étapes suivantes, comme aux échecs. Tarrés s'en rendit compte aussitôt :

– On fait l'éloge de A pour laisser B l'attaquer. Puis on propose C, pour que tous les autres l'attaquent. Quand ils sont tous lassés, quand il n'y a plus de majorité, on propose D, qui est celui qui reste en fin de compte. C'est la dictature du procédé par élimination.

Lors des réunions suivantes, Lemos ne prit pas la peine de faire semblant de s'intéresser aux travaux que nous avions entrepris. Il ne feignit pas la moindre dévotion pour Colina Ross. Il nous arrachait à nos élucubrations en nous disant que pendant que nous étions en train de réfléchir aux messages secrets de la Seconde Guerre mondiale ou de disserter sur la tour de Babel, circulaient ici et maintenant de véritables messages codés, dont l'élucidation desquels dépendaient des vies humaines.

Trois ou quatre fois, Lemos vint accompagné de sa femme, une psychologue. Il avait vingt-six ans, mais paraissait plus âgé et était déjà marié. Elle avait cinq ans de plus que lui. Elle était petite et bavarde. Elle s'appelait Ana María Bari, mais Lemos l'appelait Any. Elle portait toujours un T-shirt, des jeans moulants et des cuissardes. Elle avait un certain sex-appeal, sans cesse tempéré par sa manie de donner des leçons sur tout. Elle s'ennuyait dans nos réunions ; deux ou trois fois elle suggéra de relier les langages codés à ce qu'elle appelait la langue paternelle, qui s'opposait à celle de tous les jours, la langue maternelle. Eleonora, avec laquelle elle s'entendit mal dès le début, lui demanda ce qu'elle voulait dire. La psychologue ne se démonta pas pour autant et répondit :

– La mère, on la comprend toujours. Le père, jamais. C'est pourquoi je dis de la langue maternelle qu'elle est claire et la langue paternelle, cryptée. Nous sommes toujours à mi-chemin entre le sous-entendu (la mère) et le malentendu (le père).

Pour indiquer les parenthèses, elle baissait la voix et faisait des gestes avec les mains.

Il y avait en elle une espèce d'ingénuité qui contrastait avec la rouerie permanente de son mari. C'était comme si elle croyait fermement que la politique était un espace destiné à ce que les mots et les choses finissent par se conjoindre, sans ambiguïté, alors que pour lui c'était le lieu où les mots et les choses se séparaient pour toujours.

Lemos était une présence écrasante et pourtant nous nous sommes rendu compte dès le début qu'il lui manquait quelque chose. Il ne pouvait triompher en tout, car son savoir était quasiment inexistant en cryptographie, il était là avec l'idée de prendre le contrôle du groupe, tout comme les associations et les syndicats d'étudiants étaient contrôlés par la droite ou par la gauche ; mais il n'avait aucune possibilité de réussir. Il débordait d'énergie, mais il lui manquait la prudence, le sens de l'opportunité, la subtilité qui lui auraient permis de nous conquérir. Il lui manquait – nous l'apprendrions plus tard – Crámer. De plus, il y avait Tarrés. Chaque fois que Lemos disait quelque chose, Tarrés le contestait. Habitué à affronter des ennemis prévisibles dans d'interminables et tout aussi prévisibles assemblées, Lemos ne savait pas comment s'y prendre avec Tarrés, qui excédait toute norme et parlait parfois comme un anarchiste radical et d'autres fois comme un représentant du clergé.

Lemos était le seul à taxer nos travaux d'inutiles. Il ne pouvait rien affirmer, ne pouvait pas nous guider, mais en revanche il pouvait nous décourager. Il n'était pas l'envahisseur, mais le messager de l'envahisseur, il venait seulement annoncer que les temps avaient changé. Par ailleurs, il favorisa l'intégration d'autres membres au groupe. Au début, Fabiani et Tarrés s'opposèrent à ces admissions inconditionnelles. Mais lorsque Lemos fut blessé à l'épaule, dans une manifestation, par un tir de la police, il devint du jour au lendemain un héros dont personne n'osait contester les décisions. On parlait toujours de la blessure de Lemos.

– Je crains que cette blessure ne cicatrise jamais, disait Tarrés.

Quand un nouveau arrivait, la procédure était toujours la même. D'abord Lemos et Barnes le présentaient de la manière la plus anodine possible. Le nouveau se livrait à des commentaires banals pendant deux ou trois réunions et, en général, feignait de s'opposer à Lemos et de soutenir l'un ou l'autre des anciens membres, comme Tarrés, Eleonora et moi. Durant le premier mois, il paraissait destiné à être un meuble ou un élément du décor, mais quand venait le moment de prendre une décision, il révélait alors quel était son véritable clan.

Nous – Tarrés, Fabiani, Eleonora et moi – ne fîmes rien pour les contrer. Nous avions mis en marche quelque chose qui nous filait entre les mains. Nous nous sentions coupables de notre savoir anachronique et croyions que ces envahisseurs pouvaient nous reconnecter avec le monde réel. Mais nous n'étions pas un groupe homogène. Fabiani craignait les envahisseurs. Tarrés les méprisait sans les craindre. Quant à moi, ils me transmettaient une espèce d'étrange énergie, comme s'ils étaient capables de vaincre tout ce que la vie avait de gris et de routinier. Et Eleonora commençait à être éblouie. Tels étaient nos états d'esprit : crainte, mépris, intérêt, éblouissement.

À cette époque il y avait déjà longtemps que je vivais avec Eleonora. Longtemps : quelques mois, mais ainsi était notre mesure du temps, tout ce qui durait plus d'un instant paraissait une époque. Jusque-là, j'avais vécu dans une pension, avec des camarades changeants mais toujours désagréables. C'étaient tous des garçons coutumiers de plaisanteries de mauvais goût et d'états émotionnels passant sans transition de projets démesurés et urgents à la mélancolie causée par l'éloignement de leurs familles. J'avais déjà effectué mon service militaire dans une caserne de l'armée de terre à Ciudadela et la vie dans cette pension me paraissait un retour à la conscription : une ambiance d'hommes seuls qui s'ennuyaient. En hiver, le froid était terrible et je dormais souvent tout habillé, incapable de me déshabiller. En été, la chaleur était insupportable : la chambre était au dernier étage et toute la chaleur entrait par la terrasse. De sorte que j'avais accueilli l'invitation à emménager chez Eleonora comme une grâce divine.

Eleonora logeait dans un appartement de deux pièces, au centre, dans un vieil immeuble de la rue Uruguay, presque à l'angle de Sarmiento. Je l'avais accompagnée jusque-là le jour où nous avions parlé pour la première fois, après avoir traversé la ville à pied, avec l'odeur de la fumée dans les cheveux et sur les vêtements. De jour, la rue était si bruyante qu'il fallait fermer les fenêtres pour pouvoir converser sans crier.

Le grand lit était formé de deux matelas posés à même le sol. Ils étaient d'épaisseur différente, le sien était neuf et ferme, alors que je m'enfonçais dans un vieux matelas en laine. Nous ne changions pas souvent les draps. Nous n'avions pas acheté d'oreillers, nous contentant des deux coussins du canapé du salon. Il y avait une bibliothèque branlante en bambou, chargée de notes de la faculté et de livres prêtés ou empruntés à des bibliothèques où ils ne retourneraient plus. Nous n'avions pas de lampes : des ampoules nues pendaient du plafond. Par terre, un tourne-disque Winco et un choix éclectique de 33 tours : les Beatles, la *Misa Criolla*, du Piazzola et du Daniel Viglietti, deux ou trois disques de musique classique : Bach et Grieg. Chopin par Dinu Lipatti. Je ne sais pas d'où ils venaient. Nous avions aussi un frigo Siam, trop grand pour ce petit appartement, et toujours vide. Eleonora n'aimait pas cuisiner et manger était le dernier de ses soucis. Elle se nourrissait de maté, de biscuits salés, de quiches et de pommes vertes.

De nombreuses boîtes à chaussures étaient remplies de cassettes. C'étaient les enregistrements d'Eleonora. Son goût pour la linguistique s'était éteint et elle ne s'intéressait plus qu'aux tournures du langage parlé : elle interrogeait les gens sur leurs secrets. Tout secret lui était utile. Elle disait qu'un jour elle ferait un livre sur les confidences de toutes ces personnes.

(*Mon deuxième prénom est Saturno. / Ma femme ne sait pas que j'ai fait de la prison. / Ma mère n'est pas ma mère, ma sœur aînée est ma mère, et celle qui me sert de mère est en réalité ma grand-mère. / Il y a dix-sept ans j'ai mis du poison dans le plat de lentilles de mon beau-père, il n'a même pas eu une indigestion. / Je me suis séparée de lui il y a cinq ans, mais de temps en temps j'appelle mon ex-mari à trois heures du matin, j'attends qu'il réponde et je raccroche. / Quand j'avais quinze ans, j'ai parlé avec une fille dans le bus, elle portait des tresses et lisait un livre de latin. Je ne l'ai jamais revue. Vingt ans ont passé et il n'y a pas un seul jour où je ne pense pas à elle. / Mon père est juif, mais tous les jours j'entre à l'église pour réciter un Notre Père et deux Je vous salue Marie. / Il y a des années que j'imagine que je suis un soldat anglais sur une île du Pacifique, je suis blessé par balle et mes camarades me transportent sur une civière en toile sur une plage, sous le soleil. / Le dimanche je tire sur les pigeons avec une carabine à air comprimé et je les laisse pourrir sur les terrasses. / Au milieu de la nuit je me mets à pleurer, je pleure et je pleure, je ne sais pas pourquoi. / Une fois je me suis disputée avec ma meilleure amie et je lui ai envoyé une lettre anonyme en lui disant des choses horribles, des insultes sexuelles, et j'ai moi-même essayé de la consoler en lui disant comment peut-il y avoir des gens assez dégueulasses pour écrire des choses pareilles. / Je déteste mes élèves, je déteste tous mes élèves, je m'arrange pour que mes examens coïncident avec ceux de mathématiques, comme ça ils ont des mauvaises notes aux deux matières, car je les considère comme des monstres.*)

L'appartement était toujours en désordre, parce que nous passions toute la journée dehors, et ni elle ni moi n'aimions faire le ménage. Il y avait un placard pas très grand, encastré dans le mur, et j'étais toujours désolé de le voir vide. À peine je touchais les quelques pesos qu'on me payait pour mes suppléances dans les collèges, j'achetais des boîtes de conserve, des paquets de riz et de pâtes pour remplir les étagères. Voir ce placard garni me tranquillisait. Dans les romans que je lisais enfant, j'ai toujours aimé le moment où les héros faisaient des provisions pour l'expédition qu'ils étaient sur le point d'entreprendre. Avec la même satisfaction je remplissais le placard de boîtes de tomate, de paquets de pâtes, de maté et de bouteilles de vin. N'importe quelle aventure paraît possible quand on a des provisions suffisantes.

Crámer

Lemos arrivait tôt aux réunions et se mettait à parler, à faire des plans et à s'agiter dans la pièce. Plus il gesticulait, plus nous restions immobiles, comme si nous acceptions que sa mission consistait à s'approprier l'espace par son déploiement d'énergie. Mais sa présence restait pour nous une espèce d'énigme que nous contemplions sans grand intérêt. Nous en arrivions même à penser, avec Fabiani, que sa visée véritable était de nous faire prendre en charge sa femme bavarde, la psychologue en jean moulant et cuissardes, pour qu'on la distraie pendant qu'il se consacrait à des choses plus importantes.

Un soir, Lemos nous annonça qu'il voulait nous présenter un expert en cartographie, quelqu'un qui avait travaillé sur d'authentiques messages secrets, et dont des vies humaines avaient dépendu de son travail et de sa compétence. Lemos ne doutait pas que nous garderions le secret, car il n'était pas opportun que l'on apprenne que notre nouveau membre était allé à Cuba et en Angola. Ce que nous allions entendre ne devait pas sortir de notre petite salle.

– À qui on en parlerait ? Qui s'intéresse à ce qu'on dit ici ? demanda Tarrés.

– Il y a toujours des oreilles qui traînent, répondit Lemos, et un instant nous eûmes l'impression de vivre entourés de micros et d'espions. Puis il poursuivit sa biographie cryptique de l'absent. Il parlait en indiquant sa gauche comme s'il y avait réellement quelqu'un à cet endroit et je pensai un moment qu'il était devenu fou et se croyait accompagné d'un ami imaginaire. Pour quelque raison relevant de l'activisme politique ou du show-business, ce long prologue exigeait l'absence de la personne ainsi louée. L'individu en question, finit-il par dire, était Víctor Crámer. Plus d'un an s'était écoulé depuis que celui-ci avait disputé sa chaire à Colina Ross.

Au bout d'une demi-heure, lorsque Crámer entra, je pensai que quelqu'un s'était trompé de bureau. Je m'étais fait plusieurs images de Crámer, mais aucune ne ressemblait, ni de près ni de loin, à l'original. Il n'avait pas l'allure d'un guérillero perdu dans la forêt, ni d'un intellectuel perdu dans la ville, ni d'aucune des variantes équidistantes de ces deux archétypes. Il était de petite taille, avait quelques années de plus que nous et portait veste et cravate. Il se peignait à la gomina. On aurait pu le prendre pour un courtier en assurances ou un visiteur médical. Ses lunettes à monture carrée accentuaient son air sérieux. Il ne souriait jamais. Quand Lemos le présenta, Crámer fit un vague hochement de tête d'assentiment et ne dit pas un mot.

Les heures suivantes, Crámer se contenta d'écouter attentivement. De temps en temps il sortait de ses poches des pastilles de gomme à l'eucalyptus, qu'il mâchait lentement jusqu'au bout. Il n'en offrit à personne. Si je me souviens bien, Fabiani fit un exposé sur la *panlengua*, la langue inventée par le peintre Xul Solar. La panlengua se voulait un langage universel : les mots, au lieu d'être des artifices capricieux, comme dans toutes les langues du monde, allaient être des artefacts logiques : chaque lettre rassemblerait une catégorie. Le A, par exemple, signifierait être vivant, les lettres suivantes, B et C, désigneraient un végétal ou un animal, la suivante, s'il s'agissait d'un animal, séparerait invertébrés et vertébrés, ainsi de suite avec chaque lettre, le mot s'ouvrirait un chemin dans l'univers bigarré, pour parcourir la voie attestée des catégories et des familles, des tribus et des pays, pour arriver à la solitude de l'individu.

Crámer resta muet jusqu'à la fin de la réunion, acquiesçant du bonnet de temps en temps, comme si le sujet l'intéressait. Dans des circonstances normales, nous aurions tous laissé Fabiani parler sans intervenir. C'était ampoulé, ennuyeux, bavard, et il suffisait d'émettre quelque objection pour que son discours s'étire sans fin. Nous savions que, dans le monde universitaire, interrompre signifie prolonger. Cette fois, cependant, il semblait que chacun avait une réflexion à formuler sur la panlengua et les langues singulières inventées par les artistes, les écrivains et les fous en général. Je me rendis compte très vite que la réunion prenait un tour différent, que tous ceux qui intervenaient cherchaient à briller, à se montrer intelligents aux yeux de Crámer. Si on avait mesuré le volume des voix, on aurait remarqué que chacun avait commencé à parler d'une voix un peu plus forte, comme s'il fallait compenser le silence de Crámer. Je fis moi-même un commentaire banal sur la relation entre la passion idiomatique de Xul Solar et ses tableaux, peuplés de figures géométriques qui ressemblaient à des lettres d'une langue inconnue.

Les réunions suivantes, je me rendis compte que le pouvoir de Crámer ne tenait pas à son charisme. Il transmettait quelque chose de plus important que le charisme : une absolue conviction. Car le charisme est fragile, comme implorant l'attention d'autrui. Alors que la conviction est compacte comme une pierre, une forme ancienne et achevée. En un certain sens, il avait quelque chose en commun avec Colina Ross : le charme de ceux qui savent ne pouvoir compter sur aucun charme.

J'avais entendu son nom pour la première fois à une époque où tout le monde parlait de Crámer et où, du jour au lendemain, tout le monde semblait l'avoir oublié. Mais maintenant que je le connaissais, lui-même rendait le passé légèrement différent. S'il avait été absent, c'était pour des raisons de la plus haute importance. Si tout le monde l'avait oublié, c'était l'effet d'une stratégie. Tel était le véritable pouvoir des révolutionnaires : non tant changer le futur que le passé, le faire voir de manière complètement différente. Il était attentif, mais cette attention n'était nullement passive, bien plutôt un exercice énergique, une silencieuse acrobatie de la volonté. Il ne bâillait jamais, ne connaissait pas l'ennui. Il donnait l'impression de quelqu'un que l'on peut laisser des heures dans l'obscurité sans qu'il s'ennuie, car ses pensées sont suffisantes pour emplir le vide de leur électricité. Sa seule présence nous rappelait que nous n'étions jamais sûrs de rien, que nous ne faisions que douter face aux décisions les plus simples. Mais lui ne doutait pas, et lorsque cela arrivait, c'était parce qu'il avait pris la décision de douter. Quand quelqu'un fait irruption en regardant les choses comme s'il voyait à travers elles, comme si tout, même les personnes, étaient les pièces usées d'un jeu déjà joué cent fois, nous pouvons être sûrs que c'est lui qui va gagner.

Tarrés, qui le détesta dès le premier instant, comprit que cela n'aurait pu se passer différemment :

– Tout ce que nous avons fait l'a été pour l'accueillir : c'est ce à quoi nous étions destinés dès le début. Nous l'attendions secrètement. C'est notre Godot, notre Che Guevara, notre Perón, en vingt minutes il nous envoie tous nous faire foutre.

Víctor Crámer venait de l'université de Córdoba. Il était licencié en lettres et en histoire et s'était ensuite intéressé à l'archéologie. Ainsi était-il arrivé à Maldany et à la langue de Dédale. Il avait vingt-cinq ans lorsqu'il publia dans une édition de l'université de Córdoba un ouvrage intitulé *Les Chercheurs du Graal*. La première partie du livre était consacrée à Champollion, la deuxième à Maldany. J'ai eu une fois le livre entre les mains : Crámer s'efforçait d'établir un parallélisme entre ces deux vies ciselées par l'obsession.

Jusque-là, c'était ce que nous savions avec certitude : le reste de sa biographie était une suite de rumeurs et de conjectures. Il avait participé très jeune aux révoltes étudiantes de Córdoba et, blessé à une jambe, il avait fini en prison. Au cours d'un voyage il avait contracté le paludisme et était encore sujet à de terribles frissons qui le clouaient au lit des journées entières. Il était allé à Cuba à la fin des années 60 et avait fait partie d'un groupe composé de mathématiciens et d'amateurs de mots croisés cherchant à décoder les messages des services secrets nord-américains. Il s'était aussi rendu en Palestine et en Angola. En quelque lointaine géographie, il avait eu un accident de jeep (un autre conduisait : lui n'apprit jamais à conduire). L'accident lui avait laissé une cicatrice au cou. Il n'avait ni épouse, ni petite amie, ni concubine. Il était célibataire.

Quelle était la part du vrai et du faux dans tout cela, nous ne l'avons jamais su et ça nous était égal. Il n'avait que sept ou huit ans de plus que nous, mais il avait franchi cette limite dont nous rêvions tous : la ligne de l'expérience. Crámer était sérieux et revêche, toute cette admiration l'agaçait. Il portait les cheveux courts, ne quittait jamais sa veste à revers étroits, même en été, et ne déboutonnait jamais le dernier bouton de sa chemise. Il avait une telle apparence de conservateur que personne ne l'aurait pris pour un révolutionnaire. Jamais il ne répondait directement à une question, aussi était-il très difficile de connaître sa pensée.

Ce fut à la quatrième ou cinquième réunion qu'il prit la parole pour la première fois. Ce jour-là, nous attendions la visite du professeur Colina Ross mais, grippé, il n'avait pu venir. Tarrés venait de proposer un exposé sur les messages secrets des Grecs et des Étrusques. Pour toute réponse, Crámer répéta le mot "étrusques", comme s'il n'en connaissait pas la signification, ou comme si on ne pouvait rendre hommage aux Étrusques que par la perplexité et le silence. Puis il sortit de sa serviette noire un livre en piètre état et le posa sur la table. La couverture représentait le drapeau argentin et une ancre.

Je m'enhardis à le prendre. C'était un livre de codes de la marine. Il apprenait aux marins à coder des messages quand leurs échanges radio risquaient d'être interceptés. Sur la couverture était écrit : *Matériel secret. Lecture interdite hors de la Marine nationale.*

Il circula de main en main. Nous nous étions passé ainsi beaucoup de livres et de brochures, mais celui-ci s'attardait entre les mains de chacun, comme si le toucher nous unissait. C'était comme si nous avions vécu à l'écart de la réalité et que, tout à coup, cet objet, avec ses avertissements et ses menaces, faisait irruption parmi nous comme un symbole de tout ce qui nous avait échappé.

Ainsi avons-nous troqué les hiéroglyphes contre des documents secrets de l'armée et de la marine. Nous apprîmes à utiliser des radios capables de capter la fréquence de la police. Radioamateur pendant son adolescence, Lemos nous aidait à maîtriser antennes et transistors. Nous apprîmes par cœur les codes numériques utilisés par la police fédérale pour signaler un suspect à pied, en voiture, ou le risque d'un attentat à la bombe. En même temps que nous nous intéressions aux codes des autres, nous développions les nôtres. Des mots pour prévenir qu'une conversation téléphonique était écoutée par d'autres personnes. Des signaux pour avertir quelqu'un qu'il était suivi. Des systèmes de codification simples pouvant être déchiffrés en quelques minutes. Des petites annonces dans les journaux qui cachaient des messages codés. Nous nous préparions pour un futur où tout devrait être secret et où nous serions tous cachés.

Barnes semblait parfois partagé entre son intérêt politique et sa vieille passion pour les langues mortes et les mythes. Il citait souvent Mircea Eliade. En général, Crámer le laissait parler, mais une fois il lui rappela qu'Eliade avait appartenu au groupe fasciste roumain la Garde de fer.

– Son idée de chercher l'arrière-fond mythique de tout est une illusion antimatérialiste et antimarxiste.

Barnes haussa les épaules :

– Nous aussi, un jour, nous feront partie d'un mythe quelconque, d'un conte qui se transmettra de bouche à oreille. Les discussions idéologiques, les documents des partis, les obscurs antécédents de chaque décision seront oubliés. Ne resteront dans la mémoire que nos actes, dépourvus de nuances et de doutes. Des éclairs dans l'obscurité. Des réunions nocturnes dans des pièces enfumées, où un groupe minuscule projetait de prendre le pouvoir.

– Mais cela n'est pas le matérialisme, ce n'est pas l'Histoire…

– Lis nos revues, Crámer, les communiqués, les synthèses de réunion, les bulletins internes. Pour raconter les actes des ennemis, nous n'avons pas omis les détails. Nous voulons qu'ils soient une pure accumulation de circonstances. Pour raconter les nôtres, nous omettons les détails. Nous voulons qu'ils aient une portée universelle. Les actes de l'ennemi, c'est l'Histoire. Les nôtres, c'est le mythe.

Au début mon enthousiasme pour ces nouveautés était un peu artificiel, surtout motivé par le désir de ne pas rester en marge. La jeunesse a toujours été pour moi un dur travail d'adaptation aux autres. Fabiani, Eleonora, Bobby Tarrés et moi – les quatre premiers membres du groupe – fûmes bientôt supplantés par les nouveaux. Dans notre dos on nous surnommait "les jésuites". Avant s'était imposée une hiérarchie avec Colina Ross au sommet, puis moi (Tarrés avait un savoir supérieur au mien, mais il était de ces personnes qui ne cherchent ni n'obtiennent jamais aucune reconnaissance). À présent, cette hiérarchie ne signifiait plus rien. En dénonçant que tout était illusion, les théories marxistes nous donnaient l'impression que nous touchions enfin à quelque chose d'authentique, que nous avions cessé de vivre dans le monde du mensonge. Mais l'action réelle allait plus loin. Même la meilleure des théories, le marxisme, paraissait appartenir aux illusions du monde face à l'expérience du danger, qui représentait l'authenticité, ce qui n'était pas écrit, ce qui ne pourrait jamais s'écrire.

Il suffisait de participer à une distribution de nourriture dans un bidonville, au vol de l'arme d'un soldat, d'un gendarme ou d'un policier, ou l'installation nocturne d'une bombe à tracts pour sentir que l'expérience véritable n'était pas la mise en pratique d'une théorie, mais l'entrée dans un monde nouveau, comme si toute la vie jusque-là n'avait été que falsification et leurre.

"Nous ne vivons pas pour contempler", disait Crámer.

La ligne de l'expérience établissait d'autres hiérarchies entre nous. Ceux qui ne s'exposaient pas au danger, comme moi, acceptaient d'appartenir à une caste inférieure, de loger dans l'antichambre du monde.

Nous restions trois du groupe fondateur, vaguement coupables de notre hobby anachronique, résignés à un rôle quasi marginal. Les autres se souciaient comme d'une guigne que nous ayons été les fondateurs : cela ne signifiait à leurs yeux rien de plus qu'un lien avec le passé, et du passé il n'y avait rien de bon à garder. Au centre, il y avait Lemos, Crámer et Barnes. Ce dernier continuait à se raser la tête et avait commencé à porter des chapeaux de toile. On lui avait recommandé de ne pas attirer l'attention, mais il était satisfait de son aspect et se regardait souvent dans la vitre du bureau. Donnant sur un couloir sombre, les fenêtres faisaient office de miroir. Il ne lui suffisait pas de se voir dans le miroir chez lui, il voulait se voir ici, dans l'action, au milieu de ses camarades et de la fumée. Barnes était un cryptoanalyste meilleur que Lemos et même que Crámer, bien qu'il s'efforçât de cacher ce qu'il savait de la cryptographie classique, pour laquelle il affichait du dédain.

Le dernier à intégrer le groupe fut le pâle et blond Cimer qui venait des sciences exactes et que nous connaissions déjà pour son travail dans les archives de *La Razón*. Son attitude ne ressemblait en rien à celle de Lemos ou à celle de Crámer. Il avait un air mélancolique et abattu. Les autres étaient arrivés à la révolution par l'espoir, lui par le désespoir.

Cimer travaillait à *La Razón*, dans l'équipe du soir. La rédaction se trouvait dans le quartier de Barracas. Le département des archives était immense, avec de très hautes étagères qu'il fallait atteindre avec des échelles dignes d'un cirque. Quelqu'un avait posé une affichette sur le mur : "Nous n'acceptons pas d'employés sujets au vertige." Cimer avait inventé un nouveau système d'archivage consistant en une série de lettres et de chiffres. Il l'expliquait à qui voulait bien l'écouter et aussi à qui ne le voulait pas :

– Si dans un article il est question de cinq personnages différents, comment l'archiver ? Dans cinq enveloppes distinctes ? Ce serait un travail infini. Mon système alphanumérique permet de lier toutes les enveloppes entre elles.

Mais sa méthode ne convainquait pas ses chefs de service, qui préféraient procéder comme ils l'avaient toujours fait, sous la protection de l'alphabet.

Cimer était obsédé par l'idée du hasard. Lorsqu'il était étudiant en sciences il en était arrivé à se rendre en hiver à Mar del Plata, juste pour voir comment misaient les joueurs invétérés. Il voulait étudier les stratégies qu'ils mettaient en œuvre pour contrôler le hasard.

– Chaque naissance représente la probabilité de un contre des millions, nous expliquait-il. Nos parents se sont rencontrés par hasard, ils ont poursuivi leur relation à travers une série de coïncidences heureuses, la gestation s'est faite par hasard. Pourquoi ne pas jouer à un jeu où il y a une possibilité de gagner sur trente-six, alors que nous-mêmes avons été, avant de naître, une possibilité sur des millions ?

Lemos racontait toujours, avec un mélange d'admiration et d'effroi, ce jour où ils avaient confié à Cimer la garde d'une forte somme d'argent (qui appartenait à un groupe de la zone nord, fruit de l'enlèvement d'un petit industriel). Cimer avait immédiatement filé à Mar del Plata pour jouer au casino. Il avait agi de son propre chef.

– Il a perdu ? demandai-je.

– Il a gagné ! On lui a quand même infligé une sanction légère. Il a été obligé d'accomplir des tâches ennuyeuses, que plus personne ne voulait faire. Aucun de nous n'avait envie de lui faire subir une sanction plus lourde, car il avait triplé la somme qu'on lui avait confiée.

– Et s'il avait perdu ?

– On lui aurait proposé de se porter volontaire pour une action au pronostic funèbre. On ne refuse à personne la possibilité de se racheter.

Je crois que Cimer était indifférent au peuple, au colonialisme, à l'impérialisme, à la troisième voie, à la patrie socialiste, et à tous les autres mots du glossaire véhément de l'époque : il tenait à la révolution parce que c'était l'exaltation du hasard.

– Avec la révolution, il peut se passer n'importe quoi. C'est ça qui est intéressant. Le plus probable est qu'on sera tous tués, mais l'inverse n'est pas à exclure. Il existe même la possibilité que nous gagnions.

Colina Ross assistait de temps à autre à nos réunions, mais seulement lorsqu'on faisait appel à lui pour quelque question spécifique. De plus, nous devions lui garantir que Crámer ne serait pas présent. Les absences de Crámer étaient très fréquentes, car il passait son temps en de mystérieux voyages dans tout le pays. Ou à l'étranger. Ou dans son lit, terrassé par les tremblements et les frissons du paludisme.

Colina Ross avait pris l'entrée de Crámer dans le Cercle comme un affront personnel. Il fut bientôt évident que non seulement il avait perdu tout pouvoir dans le Cercle mais que, malgré le maintien de sa chaire, sa situation à la faculté était précaire et marginale. S'il conservait, malgré son dépit, un contact avec le Cercle des Cryptographes, c'était parce qu'il n'avait pas perdu l'espoir que Crámer, à cause de ses occupations toujours plus étendues et mystérieuses, finirait par nous quitter.

En outre, Crámer avait été nommé à une chaire parallèle : une de ces chaires qui étaient créées sans exiger de concours et à la demande des étudiants. Il suffisait d'obtenir un sept aux partiels pour être exempté de l'examen final. Une méthode destinée, en général, à priver d'étudiants la chaire d'un professeur que l'on voulait sanctionner politiquement.

La perte de pouvoir de Colina Ross se fit encore plus évidente lorsque fut organisé le premier Congrès de Cryptographie, qui ne porta pas cet intitulé mais celui, mélancolique, de Symposium des langues oubliées. Le congrès se tint dans la faculté.

Je n'ai jamais su d'où Crámer avait sorti l'argent pour payer les hôtels des invités étrangers. D'Uruguay vint un certain Adamson, un Anglais qui avait travaillé dans les services secrets pendant la guerre et s'était installé à Montevideo dans les années 50, après avoir épousé une danseuse uruguayenne. Il y avait aussi un archéologue mexicain au patronyme allemand, un professeur péruvien, López Meltán, et un Français, dont je ne me rappelle pas le nom, qui avait un œil de verre.

Le Français parla de l'héritage de Ferdinand de Saussure et raconta que l'on avait trouvé de nouvelles annotations manuscrites dans une valise que Saussure avait laissée chez un parent, et qu'il allait publier un livre de ces notes posthumes. L'Anglais Adamson raconta l'histoire d'une unité de cryptographes chargée d'envoyer de faux messages destinés à être interceptés et déchiffrés par les Allemands. Pour inventer des histoires, ils avaient recruté des écrivains de romans populaires et surtout de romans policiers. López Meltán développa l'idée que les langues qui survivaient sans écriture – par exemple, les langues indigènes – étaient infiniment plus complexes que le latin, l'anglais ou l'espagnol, comme si leur grammaire était perpétuellement menacée par la particularité et l'exception. "Les langues en contact avec la nature sont infinies, car la nature est prodigue en nuances et ne se lasse pas d'exiger toujours plus de mots. C'est la ville qui restreint le langage et résume le monde. Sans ville il n'y a pas de langage qui finisse en écriture, car la ville pose une limite."

À nous autres "jésuites", on ne laissa la possibilité de rien organiser : tout venait de Crámer. Il suffisait de regarder l'organigramme du symposium pour voir que le message occulte était la vengeance de Crámer contre Colina Ross, pour avoir gagné ce concours.

Le professeur fut à peine invité à prononcer une conférence mineure, ni celle d'ouverture, ni celle de clôture. Crámer se chargea de cette dernière, qui ne portait pas de titre.

Lemos nous avait informés que Crámer allait parler de son expérience de cassage des codes de la CIA. Mais Crámer monta à la tribune du grand amphithéâtre sans quasiment regarder le public et commença à parler du sujet de prédilection de son rival, la langue de Dédale. Il raconta toute l'histoire de Maldany, depuis que, adolescent, il entendit parler pour la première fois de cette langue, jusqu'à la gloire du déchiffrement. Il mentionna en passant Colina Ross. Il le mentionna comme s'il se rappelait son nom en un instant de nostalgie imprévue, comme s'il était mort et que lui, Crámer, s'était arrogé la mission de remettre en mémoire au public un nom qu'il savait oublié. Il le mentionna comme s'il prenait congé de lui pour toujours.

À la sortie, je fis remarquer à Crámer que le sujet choisi m'avait surpris et que je croyais que ces choses-là n'intéressaient que nous, les fondateurs du Cercle, les “jésuites”.

– Pourquoi un révolutionnaire ne pourrait pas avoir un passe-temps ? rétorqua-t-il. C'est toujours utile. Avant ce congrès, les services secrets étaient convaincus que le Cercle des Cryptographes se consacrait jour et nuit à des activités subversives. Maintenant, nous les avons convaincus que nous nous occupons de sujets ennuyeux qui n'intéressent personne. C'est pourquoi nous vous avons laissés poursuivre votre publication des *Cahiers du Sphinx*. Nous avons besoin de temps en temps d'un hiéroglyphe, d'un signe étrange, d'une phrase en latin, pour qu'ils nous laissent poursuivre nos occupations en paix.

– J'ai cru un instant que la langue de Dédale t'intéressait réellement.

– Bien sûr qu'elle m'intéresse, j'ai écrit un livre sur Champollion et Maldany. Mais je n'ai plus le temps de me consacrer à ces choses. C'est un sujet sur lequel je reviendrai quand tout sera terminé. – Il me sourit. – Un passe-temps pour ma vieillesse.

De la guerre entre Colina Ross et Crámer, cet épisode fut la deuxième bataille. La première – le concours – avait été remportée par Colina. La deuxième – le symposium – revenait à Crámer.

– Le symposium n'a pas d'autre but que d'ignorer Colina, dit Tarrés. On ne devrait pas l'intituler Langues oubliées, mais Oublier Colina Ross.

La mallette de Crámer

Dans les réunions du Cercle on parlait politique mais toujours sur un mode elliptique, comme si la réalité ne tenait pas à des actions et des réactions directes, mais était un jeu très compliqué, où à chaque mouvement correspondaient d'inattendues et lointaines conséquences. Cela n'avait aucun sens de juger un acte – ainsi prêchaient-ils – par ses conséquences immédiates (par exemple, un mort, deux morts, trois morts) mais par les changements successifs qu'il provoquait dans son environnement. Et bien que dans les publications de gauche l'indignation fût une émotion rabâchée – et exigeant du lecteur une indignation semblable et continue –, dans ces discussions il n'y avait pas la moindre trace d'indignation. Les mouvements du groupe et ceux de l'ennemi étaient exposés avec la même froideur.

Crámer s'était obstiné à nous faire analyser les rumeurs qui circulaient dans les rues, comme s'il s'agissait de messages secrets envoyés par l'inconscient collectif de la population. Nous compilions une rumeur après l'autre. Certaines brèves, épigrammatiques, *Perón est mort.* D'autres étaient de longs récits aux détails variables. *Son cœur s'est arrêté, mais on l'a ressuscité grâce à un rituel égyptien.* Eleonora circulait avec son magnétophone comme une hallucinée, en essayant de fixer sur la bande magnétique les rumeurs tenaces et les vagues prophéties. Crámer avait l'espoir de pouvoir diriger ces rumeurs ; et que certaines actions provoqueraient des versions préétablies de la réalité. Mais les résultats ne cessaient de le décevoir. Les rumeurs ne produisaient jamais à ce qu'on attendait d'elles. C'était comme si la rumeur trouvait sa cause dans un élément immédiat, mais son contenu renvoyait toujours à quelque chose de beaucoup plus éloigné dans le temps.

Barnes, qui continuait à lire Mircea Eliade, disait à Crámer :

– Les rumeurs sont le brouillon des mythes.

La rumeur la plus insistante parlait de guérilleros qui s'étaient fait passer pour des médecins afin d'arriver jusqu'au président. Les faux médecins franchissaient toutes les barrières et les obstacles qui séparaient le président de la rue. Comme il y avait trois équipes de médecins chargés de la santé de Perón (une à la Casa Rosada, une autre à la résidence d'Olivos et une troisième mobile) il n'était pas très étrange de voir se présenter des médecins que sa garde rapprochée ne connaissait pas. Selon la rumeur, ces intrus étaient arrivés jusqu'à Perón et avaient laissé, près de son lit de malade, un message écrit sur une feuille d'ordonnance. Le message disait qu'ils auraient pu le tuer mais qu'ils ne l'avaient pas fait. Qu'il médite sur cette grâce, qu'il en tienne compte et qu'il prenne garde. La visite était gardée secrète par les services de sécurité, pour qu'on ne sache pas qu'*ils* pouvaient aller où *ils* voulaient. Même Perón n'était pas à l'abri de ces jeunes et furtifs visiteurs.

Le 1er juillet les rumeurs cessèrent. Peu après midi, j'entendis à la radio l'annonce de sa mort. J'étais à l'appartement, sur le point de sortir. J'eus l'impression que la ville entière faisait silence, comme si sous son apparence chaotique et composite c'était un organisme qui révélait maintenant sa véritable nature de réalité homogène. Les habituels concerts de klaxons de l'avenue Corrientes avaient cessé. Je sortis. Je devais aller à la faculté, mais à peine eus-je longé quelques pâtés de maisons, je compris qu'il n'y aurait pas de cours aujourd'hui. Tout était suspendu. Certains marchaient dans la rue avec un transistor collé à l'oreille. Beaucoup avaient le regard perdu. Ils se bousculaient aux croisements comme des somnambules.

Les heures passèrent et les cérémonies funèbres commencèrent à s'organiser. Congé dans les institutions publiques, drapeaux en berne, brassards noirs. Le corps fut transporté du palais du gouvernement à la cathédrale et de la cathédrale au Palais du congrès. La pluie collaborait avec le deuil, emplissant la ville de parapluies noirs.

Il y eut la prévisible veillée funèbre, la longue procession grelottante de froid, les heures à patienter debout au Palais pour voir une seconde le corps, revêtu d'un uniforme, du Congrès. Au coin des rues les soldats distribuaient des gobelets de chocolat chaud et de maté. Lorsque les portes du Palais du congrès se refermèrent, ceux qui restaient dehors, patientant encore en d'interminables files, poussèrent pour entrer. La garde militaire dut les repousser à coups de matraques et de grenades lacrymogènes. Par moments les endeuillés semblaient faire partie d'un groupe organisé, qui se dispersait rapidement en réactions sporadiques et avances hébétées. Le deuil, la perplexité et le crachin donnaient à leurs mouvements l'allure d'une espèce de chorégraphie, comme si rien, même l'indignation et leurs escarmouches, ne pouvait échapper à l'ordre de la cérémonie.

Enveloppé dans une épaisse couche de nylon transparent, le cercueil fut conduit sur un affût de canon vers la chapelle de la résidence d'Olivos. Les hélicoptères surveillaient les nuages, se perdaient de vue et réapparaissaient comme jouant à cache-cache avec la foule : le vrombissement des rotors donnait une sensation de menace et d'urgence. C'était la musique du futur, la rumeur des années qui allaient venir.

Une semaine après nous nous sommes réunis au Cercle. Il faisait tellement froid que personne n'ôta son manteau. Lemos semblait légèrement abattu, comme si son péronisme avait un jour été authentique. Il proposa même d'observer une minute de silence avant de commencer la réunion. Nous nous sommes regardés, un peu honteux, mais nous fîmes néanmoins une minute de silence. Debout, dans nos manteaux, formant un cercle serré, nous ressemblions à des spirites ou des mages dans l'attente d'un signal d'un autre monde.

Crámer, en revanche, paraissait exalté. Ce n'était pas cette grande mort qui l'enthousiasmait : c'était le délicat mécanisme de la possibilité. La nature arborescente de l'avenir, ses voies ouvertes et obscures. Et l'important était que maintenant il fallait choisir. Crámer connaissait le charme de la décision, source d'angoisse pour la grande majorité. Il n'était arrêté par aucune plainte devant les portes qui se sont refermées pour toujours. La proximité de l'erreur ne l'empêchait pas de dormir.

Barnes paraissait lui aussi enthousiasmé, enfin soulagé que cette démonstration de fidélité au leader fût enfin terminée.

– Le maître des symboles est mort, ils appartiennent désormais à celui qui sera capable de se les approprier.

– À quoi nous servent les symboles, les photographies, les images, les souvenirs d'un âge d'or que nous n'avons pas connu ? objecta Crámer.

– Mais si, ils nous servent.

– Ce sont des symboles, pas des choses réelles.

– Nous sommes dans une guerre de symboles.

Crámer parla du marxisme, de la nécessité de se libérer des illusions de l'histoire immédiate, de percevoir les engrenages derrière l'apparence. Barnes lui répondit :

– Marx ne méprisait pas la force des symboles. N'a-t-il pas parlé de "l'éclat maudit de l'or" ? Il racontait à ses enfants des histoires dans lesquelles un artisan fabriquait des jouets bizarres qui fonctionnaient tout seuls et qui après être entrés dans la vie des enfants revenaient mystérieusement entre ses vieilles mains. Comment un matérialiste peut-il s'offrir le luxe d'ignorer ces jouets, les symboles ?

Crámer le laissait parler, mais il avait déjà prononcé sa prophétie : maintenant que le leader était mort, le soutien à l'organisation irait croissant. Maintenant le travail politique dans les usines, les banlieues et les bidonvilles allait s'approfondir. La figure de Perón avait paralysé l'Histoire, mais à présent les forces révolutionnaires étaient libres d'occuper cette place. L'horloge de la révolution, arrêtée par ce leadership confus, se remettait en marche.

Je n'ai jamais su exactement quand Eleonora passa dans l'autre camp, celui de la résolution et de l'urgence. J'avais commencé à détecter depuis longtemps des nuances, des phrases, un ton emphatique dans sa façon de parler de certains sujets. Elle s'était rendu compte que son père détestait ses nouvelles amitiés, ses nouvelles idées, et elle commença à les cultiver avec frénésie. Elle m'avait fait jurer de ne dire à personne qui était son père.

– Il n'y a que toi et Barnes qui le savez, parce qu'on était tous les deux élèves au Collège national de La Plata. Barnes ne le dira jamais. Si quelqu'un l'apprend, je saurai que ça vient de toi.

Quand elle parlait, ses opinions étaient plus extrémistes que celles des autres. C'était comme si elle devait expier le péché de s'être parfois montrée réticente. Ou celui, secret, d'être la fille de Colina Ross.

Nous avons commencé à nous disputer à tout bout de champ. En général les disputes se déclenchaient parce que je protestais à cause de propos qu'elle avait tenus devant des inconnus. Le Cercle des Cryptographes existait encore. Pourquoi ne pas se servir de temps en temps du secret ? Pourquoi ne pas imiter la prudence de Crámer ? Et je crois que nous nous serions séparés tout de suite s'il n'y avait pas eu cette demande de Crámer. Le fait qu'il ait besoin de mes services eut pour effet qu'Eleonora me voie sous un autre jour.

Un soir, à la fin d'une de nos réunions à la faculté, Crámer me dit qu'il voulait me parler seul à seul.

– Je peux venir chez toi, lui proposai-je.

Je savais parfaitement qu'il ne recevait personne chez lui. Nul ne savait où il habitait.

– Plutôt chez toi. Demain, à huit heures du soir.

Le lendemain soir, à huit heures pile, j'entendis la sonnette. Crámer entra avec une mallette râpée qui complétait son allure d'employé de bureau. Il la posa sur la table en pin. Je lui offris un café : il accepta un verre d'eau. Pendant qu'il mettait en ordre le contenu de la mallette, j'essayais moi aussi de mettre un peu d'ordre dans la pièce, en débarrassant les cendriers Cinzano volés dans les bars et les tasses de café de la veille.

– Arrête tes rangements, Miguel. J'ai besoin que tu fasses un travail pour nous. Quelque chose de très simple, qui ne te compromettra en rien. C'est comme faire… – Il chercha le mot. – … une monographie.

Je délaissai mes tâches domestiques et m'assis en face de lui.

– Quelle sorte de monographie ?

Il sortit de sa serviette une photo en noir et blanc. Un homme brun, petit mais râblé, entre trente-sept et quarante-deux ans. Il portait une chemise et un blouson de cuir. L'homme ouvrait la portière d'une Torino : on remarquait que la photo avait été prise à son insu. Crámer sortit de sa mallette d'autres photographies : une façade de maison, une Renault 12 blanche, le siège d'un syndicat. Toutes en noir et blanc, révélées et reproduites, c'était visible, par un amateur. Il ne valait mieux pas faire développer ces clichés par un photographe professionnel. Des papiers accompagnaient les photos : une feuille quadrillée où étaient notés les déplacements heure par heure, une brève notice du parcours syndical d'un certain Guzmán (sans doute l'homme des photographies), des coupures de presse où on le voyait dans un meeting à côté d'un leader syndical. Il y avait aussi des coupures de journaux de gauche, qui accusaient le dénommé Guzmán d'avoir incendié le local d'un parti et tabassé un élève avocat. Ces coupures – de différents quotidiens et magazines – portaient le tampon *Archives du journal La Razón*, indiquant qu'une partie de ces papiers avait été fournie par Cimer.

– Cosme Guzmán est un homme de main d'un groupe qui cherche à prendre le pouvoir dans le syndicat du plastique. Il a aussi travaillé pour les métallurgistes. Un type complètement insignifiant.

Je montrai les papiers :

– Pour un type insignifiant, il a beaucoup attiré l'attention.

– C'est de ça qu'il s'agit : nous devons fabriquer un faux objectif. Je veux qu'à partir de ces photos et de ces papiers, tu fasses croire que nous allons tuer Guzmán. Et que tu prépares cette mallette avec l'information nécessaire.

J'opposai une certaine résistance ; j'étais un professeur d'université, ce n'était pas un travail pour moi. De plus il me paraissait incompréhensible. Comme il le faisait chaque fois que quelque chose le rendait nerveux, Crámer fouilla dans les poches de sa veste grise pour y trouver un sachet de pastilles à l'eucalyptus. Il en mit une dans sa bouche, sans m'en proposer. Et il respira profondément avant d'expliquer, comme s'il devait abaisser sa pensée au niveau de celle d'un attardé mental :

– Tu sais que nous sommes un groupe indépendant. Nous collaborons quand c'est possible, mais nous ne voulons pas nous intégrer à une structure plus importante qui finirait par nous absorber complètement. Il se trouve qu'il y a un autre groupe, petit comme le nôtre, qui est probablement infiltré par les services de renseignements. Quelqu'un veille sur moi. Appelons-le López, pour lui donner un nom. Les gens de l'organisation ont une grande confiance en López. Une trop grande confiance. Je veux qu'ils cessent d'avoir confiance en lui, parce que je suis sûr que c'est un élément infiltré par la police. C'est pour ça que j'ai besoin que López vole cette information… Et me la remette après, comme il le fait toujours. Une information préparée par nous, bien sûr. Mais il ne faut pas que ce soit très évident. Nous devons procéder de telle façon que López ait l'impression que c'est lui qui déduit et découvre peu à peu, à partir d'un faisceau d'indices, la figure, la constellation.

– Je ne comprends pas…

– Nous doutons de ce qu'on nous dit, mais jamais de ce que nous découvrons, n'est-ce pas, Miguel ? Celui qui sait mentir ne dit qu'un demi-mensonge. Il faut le faire travailler… mais juste un peu. Ne surestime pas l'intelligence de ce garçon, ce n'est pas Maldany… ni Colina Ross. S'il ne comprend pas en une soirée, il abandonne et passe à autre chose. Ce serait triste que López se retrouve sans rien.

Je regardai de nouveau les papiers. Ce monde m'était étranger, pourtant je ressentis une espèce d'émotion en touchant ces photographies, ces pages bourrées d'insignifiances. Le monde extérieur, le dangereux monde réel. Des gens vivants qui marchaient dans les rues, pas des peuples disparus à cause de volcans ou d'invasions. C'était le présent, pas dix siècles avant Jésus-Christ.

Crámer résuma :

– Je veux que López soit convaincu que le samedi 12 octobre nous allons tuer Guzmán et qu'il transmette cette information à la police. Ainsi, quand le quartier de ce Guzmán grouillera de policiers en civil, l'organisation va comprendre que c'est un infiltré, ce que je ne cesse de dire depuis des mois.

J'écartai les papiers.

– Je ne veux pas faire ça. En plus je ne saurais pas comment m'y prendre.

Les yeux de Crámer me regardèrent sans émotion. Fixes et vides comme les yeux des statues. Il avait convaincu des gens d'accomplir des tâches beaucoup plus compliquées.

– Ne sous-estime pas tes talents. Je pourrais confier cela à quelqu'un d'autre, mais le résultat ne serait pas le même. C'est à toi que je m'adresse parce que j'ai confiance en toi, parce que je sais que tu seras subtil sans être obscur. Nous savons en plus que tu as des soucis financiers…

Il sortit une enveloppe de sa poche et la glissa entre les papiers. J'avais des problèmes d'argent et je ne pus m'empêcher de faire un calcul mental du contenu de l'enveloppe.

Il ajouta, comme pour s'excuser :

– Nous avons une petite réserve pour les frais organisationnels.

À cet instant on entendit un bruit de clé dans la serrure et Eleonora entra. Je me souviens que ce jour-là elle portait une jupe grise, un chemisier rose et des boucles d'oreilles en perles que je n'avais jamais vues. Elle posa son manteau sur le dossier d'une chaise. Comme toujours, elle n'était pas maquillée, sauf une touche de rouge aux lèvres. Elle avait un gant de laine bleue à la main droite, celui de la main gauche était perdu. Elle fut surprise de voir Crámer. Il n'était jamais venu à l'appartement.

– Víctor, si tu m'avais prévenue que tu voulais me voir, je me serais dépêchée. J'étais dans un bar avec une amie.

– Pas grave, ce n'est pas toi que je suis venu voir, c'est Miguel.

Il se tourna vers moi.

– Alors, je te laisse la mallette ?

Je vis sur le visage d'Eleonora la déception d'apprendre que la visite n'était pas pour elle. Mais je perçus aussi une espèce d'admiration qu'elle essayait de réprimer. Elle se moquait bien de ce que je faisais, mes cours, mon travail, mes articles, mais rien ne pouvait se comparer à des tâches clandestines. L'honneur et le prestige ne pouvaient venir que de ces obscures missions : cette langue secrète qui toujours, à tout moment, parvenait à avoir un effet sur le monde réel.

Crámer se leva et embrassa Eleonora sur la joue. Puis il se tourna vers moi :

– Trois jours. Demain je dois faire un petit déplacement. Si tu as des difficultés, vois avec Lemos.

Le soir même je me mis au travail. Eleonora faisait les cent pas dans la pièce.

– Pourquoi ont-ils confiance en toi alors que tout ça ne t'intéresse pas ?

– Ils doivent vouloir quelqu'un d'extérieur.

– Ils auraient pu s'adresser à moi.

– N'y accorde pas tant d'importance.

– Si Crámer te le demande, c'est important.

– C'est un travail de bureau. Un travail d'archives.

– Dans chaque action il y a toujours des papiers, des horaires, des choses écrites qu'il faut brûler après. Crois-moi, ce n'est pas un travail de bureau.

Je lus et relus tous ces documents pour qu'aucun détail ne m'échappe. L'ampoule nue qui pendait au-dessus de la table oscillait lentement sous l'effet de la brise qui entrait par la fenêtre de la cuisine et la lumière dansait sur les écrits, les coupures de presse et les photographies. Eleonora partit se coucher en colère, mais les jours suivants tous les conflits entre nous disparurent.

La vie de Cosme Guzmán ressemblait à celle de beaucoup d'autres nervis insignifiants de la banlieue : un salaire comme employé municipal à la mairie de Morón, figure du club de supporters d'une équipe de football, garde du corps d'un syndicaliste du plastique qui aspirait à prendre la direction du syndicat… Il était chargé de coller des affiches, de rassembler des gens pour les manifestations, des menaces et des extorsions. Il avait une épouse et deux fils à Merlo et rendait visite le mardi et le vendredi à une femme qui habitait à Liniers. Cette femme, appelée Beatriz, était la patronne d'un salon de coiffure. D'après les papiers, ces visites avaient un caractère très régulier.

Je décidai que l'exécution imaginaire aurait lieu dans les rues de Liniers, au moment où Guzmán prenait congé de sa maîtresse jusqu'à la semaine suivante.

Avec l'argent que m'avait donné Crámer, j'invitais Eleonora au restaurant. Je savais qu'il aurait été plus raisonnable de le garder, mais l'argent me brûlait les doigts et je devais le dépenser. Je laissai Eleonora choisir et elle m'emmena dans un restaurant de Recoleta. Il se trouvait à une rue de chez nous et des rideaux jaunes empêchaient de voir l'intérieur. Je n'y connaissais rien en restaurants : hors de chez moi, mon régime consistait en café au lait avec des croissants, un sandwich de pain de mie grillé ou une portion de pizza. Je n'étais pas habitué à la lumière tamisée qui rendait le menu indéchiffrable, au zèle du serveur, qui ne laissait pas nos verres vides, et aux bougies sur la table. À l'arrivée du premier plat, je tendis la main pour prendre le sel et Eleonora me dit :

– Ne bouge pas. Il y a quelqu'un derrière toi, je ne veux pas qu'il me voie.

– Qui c'est ?

– Un oncle.

– Frère de ton père ou de ta mère ?

– Un cousin de mon père. Lieutenant-colonel.

Le stratagème ne servit pas à grand-chose, car peu après un homme grisonnant et moustachu vint vers Eleonora les bras ouverts.

– Eleonora ! Ça fait si longtemps ! Toujours aussi belle.

Eleonora murmura mon nom. Je me levai pour lui tendre la main. L'homme me sourit mais ses yeux ne souriaient pas : ils me scrutaient.

– Il y a longtemps que je n'ai pas vu ton père.

– Mais tante Haydée le voit, ils prennent le thé toutes les semaines.

Le visage du militaire changea complètement.

– Ah bon ? Je ne savais pas. C'est vrai qu'ils ont toujours été proches. En plus, il y a longtemps que je ne suis pas allé voir Haydée. On habite à Belgrano et on ne va jamais à La Plata. Tu y vas toi, à La Plata, voir ton père ?

– Non.

– Tu dois lui manquer.

– La faculté me laisse peu de temps libre.

– Heureusement que tu fais tes études à Buenos Aires et pas à La Plata, là-bas c'est tous des terroristes. – Il me regarda. – Quand je sors en voiture, ma femme me dit de ne pas prendre mes papiers militaires, pour qu'on ne m'identifie pas si je tombe sur un faux contrôle.

– Un faux contrôle ? je demandai.

Le lieutenant-colonel s'approcha de mon oreille pour expliquer :

– Ils font semblant d'être des patrouilles de police, mais ce sont des terroristes habillés en policiers ou en gendarmes.

Dès qu'ils identifient un militaire, ils l'abattent. Mais moi, je porte toujours ma carte du Cercle militaire et mon arme réglementaire. Qu'est-ce que je peux faire ? Je suis un militaire, je ne peux pas me déguiser en quelqu'un d'autre. On peut prendre des précautions, mais seulement jusqu'à un certain point. Nous sommes entre les mains de Dieu. Le pays est entre les mains de Dieu.

Eleonora accompagna son oncle à sa table pour saluer son épouse et un autre couple. Quand elle revint, elle me dit :

– Les militaires ont peur. Ils s'inventent des histoires de faux contrôles et après ils y croient. Ils imaginent des infiltrés partout. On dirait la série *Les Envahisseurs*.

Je lui demandai de ne pas parler si fort, les clients d'une table voisine s'étaient retournés pour nous regarder. Heureusement, la table de son oncle était éloignée.

– Je ne savais pas que tu avais un oncle militaire.

– C'est un Colina du côté maternel. Et de patronyme Porta du côté paternel. Lieutenant-colonel Velmiro Porta. Il est à la retraite, mais il conseille je ne sais pas qui sur des questions de renseignements. Le lieutenant-colonel Porta a toujours détesté mon père, par jalousie.

– De quoi il était jaloux ?

– Sa sœur Haydée était attirée par Colina Ross depuis l'enfance. Ils avaient une différence d'âge : quand ma tante avait treize ans, Colina Ross en avait dix-huit. Ils passaient les étés dans une maison de campagne de City Bell. Elle disait à tout le monde qu'ils étaient fiancés. Ils jouaient aux espions. Ils s'envoyaient des messages secrets qu'ils cachaient dans la fente d'un tronc d'arbre. Un chêne vert énorme au fond de la propriété. Ils l'appelaient "l'arbre aux secrets".

– Ne me dis pas que c'est ce qui a poussé ton père vers la cryptographie.

– Mais si, ce fut le début : avec une cousine lointaine qui lui écrivait des lettres d'amour. Codées, bien sûr, comme on doit écrire les lettres d'amour.

J'avais fini mon plat. Elle me laissa goûter sa sole à la crème.

– Mais l'amour s'est brusquement terminé : il y a eu un vol, une montre en or avait disparu du tiroir d'une commode. Et le futur lieutenant-colonel a accusé Colina Ross. Il a prétendu l'avoir vu glisser la montre dans la poche du pantalon. Ça a fait un scandale familial, la montre n'a jamais été retrouvée et les cousins ont cessé de se voir pendant des années. Colina Ross et Haydée se sont revus quand ils étaient déjà âgés. Si tu vas un mercredi après-midi au café Rosales de La Plata, tu les verras assis toujours à la même table, près de la fenêtre, en train de prendre un thé avec des biscuits. Elle est toujours impeccable, vêtements neufs, mèches faites, tout droit sortie du salon de coiffure. Parfois je crois que Haydée est la seule personne pour laquelle mon père conserve encore un peu d'humanité.

Je travaillais au rapport que m'avait demandé Crámer avec la même obsession que celle avec laquelle je déchiffrais les messages que proposait Colina Ross, et je préparais aussi mes cours. À mesure que je me plongeais dans ce jeu j'en oubliais les effets possibles sur le monde réel. Plus je jouais, plus la scène me devenait réelle. Non pas en termes de réalité concrète, mais de ce qu'on pourrait appeler l'effet convaincant de la perception, cette impression d'immédiateté que nous ressentons dans les rêves. Je pouvais le voir : Guzmán parcourait la ville dans sa Renault blanche le soir, il assistait à des réunions syndicales, où il protégeait le chef, il allait à un barbecue, à un match de football, il s'échappait du foyer (j'imaginais les promesses qu'il murmurait à l'oreille de sa maîtresse, la coiffeuse) et il rentrait chez lui avec le vague remords que provoque la satiété. Il était toujours armé : un calibre 22 dans la poche de sa veste. Je notais ses actes, comme si chacun était lourd de signification.

Je pris la chose au sérieux : je devais veiller à ne pas commettre d'erreur dans la planification du faux assassinat. Par exemple, qu'il n'y ait pas un commissariat sur le trottoir d'en face, ou le domicile d'un haut fonctionnaire ou d'un officier supérieur dont la porte serait flanquée d'un garde permanent.

Un après-midi je me rendis dans la rue de la maison de sa maîtresse, à Liniers. C'était une rue de maisons basses, à quatre blocs d'habitations de la gare ferroviaire, du côté nord de l'avenue Rivadavia, un quartier tranquille où il y avait de nombreux terrains vagues. Au coin de la rue, une épicerie paraissait dater des années 30, avec ses vieilles boîtes métalliques de biscuits, ses grands bocaux de verre remplis de bonbons et ses très anciennes bouteilles d'eau-de-vie de canne et de genièvre reliées par des toiles d'araignée. La maison de la coiffeuse était un rez-de-chaussée de trois appartements, dont l'un était en vente, ainsi que l'annonçait la pancarte d'une agence immobilière. Je m'arrêtai à la porte pour renouer les lacets de mes chaussures. La rue était éclairée à chaque croisement par un lampadaire au mercure. Il n'y avait aucun inconvénient à poster mes justiciers imaginaires dans une voiture garée dans cette rue, sous le feuillage des tipas qui les protégerait de l'éclairage public. Après son rendez-vous romantique, Guzmán émergerait de ce monde de draps froissés, de parfum bon marché et de reproches pour reprendre le chemin du domicile conjugal. Mes assassins l'intercepteraient sur le trajet entre la porte et sa Renault blanche.

Comme la cible n'était pas importante, le groupe chargé de l'opération devait donner l'impression d'individus quasi marginaux par rapport à l'organisation, des garçons qui voulaient faire leurs preuves pour qu'on leur confie ensuite des missions plus importantes. Entre les mains de l'un d'entre eux, je mis un FAL, le fusil de fabrication belge qu'on donnait aux conscrits pendant leur service militaire. C'était une arme très recherchée pour sa portée de tir, mais elle n'était pas difficile à obtenir, car les cambriolages d'arsenaux militaires étaient déjà fréquents. Un autre aurait un pistolet 9 mm volé à un policier. Dans le coffre, en réserve et en cas de difficultés imprévues, un fusil de chasse à canon scié. Pas de fusils à pompe, de mitraillettes ou d'armes plus lourdes et sophistiquées. Trois armes, donc – un FAL, un pistolet et un fusil ordinaire –, qu'il m'était arrivé de tenir dans les mains. Le FAL et le pistolet lors des exercices de tir pendant le service militaire. Le fusil, quand j'avais accompagné un oncle à la chasse aux perdrix. Il me semblait qu'on ne pouvait convaincre quelqu'un de ce qu'on imaginait que si on incrustait dans la fantaisie des particules de réalité.

Je fis une liste des endroits que Guzmán fréquentait : à chacun j'attribuai une lettre. Le domicile de sa maîtresse était un F. J'écrivis à la machine un message disant que la "livraison de la marchandise" aurait lieu le 13 octobre entre 2 heures et 3 heures du matin à F. J'ajoutai quelques phrases banales, comme si je voulais égarer d'éventuels lecteurs étrangers à l'affaire, un souhait de bon anniversaire, la mention d'une noce.

À la fin de la réunion du Cercle des Cryptographes, je rendis la mallette à Crámer. Il ne dit rien. Ne jeta pas un seul coup d'œil à mon rapport. Il mangea une pastille d'eucalyptus et sortit, pressé. Avec sa mallette, sa veste et sa cravate il avait tout d'un employé de bureau resté tard à son travail pour s'acquitter des tâches dont son chef l'avait chargé.

Système postal

Grâce à son obstination appliquée, Fabiani était devenu le véritable cœur exécutif du Cercle. Son attachement à la préhistoire du Cercle avait beau faire de lui un ennemi, il avait réussi à conserver sa place car c'était lui qui s'occupait de notre correspondance. Il entretenait déjà des relations cordiales avec ses correspondants d'universités d'Allemagne, d'Angleterre, du Mexique, du Pérou, de Colombie, d'Italie et des États-Unis. Il savait qui était qui dans chaque université, il évitait les noms les plus connus et préférait agir sur les ressorts cachés de la machinerie universitaire. Il pouvait, par exemple, ignorer le célèbre directeur d'un institut d'archéologie, la présidente d'un département d'études helléniques ou de philosophie antique, car il savait qui serait leur remplaçant à court terme. Écrire des lettres signifiait mettre en marche de complexes engrenages psycho-postaux. S'il touchait juste ou pas dans le choix des mots ou dcs correspondants, on ne le découvrait que des mois plus tard.

– J'ai les deux choses indispensables pour ce travail, se vantait Fabiani, la patience et les timbres.

Ses articles, qu'il produisait avec une fréquence remarquable – bien qu'ils fussent toujours des variations d'un même sujet –, apparaissaient dans nombre des revues qui arrivaient dans notre petit bureau. Les publications que nous recevions remplissaient peu à peu nos étagères.

Lemos tenta de lui prendre sa place, mais Fabiani résista et il fut évident que même les amis de Lemos étaient d'accord pour que Fabiani poursuive sa tâche. Qui d'autre que lui pouvait comprendre le fonctionnement de ce complexe système postal ? En outre, il avait de bonnes relations avec l'imprimerie de la faculté. Il ne suffisait pas de fournir les documents : pour qu'ils soient publiés en moins de dix jours, il fallait passer des appels téléphoniques, aller prendre un café à l'imprimerie. Un après-midi, je découvris Fabiani en train de lire la page des sports du journal.

– Tu t'intéresses au football maintenant ?

– Non. C'est juste pour avoir un sujet de conversation avec les gars de l'imprimerie. Du genre : comment s'appelait le gardien de but de l'Atlético de Huracán ?

Fabiani n'avait jamais beaucoup aimé Colina Ross. Mais la domination progressive de Crámer les avait obligés à s'unir dans une tentative désespérée de contenir l'invasion. Par tempérament, ils étaient condamnés à se détester. Les circonstances avaient fait d'eux des alliés incommodes. Tous deux partageaient l'illusion qu'il suffisait de persévérer pour vaincre. Fabiani attendait toujours de Colina Ross une décision abrupte qui ne se produisait pas. Il me disait :

– C'est le bon moment pour qu'il intervienne et se débarrasse de Crámer et de ses acolytes.

– S'il faisait ça, la faculté serait finie pour lui. Obligées de choisir, les autorités préféreraient Crámer.

– C'est nous qui avons commencé, non ? Le Cercle nous appartient.

C'était nous. Mais y avait-il un "nous" ? Avions-nous quelque chose en commun ? Fabiani avait raison, Fabiani avait travaillé avec dévouement, mais personne ne veut rester à côté de ceux qui s'assoient au premier rang, de ceux qui ont vingt sur vingt et offrent des pommes à la maîtresse. De plus, il commençait à ressentir cette impatience qu'avaient éprouvée beaucoup de spécialistes en philosophie antique, littérature grecque, archéologie. Ce murmure : le poids de l'Antiquité écrase, nous paralyse avec son mélange de ruines et de perfection. Si seul l'antique a du sens, quel sens reste-t-il au présent ? Colina Ross appelait cela le "syndrome de Pompéi" : l'idée que tout ce que nous touchons est pétrifié, que notre volonté de vivre est paralysée, que nous vivons parmi les morts.

– Nous avons l'impression que tout est figé par le Volcan, disait Colina Ross.

Crámer n'intervenait pas dans les publications : il considérait que plus elles étaient apolitiques, mieux elles serviraient de couverture quand viendraient les temps difficiles. Ce septième numéro – qui fut le dernier – avait comme article principal la conférence de Colina Ross prononcée pour l'inauguration du Cercle, il y avait déjà un certain temps. J'avais fini de la transcrire et la lui avais donnée à corriger. Le professeur fit une lecture rapide et me la rendit :

– Vous avez amélioré mes balbutiements, dit-il avec courtoisie.

Un mardi, j'arrivai au bureau et trouvai sur la table les nouveaux exemplaires des *Cahiers du Sphinx*, enveloppés avec soin dans du papier kraft et liés par une ficelle jaune. Je déchirai le papier avec un peu de fébrilité. Je ne m'arrêtai pas à l'article de Colina Ross pour ne pas trouver des erreurs et m'en vouloir. Vers la fin de la revue, une page était consacrée à des sujets divers – entre autres un compte rendu du congrès des langues oubliées – une recension de la traduction de *L'art de la mémoire*, de Frances Yates, qui venait de sortir en espagnol, et un poème intitulé "Les armes et les lettres". Je lus les premiers vers. Un hommage à Che Guevara, pensai-je. Une intromission de Crámer et des siens dans l'ambiance aseptisée des *Cahiers*.

L'ennui m'en fit abandonner la lecture.

Un soir, à la sortie de la faculté, après avoir donné quatre heures de cours, j'entendis des pas derrière moi.

C'était Crámer, vêtu d'un imperméable beige tout froissé.

– Ce Tarrés, tu es très ami avec lui, non ?

– Bien sûr que c'est un ami.

– Moi, il m'amuse, c'est un type bizarre.

– Un type bizarre, oui. Et très conscient de l'être. À une époque il signait ses critiques cinématographiques Rara Avis.

– Mais tu ne le trouves pas un peu grande gueule ? Il ne serait pas du genre à dire des trucs inadéquats dans des endroits inadéquats ?

– Non.

– Pour te dire la vérité, nous sommes en train d'étudier son cas. Je ne sais pas si d'autres…

– Tarrés est le meilleur.

– Le meilleur pour les choses inutiles.

– De toute façon il y a des réunions publiques et des réunions privées, et Tarrés n'assiste qu'aux publiques. Vous n'avez pas à avoir peur…

– Non, la peur est la seule chose qu'on n'a pas. Mais tout change si vite. Pas seulement ici mais partout. Parfois j'ai l'impression que les mots de tous les jours signifient autre chose. Et Fabiani ?

Je compris alors que Tarrés ne l'intéressait pas. Ce n'avait été qu'un préambule pour me sonder. Nous arrivions maintenant au point essentiel.

– Fabiani est indispensable, dis-je. Il est très rigoureux avec la correspondance.

– N'importe qui peut mettre des lettres dans une boîte.

– C'est grâce à Fabiani que le Cercle a une certaine reconnaissance. En plus il se débrouille pour faire travailler les gens de l'imprimerie.

– Ça aussi, nous pouvons l'obtenir. Ce sont des *camarades*.

– Des *camarades* qui prennent leur temps.

– De ça, je m'en charge. Toi, prépare-toi à coller des timbres. Toute cette histoire de réunions privées d'un côté et publiques de l'autre n'a plus aucun sens. Nous devons tout unifier.

– Et Fabiani ?

Il ne répondit pas. Il n'arrêtait pas de changer de sujet. Il était toujours un pas devant. Quand on finissait de parler avec lui, on avait l'impression que le début de la conversation, tout ce qu'il avait dit cinq minutes avant, appartenait à un passé déjà couvert de poussière.

Il posa une main sur mon bras.

– Pour la mallette, c'était parfait.

– Que s'est-il passé ?

– C'est en marche. Un travail impeccable. Le destinataire de notre rapport a pris son temps, mais il a fini par comprendre. Il est clair qu'on a besoin d'intellectuels comme toi.

– D'intellectuels comme moi ? Et vous, qu'est-ce que vous êtes ?

– Moi, j'essaie de te défendre devant les autres, mais… Je crois qu'il leur manque un signe d'engagement plus fort de ta part.

– Il y a beaucoup de choses sur lesquelles nous ne sommes pas d'accord.

– Nous non plus, nous ne sommes pas d'accord sur tout. Nous vivons avec des contradictions. Si nous étions constamment sûrs de tout, la prise de décision n'aurait aucune valeur. C'est ça, la dialectique.

– Ce qui veut dire ?

– Nous avançons toujours dans l'obscurité.

Après la rue 25 de Mayo nous étions arrivés à l'avenue Corrientes. L'humidité estompait les phares des voitures et les lampadaires des rues en grosses taches jaunes. Crámer regardait de temps en temps derrière lui. Il dévisageait aussi les gens que nous croisions : employés de banque en retard, femmes en tailleur et filles qui travaillaient dans les cabarets et les bars à whisky du quartier. Crámer parlait presque en murmurant et je crois maintenant, avec le recul, que c'était cette forme d'intimité et de complicité qui lui permettait de subjuguer aisément les volontés. Crámer donnait des ordres qui ne paraissaient jamais des ordres, c'étaient toujours des paroles murmurées la nuit, comme si les recevoir constituait un étrange privilège. Il était chargé de rappeler les énormes forces de l'Histoire qui s'ébranlaient au-delà de nous et, lorsqu'il parlait, on était aussitôt connecté à ces forces invisibles et imparables.

Crámer détestait les manifestations, les slogans, les aspects publics de la politique. En revanche, le secret, la conjuration, la conversation elliptique, les procédés indirects, les pièces enfumées étaient faits pour lui. Jamais il ne tentait de convaincre ; il tenait pour acquis que nous étions tous convaincus.

– Continuons à marcher. C'est par mon père que j'ai commencé à m'intéresser aux messages secrets. – C'était la première fois que je l'entendais évoquer quelque chose de personnel. – Il est cheminot, il a pris sa retraite l'an dernier. Avant, il avait des pigeons voyageurs. Je l'aidais à écrire des messages qu'il s'envoyait à lui-même. Toujours codés. Il emmenait les pigeons dans sa camionnette et les lâchait en pleine campagne. Et ils trouvaient tout seuls le chemin du retour.

– Il continue ?

– Non, il a arrêté. Un jour il les a tous emmenés, les dix pigeons, plus loin que d'habitude. J'avais dix-sept ans. Je lui ai dit que la radio avait annoncé de l'orage, il n'en a pas tenu compte. Il y a eu un orage très fort, le fleuve a débordé, la grêle est tombée. Il a attendu les pigeons. Un seul est revenu, pour mourir le lendemain. Mon père a cessé de jouer avec les pigeons voyageurs, mais il m'est resté le goût des messages secrets. Les enfants font parfois sérieusement ce que leurs parents ont fait pour se distraire.

Il regarda de nouveau derrière lui, mit dans sa bouche une pastille d'eucalyptus et je sus qu'il allait me demander quelque chose, il ne m'avait raconté un souvenir personnel que dans un but précis. Il était bien sûr possible que l'histoire de son père et des pigeons fût une invention, et probablement pas une vieille invention, à laquelle on pourrait attribuer une certaine durée et donc quelque chose d'une vérité sédimentée, mais plutôt une fiction qu'il venait à peine d'imaginer pendant que nous marchions.

– Le Grec, un camarade, a été enlevé, dit-il enfin.

– Le Grec ?

– Tu ne le connais pas, il n'est pas de la faculté. Il habite à Villa Luro. Son domicile a été saccagé, ils ont cassé les meubles, cherché dans les livres… Le Grec était en train de travailler à quelque chose. Il devait nous obtenir une information.

– Quelle information ?

– Peu importe, pour le moment. Nous sommes sûrs qu'il a laissé un message quelque part, mais nous ne savons pas où. S'il l'a fait, il a dû choisir un mode de communication que la police ne pourrait pas découvrir.

– Je peux déchiffrer des messages, mais pas les découvrir.

– On voudrait que l'endroit soit visité par quelqu'un sans antécédents, qui n'est pas fiché. Quelqu'un qui puisse passer pour un ami, au cas où il serait découvert.

– Mais la maison doit être surveillée.

– Ils ont fouillé partout. Ils sont sûrs qu'il n'est rien resté de caché. Et ils n'ont pas laissé de consigne, rien, pas même un policier au coin de la rue. Ils ont d'autres chats à fouetter.

J'avais peur. Une peur absolue. Mais jour après jour j'avais vu comment d'autres franchissaient la ligne de l'expérience, d'autres moins capables que moi gagnaient le respect de tous en accomplissant une mission en pleine nuit.

– Suppose que je te dise oui…

– Je ne sais pas supposer…

– Imagine…

– Je suis un homme sans imagination. C'est oui ou c'est non.

– Suppose que je te dise oui… Comment je fais pour entrer ?

– Une fenêtre du fond est ouverte.

– Il faut faire ça la nuit ?

– Non, pas la nuit, tu devrais allumer ou te servir d'une lampe, et cela attirerait l'attention. Il faut y aller de jour. Si tu ne trouves rien, patience, j'y suis déjà allé et reparti les mains vides.

– Tu y es allé ?

– Oui, j'y suis allé.

– Et qu'est-ce que je dois trouver ?

– Si je te le disais, cela influerait sur tes décisions et orienterait peut-être tes recherches dans une fausse direction. Je préfère que tu ne saches rien.

– Comment puis-je trouver quelque chose dans un endroit inconnu si je ne sais pas ce que je cherche ?

– Un message. C'est peut-être un seul mot.

– Je vais réfléchir.

– C'est bien que tu réfléchisses. – Il me tendit la main et me dit brusquement au revoir, comme s'il ne supportait pas le contact avec l'hésitation. – Si tu le fais, il vaut mieux que ce soit en toute conscience.

Les réunions se prolongeaient maintenant jusqu'à l'aube, les discussions étaient souvent violentes. Il y avait deux sortes de réunions : les "ouvertes", où tous avaient leur place, et les "fermées" auxquelles assistait un groupe de neuf personnes, mais sans Fabiani ni Tarrés. Les "fermées" étaient supposées secrètes. Mais les tensions dans les réunions fermées envahissaient les réunions ouvertes. Il y avait toujours deux groupes qui s'affrontaient, mais leur composition était instable. En général, Barnes se confrontait à Crámer. Eleonora faisait alliance avec lui, en réclamant des actions urgentes. Crámer feignait d'être patient, prudent : l'image même de la circonspection. Lemos, qui venait de temps en temps avec sa femme, Ana María ou Any Bari, la psychologue qui parlait de la langue maternelle et paternelle, ne l'amena plus. Au début Tarrés s'opposait à eux avec véhémence et ils le laissaient faire uniquement parce que Crámer gardait pour lui une certaine sympathie que personne d'autre ne partageait. C'était une espèce d'amour non réciproque, car Bobby détestait Crámer. Mais après, même Bobby apprit à se taire et partit avant qu'ils excluent Colina. Dès le début, quand ils n'étaient encore que les nouveaux venus, il était inutile de discuter avec eux, car ils savaient comment contrôler les réunions. Ils manipulaient les prises de parole et les votes. Ils appliquaient à notre petit groupe des méthodes utilisées pour contrôler des assemblées. Ils faisaient glisser la discussion entre l'un de nous et l'un d'eux vers une discussion qui faisait semblant d'être plus vive entre eux-mêmes. Et rapidement cet affrontement se dissolvait. De faux alliés prenant la parole pour nous étaient facilement vaincus. Ils répétaient toujours la même chose :

"Nous avons l'obligation de fournir un soutien technique aux camarades de l'organisation."

Chacun se rêvait ce qu'il n'était pas : étudiant, ouvrier ; riche, pauvre ; civil, soldat. Enfermés dans notre salle, empêtrés dans des échanges interminables, ils jouaient – nous jouions, moi y compris – à être des hommes d'action.

Les jours passèrent sans que Crámer reparle de Fabiani et de son expulsion. Un soir, Fabiani voulut à tout prix nous débiter ce qui allait être sa thèse de doctorat. C'était une étude sur les prophéties des sorcières dans *Macbeth*. À partir des quelques vers qui prédisaient l'ascension du héros (et aussi sa fin), Fabiani avait entrepris d'étudier la relation entre prophétie et fiction. Dans un monde parallèle, le sujet aurait pu être intéressant, mais notre monde était celui-ci et il suffisait d'écouter Fabiani cinq minutes pour commencer à bâiller. Lemos et Barnes se mirent à parler entre eux. Fabiani haussa la voix, qui se fit plus aiguë, mais ils ne s'en rendirent pas compte et continuèrent à bavarder. Ils discutaient apparemment d'un article que Crámer venait de publier sur l'économie de Cuba. Crámer, en revanche, prêtait attention à Fabiani, ou du moins le regardait fixement. Dérangé par les murmures, Fabiani se tut et son silence fut plus digne d'attention que ses paroles, car même Lemos et Barnes suspendirent leur échange et le regardèrent.

– Qu'est-ce qui se passe ? demanda Fabiani.

Il s'était tourné vers Barnes et Lemos, mais ce fut Crámer qui parla, alors je me rendis compte que tout ce qui m'entourait – conversations murmurées, distractions, ennui –, tout ce qui paraissait le fruit de l'inattention et du hasard faisait partie d'une mise en scène précise.

– Tu es exclu, dit Crámer.

– Quoi ?

– Relevé de toutes tes responsabilités.
– De la correspondance ?
– De tout.
– Pourquoi ?

Crámer se leva et prit sur le bureau un exemplaire des *Cahiers du Sphinx*.

– Il y a une erreur grave ? demanda Fabiani.
– Une grosse erreur.
– On était d'accord pour publier l'article.
– Quel article ?
– La conférence de Colina Ross.
– Ce n'est pas cet article qui me dérange. Ni les autres pages. C'est la publication unilatérale de ce poème sur Che Guevara.
– Mais c'est toi, Crámer, toi qui l'as laissé sur le bureau.
– Pour que tu le lises, pas pour que tu le publies sans consulter personne.
– Vous avez tous attendu le dernier jour pour remettre ces articles. En voyant ce poème sur la table, j'ai supposé que vous l'aviez approuvé.
– Si on laissait passer cette erreur, cela reviendrait à dire : la parole écrite ne compte pas, on peut dire n'importe quoi. Nous formons un groupe indépendant avec des appuis et une certaine liberté, mais ces appuis et cette liberté dureront tant que nous ne céderons pas à cette désespérance bien-pensante, au charme de la désillusion.

Je remarquai que les mains de Fabiani tremblaient de colère.

– Mais tu m'as dit que tu apporterais quelque chose pour remplir ces deux pages vierges. C'était le dernier jour. Si je n'avais pas envoyé la revue à l'imprimerie à ce moment-là, on aurait dû attendre deux mois et j'ai pensé…

Pour toute réponse, Crámer se mit à lire le poème. Il ne savait pas lire : il confondait neutralité et monotonie.

Les armes et les lettres

C'est sa révolution, il n'est plus nécessaire

de la partager avec personne. Il est cerné.
Avec la victoire, inévitables, viennent
transactions et ministères.
Fusils échangés contre bureaux
pour remplir des tableaux, poser des tampons
sur des budgets et des plans quinquennaux.
Diplomatie, exécutions.
La défaite est la synthèse tardive,
sa monnaie, le sang, il collabore
avec l'hypnotique, l'austère économie
qu'exigent de tyranniques symboles.
Ils ont faim et soif, ils sont perdus.
Tout s'est mal passé depuis le début.
De nouveau : "Cette histoire est celle d'un échec."
Découvrir la surprise répétée
qu'il y a une joie inespérée
à résumer les signes de l'effroi,
à laisser la catastrophe dicter.
La victoire ne sert à rien par écrit.
Ils l'ont exclue de l'esthétique du siècle.
Le héros ne se contente peut-être plus
Des combats douteux. Dans la forêt
l'eau manque, les délations abondent.
Il écrit sa méfiance méditée
pour la parole écrite, le négatif
de l'action. Elle élève le guérillero
au-dessus de l'écrivain, dernier chapitre
du combat entre les armes et les lettres.
Une embuscade. Il est fait prisonnier.
Les autres sont fusillés avant.
Il ne peut plus écrire. Mais il n'a plus besoin
des carnets, du crayon, d'autres maintenant
écriront pour lui. À bout de souffle, blessé,
il doit choisir les mots avec soin.
La mémoire respecte les fins.
Tout sera conservé. C'est la dernière
scène du cinquième acte. À son bourreau

il dit de bien viser, à ce sergent
qui hésite, tremble, qui attend
l'annulation de l'ordre, qui ne veut pas
de la malédiction, du don, du privilège,
du sauf-conduit sanglant de l'Histoire.
Vise bien, lui dit-il, moi je ne peux
plus rien noter. Et le papier et le crayon ?
Où vas-tu consigner cet instant,
la sentence qui vaut plus que ton journal,
l'épigramme finale de l'aventure ?
Vise bien : tu vas tuer un homme.

D'un geste théâtral, Crámer jeta la revue sur la table. Elle glissa et fut arrêtée par le taille-crayon mécanique.

– Ce poème est un pied de nez à tout ce que nous croyons. Et un pied de nez à une partie des membres du Cercle. Nous avions décidé de laisser la politique hors des *Cahiers*... Et toi tu arrives et tu nous balances ce poème.

Fabiani se leva.

– Je n'en connais même pas l'auteur. C'est un poème sur Che Guevara. Je pensais qu'il vous plairait. Que c'étaient vous autres qui vouliez le publier.

– Tu penses qu'on est séduits par tout ce qui est écrit sur le Che ? On fait partie de ceux qui mettent des posters sur les murs de leurs chambres ? On est des folkloristes de gauche ? Et où sont les ponchos et les *boleadoras* des gauchos ? Ce poème parle des armes et des lettres. Le Che s'était voué corps et âme aux armes. Il a écrit que le guérillero est l'échelon le plus haut pour l'homme. Mais le poème le montre à la fin de sa vie préoccupé de nouveau par les lettres, par ce qui s'écrit. Ce poème montre le triomphe des lettres.

Il se fit un silence solennel, un silence qui semblait signifier que c'était au tour de l'accusé de tenter une ultime défense. Mais Fabiani ne dit rien pour sa défense, il n'attendit pas que les mains se lèvent pour voter en sa faveur ou contre lui. Il savait très bien que si on en était arrivés là, c'était parce que tout était décidé d'avance. J'eus même l'impression qu'il admirait tout le mal qu'ils s'étaient donné pour l'exclure. Il ouvrit un tiroir du bureau et en sortit des papiers et un stylo au capuchon argenté, avec lequel il signait à l'encre noire les lettres du Cercle des Cryptographes. Il emporta aussi le tampon portant le nom de notre petit club. Il ne lui servirait plus à rien, mais il l'emporta quand même. Il ouvrit un autre tiroir : des planches de timbres. Il hésita une seconde et les laissa, peut-être parce qu'elles avaient été achetées avec l'argent du Cercle.

Il glissa ses papiers entre les pages d'un livre et sortit de la pièce sans saluer. Dans l'instant qui suivit son départ, je sentis avec clarté que cette exclusion nous unissait.

À partir de ce moment, je pris en charge la correspondance du Cercle des Cryptographes de Buenos Aires et ce fut alors que je compris en partie l'insistance de Crámer à vouloir que subsiste le club réduit au minimum. Le réseau des correspondants était solide : dans les universités étrangères on mentionnait notre Cercle comme s'il s'agissait d'une institution stable, certains pensaient même que nous disposions de notre propre immeuble. Le nom de Colina Ross – et sa relation avec Maldany que Fabiani s'était occupé de divulguer – était notre caution. Crámer n'était pas seulement motivé par le désir d'en finir avec le fief de Colina Ross, il l'était aussi par le pouvoir exercé sur une institution qui pouvait servir de refuge quand le danger se ferait plus aigu.

Après 1976, aucune institution ne servit de protection, pas même l'Église catholique. Mais il manquait encore un an avant le coup d'État militaire et même le Cercle des Cryptographes pouvait servir de refuge imaginaire.

L'exclusion

Grâce au poème de l'auteur inconnu, Crámer s'était débarrassé de Fabiani. Un soir, quelques mois plus tard, je lui ai demandé d'où il avait sorti ce poème.

– Il était de Barnes, poète clandestin. Le poème ne valait pas grand-chose, mais il a servi pour virer Fabiani.

– Tu aurais pu le virer sans aucun motif.

– Sans motif? Sans art? Il ne faut jamais laisser passer l'occasion d'ourdir une conspiration, si minime soit-elle.

Fabiani exclu. Tarrés était parti de son propre chef. Il ne restait qu'un ennemi debout.

Colina Ross venait souvent au Cercle faire un exposé sur un sujet de son choix. Nous nous mettions d'accord sur le jour et l'heure où il viendrait afin que ses ennemis ne soient pas présents. Il passait aussi chercher la correspondance qui lui était adressée. Mais un soir, il arriva à l'improviste dans une réunion, salua d'un geste et s'assit comme s'il était un participant de plus. Il se tenait coi, mais son silence était plus éloquent que tout ce que nous pouvions dire. Chaque intervenant qui prenait la parole paraissait au bord du bégaiement et s'efforçait de ne pas regarder le professeur. Crámer avait manqué beaucoup de réunions, il semblait avoir complètement renoncé au Cercle, mais ce jour-là il était présent, tout aussi silencieux que son rival.

Je me souviens d'avoir proposé que nous discutions du contenu du prochain numéro des *Cahiers du Sphinx*. On me répondit qu'il n'y avait aucune nécessité de continuer à publier la revue. Je m'efforçai de les convaincre que si aucune publication n'attestait plus de l'existence du Cercle, les contacts internationaux s'éteindraient. Ils me regardèrent avec scepticisme, mais me laissèrent parler. De plus j'avais un intérêt personnel dans l'affaire, car je voulais écrire un article sur la relation entre Maldany et Colina Ross. C'était un prétexte pour que le professeur me prête enfin les papiers de Maldany qu'il m'avait promis. Crámer me laissa parler et, lorsque Lemos voulut intervenir, il le fit taire d'un geste. Mais il finit lui-même par enterrer sèchement mes modestes projets éditoriaux :

– Nous n'avons plus de papier.

– Pourtant, le dernier cahier n'a été imprimé qu'à trois cents exemplaires. Je pensais qu'il nous restait assez de papier pour le suivant.

– Continuer de parler des cahiers n'a aucun sens, répondit-il agacé. Passons à un autre point.

C'est alors qu'on entendit la voix de Colina Ross :

– Il y a assez de papier pour imprimer mille exemplaires. J'ai moi-même obtenu que le doyen de la faculté nous l'attribue, après une discussion qui a duré trois heures. Le papier est déjà à l'imprimerie.

– Nous n'avons plus de papier, répéta Crámer d'une voix égale.

– Tu vas m'accompagner, Crámer, dit Colina. On va aller ensemble à l'imprimerie de la faculté et je vais te montrer où est ce papier…

– Nous avons dû l'utiliser pour imprimer autre chose.

– Autre chose ?

– Une publication urgente.

– J'aimerais bien savoir ce qu'est cette publication urgente.

Crámer ouvrit sa serviette et chercha lentement. Il finit par en sortir une revue : *La cause du Peuple*. Il y avait en couverture la photo d'une carcasse de bœuf pendue à un crochet. Un titre croisait la photo en diagonale : *Les abattoirs et le syndicalisme complice.*

– Les ouvriers avaient besoin d'aide. Nous avons échangé un rouleau du papier dont nous nous servons pour les cahiers contre le double de ce papier, qui est beaucoup moins cher. Il est absurde d'utiliser du papier cher pour une élite, quand nous pouvons atteindre des milliers de lecteurs.

– Vous avez utilisé le papier que le doyen nous a donné pour publier quelque chose qui s'appelle *La cause du Peuple*, j'ai bien compris ?

– Le nom ne vous plaît pas ? Vous pouvez aider les camarades à en trouver un meilleur.

Colina Ross ouvrit la porte :

– Sortez tous, tout de suite. Quant à vous, Crámer : partez ailleurs avec tous vos amis.

Personne ne bougea. Personne ne dit rien. Colina Ross gardait la main sur la poignée de la porte. Alors Crámer parla :

– Docteur, nous connaissons votre passé. C'est vous qui allez partir.

– De quoi parlez-vous ?

– Des filles, professeur. On est tous au courant.

– Les filles…

– Les filles.

Je ne savais pas de quelles filles parlait Crámer. Aux débuts du Cercle, Fabiani avait fait allusion à un vieux scandale sans donner de précisions. Eleonora, qui avait suivi la conversation avec l'air absent de quelqu'un qui attend que le temps passe à une table de café, baissa les yeux. Elle avait les joues rouges et s'efforçait de dissimuler une honte violente qui l'obligeait à se presser les mains et à baisser la tête, comme si elle voulait replier son corps sur lui-même jusqu'à disparaître en une pièce d'origami. Je retrouvai ma vieille sensation d'ignorer quelque chose que tous les autres savaient : mes oreilles n'avaient pas saisi le mot essentiel qui changeait tout le sens de la phrase.

Un instant Colina Ross resta muet ; comme s'il ne savait pas quoi dire. Je pensai à la feuille de l'arbre dont il avait parlé une fois. Je pensai qu'il y avait peu de choses qui pouvaient le laisser sans voix. Mais il se ressaisit promptement.

– Vous êtes meilleurs policiers que la police.

– Ce n'est pas un compliment, répliqua Crámer. N'importe qui est meilleur que la police.

– Vous contrôlez la vie sexuelle de vos adhérents et trouvez l'adultère pire que l'assassinat. C'est ce que j'appelle une morale stricte.

– Dans votre cas, personne n'a parlé d'adultère : vous êtes veuf. Votre problème est d'un autre genre.

– Vous n'avez pas par hasard accusé votre grand leader décédé de péchés semblables ?

Lemos se leva pour répondre, mais Crámer le fit taire d'un geste. Obéissant, Lemos se rassit. Crámer sortit de sa poche un sachet de pastilles à l'eucalyptus et en mit une dans sa bouche.

– Docteur, vous ne pensez pas qu'il est un peu tard pour qu'un homme de votre âge soit encore debout ? La Plata est loin et les rues ne sont pas sûres. Ou bien voulez-vous rester jusqu'à ce qu'on vote votre exclusion ?

Colina leva la main :

– Je vote moi-même pour mon exclusion.

Colina Ross ne regarda pas Crámer ni sa fille : c'est moi qu'il regarda. Il attendait que je le suive. Je ne bronchai pas.

Le professeur quitta le bureau qu'il avait en personne obtenu pour nous. Je sortis dans le couloir mais n'allai pas plus loin, je ne le suivis pas, me contentant de le regarder s'éloigner. Il marchait si lentement qu'il paraissait ne devoir jamais arriver jusqu'à l'ascenseur qui l'attendait.

III

APOGÉE ET CHUTE

Un appui technique

Je savais que j'avais perdu toute possibilité d'obtenir les lettres de Maldany. J'avais trahi Colina Ross, je n'avais pas esquissé la moindre défense. J'aurais pu sortir avec lui, m'écarter des autres, mais cela signifiait choisir le passé au lieu du futur, la désillusion au lieu de la conviction. Cela revenait à rester en dehors de la vie. Je me sentais partagé : j'étais celui qui jouait au vieux jeu des mots rares mais aussi celui qui vivait les nouveautés comme un appel continu et démentiel à entrer dans le monde et à prendre place parmi les autres. J'avais connu le syndrome de Pompéi : je voulais fuir un monde pétrifié. Pourtant, je ne perdais pas l'espoir d'écrire un cahier sur Maldany, comme introduction à un livre substantiel, qui viendrait après et me justifierait.

Pour accéder à Maldany, je ne pouvais plus compter sur Colina Ross, mais il me restait Eleonora. Comme elle était sur la défensive quand je lui parlais de Colina, j'essayais avec sa mère : un mot de passe pour entrer dans le bunker de sa mémoire. Un soir, après le départ des amis, qui nous laissaient bouteilles vides et boîtes de conserve remplies de mégots, je ramassai un livre par terre. C'était un exemplaire des *Mots*, de Sartre, dont la couverture était tachée de vin et de cendre. Du livre tomba un vieux programme du cinéma Hindú.

Argentina Sono Film présente
La Fontaine du crapaud
Scénario et mise en scène : Luis M. Meyer.

Clarisa est une jeune fille rêveuse qui vit dans un village. Un jour elle se perd dans les bois. Surprise par un orage, elle arrive devant la grille d'une maison. Au milieu des arbres, il y a une fontaine dont l'eau s'écoule d'un crapaud en bronze. Clarisa se souvient alors d'une vieille légende à propos de cette fontaine : si on jette dans l'eau une pièce de monnaie les yeux fermés, trois vœux seront réalisés. Elle demande le premier : qu'on lui ouvre les portes de cette maison.

Au fil des mois et des années, Clarisa verra ses trois vœux se réaliser, pour le meilleur et pour le pire.

Avec Guillermo Battaglia et, pour la première fois à l'écran, Marilú Miller.

– Qu'est-ce que tu fais avec ça ?

Eleonora m'arracha le programme des mains.

– C'était dans un livre. Un de ceux qui nous restent par miracle. Tes amis emportent les livres, les disques…

– Ce sont aussi tes amis.

Elle regardait la photo du programme. Sa mère paraissait une gamine. Elle ressemblait un peu à Elsa Daniel. Guillermo Battaglia la dévisageait avec un air sévère.

– Ma mère est morte quand j'étais très jeune. J'avais quatre ans. Il me reste quelques images d'elle : un été à la plage, elle en maillot de bain bleu. Chez un glacier en train de manger une glace à la fraise avec une petite cuiller en bois. L'après-midi où on a vu ce film, le seul dans lequel elle a joué, et où elle m'a acheté deux paquets de cacahuètes au chocolat. Le cinéma était un immeuble en marbre. Moi, je trouvais bizarre de voir maman à l'écran, c'était un autre monde et je lui demandais de m'emmener là-bas, parce que moi aussi je voulais demander trois vœux à la fontaine du crapaud. La fontaine n'existe plus, m'a dit ma mère. Elle était en plâtre, ils l'avaient faite pour le film. Tout est faux, elle a dit.

– De quoi est morte ta mère ? lui demandai-je avec une involontaire brusquerie.

– D'une maladie du sang. Ce fut très rapide. Je me rappelle à peine les visites à l'hôpital, la famille à la maison, ils arrivaient tard et parlaient à voix basse, les discussions en pleine nuit. Les gens qui me regardaient en disant : pauvrette, pauvrette. J'avais peur d'avoir perdu mon prénom, remplacé par cet autre si bizarre : Pauvrette Colina Ross. Aussitôt après la mort de maman, mon père s'est mis à fouiller toute la maison. Il vidait les tiroirs, ouvrait tous les livres. On aurait dit qu'il était devenu fou. Ma tante Haydée essayait de le calmer, mais il continuait à vider les tiroirs, à retourner les poches des vêtements, à ouvrir les livres de maman. Je lui demandais pourquoi il faisait ça, qu'est-ce qu'il cherchait. Il ne répondait pas.

– Il le faisait peut-être pour se distraire, pour ne pas penser.

– Non, il n'est pas comme ça. Il ne fait rien gratuitement. Tout a une raison, même si cette raison est démentielle. Bien des années après, en visite chez ma tante, je lui ai demandé ce qui s'était passé ce jour-là. Pourquoi mon père semblait affolé, qu'est-ce qu'il cherchait. Elle m'a dit que la veille de la mort de ma mère au troisième étage de l'Hôpital britannique, Colina Ross avait voulu lui prendre la main et qu'elle, toute pâle, épuisée, avait trouvé la force suffisante pour repousser sa main. Et elle lui a dit : "Je t'ai laissé un message." Et elle n'a plus rien dit jusqu'à ce qu'elle perde conscience. Ma tante mettait cela sur le compte du délire de la morphine, mais mon père l'avait prise au sérieux et avait cherché ce message dans toute la maison. Il avait vidé tous les tiroirs, fouillé toute la garde-robe. Cherché dans chaque livre, tourné chaque page, dans une maison où il y avait des milliers de livres. Il a ouvert des pièces que ma grand-mère, qui était déjà folle, avait condamnées. Des pièces encombrées de meubles, de tableaux, de vases, de sculptures. Mon père a fouillé les étagères, les tiroirs, regardé dans les vases et derrière les crucifix. Il a même voulu creuser dans le jardin, mais l'idée que ma grand-mère y avait enterré des chats dans tous les coins l'en a dissuadé.

– Il a fini par trouver quelque chose ?

– Rien. Mais jusqu'au moment où je suis partie de la maison, à l'âge de dix-neuf ans, il continuait à chercher.

Il le faisait en se cachant, parce qu'il savait que ça ne me plaisait pas.

Je ramassai deux livres par terre. Remis à leur place des disques de jazz. Elle mit dans un sac-poubelle les bouteilles vides et les cendriers improvisés.

– Mais maintenant qu'il vit seul, que personne ne le surveille et qu'il a sa liberté de mouvements, il doit continuer à chercher le message de maman.

Voyage à La Plata

En voyant mon intérêt pour le programme du cinéma Hindú, Eleonora se résigna à me montrer une vieille boîte à couture doublée de toile, où elle gardait des papiers de sa mère : une carte d'identité, écrite de la jolie calligraphie bleu clair des anciens employés de l'état civil, un cahier de classe de quatrième, un cahier à musique de la marque Istonio, transformé en album de petits personnages brillants, des lettres de Colina Ross envoyées de Londres, dans des enveloppes estampillées *Par avion*, ornées de minuscules timbres verts et rouges représentant le visage de la reine d'Angleterre. Grâce à ces lettres je pus compléter certains éléments sur Maldany, auxquels Colina Ross avait juste fait allusion dans ses cours. J'appris aussi les détails du séjour de Marilú Miller en Angleterre.

Je vivais depuis sept mois avec Eleonora, mais je n'avais jamais vu père et fille se rencontrer en dehors de la faculté, ni prendre ensemble déjeuners ou cafés. S'ils se croisaient, ils s'adressaient un petit geste, comme des inconnus qui se rappellent vaguement quelque fête. Mais un vendredi, elle me dit qu'elle devait aller le lendemain à La Plata chercher des affaires chez son père et me demanda de l'accompagner. J'étais un peu intimidé après avoir permis l'exclusion de Colina Ross du Cercle des Cryptographes, mais elle insista et je finis par accepter.

Nous avons pris le bus Río de la Plata sur la place Once et vers midi nous étions arrivés. Après avoir marché le long d'une dizaine de pâtés de maisons, nous atteignîmes la demeure du professeur. C'était une grande bâtisse, ancienne, peut-être la plus vieille de toute la rue, avec un petit jardin devant et des gargouilles en fer qui complétaient la fantaisie médiévale de l'architecte, lequel avait en outre crénelé la terrasse et posé des blasons sur les vitres. La mousse avait envahi presque toute la façade.

Je demandai à Eleonora si elle ne préférait pas voir son père seule.

– Je déteste être en tête-à-tête avec lui. Entre avec moi, s'il te plaît.

Ce n'est qu'à cet instant-là que je la sentis vulnérable, comme si cette maison, par l'effet d'une émanation mystérieuse, pouvait la priver d'énergie. Nous avons monté les quatre marches de marbre qui menaient à la porte. À peine avions-nous pressé la sonnette, le professeur nous ouvrit, comme s'il nous attendait, l'œil collé au judas.

– Vous m'avez exclu du Cercle, mais vous me faites l'honneur de venir dans cette humble demeure. Entrez ici librement et laissez-y un peu du bonheur que vous apportez avec vous.

– Papa, s'il te plaît, ne commençons pas, dit Eleonora.

Je crois que ce fut la seule fois qu'elle l'appela ainsi : c'était toujours "Colina Ross".

Le professeur portait un vieux pantalon de velours et un polo bleu, déteint, frappé d'un petit crocodile du côté gauche. Il embrassa sa fille puis me tendit une main molle, sans me regarder. Entrez, entrez, dit-il avec impatience. Nous passâmes de la lumière à l'obscurité. La maison sentait le renfermé et le tabac. Eleonora se déplaçait avec aisance grâce à sa mémoire, pas à ses yeux. Ne pouvant compter que sur mes yeux, j'étais aveuglé par la pénombre intérieure. Eleonora se mit aussitôt à tirer les rideaux et à relever les persiennes. Timidement, les meubles commencèrent à prendre du volume et les tableaux des couleurs. La table en bois cessa d'être une masse informe et se couvrit de journaux, de flacons de médicaments, de cartes françaises alignées dans un jeu de solitaire interrompu. Ainsi que d'un compotier, d'un cendrier en verre et d'un paquet de petits cigares Avanti. Les murs se remplirent de livres jusqu'au plafond et de ces objets qui finissent par échouer sur les étagères des bibliothèques : coupe-papier, presse-papier, une pierre bizarre trouvée lors d'une excursion, une coquille d'escargot noir, des souvenirs de voyage. Dans un coin se dressait un meuble haut, à cinq tiroirs : j'apprendrais plus tard qu'ils contenaient les archives de Colina Ross.

Eleonora proposa de me montrer le jardin de derrière. Nous traversâmes la cuisine carrelée de blanc et franchîmes une porte métallique. Malgré les dimensions de la maison, j'avais imaginé un petit jardin, mais au-delà de la galerie aux dalles noires et blanches s'étendait un vaste terrain envahi d'une abondante végétation que nulle main ne contrariait. Je reconnus un figuier, des géraniums, du jasmin, un gommier. Mais il y avait surtout des broussailles et des fleurs sauvages jaunes et blanches. Il avait un peu plu et de gros escargots se traînaient sur les feuilles brillantes, courbant les tiges sous leur poids.

– Ma mère s'occupait des plantes. Il y a plus de vingt ans qu'elles sont livrées à leur propre sort. Je n'ai pas de souvenirs de ma grand-mère maternelle, mais je sais qu'elle non plus les plantes ne l'intéressaient pas. Seulement les chats. Elle en avait des dizaines. Tous enterrés ici. Elle ne jetait jamais les boîtes à chaussures, elle s'en servait de cercueils pour les chats.

Au fond se dressait une tour octogonale. La fantaisie médiévale de l'architecte lui avait donné une allure de conte de fées. Avec l'art des araignées un liseron s'obstinait à l'envelopper.

– C'est la bibliothèque.

– Il y range les livres précieux ?

– Non, ceux qu'il ne lit plus. C'est-à-dire presque tous.

Je m'avançai vers la petite porte, d'environ un mètre soixante, et voulus l'ouvrir.

– Tu veux que je lui demande la clé ?

Derrière cette porte il pouvait y avoir bien des choses, peut-être des livres que j'avais cherchés pendant des années, voire un exemplaire de la *Scripta Minoa*. Mais je ressentis une brusque désillusion, un désintérêt pour tout.

– Non, laisse tomber.

Nous sommes revenus dans la maison en marchant sur des pierres grises. Colina Ross était en train de nettoyer une tache de sauce tomate sur son polo.

– J'ai fait des pâtes, dit-il. Avec une sauce maison.

Eleonora débarrassa la table de ses journaux, flacons de médicaments, du compotier avec des poires, des raisins et des pommes en cire, et y étendit une nappe fleurie et souvent raccommodée. Puis elle disposa de vieux couverts en maillechort. Peu après Colina Ross apporta trois assiettes de pâtes à la sauce tomate et nous commençâmes à manger. J'ouvris une bouteille de vin que nous avions achetée. Après avoir bu un premier verre de vin, je pris mon courage à deux mains et dis au professeur :

– Je regrette de ne pas être sorti avec vous quand Crámer a parlé. La situation m'a pris par surprise.

– Je comprends. Ce qui est longuement annoncé nous prend toujours par surprise. Nous ne sommes préparés que pour l'inattendu.

– Parlons d'autre chose, dit Eleonora.

Son père fit non de la tête.

– Les gens parlent de ce qu'ils ont en commun, ou de ce qu'ils n'ont plus en commun. Peu importe, je ne vous en veux pas. Tôt ou tard ça devait arriver. Dans toutes les facultés c'est pareil. Certains vieux professeurs se plient aux nouvelles tendances de l'histoire, mais moi je ne sais pas le faire. Ce n'est pas parce que je pense différemment, non. On peut toujours faire abstraction des différences d'idées. Le problème, c'est que les gens comme Crámer m'inspirent de l'aversion.

Eleonora réussit à dévier la conversation vers une tante lointaine qui était malade. Elle posa des questions banales et reçut des réponses imprécises. Elle mentionna aussi qu'elle avait vu Velmiro Porta, le lieutenant-colonel. Ce seul nom déclencha chez Colina une profonde inspiration.

– Et la tante Haydée ?

– Je la vois toutes les semaines. Elle menace toujours de rester vivre en Italie, mais elle revient. On se voit tous les jeudis à la même heure, dans le même café, presque toujours à la même table.

– Et l'argent que je t'ai demandé ? dit Eleonora.

– Il est en haut, sur la table de chevet.

Eleonora se leva et monta l'escalier.

– De temps en temps elle vient chercher un peu de l'héritage de sa mère. Vous le saviez ? me demanda Colina Ross.

– Non, je ne le savais pas.

– Je m'en doutais.

– Cela ne me regarde pas.

– Ma fille travaille dans un syndicat, non ?

– Le syndicat des journalistes.

– Mais elle veut continuer à s'habiller avenue Santa Fe, ou dans les boutiques de Recoleta. Ce sont les inévitables contradictions de classe. Ils aiment le communisme parce qu'ils se disent : avec ce que j'ai et ce qui me revient dans le partage…

– Eleonora n'est pas communiste.

– Non. Ça y ressemble, mais en pire.

Alors je dis au professeur :

– Je n'ai pas oublié ce que vous m'aviez promis.

– Je n'ai pas l'habitude de promettre. Une promesse est un mensonge différé.

– Les papiers de Maldany, professeur.

– Pourquoi les voulez-vous ? Vous ne ferez plus ce petit cahier ni rien de tel. À moins que vous vouliez publier votre texte dans, comment ça s'appelle ?… *La cause du Peuple.*

– Pour le moment, je veux approfondir le sujet, réunir les informations. Le temps de penser à éditer n'est pas encore venu.

– Approfondir le sujet ? Vous allez vous enfermer avec des papiers ? Non, vous n'en ferez rien, croyez-moi.

– Comment le savez-vous ?

– C'est trop tard. Trop tard pour que vous vous mettiez à étudier, à écrire. Le temps des contemplatifs est révolu.

Sur ce point, Crámer a parfaitement raison. L'heure est aux choses urgentes. Maldany et les langues anciennes ne sont plus d'actualité. Considérez-moi comme l'oracle de La Plata et acceptez ma modeste prédiction, bien qu'il n'y ait pas de pythonisse ici : il n'y aura ni cahiers, ni livre sur Maldany, ni rien.

Eleonora revint subitement sans être annoncée par le bruit de ses pas. Comme les animaux, les maisons reconnaissent leur maître, seuls résonnent les pas des inconnus. Elle tenait dans ses mains un vieil album de photos à la couverture marron, fermé par un ruban noir. Elle dégagea un coin de table pour l'ouvrir. Des feuilles translucides, comme des toiles d'araignée, séparaient les pages cartonnées. Colina Ross lui prit brusquement l'album des mains et me montra une photo de lui, jeune, à côté de sa femme, Marilú Miller, qui paraissait une adolescente, et d'un homme grand aux cheveux blonds ou châtain clair (difficile à déterminer sur une photo en noir et blanc) et au sourire indécis. En arrière-plan, un quai, une rivière, un bateau.

– Voilà Maldany, dit-il.

Je n'avais jamais vu une photo de l'architecte. Jusque-là, Maldany n'avait été pour moi que des souvenirs rapportés et des lettres.

– L'endroit ressemble au delta du Tigre, dis-je.

– Exact. Et c'est l'hôtel El Tropezón, où Lugones s'est suicidé en prenant du cyanure. À l'époque beaucoup de poisons étaient en vente libre, ce qui donne une grande vraisemblance aux romans d'Agatha Christie. Aujourd'hui, empoisonner quelqu'un est beaucoup plus compliqué. Nous y étions allés en hiver, la chambre semblait ne pas avoir été occupée depuis des mois, les draps étaient glacés et tellement amidonnés qu'il était difficile de se mettre au lit. Maldany avait une chambre dont la fenêtre donnait sur le fleuve. Je me souviens des cris de Marilú lorsqu'elle a trouvé sous l'oreiller une araignée noire, énorme. Moi j'allais faire du canot à rames, mais Marilú et Maldany ne voulaient rien savoir de l'eau.

– Pourquoi Maldany est venu en Argentine ?

– Pour me voir. Ou plutôt, sous prétexte de me voir. En réalité je ne sais pas ce qu'il cherchait. Il a donné quelques conférences à Tucumán et Córdoba. L'une d'elles était un hommage à Arthur Evans. À Buenos Aires il logeait dans un hôtel de l'avenue de Mayo, puis à l'Excelsior de La Plata. Il avait emporté dans ses bagages des romans policiers d'un auteur qu'il appréciait beaucoup, un certain Talbot Mundy. Vous qui avez lu tant de romans policiers, vous connaissez ce Mundy ?

– Vous m'avez parlé une fois des lectures de Maldany. J'ai trouvé des romans d'Edgar Wallace et de Leo Perutz, mais jamais de Talbot Mundy.

– Quand je lui demandais pourquoi il lisait cette littérature, que personne ne prenait au sérieux, il me répondait : je la lis pour que le monde me paraisse de nouveau mystérieux.

Colina Ross tourna une page de l'album. Autrefois, sur les photos en noir et blanc, les gens étaient toujours bien habillés (les femmes en robe, les hommes en veste et cravate) et souriaient à l'objectif. La spontanéité ne s'était pas encore hissée au rang de vertu.

– Maldany était venu me voir et je sentais qu'il voulait me dire quelque chose, mais pour une raison ou une autre, il y renonçait. Comme s'il ne trouvait pas les mots adéquats, ou comme si l'élan initial, qui l'avait poussé à traverser l'océan, s'était brisé. Il avait été obsédé par ces signes antiques, datant de huit siècles avant *L'Iliade.* Il avait frappé aux portes du temps, en espérant qu'elles lui livreraient un message précieux. Le poème, le poème… Et il avait triomphé de manière horrible, en découvrant des comptes de transactions commerciales, des bilans, tant de sacs de blé, tant de porcs, tant d'outres de vin, tant d'esclaves. Et il n'a pu supporter que le secret soit enfin révélé. Regardez ces yeux.

Le doigt du professeur pointait le visage de Maldany. Mais c'étaient des photos de très petit format, comme on les faisait à cette époque, et ses yeux ne me disaient rien : je percevais seulement un sourire indécis ou forcé.

– Jusqu'au dernier jour il a été sur le point de me dire quelque chose, mais à chaque fois Marilú entrait et l'interrompait. Et moi je pensais : c'est un Anglais, il ne parlera jamais. Il ne sait pas ce qu'est une confidence. Il a traversé l'océan pour faire une confidence et il va le retraverser sans l'avoir faite. Et il en fut ainsi. Il est reparti dans son pays, sans dire pourquoi il était venu en Argentine et sans dire non plus pourquoi il avait décidé de repartir. Maldany a regagné Londres pendant que Marilú et moi passions notre lune de miel. Il a évité de nous faire ses adieux. Il m'a écrit une dernière lettre. Elle est là, dans ce meuble, avec ses papiers…

Il indiqua le meuble haut, à cinq tiroirs, dans un angle de la salle à manger.

– Qu'un jour vous me laisserez regarder…

Colina Ross poursuivit comme s'il ne m'avait pas entendu :

– Et quelques jours après, un mardi, en sortant de la faculté très tard le soir, il a pris sa voiture et au lieu de rentrer chez lui, il a pris la direction du sud et s'est écrasé contre un camion garé sur le bas-côté. On a dit que c'était un accident. Qu'il s'était endormi au volant. Moi je crois à tout autre chose.

– À quoi ?

– Je crois qu'il ne pouvait pas vivre dans un monde sans secrets. Et vous, Dorey, vous pouvez vivre dans un monde sans secrets ?

Je restai silencieux. Il n'attendait pas de réponse.

– Et maintenant, si vous voulez bien m'excuser, je fais toujours une demi-heure de sieste. Pas une minute de plus ni une de moins.

Et il monta l'escalier.

Eleonora avait récupéré l'album et tournait les pages. Elle semblait plus intéressée par le mince papier arachnéen que par les photographies.

J'allai vers le meuble aux cinq tiroirs. Je voulus en ouvrir un. Il était fermé à clé. Chaque tiroir avait une minuscule serrure. Indifférente, Eleonora me regardait.

– Tu sais où sont les clés de ce meuble ?

– Il les garde dans sa table de nuit.

– Tu vas me les chercher ?

– Il a le sommeil léger. Il ne te laissera pas ouvrir ces tiroirs. Toute sa vie est dans ce meuble.

– Je pensais qu'il n'y avait que les papiers de Maldany.

– De Maldany, de ma mère et les siens. Tout est mélangé. Si tu veux ouvrir le meuble, tu vas devoir venir quand il n'y sera pas.

Résigné, je me rassis près d'elle pour regarder les photos, avec cette sensation trompeuse que nous inspirent les vieilles photos, qu'autrefois les choses étaient en noir et blanc, plus douces et plus simples.

L'INCIDENT DE LA BICYCLETTE VERTE

Quand il revint de sa sieste, Colina Ross me dit :

– Maldany savait parfaitement qu'il existait la possibilité que les inscriptions ne révèlent rien d'intéressant. Il a pourtant gardé jusqu'à la fin une confiance complètement irrationnelle. Savez-vous comment nous appelions cette confiance ? La théorie du trésor caché. Elle se formule ainsi : si quelque chose est caché, ça doit être un trésor. Quoi d'autre, sinon ? C'est ce que nous apprenaient les contes de l'enfance. Dans tous les contes il y a des coffres, des chambres secrètes, des cassettes…

“Cette idée, qui fut finalement terrible pour lui, s'était logée dans son esprit à partir d'un fait fortuit : sa subite amitié avec Hugo Heinz, un Allemand expert en histoire des Saxons. J'appelle cette rencontre l'incident de la bicyclette verte.

“Heinz était un Allemand qui ne savait rien de la Crète antique ni de la langue de Dédale, et qui n'a jamais su l'effet dévastateur qu'il avait eu sur Maldany. Qui sait combien de fois au long de la vie nous avons été comme cet Allemand : par une simple remarque en passant, nous condamnons quelqu'un au désespoir ou à la mort.

“Cet Allemand résidait à Cambridge pour trois mois, pour donner des cours et étudier des documents sur les Saxons. Il était grand et un peu empâté. Il était convaincu de parler un anglais parfait, mais son accent allemand transparaissait aussitôt qu'il saluait. Il y avait encore beaucoup de ressentiment contre les Allemands, mais Heinz n'y accordait aucune importance. Quand il ne donnait pas ses cours, il parcourait la ville sur une bicyclette à larges roues. On remarquait vite qu'elle était allemande car les pneus anglais étaient très fins. Plus d'une fois il retrouva ses pneus crevés, comme un souvenir de la guerre, mais il persistait à rouler sur sa bicyclette verte à larges roues. Il était persuadé d'avoir tout du parfait Anglais et attribuait les crevaisons à une épidémie de clous perdus. Un matin, il a renversé Maldany qui traversait, distrait, et c'est comme ça qu'ils ont fait connaissance. L'Anglais l'insulte, l'Allemand s'excuse. Maldany reconnaît l'accent et ils entament la conversation.

"Heinz avait échappé à l'armée parce qu'il était asthmatique. Il avait travaillé pendant toute la guerre dans une usine de munitions. Au milieu de tonnes de poudre. Il était tout le temps conscient que si une bombe tombait sur n'importe quel endroit de l'usine, tout allait exploser. Son frère aîné, Ernst, était un diplomate spécialisé dans les relations de l'Allemagne avec l'Angleterre. Son père avait été un des premiers membres du mouvement national-socialiste, et Ernst avait travaillé avec acharnement à la chancellerie, où il analysait les communiqués anglais, avec l'espoir que la guerre entre l'Allemagne et l'Angleterre soit évitée. Mais ce front-là s'est ouvert et au fil des mois et des catastrophes, Ernst est devenu un opposant résolu, il a renié les amis de son père et a fini par faire partie du groupe hétérogène qui a organisé un attentat contre Hitler.

"À la suite de l'attentat raté, des centaines d'individus ont été arrêtés, envoyés sur le front de l'est où la mort était sûre et les exécutions sommaires. Il y a eu aussi des suicides contraints, comme celui du maréchal Rommel. Ernst s'est retrouvé en prison. On ne l'a pas tué tout de suite parce que Himmler, qui savait l'effondrement du Reich imminent, voulait quelqu'un capable de négocier avec les Anglais au moment de la reddition. Mais les astres n'ont pas été favorables à Ernst : Himmler lui a préféré brusquement le directeur de la Croix-Rouge suédoise pour mener cette négociation. Ernst a été immédiatement fusillé avec quinze autres détenus.

“C’étaient les derniers jours du Reich, Berlin était dévasté, avec l’Armée rouge à ses portes. Pendant que tout le monde fuyait Berlin vers l’ouest, Hugo venant de l’ouest se dirigeait vers Berlin. Il voyageait dans un train vide : les trains qu’il croisait étaient bondés et quand ils s’arrêtaient dans une gare, les passagers le regardaient comme un fou. Son train s’est arrêté avant le terminus à cause d’un problème sur les voies. Hugo n’a pas attendu que ce soit résolu, il a sauté sur les voies et marché des kilomètres jusqu’à la prison où son frère était détenu. La prison était une forteresse en béton aux fenêtres étroites comme des fentes. Il a réussi à entrer dans un bureau. Les employés vidaient les archives et les transportaient dans la cour pour les brûler. Il a demandé où était Ernst Heinz : on lui a dit qu’il avait été transféré dans un centre d’expositions, alors en ruine, pour y être exécuté avec d’autres détenus. Hugo a remarqué le ton neutre avec lequel on lui parlait, comme si on lui expliquait qu’un dossier se trouvait sur telle étagère, ou qu’il était six heures du soir. Le langage de la catastrophe, disait Heinz, n’est pas fait de cris et d’angoisse : c’est une langue grise d’où a été extirpée toute nuance d’émotion.

“Hugo partit à pied jusqu’à la Invalidenstasse. La ville était en plein chaos, les repères familiers se trouvaient dans un endroit inattendu, comme cela arrive dans les rêves. Partout des décombres et d’épaisses fumées. Des voitures calcinées. Il est entré dans le centre d’expositions en se glissant à travers un trou dans un mur. Il a marché sans savoir où aller. Au milieu des ruines il a trouvé un cheval blanc, mort. Ce cheval a hanté ses rêves pendant des années. Puis il est entré dans un vaste hangar, où s’était tenue un an plus tôt une grande exposition sur l’avenir de l’Allemagne. Et là, il a trouvé seize cadavres. Tous en uniforme marron. Ils avaient été laissés sur place, contre un mur, sur le lieu de l’exécution. On voyait les trous des balles sur le mur. La puanteur était insupportable. Il lui a semblé entendre un bruit de moteur, mais c’était le bourdonnement de nuées de mouches. La mort avait apparenté ces hommes, dont les traits maintenant se confondaient. Il s'est penché sur chaque corps, jusqu'à ce qu'il trouve celui de son frère.

"Il a d'abord pensé à l'enterrer sur place, mais il n'avait pas de pelle et en plus le sol était cimenté. Il n'avait pas non plus le moyen d'emporter le corps, ni de combustible pour l'incinérer. Depuis des jours il était impossible de trouver à Berlin aucune sorte de combustible. L'idée de laisser son frère sans sépulture lui était abominable, mais il n'avait pas le choix. Il a seulement fouillé ses poches pour voir s'il y avait une note écrite, ou un objet qui lui servirait de souvenir.

"Hugo trouva un petit carnet dans lequel son frère avait écrit soixante-neuf sonnets. Le dernier était daté du matin de sa mort. Tous avaient été écrits en prison, quand son frère savait que la mort l'attendait. Et pourtant il semblait en émaner un étrange calme. Il n'y avait presque pas de corrections. Certains évoquaient de vieux souvenirs d'enfance, d'autres des réflexions – avec une métrique impeccable – sur la participation de sa famille, et la sienne aussi, au désastre. Hugo a emporté le carnet et dû abandonner le cadavre de son frère sans l'enterrer. Deux ans après la guerre – quand a été levée l'interdiction de publier qui pesait sur le nom de son frère –, il a fait éditer les soixante-neuf poèmes dans un petit livre à couverture bleue.

"C'est ce que Hugo a raconté à Maldany un soir, à une table au fond d'un pub, près d'un téléphone public. Maldany l'a écouté pendant des heures sans l'interrompre. Mais en arrivant à la dernière scène, quand Hugo fouille les poches de son frère mort depuis des jours, il ne croyait plus qu'on lui parlait d'une lointaine histoire allemande mais de sa propre vie.

"Kierkegaard portait cousu dans ses vêtements, pour ne jamais l'oublier, un morceau de tissu où était écrit : *De te fabula narratur*. C'est de toi, lecteur, que parle la fable. Maldany crut que cette histoire parlait de lui, la découverte des poèmes au milieu de cadavres gonflés. Les dieux affectionnent les chemins indirects et les signes cachés.

“À partir de ce jour, il a commencé à considérer l'histoire de Hugo comme un message qui lui était destiné : si Heinz l'avait renversé avec sa bicyclette, ce n'était pas par hasard. Le bureau de poste des dieux ne se sert pas de lettres, de colis et de télégrammes, mais de signaux mystérieux et de hasards extraordinaires : une pluie soudaine qui oblige une femme à entrer dans un bar, où elle retrouve miraculeusement une amie d'enfance qu'elle avait cherchée pendant des années ; un livre qui tombe d'une bibliothèque et s'ouvre sur une certaine phrase qui va inciter le lecteur à prendre une décision fondamentale ; un train raté de quelques secondes pour que le passager, furieux, prenne le suivant où il rencontrera l'amour de sa vie. Le bureau de poste des dieux est spécialisé en indices voilés qu'il faut savoir interpréter. Si Hugo avait pu non seulement trouver le corps de son frère dans une ville ravagée, mais aussi les poèmes, pourquoi lui, Maldany, ne pourrait pas trouver dans la terre dure de Crète, le poème qui attendait ses lecteurs depuis des siècles ?

“Son espoir commença à prendre la précision des rêves : ce n'était plus un écrit philosophique, le début des présocratiques, ce n'était pas un texte historique, ni les édits d'un roi sans nom : ce qui attendait sous la terre crétoise était un poème. Hugo, le messager, était venu l'en prévenir.”

Le poème, le poème…

Colina Ross pointa son doigt sur la photo du visage de Maldany.

– Il n'y a eu aucun poème. La fable de Hugo Heinz était la fable erronée, l'oracle fautif. Il n'y a eu qu'une route déserte, une Bristol roulant à toute vitesse, un camion garé sur le bas-côté. Dans ses vêtements on a trouvé un stylo en or, qui lui avait été offert quand il avait déchiffré la langue de Dédale, un paquet de cigarettes, un mouchoir avec ses initiales brodées, une flasque de whisky et un livre de Sophocle, contenant une feuille de chêne séchée comme marque-page. Aucun papier, aucun mot, aucune explication.

Colina Ross prit la page en papier arachnéen et la laissa retomber sur les photos.

Une maison en ruine

Les jours suivants j'évitai Crámer et Lemos. Je cessai d'aller aux réunions du Cercle. Je continuai de donner mes cours, mais je me rendais directement à ma salle et, le cours fini, je m'éclipsai en vitesse. Cette stratégie fonctionna un certain temps, mais un matin, en sortant de l'immeuble de la rue Uruguay pour me rendre dans un collège, je rencontrai Crámer à la porte.

– J'attends une réponse, dit-il.

– Je n'ai pas le temps de parler. Je suis pressé.

– Si tu ne te décides pas, je dois m'adresser à quelqu'un d'autre.

– Adresse-toi à qui tu voudras.

– J'ai pensé à Eleonora.

– Elle ne voudra pas.

– Ah non ? Tu veux que je lui demande ?

Eleonora avait quitté la faculté et travaillait à l'Association des journalistes. Elle était censée mettre de l'ordre dans les archives, mais elle préférait écrire les déclarations qui faisaient connaître le syndicat. Le travail de bureau l'ennuyait. Plus elle s'ennuyait, plus ses déclarations étaient véhémentes. Mais si exaltante que soit l'écriture, c'est toujours un travail que l'on fait assis. Si Crámer lui proposait d'aller chez le Grec, elle accepterait aussitôt.

J'ai donc dit à Crámer que j'irais chez le Grec le lendemain.

– Dans la journée, tu te rappelles ? Pas la nuit. Il faut tout faire le jour. Nous pensons la nuit et nous agissons le jour.

Il me glissa des billets dans la poche. Quand il fut parti, je les comptai : c'était une somme considérable. J'aimais bien avoir cet argent en poche, mais ça m'inquiétait aussi : si Crámer me payait autant, peut-être que l'affaire n'était pas aussi simple qu'il la présentait.

Je préférai y aller l'après-midi, à une heure où il y aurait peu de passants dans la rue. Je pris le bus 104, descendis au numéro 9000 de Rivadavia, là où de nombreux magasins de meubles d'occasion occupaient l'avenue et me dirigeai à pied vers le sud.

L'adresse indiquée par Crámer correspondait à une maison construite à la fin des années 40, avec un petit jardin devant et un grand derrière, comme beaucoup de maisons du quartier. Le jardin était envahi par les mauvaises herbes, qui masquaient un sentier de pierres plates. À côté s'étendait un terrain vague. Je regardai à droite et à gauche : la rue était déserte. Aucun policier en vue. J'observai attentivement les voitures en stationnement. Une Rambler, une Ti Tella et une Citroën 2 CV couvertes de feuilles mortes. Je sautai par-dessus le petit mur et me dirigeai vers le fond. Dans le jardin de derrière les plantes avaient été arrachées et des trous creusés, à la recherche de qui sait quelles choses enterrées, mais on ne s'était pas donné la peine de les reboucher.

Je pénétrai dans la maison par la fenêtre de la cuisine. Je savais qu'il y aurait des portes fracturées, des tiroirs retournés et des livres jetés par terre, mais je perçus dans ce désordre une espèce de volonté minutieuse de destruction. Aucun meuble ou assiette qui ne fût brisé, ce qui n'avait pas été emporté jonchait le sol, en morceaux, au point qu'il était difficile de marcher dans les pièces. Des montagnes de livres gisaient déchirés, comme si les intrus avaient cherché un message secret dans les plis de la reliure. Seuls quelques exemplaires de *Sélection du Reader's Digest* étaient restés à leur place, sur une étagère. La fouille avait dû être interrompue avant qu'ils arrivent à cet endroit. Une marine avait été arrachée de son cadre et tailladée. Une armoire gisait par terre avec ses tiroirs empilés. Les matelas étaient éventrés au couteau et des plumes grises et des morceaux de mousse jaune étaient éparpillés sur le sol des chambres. Des photos de famille s'étalaient par terre : un toast d'anniversaire, un couple de jeunes avec la mer en fond, la vieille photo en noir et blanc d'un enfant de cinq dans une montagne enneigée. Chaque objet brisé était un avertissement des dangers qui rôdaient dans la maison, et pourtant, à mesure que je parcourais cette destruction, je ressentais un calme étrange, comme si j'étais entré dans un monde différent, ou j'étais déjà autre, et que m'attendaient de nouvelles craintes et de nouvelles exigences. En traversant ces pièces vides, cet espace ravagé, j'eus l'impression de faire partie de quelque chose. C'était un de ces moments où les vies ordinaires paraissent triviales, ennuyeuses, vides, et où un instant d'expérience véritable vaut plus que des années d'anesthésie et de pénombre. L'instant extrême qui ne peut s'échanger contre le passage des saisons, l'ascension progressive dans un emploi, les aimables répétitions de la vie.

Comment Crámer voulait-il que je cherche quelque chose dans ce désastre ? On avait arraché jusqu'au papier peint de marguerites et de violettes, et les bandes de papier pendaient des murs comme de sinistres guirlandes. Je ne savais pas où commencer à chercher, j'arpentais les pièces, déconcerté, et j'avais déjà du mal à passer de l'une à l'autre, parce qu'il ne restait pas un seul endroit où poser les pieds. Il était évident que non seulement cette besogne avait été accomplie consciencieusement, mais aussi avec un certain plaisir de la destruction.

J'entrai enfin dans la salle de bains aux carreaux blancs et noirs. Il flottait une forte odeur de parfum, car on avait jeté dans la baignoire les flacons d'eau de toilette, des boîtes de médicaments, de talc et des lames de rasoir. Par terre, un savon dont les quatre côtés étaient entamés. Écrire sur un miroir est la façon la plus bête de laisser un message. Impossible que ce soit aussi simple, pensai-je. Le miroir était tellement sale et la lumière si ténue que je n'arrivais pas à distinguer s'il y avait quelque chose ressemblant à une lettre. Il aurait fallu essayer avec de la vapeur. Miraculeusement ils n'avaient pas détruit le chauffe-eau, qui restait allumé. J'ouvris le robinet d'eau chaude et laissai la vapeur envahir la pièce. Sur le miroir apparurent peu à peu les lettres écrites avec le savon :

Mhlqñc 56

À peine eus-je découvert le message, je fermai le robinet et recopiai les lettres sur un carnet que j'avais dans la poche du pantalon. Et avec un chiffon je nettoyai le miroir en m'appliquant à ne pas laisser de traces. Maintenant que le message était apparu, la peur revenait. Je ne savais pas si c'était un nom codé, un lieu, ou la clé de lecture pour d'autres messages, mais ce message sur le miroir me parlait du danger avec beaucoup plus de force que les meubles brisés et les matelas éventrés. Je voulus mémoriser le message et déchirer en mille morceaux le papier sur lequel je l'avais écrit, mais j'étais tellement nerveux que ce fut impossible. Je sortis de la maison et partis à pied vers Rivadavia en m'efforçant de ne pas me presser pour ne pas attirer l'attention. Je m'arrêtai à un kiosque pour acheter des pastilles, j'allais prendre des DRF à la menthe, mais je me ravisai et choisis des gommes à l'eucalyptus, comme celles que suçait Crámer. Puis je pris le premier bus qui passa.

La méthode la plus simple pour coder un message consiste à remplacer chaque lettre par celle qui, dans l'alphabet, la précède ou la suit. Jamais un véritable spécialiste n'aurait choisi une telle méthode, mais je décidai d'essayer. Avec la lettre précédente je n'obtins que :

Mhlqñc

Lgkpnb

Mais avec la lettre suivante j'obtins aussitôt un résultat :

Mhlqñc

Nimrod

Cela semblait être la bonne réponse, mais ce pouvait être aussi un pur hasard. Nimrod avait été un roi assyrien, le bâtisseur de la tour de Babel, et si ma mémoire était bonne, son nom figurait aussi dans l'Enfer de la *Divine Comédie.* Si l'on suivait le même système avec les chiffres on obtenait 67.

Nimrod 67.

Colina Ross appelait "l'horizon du message" et parfois "la mère du message" le contexte correspondant au message. Les spécialistes de la Station X qui devaient lutter contre les machines Enigma savaient que le contenu caché était, dans la majorité des cas, les ordres donnés aux sous-marins allemands dans la mer du Nord. Mais j'ignorais le contexte du message, aussi n'avais-je aucun moyen de savoir si mon interprétation était correcte.

Je retrouvai Crámer dans un café de l'avenue Federico Lacroze, où il y avait des tables de billard dans le fond. Trois hommes en costume-cravate jouaient sur une table avec une lenteur et un silence de cérémonie. Crámer avait déjà perdu le modeste plaisir des bars connus. Chaque rencontre devait avoir lieu dans un café différent, telle était la consigne. Personne ne les traquait encore, personne ne connaissait leurs noms, mais ils avaient établi un système d'interruptions et de déviations en pensant à l'avenir. Il fallait être imprévisible. Crámer donnait à tous les mêmes instructions : toujours avoir de l'argent dans les poches, mais pas beaucoup, de la petite monnaie, des tickets de métro et des jetons de téléphone, ne rien noter, ne pas avoir un seul écrit sur soi, tout mémoriser.

Crámer était avec Lemos, vêtu d'un polo de sport à raies blanches et bleues. Ils formaient un couple étrange : on aurait dit un employé de bureau consciencieux et un étudiant d'une université privée, plus préoccupé par la sortie du samedi soir que par les partiels. Crámer, qui ne buvait pas d'alcool, avait une tasse vide devant lui. Lemos buvait une bière.

– À la tête qu'il fait, il a dû trouver quelque chose, dit Lemos vaguement moqueur.

– Oui, j'ai trouvé quelque chose.

– Un héros, dit Lemos, tandis que Crámer restait silencieux, l'air sérieux, impatient que je lui montre ce que j'avais trouvé.

– Nimrod 67, dis-je à voix basse. Si du moins cela a un sens pour vous autres.

Je pensai qu'il allait être déçu par la brièveté et l'obscurité du texte, mais Crámer sourit.

– Tu as fait sourire ce bilieux, ça mérite qu'on trinque.

Lemos demanda un verre au serveur et me servit de la bière. Il y avait sur la table des olives dans une coupelle métallique.

– Je savais que c'était toi que je devais envoyer, dit Crámer. Pas besoin que je te le dise, mais personne ne doit être au courant, pas même les plus proches.

– Ni même Eleonora, ajouta Lemos.

– Et maintenant ? demandai-je.

– Maintenant quoi ?

– Vous allez me dire ce que c'est ?

Ils se regardèrent. Lemos hocha négativement la tête, mais il me sembla que Crámer hésitait. L'espace d'un instant je méritais l'hésitation de Crámer. Il était sur le point de parler. Il allait me confier le secret, mais je n'étais pas très sûr de vouloir l'apprendre.

– Oublions ça pour le moment. En échange je vais te faire une autre confidence. Ton autre travail, la mallette, tu te rappelles ?

– Oui, très bien. Ça n'a pas marché ?

– Si, mais nous avons changé d'idée. Au lieu de provoquer de la méfiance envers cette personne qui est parmi nous, nous préférons faire en sorte qu'on le croie. Qu'on lui fasse entièrement confiance, jusqu'à ce qu'il nous convainque.

Je mis quelques secondes à comprendre ce qu'il venait de dire.

– Mais il reste peu de jours…

– On va le faire avant, parce que nous savons que le soir en question la maison sera surveillée. De toute façon ils vont continuer à faire confiance à cette personne, malgré le changement de date, parce que nous allons respecter les autres circonstances. Dans toute action, il y a toujours des décisions qui se prennent au dernier moment.

J'allais leur dire de ne rien faire, que tout cela n'était qu'une fiction, un jeu élaboré en pleine nuit. Mais à cet instant trois jeunes à la tête rasée entrèrent dans le café, probablement des conscrits en permission, qui s'assirent à une table voisine. Comme s'ils avaient bien intériorisé les consignes, Lemos et Crámer commencèrent à parler d'un match de football. Je me levai et sortis. Crámer, qui n'y connaissait rien en football et n'avait jamais mis les pieds dans un stade, critiquait impitoyablement le jeu d'un défenseur du Racing.

Les nuits suivantes j'eus un sommeil agité : je me réveillais à deux ou trois heures, en me demandant si c'était le jour choisi. Je cherchai Crámer à la faculté pour lui demander de tout arrêter, mais ne le trouvai pas. Je pensai avertir Guzmán d'une manière ou d'une autre, mais je ne pouvais l'approcher sans courir un danger, et si Crámer apprenait que je l'avais prévenu, je serais considéré comme un traître. Et par les temps qui couraient, les traîtres passaient de mauvais moments. Je détestais Crámer de m'avoir condamné à ces insomnies, qui finissaient par la radio allumée à six heures du matin, pour savoir s'il y avait des nouvelles de l'exécution. Eleonora me demanda plusieurs fois ce que j'avais, mais je ne lui révélai rien. Jour après jour, j'ouvrais le journal, en espérant y lire la nouvelle et être ainsi libéré de l'attente.

Dans la sixième édition de *La Razón,* je trouvai enfin la nouvelle : Guzmán avait été tué à la sortie d'une maison du quartier de Liniers. Comme le crime avait été commis à l'aube, les journaux du matin n'avaient pas eu le temps d'en parler. L'article était très bref, car Guzmán était un personnage mineur du syndicalisme, un de ces individus qui se tiennent sur le côté dans les photos de groupes. Le syndicat du plastique avait dénoncé le crime mais sans se référer à Guzmán en particulier : *Nous rejetons toute forme de violence.*

L'article, dans la rubrique judiciaire, ne disait pas ce que faisait Guzmán dans cette rue de Liniers. L'assassinat était reconstitué de manière très précise : deux hommes l'attendaient dans une voiture. Quand Guzmán est sorti de la maison et s'est dirigé vers sa Renault blanche, ils l'ont intercepté. Le seul témoin était un retraité qui promenait son chien. Il déclara n'avoir pas entendu un seul mot avant les détonations. Guzmán, qui était armé, n'avait pas eu le temps de sortir son arme. Il avait été atteint par cinq balles.

Je pensais que la culpabilité allait m'envahir, mais la culpabilité s'attarda en explications politiques, en excuses de type pratique, et finalement se perdit. Ce qui survint fut une étrange émotion, la découverte d'un sentiment de vanité jusque-là inconnu. Mon patient labeur avait eu de l'influence sur le monde extérieur, j'avais choisi le lieu et l'heure, choisi la méthode et le nombre d'hommes, et tout, selon le journal, semblait s'être déroulé avec précision. Je m'étais souvent demandé pour quelle raison les hommes, tout au long de l'Histoire, risquaient leur vie pour des causes, qu'elles soient justes ou illusoires. Pourquoi ils ne restaient pas chez eux, avec une bonne bouteille de vin, pourquoi sortaient-ils dans le froid, sous la pluie, pour mourir la nuit dans une rue banale. Pourquoi ceux qui n'étaient pas obligés de lutter, luttaient-ils. Je ressentis de nouveau, comme lorsque j'avais parcouru cette maison dévastée, qu'il n'était pas d'émotion comparable. Je n'avais jamais cru que l'idéologie suffisait à tout expliquer, ce n'étaient pas des abstractions qui décidaient des actions humaines. Maintenant qu'il y avait un mort, maintenant qu'une ligne s'était tracée entre mes mains et un corps allongé sur le trottoir, la sensation qu'il y avait un centre et que l'on avait un endroit réservé dans ce centre se faisait plus évidente : les autres faits paraissaient insignifiants, les hommes et les femmes que je croisais dans la rue me semblaient des figurants, fades leurs ambitions et leurs désirs. J'imaginai que le succès, l'argent ou l'amour ne pouvaient se comparer à cette certitude qu'entre soi et le monde une porte s'était ouverte.

Je revins au kiosque et achetai le journal *Crónica*, car ses photographes allaient partout où un crime était commis et, s'ils ne pouvaient prendre la photo sur place, ils achetaient les photos aux policiers. Dans la rubrique faits divers on voyait souvent une femme criblée de balles par son mari, un corps écrasé par le train, ou un suicidé au bout d'une corde. Je ne fus pas déçu : il y avait Guzmán étendu sur le dos au milieu du trottoir. Du sang noir s'échappait vers la bordure par les rainures des dalles. Il portait un pantalon foncé et une chemise. Peut-être était-il sorti de la maison de la coiffeuse sans finir de lacer ses chaussures, car il en avait perdu une. C'était une vie maudite ; un homme de main, peut-être un criminel. Pourtant cette chaussure à l'écart, la hâte à rentrer chez lui, peut-être un vague remords le rattachaient au monde humain, aux problèmes triviaux des hommes. Je me rappelai alors la nouvelle de ce modeste commis aux écritures de Lisbonne, à qui il suffit d'agiter une clochette pour que meure un mandarin au fin fond de la Chine et que sa fabuleuse fortune arrive à l'instant dans ses mains tachées d'encre. Il n'y avait, dans mon cas, aucune fortune (sauf quelques billets que j'avais déjà dépensés) mais la clochette avait sonné et le mandarin été emporté à la morgue, avec quatre balles maladroites logées dans les bras et les jambes, et une dans le cœur.

Ciné-club

Une espèce d'instinct tardif de conservation m'éloigna les jours suivants de Lemos et de Crámer et me fit rechercher la compagnie de Bobby Tarrés, que j'avais depuis longtemps délaissée. De plus, à ce moment-là, Tarrés avait déjà quitté le Cercle des Cryptographes. Il avait aussi perdu la salle du cinéma Continental de Flores, où fonctionnait son ciné-club.

– Je dois t'avouer que j'ai commis une erreur.

– C'est la première fois que je t'entends avouer une erreur.

– Une erreur diplomatique, pas cinématographique. Je passais un film de Godard, *À bout de souffle*. J'imagine que malgré ton ignorance, tu le connais.

– Oui, je le connais. Le film s'est cassé ?

– Non, on l'a projeté sans problème. Arrive le moment du débat et une femme en manteau de fourrure me donne son opinion sur le film. Des bêtises, bien sûr. "Madame, je lui dis, quand je voudrai écouter votre opinion, je vous la demanderai. En attendant, taisez-vous." Elle est sortie vexée. Or c'était la femme d'un commissaire de Flores. Peu après le propriétaire du cinéma m'appelle et me dit que c'est terminé, qu'il ne veut plus me voir.

Mais Tarrés put continuer à passer des films grâce à Colina Ross qui l'aida à obtenir la responsabilité d'un cycle de cinéma qu'organisait la faculté dans le bâtiment de l'avenue Independencia. Il lui obtint même un salaire comme employé non enseignant. En échange il lui demanda de supprimer le débat après le film.

– Par les temps qui courent, avait dit Colina, n'importe quelle discussion peut dégénérer en conflit armé.

Tarrés accepta avec résignation.

La visite chez Colina avait été une première approche, mais il ne m'avait pas donné les papiers ni n'avait renouvelé sa promesse déjà lointaine. Il fallait que je le revoie et seul Bobby Tarrés semblait mériter sa confiance. J'interrogeai Bobby sur le seul film dans lequel avait joué l'épouse du professeur, *La Fontaine du crapaud*, de Luis Meyer.

– Je ne l'ai jamais vu, me dit-il. Je sais que ce film a eu beaucoup de problèmes. Meyer l'a réalisé pendant le péronisme, mais il n'a pas pu le présenter tout de suite. Les péronistes pensaient que c'était un film anti-péroniste. D'après ce que j'ai lu, l'histoire paraît un peu fumeuse, un conte de fées. Après, les types de la Révolution libératrice ont cru que Meyer avait été péroniste et lui ont mis de nouveaux bâtons dans les roues. Le pauvre Meyer a fait sortir son film trop tard, dans deux ou trois salles, et personne ne l'a vu.

– On peut le trouver ?

– Difficile. Mais on va demander au Russe.

– Qui c'est ?

– L'ami dont je t'ai parlé, Ismael Livkin, celui qui me prête les films. Son père était distributeur. À son époque d'opulence, il avait acheté des appartements et son fils vit des loyers. Le Russe a hérité de milliers de boîtes de films. Il a un projecteur et ne sort pas de chez lui. Il passe son temps dans l'obscurité à boire du thé et à manger du chocolat.

– En regardant des films ?

– En regardant *un* film. En général, toujours le même. C'est notre Howard Hughes, mais sans fortune. Hughes regarde tout le temps *Destination Zebra, station polaire* et mange de la glace à la banane et aux noix ; Ismael, le Russe, préfère *Fenêtre sur cour* et mange du chocolat Sufflair. Il a moins d'argent mais meilleur goût.

Un soir, après sa séance de cinéma, nous sommes allés à pied jusqu'à une maison près du Palais du congrès, dans la rue Combate de los Pozos. Comme j'allais demander une faveur, je voulais acheter une bouteille de vin, mais Tarrés m'en dissuada.

– Si tu veux qu'il t'ait à la bonne : chocolat Sufflair aux amandes. N'essaie pas autre chose.

Il pressa la sonnette avec insistance. Je lui fis remarquer que la rue était dans l'obscurité, sans doute à cause d'une coupure de courant, alors il frappa à la porte. L'homme qui ouvrit devait avoir la quarantaine, gros, lunettes aux verres épais, barbe de trois jours, vêtu d'une robe de chambre écossaise.

– Tarrés, mon vieil ami.

Il ne lui tendit pas la main car il avait les deux occupées : il tenait des bougies allumées, montées sur des boîtes de petits pois. Il nous fit entrer. La maison paraissait immense et quasiment dépourvue de meubles. Dans une espèce de niche était placé un buste de femme, fait par quelque sculpteur amateur. Les persiennes de toutes les fenêtres étaient baissées. Les boîtes de films posées par terre se dressaient comme des colonnes.

– Coupure de courant. Il vaut mieux qu'on revienne un autre jour, dit Tarrés.

– Non, pas de problème. Il y a tous les jours des coupures d'électricité dans le quartier. Ça vous embête de chercher avec des bougies ? Je crois que ces coupures sont un prétexte pour qu'on se serve des boîtes de petits pois qu'on a en réserve. Vous avez déjà fait quelque chose avec des petits pois ? Ils ne servent que de bougeoirs.

– La prochaine fois que je viens, je t'offre une lanterne, dit Bobby. Pour le moment, du chocolat.

Il me le prit des mains et le lui tendit. Ismael posa une bougie sur le guéridon du téléphone, vérifia la marque du chocolat et la saveur correspondant à ses goûts, et laissa tomber la barre dans la poche de la robe de chambre écossaise. En échange du chocolat il nous donna deux bougies montées sur des boîtes de conserve et nous le suivîmes dans cette immense maison sans meubles. Bobby, très couvert mais frigorifié, grelottait. Sur des étagères et le sol s'entassaient des livres, des boîtes de films et de chaussures pleines de vieux programmes.

– Le celluloïd est le produit le plus combustible qui existe, exagéra Tarrés.

– Ne t'inquiète pas. Les pellicules sont dans des boîtes et les boîtes ne s'enflamment pas. Sinon, le septième art aurait disparu de la surface de la terre.

Tous les films étaient mélangés : *Le train sifflera trois fois* avec *Le Magicien d'Oz*, de vieux films argentins avec ceux de Buster Keaton. À la lueur tremblante des bougies, j'avais du mal à lire les étiquettes collées sur les boîtes. Ismael, notre guide, se livrait à des conjectures contradictoires sur l'endroit où il avait vu le film pour la dernière fois et nous emmenait d'une pièce à l'autre.

– *La Fontaine du crapaud*… J'ai un vague souvenir de ce film. Avec Guillermo Battaglia, non ? Et Marilú Miller, qui après n'a plus fait de cinéma. Il y avait une scène dans un château, ou une grande maison… Je crois que je n'en ai vu que la moitié. Le réalisateur était…

– Meyer, dit Tarrés.

– Merci beaucoup, imbécile. Je voulais trouver le nom tout seul. Si je n'exerce pas mes neurones, ils se fossilisent. Luis Meyer… il est parti ensuite au Mexique. Je sais où il est, venez.

Nous le suivîmes jusqu'à la dernière pièce.

– Il est là, avec *La Soif du mal*. Je m'en souviens maintenant parce que le film de Welles, qui se passe à la frontière des États-Unis avec le Mexique, m'a fait penser à la vie de Meyer.

Près de la fenêtre, plus calfeutrée que fermée, il y avait plusieurs boîtes. Je trouvai le film tout de suite.

– Tu prépares un cycle consacré à Meyer, à des films avec des fontaines, ou avec des crapauds ?

– Notre ami, le professeur Colina Ross, était le mari de l'actrice, répondit Tarrés.

– De Marilú Miller ? Une beauté. Quelle mélancolie ces actrices qui meurent jeunes et restent vivantes sur l'écran. C'est la vérité : être enfermé dans cette maison et voir des films, c'est comme vivre dans le cinéma. Je ne rêve presque plus de choses extérieures. Je rêve de charges de cavalerie, de crimes, de vampires. Et d'actrices, bien sûr. Hier, c'était Grace Kelly. Avant-hier, la Bergman. J'ai noté tous les noms.

– Et Marilú Miller ? demandai-je.

– Non, je n'ai jamais rêvé d'elle. Je regarde des films argentins, mais pour rêver je préfère les étrangers. Imagine qu'on se laisse emporter par le rêve et que tout à coup on entende "*che*, écoute un peu ça", ou "passe-moi le siphon"… Quand tout est trop réaliste, on se rend compte que c'est un rêve et on se réveille.

Bobby m'avait toujours paru extravagant, mais il avait maintenu un contact avec le monde extérieur. Sur ce point, son ami le surpassait :

– Pour entretenir mes neurones fossilisés, je fais des exercices mnémotechniques. J'essaie de me rappeler un film avec chaque lettre de l'alphabet. *Alphaville*, *Borsalino*, *Chair*, *Dieu seul le sait*, *El Dorado*, *Fahrenheit 45*… Ou des noms d'actrices ou de réalisateurs. Je vous conseille d'en faire autant. C'est aussi un bon moyen pour trouver le sommeil.

– Je n'ai pas de problèmes de sommeil, dit Bobby en bâillant. Moi, j'ai toujours sommeil.

Nous avons poursuivi un moment la conversation, mais il n'y avait aucun endroit où s'asseoir et c'était un peu inconfortable. Bobby grelottait et je commençais à l'imiter. Il n'y avait pas un seul radiateur dans toute la maison. Emmitouflé dans sa robe de chambre écossaise, Ismael ne sentait pas le froid.

Quand nous sommes sortis de la maison d'Ismael, avec les deux boîtes du film à la main, j'ai dit à Bobby que j'allais en parler au professeur. Mais il me prévint :

– Attends un peu, je dois examiner le film pour voir dans quel état il est. Il est peut-être brûlé, ou coupé. Ou il y a peut-être un autre film dans une des boîtes. Parfois le même film passe dans deux cinémas à la fois, alors on emporte une bobine en moto, et un moment après on apporte l'autre, ça peut créer des confusions. Un film peut se retrouver dans la mauvaise boîte. Tu t'imagines que le Russe est la Cinémathèque française ?

Trois jours après, Tarrés me confirma que le film était complet et en bon état.

– Il y a juste un petit saut parce que la pellicule a un peu brûlé à la moitié de la première bobine, mais personne ne le remarquera.

– Quand peux-tu le passer ?

– Le jeudi de la semaine prochaine.

– Pas avant ?

– Il doit y avoir vingt ans qu'il n'a pas été projeté dans un cinéma. C'est un problème d'attendre un ou deux jours de plus ? En plus je dois rédiger le programme.

– Ce n'est pas la peine.

– Comment ça, ce n'est pas la peine ?

Je crois que personne, à part moi, ne lisait les programmes de Tarrés.

J'allai attendre Colina Ross à la sortie d'un de ses cours.

– Professeur, Tarrés veut vous inviter au cinéma jeudi prochain.

– Pour voir quoi ?

– *La Fontaine du crapaud*.

– Je l'ai déjà vu, répondit-il en marchant dans le couloir. Je l'ai vu à l'Hindú il y a vingt ans. Devant moi il y avait une fille assise. Elle devait avoir treize ans. Ses cheveux sentaient le savon de Marseille. Je me souviens davantage de ce parfum que du film.

Ma voix fut tellement étouffée que je fus surpris qu'il m'ait entendu :

– On a eu beaucoup de mal à le trouver.

– Et vous avez participé à cette recherche ? Alors cette invitation ne vient pas de Bobby.

– Je pensais que cela pourrait vous intéresser de le revoir.

Colina Ross haussa les épaules.

– Je viendrai si j'ai le temps. Et Eleonora ?

– Je ne l'ai pas encore prévenue.

– Prévenez-la. Je crois qu'elle n'a jamais revu ce film. Il y aura au moins une spectatrice dans la salle.

Il pressa le pas et s'éloigna.

Eleonora rentra tard ce soir-là. Je lui dis que Tarrés et moi avions trouvé *La Fontaine du crapaud.*

– Pourquoi tu cherches toujours dans le passé des autres ? Ce n'est pas un peu maladif ?

– C'est juste un film. Ce n'est le passé de personne.

– C'est mon passé.

– En plus de ta mère, il y avait d'autres personnes.

– Mais ce n'est pas pour ça que tu as recherché ce film. C'est pour ces papiers du meuble haut.

– Tu viendras ?

– Tu vas réussir à ce que tout monde apprenne que je suis la fille de Colina Ross. Ton copain Tarrés doit déjà le savoir.

– Tarrés n'en sait rien du tout.

– Quand il verra le visage de ma mère, il va comprendre.

– Il y a toujours des gens qui ressemblent à des acteurs de cinéma.

– Tu n'obtiendras pas les papiers de Maldany juste en passant un film.

– Peu importe. J'ai quand même envie de voir ce film. Et ton père aimerait que tu viennes.

– Que je vienne ou pas n'a aucune importance. Et je suis sûre qu'il ne viendra pas.

Il y avait à l'entrée de la faculté un panneau où l'on pouvait afficher toutes sortes d'annonces : appartements à partager, cours de langue, étudiants qui proposaient de "corriger" (c'est-à-dire, de faire) des mémoires, réunions politiques… C'est là que Tarrés affichait le programme de ses films. Il prenait soin également de ronéotyper la fiche technique du film, en plus de ses commentaires. Les programmes lui servaient à attaquer les critiques des grands journaux, qu'il qualifiait invariablement d'"échotiers", suggérant qu'ils ne voyaient pas les films et se contentaient de recopier les dossiers de presse édités par la production. Il distribuait lui-même les programmes à l'entrée du cinéma. Il arrivait de temps en temps qu'on lui donne un pourboire.

Ce soir-là, je m'assis dans la salle humide et enfumée que la faculté avait prêtée à Tarrés. Les sièges, quoique branlants, étaient d'authentiques fauteuils de cinéma. Il y avait peu de monde, comme toujours. Le générique était en train de défiler lorsque quelqu'un s'assit dans la même rangée que moi, mais à cinq fauteuils de distance. C'était Colina Ross. Je guettais l'entrée pour voir si Eleonora allait arriver au dernier moment, mais elle ne vint pas.

Je garde de ce film, tant d'années après, un souvenir confus. Non pas à cause des années, mais du film lui-même qui se déroulait confusément.

Le personnage féminin, une Marilú Miller aux cheveux courts, se prénomme Clarisa, une jeune fille de dix-sept ans. Au cours d'une promenade, une amie lui parle d'une fontaine cachée dans les bois, qui réalise les vœux. Clarisa dit que c'est un conte à dormir debout. Un matin, elle se dispute avec son père, qui lui donne une gifle ; en colère, elle part à pied dans les bois. Elle pense quitter sa maison pour toujours. Un orage éclate et elle marche sans but jusqu'à ce qu'elle arrive devant une grande maison. La grille n'a pas de cadenas et Clarisa court s'abriter sous l'auvent. De là, elle découvre la fontaine et se rappelle la légende. Malgré la pluie, elle va à la fontaine et fait un vœu : qu'on la laisse entrer, qu'on la protège du vent et de la pluie. Aussitôt, les portes s'ouvrent et un homme l'invite à entrer. Il lui dit que c'est sa maison et qu'il lui permet de dormir dans une des innombrables chambres vides. Jusque-là, il me semblait que c'était l'histoire de la belle et de la bête… mais sans bête.

Au lever du jour, la jeune fille se réveille : quelqu'un a ouvert la porte de la chambre. Subitement l'homme se jette sur elle. Elle le frappe avec un chandelier et parvient à s'échapper de la chambre. Elle dévale l'escalier, sort dans le jardin. Mais l'homme, non seulement excité par le désir, mais par la colère, l'immobilise contre la fontaine. Elle fait alors un deuxième vœu : que quelque chose ou quelqu'un la sauve de cette agression. Aussitôt on entend des aboiements, les sabots d'un cheval et la voix d'un homme. Celui qui arrive est le véritable maître de maison (Guillermo Battaglia). Celui qui avait usurpé son identité n'était que le majordome.

Le majordome dit alors à la fille : si elle le dénonce, il dira qu'elle est entrée comme une voleuse et il la livrera à la justice. En revanche, si elle se tait, il favorisera une romance avec le maître de maison. Et un jour viendra où eux deux, majordome et intruse, seront les maîtres de tout. Contrainte et forcée, elle accepte le pacte.

Le majordome dit à son maître qu'il a offert l'hospitalité à une jeune fille qui s'était perdue dans les bois. Elle est couchée, avec de la fièvre. Le maître proteste. Il est veuf depuis peu et tout dérangement l'irrite. Mais il se plie aux lois de l'hospitalité et permet à la jeune fille de rester jusqu'à ce qu'elle se rétablisse.

Au début, il se montre distant avec Clarisa, comme s'il était impatient qu'elle parte et que sa seule présence était une insulte à son épouse morte. Mais les jours suivants il lui propose de se promener avec lui dans les bois. Il lui avoue aussi qu'il est las de la solitude dans ces lieux. Il lui demande des conseils de jardinage, la laisse déplacer des meubles, des tableaux, nettoyer la mousse des statues. Et bientôt le curé du village vient les marier.

Clarisa est devenue la maîtresse de maison, mais elle reste sous la coupe du majordome. Celui-ci a fini par tomber amoureux d'elle et son désir se fait plus pressant. Le maître soupçonne quelque chose d'obscur dans la relation des deux et leur tend un piège: il feint de partir en voyage. Elle lui demande de ne pas s'en aller, ou alors qu'il l'emmène avec lui. Le maître refuse. Dès qu'il est parti, le majordome surprend Clarisa dans l'immense et sombre salle à manger et tente de la forcer sur un tapis fait avec la fourrure d'un ours blanc. Elle se débat et elle est sur le point d'être vaincue. Il n'y a pas de chandelier à portée de main et la fontaine est loin.

Soudain, son mari fait irruption. Nul besoin d'explications: le maître de maison comprend tout et s'apprête à faire justice. Le majordome tient un poignard, son maître aussi. La jeune fille se précipite hors de la maison. Au loin on entend un cri.

Elle erre dans les bois, perdue, sans vouloir revenir et savoir qui est sorti vainqueur du duel. À la nuit tombée, elle décide de revenir. Elle voit une lumière dans la maison et une silhouette derrière une fenêtre. Elle ne sait pas si c'est son mari ou le majordome. Alors elle va à la fontaine du crapaud et fait un troisième vœu, le dernier. Les autres vœux concernaient le futur; ce dernier est une prière adressée au passé, parce qu'elle sait que le combat a pris fin. Nous ne connaissons pas sa formulation exacte, car on ne voit que le mouvement de ses lèvres. Les lèvres prononcent trois fois le même vœu.

Soudain, du fond de la fontaine émerge le cadavre du majordome, la peau livide, les yeux ouverts. Elle comprend alors que cette horreur signifie sa libération et elle court vers la maison.

Tarrés avait pris le temps de faire des recherches sur le film et expliquait dans son programme ronéotypé pourquoi le réalisateur s'était heurté à tant d'obstacles pendant le péronisme, bien que l'intrigue n'eût rien de politique. Apparemment, un fonctionnaire avait interprété que la jeune fille, jouée par Marilú Miller, était la République, séduite par un imposteur, Perón, mais qu'elle revenait finalement à son véritable maître, l'oligarchie des propriétaires terriens.

Mais quand j'ai vu le film, ni l'intrigue, ni le jeu des acteurs, ni les interprétations politiques ne m'ont intéressé. Tout s'effaça et la seule chose réelle pour moi fut le visage de Marilú Miller, et non pas tout son visage, mais ses lèvres, non pas tout au long du film mais dans la dernière séquence, quand Marilú se penche sur la fontaine pour formuler son troisième vœu. Elle était filmée en contre-plongée, comme si la caméra était sous l'eau et que c'étaient les yeux du cadavre qui la voyaient prononcer son dernier vœu. Cette bouche parfaite – cette bouche identique à celle d'Eleonora – venait-elle de dire ce que je croyais ? Avais-je trouvé en une seconde le message que Colina Ross avait cherché des années durant, dans les tiroirs, les livres et les vases. Quand elle a prononcé son vœu pour la deuxième fois, je n'en étais pas encore sûr. Mais, à la troisième, je n'avais plus aucun doute.

Je regardai autour de moi, comme si les autres spectateurs avaient fait la même découverte. Mais ils restaient tous captivés par l'intrigue. Personne n'avait remarqué que les paroles de Clarisa étaient étrangères à l'histoire. À mon oreille seulement – à mes yeux – parvenait le murmure de cette bouche.

Eleonora n'est pas ta fille.
Eleonora n'est pas ta fille.
Eleonora n'est pas ta fille.

Je regardai Colina Ross. Il n'avait rien remarqué. Il paraissait s'ennuyer. Il avait donné quatre heures de cours, le retour à La Plata l'attendait, il n'était pas dans de bonnes dispositions pour voir un film, seule l'impatience l'empêchait de s'endormir. Revoir son épouse ne l'émouvait pas du tout.

Le film s'acheva quelques minutes après la scène de la fontaine, par l'étreinte des époux et l'obligatoire lever de soleil. Je craignis que quelque chose sur mon visage ou dans ma voix n'eût trahi le secret que je venais de percer. Je fis un vague salut à Colina Ross, consultai ma montre, comme si j'avais un rendez-vous urgent, et je sortis de la salle. Je ne dis même pas au revoir à Tarrés. Marilú Miller, morte il y a si longtemps, m'avait confié un secret et je tenais à le garder pour moi.

Les activités du Cercle – qui était déjà une chose complètement différente – accaparaient Eleonora. Elle avait cessé de suivre des cours à la faculté, mais continuait d'assister aux réunions et à faire son travail au service de presse de l'Association de journalistes. Sa vie sociale se prolongeait à la maison. Nous n'étions jamais seuls un instant, le soir l'appartement de deux pièces se remplissait d'individus qui survenaient à l'improviste en quête d'un toit ou de protection. Ou venaient chercher un paquet que d'autres avaient déposé, et dont il valait mieux ne pas vérifier le contenu. Ou encore patientaient chez nous avant de prendre un train ou un bus qui partait à l'aube. J'avais bien essayé de m'éloigner du Cercle, mais cela n'avait servi à rien, puisque le Cercle était installé chez moi.

Un jour, je me rendis compte qu'Eleonora était devenue le symbole de toutes ces demandes pressantes. Sitôt que je la voyais, j'étais impatient de m'éloigner d'elle, de toute cette tension autour d'elle, ces missions et dangers murmurés, ces écrits sur des bouts de papier. Maintenant, tout était codé.

C'est à ce moment-là que j'ai cédé à la tentation : deux étudiantes qui s'attardaient à la fin du cours pour me poser des questions – une le mardi, l'autre le jeudi – puis m'accompagnaient dans le couloir et aussi plus loin. Avec l'une, cela dura deux mois ; avec l'autre, trois. Elles ne se connaissaient pas, mais les deux me faisaient la même observation : j'avais toujours l'air d'avoir la tête ailleurs. Je commençai à rentrer à l'appartement à n'importe quelle heure, parfois au petit matin. Eleonora ne me faisait aucun reproche, elle ne semblait pas remarquer mes absences.

L'appartement de la rue Uruguay devenait étouffant. Les visites ininterrompues, toujours à l'improviste, créaient un climat de malaise et de danger. Un matin, je proposai à Eleonora que nous déménagions dans une maison qui avait appartenu à une tante de mon père. Elle se trouvait à Ituzaingó. Suffisamment éloignée de la capitale pour que les gens qui se servaient de notre foyer comme planque provisoire ou comme bureau de poste réfléchissent à deux fois avant de prendre le train. La tante en question était morte six ans plus tôt et la maison était en mauvais état, mais nous pouvions faire nous-mêmes les travaux nécessaires. Mon père ne me l'avait pas proposée, mais j'étais sûr que si je la lui demandais, il me la prêterait.

Je m'étais plu à imaginer qu'Eleonora accepterait aussitôt un déménagement dans une maison quatre fois plus grande que l'appartement. Mais quand je la vis entrer avec le journal à la main et lui fis part de mon projet, elle ouvrit de grands yeux :

– Qu'on parte maintenant ? Mais tu es dingue ? Habiter à Ituzaingó ?

Elle prononçait Ituzaingó lentement, comme si c'était un mot d'une langue exotique.

– Tout le monde sait que nous habitons ici. Ils ont tous ton adresse. Tu seras la première que les flics viendront chercher.

Elle ne m'écoutait pas. Elle continuait de répéter le mot Ituzaingó, comme si elle n'en croyait pas ses oreilles.

– Une petite maison à Ituzaingó… Qu'est-ce que tu vas faire, ouvrir un cabinet d'avocat, travailler avec ton vieux, défendre les entreprises devant les prud'hommes pour qu'ils puissent virer les ouvriers sans débourser un peso ?

– Je ne referai jamais plus du droit.

– Et tes petites amies… tu les emmènes aussi ?

Je ne relevai pas cette remarque.

– Ce serait mieux qu'on parte maintenant, avant que la situation se complique.

– Elle est déjà compliquée.

– Ça peut devenir pire, et tout le monde sait que tu habites ici.

– Ils savent que toi aussi tu habites ici.

– Moi, je suis loin du Cercle, loin de Crámer. Je ne cours aucun danger.

– Ah non ? – Alors, comme s'il s'agissait d'une insulte dans une langue étrangère, elle dit : – Nimrod.

Je mis quelques secondes à me rappeler qui était Nimrod. Nimrod 67, le message écrit sur le miroir d'une armoire à pharmacie dans une maison dévastée.

– Nimrod ? Comment tu sais ça ?

– Tu gardes tes secrets. D'autres me font confiance.

– D'autres ? Lemos ?

– Tu ne regardes pas la télé ? Tu n'écoutes pas la radio ?

Alors elle me montra le journal *Clarín* qu'elle venait d'acheter. En première page, la photo d'une bouée qui flottait sur le fleuve et un agent de la préfecture qui essayait de la soulever avec une gaffe.

Je m'assis sur une des deux chaises que nous avions. Le colonel Rivas, chef d'un bataillon de renseignements de l'infanterie, avait été assassiné la veille. Il était sorti naviguer à bord de son voilier, comme tous les jeudis après-midi, et une bombe avait fait exploser l'embarcation au moment où il traversait le canal San Antonio. Rivas était propriétaire d'un vieux voilier en bois de dix mètres. La bombe était d'une telle puissance que le bateau avait aussitôt coulé. Les enquêteurs de la préfecture pensaient que la force du courant avait dispersé les restes sur des kilomètres. Ils ne savaient pas encore si la bombe était munie d'un mécanisme d'horlogerie, ou si elle avait été déclenchée à distance depuis une embarcation.

Les seuls témoins étaient un couple qui possédait un petit yacht. Ils avaient aperçu l'explosion à deux cents mètres au loin, mais lorsque la fumée noire s'était dissipée, ils ne purent même pas deviner la nature de l'explosion, car le voilier avait complètement disparu. Plus tard, on retrouva une bouée ronde avec le nom du bateau flottant sur le fleuve.

Le journal disait que le voilier s'appelait *Nimrod* et qu'il mouillait dans un club de voiliers de San Fernando, à l'amarre 67. Les vedettes de la préfecture continuaient à rechercher le corps du colonel Rivas, sans grand espoir.

Deuxième visite à la maison Colina Ross

J'avais eu l'impression que le Cercle des Cryptographes – ou ce que l'on pourrait appeler le Nouveau Cercle des Cryptographes, avec Crámer et Lemos à sa tête – était une entité marginale, condamnée à l'hypothèse, la promesse et l'insomnie. J'avais considéré l'exécution de Guzmán comme une exception, un ultime coup de Crámer – face à ses chefs mystérieux, face aux obscures et clandestines autorités auxquelles il devait rendre compte de ses actes et de ceux de son groupuscule – pour démontrer que le travail intellectuel ne devait pas être disqualifié. Une dernière version de la longue discussion entre les armes et les lettres. Mais l'explosion du voilier avait pris une place centrale pour l'organisation, pour l'ennemi et pour tout le monde. Les morts quotidiennes commençaient déjà à se confondre sous le vernis de l'habitude, mais l'explosion d'un bateau – et surtout d'un voilier qui se déplaçait sans moteur, sans autre bruit que le murmure du vent sur les voiles – avait la force d'un symbole. La ville paraissait destinée à la violence, comme si les assassinats n'étaient rien d'autre qu'un prolongement des cris, des klaxons et des accidents de la route qui survenaient tous les jours, un conflit extrême dans une atmosphère où les conflits étaient la norme. Mais le contraste entre la placidité du fleuve et la déflagration s'imposait à l'imagination comme quelque chose d'inoubliable. De plus, l'attentat avait servi à rappeler que l'organisation pouvait agir en tous lieux, y compris dans ce havre de saules, de silence et de solitude.

Les jours suivants on ne parla de rien d'autre. Tous les jours des nouvelles étaient données sur les progrès de l'enquête. Les responsables de la préfecture affirmaient que les explosifs venaient de l'étranger, que les pays communistes avaient collaboré à l'attentat, ils soupçonnaient des contacts avec des pays arabes, mais de toute évidence ils ne connaissaient même pas la nature de l'explosif, car ils parlaient par moments de dynamite, à d'autres de TNT ou de plastic. Pendant ce temps, les vedettes de la préfecture retrouvaient des fragments du bateau et ce puzzle lent de l'événement restait d'une actualité brûlante dans les journaux. Les échos de l'attentat se firent entendre pendant des jours : nombreuses arrestations ciblées, coups de filet à l'aveugle dans des locaux de partis politiques, disparitions, un jeune homme retrouvé pendu à un arbre près de l'endroit de l'explosion.

J'essayais parfois de me dire que je n'y étais pour rien, que le mot sur le miroir de cette maison dévastée n'avait rien à voir avec l'attentat. Mais d'autres fois, sous l'effet de l'air du temps, je ressentais de la vanité d'avoir été un rouage essentiel de l'attentat. Que je n'aie rien su de l'attentat – qui l'avait commis et comment – n'était pas significatif, car on parlait toujours de "compartiments étanches", d'actions complexes qui nécessitaient la participation de gens ne se connaissant pas. Je passais dans la même nuit de la vantardise au remords et de l'audace à la peur. Je me voyais découvrant sur le miroir de la maison dévastée ce mot codé, puis le transcrivant sur papier : *Nimrod*. Des forces obscures et puissantes s'étaient chargées que ce mot, jusque-là secret, apparaisse en première page des journaux et dans les informations télévisées.

Il y avait un certain temps que je ne voyais plus Crámer ni Lemos. Je conseillai à Eleonora de ne pas s'approcher d'eux. Elle me répondit qu'elle les avait cherchés mais qu'il n'y avait aucun moyen de les rencontrer. À la faculté, Crámer avait pris un congé extraordinaire. On le disait en voyage. Il continuait à se réunir avec les autres, mais les rendez-vous étaient extrêmement compliqués, avec des changements de lieu au dernier moment, comme une espèce de chasse au trésor.

Avec Eleonora on ne se voyait presque plus. Elle sortait quand j'arrivais, elle arrivait quand je sortais. Nous n'échangions que peu de mots, qui n'étaient pas d'amour. Au printemps 1975, nous eûmes une longue dispute et je quittai l'appartement en emportant mes affaires. Je m'éloignai ainsi de tout ce qui m'était familier : amis de la faculté en perpétuelle conspiration, artistes qui se proposaient de faire un art pour les masses et traînaient dans leurs expositions de perplexes ouvriers métallurgistes, documentaristes amateurs qui filmaient une soupe populaire en super 8 et décrétaient illico la fin de la fiction. Les jours suivants je me rendis compte que tout ce qui m'entourait n'était là que parce que j'étais avec Eleonora. En la quittant, le monde se dépeupla. Elle avait été l'interprète entre ce monde de nouveautés constantes et moi. Loin d'elle, je me retrouvais hors des nouvelles réalités. Et je considérais le danger comme une de ces réalités dont je m'étais éloigné.

Nous nous étions séparés peu à peu, moins par des cris que des monosyllabes, de l'ironie et des silences, mais un incident provoqua la rupture plus vite que je ne l'avais imaginé.

Eleonora ne parlait jamais de son père, sauf pour l'insulter et clamer sa honte de porter ce patronyme. Moi, pour la contrarier, je le défendais. Ce n'étaient pas de véritables disputes, car elle tenait des propos incohérents, vestiges d'un dialogue intérieur.

À ce moment-là, j'étais responsable d'un des deux ateliers du cours de cryptographie, qui était sur le point d'être supprimé du département de lettres. Le mien, qui avait lieu le soir, était le plus fréquenté. Facultative, la matière était choisie par tous les inadaptés sociaux qui se réfugiaient à la faculté : des exclus de partis de gauche, en manque d'un groupe où s'intégrer ; des veufs solitaires qui, déjà retraités, avaient décidé de revenir sur les bancs de l'université pour affronter tout ce que le monde a d'incompréhensible et, en passant, débiter des laïus aux jeunes sur les vérités de la vie ; agents des services de renseignements, aisément identifiables à leur air perplexe et ennuyé, et, bien sûr, des psychotiques, qui ont toujours constitué la troupe permanente des facultés de lettres. C'est bien connu : les fous font des études littéraires et, surtout, de philosophie. Ils n'ont pas la moindre envie de décrocher un diplôme d'ingénieur ou d'expert comptable.

Tant qu'ils ne comprenaient rien, les étudiants restaient silencieux, si bien que, suivant les traces de Colina Ross, je parlais longuement des algorithmes mathématiques, du mystérieux *Mutus Liber* – un traité d'alchimie dépourvu de mots –, de la *Polygraphie* de l'abbé Trithème, ou de la façon dont Giordano Bruno codait en gravures et récits allégoriques son art de la mémoire. Tant que les noms et les événements étaient inconnus des étudiants, on pouvait faire cours tranquillement. Mais il suffisait de mentionner que Napoléon avait emmené le brave Champollion dans sa campagne d'Égypte pour que l'élite des étudiants s'exalte et commence à attaquer ou à défendre Napoléon, ce colonialiste, cet impérialiste, pilleur de tombes égyptiennes et bourreau des peuples. Les psychotiques, en revanche, préféraient évoquer le secret enfermé dans les hiéroglyphes et le pouvoir des pyramides. Savez-vous, professeur, que si on laisse une lame de rasoir dans une pyramide pendant une semaine, la Gillette se charge de tant d'énergie qu'elle ne s'émousse pas, même pendant un siècle ?

Un jour que je sortais d'un de mes cours, je vis sur le panneau d'affichage de la faculté l'annonce d'un congrès de logique à Mendoza. Colina Ross figurait parmi les intervenants. En rentrant le soir à l'appartement, je trouvai Eleonora en train de prendre du thé avec des biscuits. Heureusement, il n'y avait aucun invité-surprise. Maintenant que nous ne partagions presque aucun repas, elle était de plus en plus maigre. Il faisait chaud, elle ne portait qu'une jupe en toile de jean et un soutien-gorge couleur chair. Elle était pieds nus. Sa chemise pendait d'une chaise. J'eus envie de lui caresser le dos – sous la peau, les muscles se dessinaient comme dans un traité d'anatomie – mais je me ravisai : c'était comme toucher une inconnue. Je lui dis :

– Je pensais que la logique avait été abolie en Argentine, mais un congrès de logique est annoncé à Mendoza et ton père en sera la grande figure.

– Le congrès de Mendoza, bien sûr. Il doit prononcer la conférence inaugurale. Je me demande comment on peut continuer à faire des congrès, comment les gens continuent à vivre comme si de rien n'était. Ils ne se rendent pas compte que sous peu tout va changer.

– Changer en quoi ?

– On va accentuer les contradictions jusqu'à ce que les militaires balaient cette pseudo-démocratie. Quand ils commenceront à appliquer leur programme, sans que personne ne puisse les contrôler, quand on verra ce qu'ils sont réellement, quand les États-Unis planteront leur drapeau sur notre pays, alors même la classe moyenne réagira pour nous soutenir.

– Vous voulez un coup d'État ?

– C'est une étape obligée. Il ne fait jamais aussi sombre qu'avant l'aube.

Je me demandai d'où elle avait sorti cette phrase. Je ne voulais pas parler politique, non pas à cause de la politique en soi, mais parce que je sentais que c'était tout ce monde d'exaltations et d'idées absolues qui m'avait arraché Eleonora. "Il ne fait jamais aussi sombre qu'avant l'aube." Ce devait être de Lemos, plus amateur de slogans d'affiches et de sentences catégoriques que l'elliptique Crámer. Pour Crámer, la politique était faite de questions murmurées à l'oreille, pas de vers ou d'aphorismes récités à voix haute.

J'ouvris le frigo. Vide. Vide de ce vide vantard dont seuls les frigos sont capables. Ils ne disent pas seulement : il n'y a rien à manger. Ils disent : ta vie est un désastre. Il était tard pour sortir faire des courses. J'allais moi aussi dîner de thé et de biscuits Express. Si du moins il restait un sachet de thé et deux ou trois biscuits.

– Tu vas y aller à Mendoza ? me demanda-t-elle.

– Non. Je t'ai parlé de Mendoza parce que je voudrais que tu m'accompagnes chez ton père.

– Pourquoi?

– Je veux jeter un coup d'œil sur les papiers de Maldany pendant qu'il n'est pas là.

– Ça ressemble à une violation de domicile.

– Sauf si tu m'accompagnes.

– Non, je ne t'accompagnerai nulle part. Mais si tu veux y aller, les clés sont là.

J'étais en train de perdre Eleonora, j'avais déjà perdu ma place dans le Cercle des Cryptographes, bientôt j'allais me retrouver hors de la faculté et il était désormais trop tard pour revenir dans la voie du droit et de mon père: je me cramponnais aux papiers de Maldany comme à une bouée de sauvetage.

Cette fois, j'y allai en train. Il fallait changer à Temperley. On était en novembre, mais l'été devançait le calendrier avec 36 degrés à l'ombre. Les rues étaient couvertes des fleurs violettes des jacarandas et jaunes des tipas. Je me trouvais à une rue de la maison du professeur lorsque j'aperçus un contrôle de police. Ils arrêtaient les voitures et les bus, faisaient descendre ceux qui leur paraissaient suspects, les palpaient à la recherche d'armes et vérifiaient leurs papiers d'identité. À pas lents, je bifurquai au premier croisement.

Je montai le perron de marbre et ouvris la porte avec les clés que m'avait données Eleonora. Un peu de lumière filtrait par les persiennes métalliques. J'essayai d'ouvrir le meuble: il restait fermé. Eleonora m'avait dit que les clés étaient dans la table de nuit. Je dus allumer le globe en verre de l'escalier car on ne voyait rien et je ne voulais pas ouvrir les fenêtres. Je montai l'escalier qui menait aux chambres. Plusieurs portes étaient fermées: ces pièces condamnées dont m'avait parlé Eleonora lors de ma visite précédente. Mais la porte de la chambre était ouverte et je découvris un lit à deux places immense, en bois foncé, avec une grande tête de lit en bronze. On distinguait au-dessus la trace d'un clou et d'un crucifix. Il avait dû rester accroché pendant de nombreuses années pour que la poussière en dessine la forme avec une telle précision. J'avais peur, je me sentais mal à l'aise, mais très vite la peur et le malaise disparurent. Sous le verre de la table de chevet il y avait un poème d'Ezra Pound découpé dans un journal anglais, jauni, presque illisible, et une photo d'Eleonora avec sa mère, Marilú Miller, avec les cheveux courts. Elles étaient sur une place : dans le fond, on voyait un toboggan. En ouvrant le tiroir de la table de nuit je sentis l'odeur d'un sachet de lavande. Il y avait un rasoir électrique Philips, dont le fil était coupé, des tubes d'alun, un carnet à la couverture plastifiée, deux stylos au capuchon d'or. Et un porte-clés avec cinq petites clés.

Le porte-clés à la main, je descendis dans la salle de séjour. J'étais pressé de repartir. Je savais comment trouver les papiers, mais pas ce que j'allais en faire. Les lire sur place ? Les dérober pour les remettre dans le meuble quand l'occasion se présenterait ? Dans les films d'espionnage, les visiteurs clandestins ont toujours un appareil à microfilms pour prendre des photos, mais je n'avais même pas emporté de calepin.

À peine eus-je tourné la clé dans la serrure la plus haute du meuble, que j'entendis prononcer mon nom.

Dorey.

J'eus un instant l'espoir que c'était une hallucination auditive provoquée par l'affolement. Un écho de ma lointaine opération. Mais j'entendis de nouveau mon nom, prononcé avec un rien d'impatience.

Dorey. Venez, s'il vous plaît.

J'eus envie de partir en courant, mais je me retins. C'était une époque où on était obligé de prendre toutes les mauvaises décisions. Alors, je prononçai le nom du professeur. Dans la maison silencieuse j'entendis ma propre voix comme celle d'un inconnu, comme lorsqu'on l'écoute enregistrée par un magnétophone et qu'on pense : non, ce n'est pas possible, cette voix, nasillarde, inexpressive, exécrable. Personne ne répondit. Je m'engageai dans un couloir et tournai à droite. J'ouvris une porte métallique peinte en vert et entrai dans une pièce au plafond haut et aux murs cloqués d'humidité.

La clarté m'éblouit. La lumière entrait par des lucarnes aux vitres bleues, rouges et jaunes. Au centre de la pièce il y avait un bassin aux carreaux blancs et verts, d'environ sept mètres de long. Il paraissait profond, rempli d'une eau épaisse, saturée de sel. Sur le bord étaient posés des flacons vides des célèbres Sels Colina. Contre un mur, deux paravents art déco avec des représentations de femmes vaguement couvertes de feuilles et emmêlées dans de pudiques liserons. L'armature des paravents était en bois, mais les images en verre, tenues par un joint plombé. Sur les murs, des publicités en métal émaillé. Des taches de rouille se frayaient un chemin, tenaces, sur la peau très blanche des femmes.

Sels Colina : le secret de l'harmonie.

Dans le bassin flottait le professeur Colina Ross, nu. Le corps décharné, les os saillants. Le bassin était profond mais n'avait qu'un mètre d'eau, de sorte que le professeur gisait à moins d'un mètre sous mes pieds.

Sels Colina : la fontaine de l'éternelle jouvence.

Eleonora avait dit une fois qu'elle savait où était la fontaine de jouvence, mais que je n'aimerais pas du tout m'y plonger. Elle était là.

– N'ayez pas peur, dit soudain Colina sans ouvrir les yeux. Je savais que vous alliez venir. Eleonora m'a prévenu.

– Eleonora ?

– Elle a appris que le congrès de logique était annulé.

– Pour quelle raison ? demandai-je comme si tous les congrès de logique du monde avaient pour moi une grande importance.

– Un étudiant a été tué. Il était de Santa Fe, il logeait dans une pension et figurait sur une liste de candidats de l'association des étudiants. On lui a tiré dessus d'une voiture quand il sortait de la pension. Ses camarades vont manifester pour protester et la police va les réprimer. Les autorités de la faculté ont décidé de réserver la logique pour une meilleure occasion. Eleonora m'a téléphoné il y a un moment. Elle était au courant avant que vous partiez pour venir ici et ne vous a rien dit. Elle regrette cette omission. Cela dit, les femmes ne regrettent rien, elles ne connaissent pas les regrets. Disons qu'elle a changé d'opinion.

Il s'était relevé. L'eau lui arrivait au-dessus de la taille, au niveau de l'abdomen. Des grumeaux de sel restaient accrochés aux poils de sa poitrine. Il prit un flacon sur le bord et me le lança. Je faillis le rater, mais je l'attrapai de justesse.

– Je vais vous révéler un secret de famille que vous ne devez dire à personne : les sels Colina sont composés de sel ordinaire et de sel de sulfate de magnésium, un mélange idéal pour flotter. Ils ont aussi un colorant qui produit leur caractéristique teinte bleue. C'est mon grand-père qui a inventé ce commerce. Il voulait être fermier, mais il était très mauvais dans tout ce qui touche à la campagne. Pour travailler à la campagne, il faut de la patience et mon grand-père n'avait aucune patience. En revanche c'était un génie pour les produits pharmaceutiques et il a gagné beaucoup d'argent. Il a été un des premiers à comprendre que les gens sont passionnés par les maladies et qu'ils adorent prendre des toniques, des remèdes, des vitamines. La couleur bleutée est venue plus tard, c'était une idée de mon père, qui était chimiste. Cette teinte a permis que les sels continuent à se vendre, même quand les produits similaires des entreprises rivales avaient disparu. Mais finalement les sels, les toniques, les baumes, tous ces produits magico-pharmaceutiques ont disparu avec l'arrivée des tranquillisants. Les gens ne veulent plus se soigner, ils ne veulent pas aller mieux : ils veulent juste dormir. – Il indiqua le flacon que je tenais à la main. – Avec les années le colorant a perdu son pouvoir. Maintenant tout est blanc.

Je posai le flacon par terre et murmurai une vague excuse à propos de papiers qu'Eleonora m'avait demandés, et je me dirigeai vers la porte.

– Dorey, vous devez comprendre que de temps en temps il est nécessaire d'effacer. Trop de signes, trop de lettres dépourvus de sens. C'est pour ça que j'ai ce temple familial. Ici on testait les fameux sels Colina. Ici je libère mon esprit de tous ces signes qui m'épuisent. Vous savez de quoi je parle. Ces maudites lettres qui nous poursuivent, qui s'infiltrent partout, en exigeant qu'on leur trouve un sens… Mais la raison pour laquelle Eleonora vous a envoyé ici ne tient pas au pouvoir mystérieux des sels Colina.

Il tapa deux ou trois fois dans ses mains. Alors apparut une jeune fille de douze ou treize ans. Elle était brune, une fille de la campagne, peut-être avait-elle commencé à travailler payée à l'heure et fini ainsi. Elle était pieds nus, juste couverte d'une grande serviette jaune, tellement fanée qu'elle était presque blanche. Sur la jambe gauche elle avait une vieille cicatrice au-dessus du genou. Nerveuse, elle s'efforçait de sourire. Elle écarta les cheveux de son visage. Colina Ross lui avait ordonné de venir et elle obéissait.

– Elle aussi m'aide à effacer. Vous autres et moi avons le même espoir : que quelque chose nous arrache à l'existence quotidienne. À l'ennui, au prévisible. Le peuple, la patrie, la révolution, toutes ces abstractions, vous vous en moquez : ce qui compte pour vous est de ne pas finir dans un bureau, de ne pas avoir à supporter les récriminations d'une épouse, la mauvaise humeur d'un mari, les larmes et les caprices des enfants. Vous ne voulez pas travailler dans des pharmacies, des écoles, des services de comptabilité. Vous ne voulez pas emmener vos enfants se faire vacciner et faire la queue pour payer les factures, les impôts. Vous préférez de terribles obligations pour échapper aux obligations quotidiennes. Je vous comprends : je suis pareil.

Il se tourna vers la fille, qui restait debout, dans sa serviette jaune, sans savoir quoi faire. Son sourire avait disparu.

– Dites à ma fille, qui le sait déjà, qu'il n'y a pas de secrets entre nous.

La malédiction crétoise II

Dans ce qui fut notre dernière conversation avant que je parte de chez elle, Eleonora m'expliqua pourquoi son père, à son retour d'Angleterre, après avoir été un espoir de la science argentine, était devenu très vite un professeur suppléant de logique dans un lycée de banlieue.

Une famille galloise, que Colina Ross connaissait bien et qui l'avait logé une fois, le chargea de chaperonner pendant le voyage une adolescente de quatorze ans qui allait séjourner un temps chez des oncles à Buenos Aires. C'était une grande fille pâle, aux boucles dorées. Elle s'appelait Margaret. Ils lui demandèrent aussi, comme une faveur spéciale, de lui donner quelques leçons d'espagnol.

Les premiers jours, Colina Ross tint sa promesse : tous les jours, de 10 heures à 11 heures du matin, il enseigna à la jeune fille les rudiments de l'espagnol. Margaret, qui n'était pas bête, apprit rapidement.

À l'occasion de l'anniversaire du capitaine du paquebot, un bal masqué fut organisé. Colina Ross s'enferma avec la fille et, sous prétexte de lui confectionner un déguisement de déesse grecque, il finit par la déshabiller.

Pendant six jours, il la rejoignit dans sa cabine. Quand le bateau accosta au port de Buenos Aires, la jeune fille descendit la passerelle sans dire un mot, ni en espagnol, ni en gallois, ni en anglais, et resta obstinément silencieuse les jours suivants. Colina Ross aurait pu cacher ce délit de séduction si la jeune fille, une semaine après le débarquement, ne s'était pas ouvert les veines avec une lame de rasoir. Comme les coupures n'étaient pas profondes, qu'elle s'effraya à la vue du sang et se mit à crier, elle fut sauvée.

Elle resta une semaine dans une clinique privée mais quand elle fut rétablie, elle raconta tant bien que mal son histoire. Il n'y avait pas grand-chose à raconter : il suffisait de prononcer un nom.

La police interpella Colina Ross, mais les oncles gallois décidèrent de ne pas porter plainte pour éviter un scandale qui pourrait nuire à l'avenir de la jeune fille. Malgré cet abandon de plainte, le nom de Colina Ross avait déjà été divulgué dans la presse. Les journaux de Buenos Aires ne consacrèrent que quelques lignes à l'affaire, mais *La Jornada* de La Plata publia la photo du misérable professeur dans trois éditions successives.

Au début, il dut fuir dans des collèges perdus au fin fond de la province. Malgré le scandale, Marilú Miller se maria avec lui (Maldany fut un des témoins), abandonna sa carrière d'actrice et l'accompagna dans son itinéraire. Ses amies lui conseillaient, au cours de longs après-midi de thé, de sanglots et de scones, de le quitter, de remonter sur les planches, mais elle répétait que les accusations étaient fausses. Des capitaines de bateau, des nationalistes gallois et une adolescente perturbée s'étaient conjurés contre un innocent. Marilú, qui avait joué dans les théâtres de La Plata et de Buenos Aires, et qui avait même fait la couverture du magazine *Radiolandia*, photographiée par Anne-Marie Heinrich, organisait maintenant des spectacles enfantins, avec uniformes militaires en papier crépon, tenues de dames d'autrefois confectionnées avec de vieilles robes et de vendeuses d'*empanadas* au visage noirci avec du bouchon brûlé.

Au bout d'un laps de temps dicté par la prudence, Ezequiel Colina Ross accepta un poste à l'université de La Plata. Comme son passé risquait de lui attirer des tentatives de chantage, Colina Ross évitait de revendiquer les meilleures salles ou les meilleurs horaires, et se résignait à ce qu'on lui proposait. Il se tenait à l'écart de toute intrigue universitaire : ceux qui ne savaient rien de son histoire le considéraient comme un saint, indifférent aux intérêts du monde. Pour vivre heureux, vivons caché.

Après tout, il enseignait une discipline dont la base était le secret.

Eleonora termina de me raconter cette histoire et me regarda avec une expression de triomphe.

– Tu aurais pu me dire tout cela sans m'envoyer chez ton père. Je t'aurais crue : je n'avais pas besoin de le voir.

– Je ne t'ai pas envoyé chez lui. Tu y es allé parce que tu le voulais. Et je n'ai su qu'après ton départ que le congrès de logique avait été annulé.

– Ce n'est pas ce qu'il m'a dit. D'après lui tu as eu des remords.

– Il ment.

Elle me regarda dans les yeux. Puis parla lentement, pour que ses paroles restent gravées dans ma mémoire :

– Je ferais n'importe quoi pour que personne ne sache *ce qu'est* mon père. N'importe quoi.

Alors, j'ai commencé calmement à préparer mes bagages.

Tarrés n'entamait jamais une conversation de manière directe. Un soir, assis dans un bar de Boedo, près de chez lui, très tard, devant une bouteille d'Americano Gancia, un siphon et des coupelles de cacahuètes et d'olives, que j'allais devoir payer parce qu'il était toujours fauché, il me dit :

– Par un cousin à moi, j'ai fait un jour la connaissance d'un groupe de quatre alpinistes. Des types sympathiques. Souriants, amicaux, énergiques.

– Ah, bon…

On était en novembre et bien qu'il fasse nuit, on frôlait les trente degrés. Bobby portait quand même un gros pull, tricoté à la main, au cas où la fraîcheur reviendrait subitement.

– L'un est mort d'un arrêt cardiaque dans les Alpes, un autre est tombé dans une crevasse dans l'Aconcagua, le troisième a disparu dans le Fitz Roy et le dernier a été emporté par une avalanche. Au bout de deux ans il n'en restait pas un seul vivant.

– Et alors ?

Il ne répondit pas. Bobby voulait me prévenir. Mais il ne connaissait pas un seul mot d'avertissement. Il changea de sujet.

– Je laisse tomber la fac.

– Tu t'en vas ? Où ça ?

– À Lincoln. Je vais aider mon vieux à la fabrique.

– Kamionka. Le camion indestructible.

– Je vais te dire un secret : les jouets en caoutchouc vulcanisé se cassent comme les autres. Ils ne sont pas indestructibles, c'est un mythe. Les Kamionka sont mortels comme nous.

– Pourquoi tu t'en vas ?

– Parce qu'ils m'ont viré. Aujourd'hui c'est la dernière séance. Le ciné-club, c'était un bon boulot. Je trouvais des films et je les passais. Je gagnais un peu de fric. Il était toujours possible de rencontrer une folle. Les films allemands sont idéaux pour ça. Les folles adorent le sordide et les insultes en allemand. Mais ils m'ont lourdé du jour au lendemain. Ils n'ont même pas attendu la fin du cycle de cinéma hongrois.

– Je vais leur parler. Je suis sûr que je peux convaincre Crámer…

Bobby Tarrés me regarda comme si j'étais un gosse auquel on a expliqué que le père Noël c'est les parents, que les Rois mages, c'est aussi les parents, mais qui garde encore l'espoir que la Petite Souris existe. Il me posa une main sur l'épaule et dit :

– Crámer n'a rien à voir avec ça.

– Lemos ?

– C'est Colina. C'est le professeur qui me vire. Il s'est débrouillé pour qu'ils ferment le cinéma. Il a convaincu les autorités qu'il était dangereux de garder cette salle ouverte.

– C'est lui qui te vire ? Mais il t'a toujours défendu.

– Colina ne veut plus me voir.

– Pourquoi ?

Il haussa les épaules.

– À un moment, j'ai dû faire ou dire quelque chose qui ne lui a pas plu. Je me demande si un jour je saurai ce que c'est. Tu sais bien : les pires erreurs ne sont pas celles qu'on fait exprès, avec un peu de méchanceté. Ce sont celles qu'on fait sans le vouloir, sans le savoir, quand nous pensons à autre chose. On fait un truc terrible et il ne se passe rien ; mais il suffit qu'on soit distrait un instant et on tombe en enfer.

J'assistai à cette dernière séance : *Cendres et diamants*, de Wajda. Tarrés était d'humeur sombre. Le film terminé, il dit, comme pour remplir de joie les spectateurs :

– L'acteur est mort en 1967, en sautant d'un train en marche. Son dernier geste fut de saluer Marlene Dietrich, qui voyageait dans ce train. Il a fait ses adieux à la fois à Marlène Dietrich et à la vie.

On entendit quatre ou cinq lents et funèbres applaudissements. Dont le mien. Ainsi s'acheva le ciné-club de Bobby Tarrés.

Quelques jours plus tard, je l'ai accompagné à l'arrêt du bus qui allait le conduire à Lincoln. Je restais dans la zone dangereuse et lui partait vers la sécurité. Pourquoi alors avais-je l'impression que c'était le contraire, que lui partait vers le danger, que sans moi il courait à la catastrophe, que j'avais l'obligation de le suivre et de le sauver ? Je ne l'ai pas fait. Je l'ai laissé prendre le bus.

Son père mourut peu après. À sa mort, Bobby prit la direction de la fabrique. Ce fut après le coup d'État militaire de 1976 : l'importation avait été libéralisée et les petits industriels furent balayés en quelques mois par les produits importés. Les Kamionka ne pouvaient pas rivaliser avec les jouets chinois qui coûtaient quatre fois moins. Les vitrines des magasins de jouets se remplissaient de voitures à pile dont les phares s'allumaient et de dinosaures commandés à distance. Les Kamionka ne se brisèrent pas, mais s'entassèrent dans les réserves des magasins avant de disparaître. Ils connurent le même sort que les poupées qui ouvraient et fermaient les yeux, les soldats en plastique, les revolvers à amorces, les petites voitures de collection, les canons Goliath. Bobby cacha l'étendue des dettes à sa mère, jusqu'à ce qu'elle meure à son tour, entourée de flacons de médicaments achetés à crédit et de factures impayées. Bobby perdit le terrain de la fabrique, la maison familiale, les jouets neufs dans leurs boîtes d'origine.

Kamionka, le camion indestructible.

Bien des années plus tard, pendant la dernière conversation que j'eus avec Colina Ross, quelques mois avant qu'on le retrouve mort dans le temple des sels Colina, je lui demandai pourquoi il avait fait fermer le ciné-club, pourquoi il avait congédié Tarrés.

– Pour le sauver. C'était un innocent, il ne se rendait pas compte qu'il était entouré d'amis qui ne lui convenaient pas.

– Il est allé directement à la ruine.

– À la ruine, mais pas à la mort. Il a survécu. Je l'ai rencontré une fois, il se promenait dans Buenos Aires. Avenue Corrientes, bien sûr. Il regardait les bars, les librairies, les cinémas, comme s'il cherchait la porte pour revenir dans un royaume perdu. Je lui ai parlé. Il ne m'en voulait pas. Il m'a dit qu'il travaillait comme projectionniste dans un cinéma de province. C'était ce qu'il aimait. Il aurait pu être un génie en déchiffrant des manuscrits anciens, mais il voulait passer des films. Il était trop couvert, comme toujours : emmitouflé dans une écharpe par 25 degrés.

– Il pensait que vous lui en vouliez.

– Comment aurais-je pu en vouloir à Bobby ? Je le répète, je l'ai renvoyé pour le sauver. Vous autres étiez aveugles, mais nous, nous regardions la montre. Cinq minutes avant ou cinq minutes après, ils allaient tous vous tuer. C'est un miracle que quelques-uns soient encore vivants.

La maison sentait l'eucalyptus. Colina Ross servit une nouvelle rasade de whisky dans mon verre.

– Mais dans notre pays, c'est toujours pareil : on fait tout à moitié.

Déménagement

J'ai quitté l'appartement d'Eleonora en emportant mes affaires. Il n'y avait pas grand-chose, car à cette époque les objets étaient pour nous comme un poids mort et nous faisions en sorte de ne rien accumuler. Nous avons juste dû nous asseoir pour décider à qui appartenaient une quinzaine de livres, dont l'achat avait été une décision commune : après un instant d'hésitation, elle me les céda tous, en disant que les livres ne l'intéressaient plus, que la vraie vie était dehors, où elle nous attendait avec ses promesses et ses décisions, et que s'asseoir pour lire n'avait plus aucun sens. Avant de me les donner, elle fit quelque chose qui attira mon attention : elle biffa son nom de tous les livres.

– Pourquoi tu fais ça ?

– Je ne veux pas laisser de traces derrière moi.

Je trouvai un studio à louer dans un immeuble de l'avenue Pueyrredón, à quelques pas de Santa Fe. Le loyer était élevé, car le studio avait le téléphone. Il était toujours propre, toujours bien rangé, meublé du strict minimum et complètement dépourvu d'âme.

Les trois ou quatre mois qui suivirent, je croisai plusieurs fois Eleonora dans les couloirs de la faculté, mais on se saluait sans s'arrêter, feignant la hâte et des rendez-vous urgents. Si j'étais accompagné, je tentais de le dissimuler, comme si Eleonora pouvait encore exiger l'exclusivité. Au fil des jours, je sentais que nos disputes s'estompaient et qu'elle redevenait pour moi une inconnue. Comme au début : elle tenant une pierre à la main, attendant le bon moment pour la lancer, comme quelqu'un prêt à prendre des risques juste pour voir comment fonctionnaient les choses dans le monde.

Quand on cessa de parler de l'explosion du voilier, parce que d'autres explosions l'avaient condamnée à l'oubli, Crámer reprit ses cours. Lemos fit lui aussi sa réapparition. Les réunions du Cercle se poursuivirent encore un temps. Je n'y allais pas, mais parfois je les croisais dans la faculté. Crámer marchait rapidement en regardant tout le monde, alarmé ; très souvent il changeait brusquement de direction. Il marchait toujours à contresens. J'espérais qu'il me dise quelque chose, un simple mot pour m'assurer que l'enquête ne s'était à aucun moment orientée vers nous. Mais Crámer faisait un geste discret de la main, signifiant qu'il ne fallait pas qu'on nous voie ensemble, que nous étions entourés d'espions. Il s'éloignait pressé, en changeant fréquemment d'itinéraire, comme s'il dormait tous les soirs dans un endroit différent, les nombreuses chambres de son royaume clandestin.

Un soir, je vis Lemos et Eleonora qui descendaient ensemble l'escalier central de la faculté. Elle portait un jean et un chemisier jaune que je connaissais bien. Il me sembla que la main de Lemos était posée sur la taille d'Eleonora, au bord du jean. Son geste ne dura qu'une seconde mais il suggérait une idée de possession. Je me mêlai aux étudiants pour que Lemos et Eleonora s'éloignent sans me voir.

Je me demandai si c'était un geste banal, une marque de confiance. Je savais que cela n'avait aucun sens que je m'inquiète pour elle puisque nous étions séparés, mais la jalousie surgissait à tout moment : pendant un trajet en bus, dans un café, ou en pleine nuit. Et mon imagination s'obstinait à chercher une solution à cette énigme. Lemos et Eleonora étaient-ils ensemble ? Depuis quand ? Si le roman policier a triomphé partout, c'est parce qu'à un moment ou un autre de la vie, nous jouons tous les détectives, mais pas pour enquêter sur un crime : c'est la jalousie qui fait de nous des déchiffreurs d'indices, des chercheurs de la vérité qui sommeille sous les apparences.

Bientôt, et sans l'avoir cherché, j'eus la confirmation de leur liaison. Je rencontrai de nouveau Eleonora, cette fois dans un couloir. Nous échangeâmes quelques paroles inaudibles dans le brouhaha et je m'éloignai vers ma salle de cours. Soudain un coup de tonnerre fit vibrer les vitres, mais la faculté avait son propre climat et son brouillard de fumée de cigarettes. La pluie paraissait tomber dans un autre pays. Des étudiants parlaient en criant, mais subitement ils s'écartèrent comme les eaux de la mer Rouge pour laisser passer Ana María Bari, la femme de Lemos. Elle marchait avec un tel empressement qu'elle bouscula un étudiant et que des livres tombèrent par terre. La femme de Lemos portait un imperméable rouge, elle était trempée. Elle portait, comme toujours, ses cuissardes. Elle passa devant moi. Je la saluai en souriant, mais elle m'ignora. Le monde s'était vidé pour elle de ses êtres humains, sauf un. Quelque chose en moi devina quel était son but. Je la suivis un instant du regard. Il est rare dans la vie de voir quelqu'un qui sait réellement où il va : cette femme le savait.

Eleonora ne l'avait pas vue venir. Elle cherchait quelque chose dans son sac, elle en sortit une cigarette qu'elle glissa entre ses lèvres. Restait à trouver les allumettes. Ana María était arrivée à sa hauteur. Eleonora leva les yeux et prononça son prénom, ou plutôt son surnom, Any. Ce fut manifestement une erreur, car elle l'avait toujours appelée Ana María ; si elle l'appelait Any c'était parce qu'elle l'avait souvent entendu dire par Lemos dans leurs conversations privées et qu'elle avait dû en prendre l'habitude. Elle reçut aussitôt une gifle. Je ne sais si ce fut à cause du geste brutal de cette femme, ou parce que ce corps menu cachait une force extraordinaire, mais l'espace d'une seconde, je craignis qu'elle ne l'ait tuée. Le coup fut si violent qu'Eleonora vacilla et se cogna la nuque contre le mur. Elle n'eut pas le temps de se défendre ni de riposter. La cigarette avait disparu de sa bouche. La femme de Lemos observa une seconde le filet de sang, le résultat écarlate de son œuvre éphémère, puis s'éclipsa aussi vite qu'elle était venue.

Entre-temps, le couloir s'était vidé. Beaucoup de ces étudiants devaient juger indispensables les attaques de casernes, les attentats à la bombe, les assassinats, mais cette petite violence, ce filet de sang les scandalisait. Je sortis un mouchoir de ma poche et le pressai sur la bouche d'Eleonora. Sa lèvre inférieure était fendue. Elle me laissa nettoyer le sang sans réagir, mais son étourdissement passé, elle me prit le mouchoir des mains et se nettoya elle-même. Le sang persistait à couler, comme s'il estimait trop pâles ces lèvres sans maquillage. Je lui demandai si elle se sentait bien, mais elle ne me répondit pas : elle regardait fixement le fond du couloir, où Ana María avait disparu. Il y avait dans ses yeux une fureur glacée.

– Ça va, dit-elle. Cette femme confond tout.

Je ne fis aucun commentaire, mais à mon avis Ana María, la psychologue de la langue maternelle et de la langue paternelle, pouvait être confuse dans ses explications, mais en revanche elle avait de cette situation une vision d'une clarté absolue.

Eleonora fit le geste de me rendre le mouchoir, mais en le voyant tout taché de sang, elle le mit dans son sac.

Ainsi furent nos adieux. Je la revis des années plus tard, un matin de printemps, à Rome.

La fin du Cercle

Le bureau du Cercle à la faculté cessa de servir de salle de réunion en octobre 1975, cinq mois avant le coup d'État militaire. La faculté était déjà un terrain miné et les réunions commencèrent à se tenir dans des domiciles privés. Je continuai à donner des cours, mais cessai complètement de voir mes anciens camarades du Cercle des Cryptographes. Parfois j'observais les étudiants dans les couloirs et les escaliers, pour voir si Eleonora était parmi eux. Crámer, Lemos, Cimer, Barnes, Eleonora : tous avaient déserté, comme on dit, les endroits qu'ils fréquentaient habituellement.

Au début de mars 1976, deux semaines avant le coup d'État militaire, un des membres du Cercle fut retrouvé mort dans un terrain vague de Pompeya. Je ne le connaissais pas, c'était un nouveau venu, visé par un mandat d'arrêt de la police de Santa Fe. Je n'appris pas sa mort sur le moment, mais des années après, quand Eleonora compléta pour moi les parties de l'histoire restées en blanc depuis que je m'étais éloigné du Cercle. Ils s'étaient réunis chez Eleonora, où Lemos expliqua ce premier assassinat par le passé du mort et sa participation à l'attaque d'un commissariat dans la province de Santa Fe. Cela n'avait rien à voir avec le Cercle, cet assassinat n'était dû qu'à une accumulation de circonstances fortuites. La police le suivait. Il fallait comprendre cette mort comme une exception, avait expliqué Lemos. Ils pouvaient être tranquilles, à condition de toujours respecter les règles de sécurité. Malgré les propos rassurants de Lemos, certains se sentirent menacés et quittèrent le Cercle. D'autres non. Il était difficile de distinguer l'exception de la règle.

Je revis Claudio Barnes une fois de plus et cette rencontre, bien que nous n'échangeâmes aucune parole, fut pour moi mémorable. J'étais dans un bar de l'avenue Boedo devant une tasse de café, en train de lire *Vies imaginaires* de Marcel Schwob, qu'une petite maison d'édition m'avait chargé de traduire. Je soulignais au crayon les mots que j'allais devoir chercher dans le dictionnaire. Il faisait chaud et le bruit monotone du ventilateur de plafond semblait murmurer que tout est toujours pareil, qu'il ne se passe jamais rien et qu'il n'est pas de plus grand plaisir, dans cette vie routinière, que de prendre un café dans un bar sans être dérangé par personne. J'étais en train de lire la vie de Sufrah, le méchant magicien de l'histoire d'Aladin. Les autres personnages du livre étaient, ou prétendaient être, réels ; Sufrah était le seul à relever de l'imagination. Le devin s'était déjà résigné à la perte de la fameuse lampe, ainsi que du palais, car lampe et palais avaient été transportés magiquement en Chine. Mais il ne se résignait pas à ignorer l'origine de la lampe. Grâce à son art de la magie, il faisait apparaître des lettres : S, L, M, N. Et par ce message secret, Sufrah découvrait que l'inventeur de la lampe était le roi Salomon en personne.

Le magicien était méchant, mais Schwob faisait de lui un personnage presque émouvant par cette persévérance à vouloir connaître la vérité malgré la défaite.

Je finissais de lire le conte, avec la découverte du cadavre du roi Salomon, lorsque Barnes entra dans le bar et se dirigea directement vers ma table. Je pensai d'abord que c'était une rencontre fortuite, mais en découvrant ses yeux fixés sur moi, je compris qu'il était venu me chercher. Il portait, comme toujours, sa veste en cuir noir. La poche gauche pendait, décousue. Il avait encore la tête rasée, mais sa peau avait pris une espèce de transparence maladive. Combien de fois lui avais-je dit de ne pas attirer l'attention. D'être capable, comme Crámer, de se fondre dans la foule et d'étudier l'art de se faire oublier. Mais là, il passait moins inaperçu que jamais : tous les clients du bar se retournèrent pour observer ce spectre vêtu de cuir. Il avait la tête de quelqu'un qui n'a pas dormi depuis plusieurs jours. Il regardait de tous côtés pour voir s'il était suivi. C'était un de ces opiniâtres messagers des vieilles histoires, qui remettent leur message et meurent aussitôt, parce que le chemin a été trop long. Il vint vers moi avec une enveloppe à la main, la plia en deux et la glissa dans la poche de ma chemise.

Je lui demandai comment il m'avait trouvé. Mais il fit non de la tête, comme s'il n'avait pas le temps ou la force de me donner une explication.

"Pour Crámer", dit-il pour toute réponse. Il y avait dans ses yeux une prière muette. Malgré les années écoulées, je ne sais pas ce que signifiait cette prière : que je remette le message, ou que je ne le remette pas. La prière fut plus difficile à déchiffrer que le message. J'allais lui dire qu'il y avait longtemps que je ne voyais plus Crámer, que je n'avais aucun moyen de le joindre, mais Barnes s'éloignait déjà entre les tables.

Je n'avais pas encore bu mon café, mais je laissai un billet sur la table et sortis. Il suffisait de voir Barnes pour savoir qu'un danger était à ses trousses avec l'obstination d'une épouse délaissée. Je fis de longs détours pour regagner le petit appartement que je louais, au cas où Barnes aurait été suivi par quelqu'un qui, par logique transitive, aurait décidé de me suivre. Je me souviens que ce jour-là j'étrennais des mocassins marron qui me faisaient mal. Il avait fallu que je les mette justement aujourd'hui, pensai-je, tandis que je montais et descendais de bus et de métro, en jetant des coups d'œil derrière moi.

Arrivé chez moi, j'ôtai mes chaussures et j'ouvris l'enveloppe. Ce n'était pas une enveloppe vierge, mais un courrier de la compagnie d'électricité, dont le nom et l'adresse du destinataire étaient barrés. J'en sortis une feuille de papier sur laquelle Barnes avait écrit à la main une suite de lettres.

QLYRMOPQEDHLRMZOCDCBJUNLUOFQ

Je les relus plusieurs fois sans chercher à en déchiffrer le sens et je remis la feuille dans l'enveloppe.

Je ne fis rien pour remettre le message à Crámer. Je ne savais pas où il était, et même si je l'avais su, il valait mieux ne pas s'approcher de lui. Je cachai le message entre les pages de *Vies imaginaires*, que je n'ai finalement jamais traduit. J'allais bientôt perdre le livre et le message. Le livre ne réapparut pas, mais le message si.

Crámer avait été arrêté en mai, quelques jours avant que Barnes entre dans le bar de l'avenue Boedo. Peu après, en juin, ce fut le tour de Lemos et de Cimer. Je n'en sus rien sur le moment, je ne l'appris que quelques mois plus tard.

Mais j'appris la mort de Barnes à la mi-mai 1976, parce que les journaux l'annoncèrent : *Un dangereux subversif abattu*. Je lus la nouvelle trois jours après qu'il m'eut remis le message dans le bar de Boedo. Mes prémonitions ne valent vraiment rien, pensai-je. Car la première fois que je l'avais rencontré, en 1972, j'avais eu une pointe de ressentiment : je voyais en lui un possible rival. Quelqu'un destiné à avancer dans sa carrière grâce à l'assistanat, des bourses, des directions de travaux pratiques, l'indispensable doctorat, et finalement l'octroi d'une chaire. Je pensai que Barnes était celui qui allait remplacer Colina Ross, celui qui maintiendrait vivant l'intérêt pour la cryptographie, sans laisser retomber pour autant son goût pour l'ésotérisme de la Renaissance. Barnes, avais-je alors pensé, était celui qui pouvait me supplanter. Ce ne serait pas moi qui succéderais à Colina Ross, mais lui. J'ai beau avoir étudié l'histoire des oracles grecs, et connaître par cœur le nom des plus célèbres sibylles de l'Antiquité, mes dons de divination sont modestes. Aucune chaire n'avait été offerte à Barnes : le journal disait qu'il avait été criblé de balles au moment où il sortait d'un bar de Villa Crespo. Il portait sur lui un vieux pistolet Ballester Molina, qui avait dû appartenir à sa famille et dormir pendant des années dans un tiroir, car déjà à cette époque c'était une antiquité. Abrité derrière un arbre, il avait tiré deux ou trois balles sans atteindre aucune cible.

Du bureau que nous occupions au dernier étage de la faculté, tout fut emporté : les papiers, les livres, la correspondance minutieusement archivée par Fabiani, la machine à écrire et même le taille-crayon mécanique vissé à la table, que j'avais dessiné pour servir de symbole au Cercle des Cryptographes de Buenos Aires.

IV

LE BUREAU DES HOMMES PÂLES

La langue de la radiation

Ceux qui vinrent me chercher savaient que je n'étais pas dangereux, ni pour eux ni pour moi, que je n'avais ni armes ni capsules de cyanure cachées dans les poches. Pensant que je ne méritais pas une opération d'envergure, ils arrivèrent dans une seule voiture. Mon arrestation eut lieu à la sortie d'un lycée du quartier de Once, où j'étais entré deux mois plus tôt pour donner des cours de littérature en première. Je venais de surveiller un devoir, thème un, thème deux, deux questions pour chaque thème, et j'avais emporté trente copies à corriger, noircies de l'écriture épouvantable de mes élèves. Ils étaient persuadés que plus illisible était l'écriture, plus grande était la possibilité de découvrir dans la copie un trésor caché. C'était un devoir sur des sonnets et je leur avais donné à lire Juan Rodolfo Wilcock, délicat et mélancolique, et Almafuerte, vigoureux et désespéré, qui me paraissait susceptible d'émouvoir les âmes adolescentes. *Ne t'avoue pas vaincu, même quand tu es vaincu / ne te sens pas esclave, même quand tu es esclave / tremblant de peur, pense-toi courageux / et repars à l'attaque, même grièvement blessé.*

À la fin de la classe m'attendait une élève qui n'avait pas pu faire le devoir parce qu'elle était arrivée en retard. C'était une jeune fille aux cheveux noirs retenus par un bandeau. “Quand est-ce que je vais faire le devoir ?” me demanda-t-elle, et je lui répondis “demain”, elle répéta “demain” et soupira comme si le mot lui inspirait étrangeté et mélancolie. Son visage m'était alors inconnu et pourtant c'est le seul de toute la classe dont je me souvienne aujourd'hui. La complexe machine du monde l'avait envoyée, elle, pour faire mes adieux à presque tout. Dès que j'eus traversé le vestibule, descendu les marches de marbre et franchi les grilles vertes, je quittai le lycée pour toujours. Et les trente copies restèrent éparpillées sur le trottoir, comme signe d'une vie qui avait été interrompue, avec toutes ses infimes tâches inaccomplies.

Il est vrai que chaque jour apportait son lot d'assassinats et d'enlèvements; des nouvelles à peine murmurées dans la file d'attente des banques, les magasins, ou les échanges téléphoniques dont il fallait laborieusement interpréter les allusions et les surnoms. Mais je n'arrivais pas à me persuader que c'était réel. J'étais conscient que tout cela avait bel et bien lieu et pourtant je ne parvenais pas à le rattacher aux errements et aux enthousiasmes passagers qui avaient jusque-là formé ma vie.

Quand je les vis apparaître, je fus étonné qu'ils opèrent sur place, en plein jour, sans attendre le soir, la nuit ou même les nuages. Ils se déplaçaient avec hâte, mais tranquillement, sans cette fébrilité qu'éveille la nouveauté: ils avaient fait si souvent la même chose qu'ils commençaient peut-être à trouver leur besogne ennuyeuse. Un officier était à leur tête, je m'en rendis compte aussitôt, bien qu'il fût en civil. Cheveux noirs gominés, pantalon gris, chemise blanche et lunettes noires. L'autre, basané, sans doute un sous-officier, lui aussi en civil. Le troisième, un chauffeur, en jean et tennis. À peine eus-je compris qu'ils venaient me chercher, je lâchai les copies de mes élèves avec l'espoir qu'elles s'éparpillent et révèlent ce qui s'était passé. Mais ces messages confus furent dispersés par le vent sans provoquer la moindre réaction de l'officier. Ni lui ni son collègue ne se soucièrent d'effacer les traces modestes que je voulais laisser derrière moi. Ils savaient que c'était inutile: les oiseaux mangent toujours les mies que Hansel et Gretel laissent en chemin. Voilà le dernier, dit l'officier, et à cet instant quelqu'un que je n'avais pas encore repéré me couvrit la tête d'un sac de toile. Je découvris après que c'était une taie d'oreiller. Instinctivement je voulus l'enlever et je reçus un coup de crosse sur l'oreille gauche. Je sentis presque aussitôt la tiédeur du sang. Tout cela n'avait sans doute duré qu'une dizaine de secondes, mais j'eus l'impression d'une action interminable. Ils me poussèrent à l'arrière d'une voiture, sur le plancher, la tête contre le tapis de caoutchouc. Un brodequin m'écrasa violemment la tête et lorsque l'étourdissement s'estompa, je commençai à sentir de nouveau ce bourdonnement d'oreilles qui ne s'était pas produit depuis des années. L'essaim de guêpes était revenu.

Par moments, la voiture roulait à vive allure, puis soudain, circulation ralentie, concert de klaxons, vociférations des autres conducteurs. Le chauffeur et l'homme assis sur la banquette arrière, dont le brodequin m'écrasait tantôt le dos, tantôt la tête, laissaient échapper quelque propos lassé sur le trafic urbain, tandis que l'officier assis devant restait silencieux, étranger à cet échange de banalités, et son silence finit par inhiber les autres jusqu'à les rendre complètement muets.

La voiture descendit une rampe et les bruits de la ville s'éteignirent. Quand ils m'extirpèrent du véhicule je sentis, malgré le sac de toile, l'air frais d'un espace vaste et souterrain. J'imaginai que nous étions dans un garage d'immeuble. J'entendis le bruit d'une porte qui s'ouvrait, puis, quand ils me poussèrent à l'intérieur, le grésillement de néons.

Ils m'ôtèrent le sac de la tête et la lumière m'aveugla. Pendant quelques secondes je ne pus rien voir, jusqu'à ce que je parvienne à distinguer des arbres : un bois de myrtes sous un ciel bleu. Le poster était posé sur le mur, froissé, les couleurs fanées, il paraissait être là depuis toujours. *Mon pays : tout à découvrir*. Il y avait des tables et des chaises, dépareillées : une chaise en bois de salle à manger, une autre de bureau, une table en formica, une autre qui paraissait ancienne et un pupitre scolaire. Il y avait aussi d'autres personnes. Je n'eus pas besoin de les regarder fixement pour les reconnaître. Je pensai aussitôt qu'il me fallait cacher que je les connaissais, bien qu'à la réflexion, il était évident qu'on nous avait réunis dans ce bureau souterrain parce qu'ils savaient qui nous étions et les étranges liens qui nous avaient unis par le passé. Je restai immobile en attendant des instructions.

Crámer et Cimer étaient assis devant des tables et avaient les mains libres. Ils travaillaient, ou faisaient semblant d'examiner des papiers. On aurait dit que quelqu'un avait voulu créer la fiction d'un bureau, sans disposer des éléments appropriés. Une troupe théâtrale de village qui répète avec les moyens du bord. À la disparité des meubles s'ajoutait celle des vêtements. Crámer avait une chemise blanche usée et sale. Sur le col, des taches foncées, probablement de sang. Cimer portait un de ces pulls verts qui faisaient partie de l'uniforme des conscrits. Je ne leur fis aucun signe de reconnaissance, ni ne leur adressai un regard. Eux non plus ne me regardèrent pas.

Dans le fond de la pièce, je découvris Ramiro Lemos, que je n'avais pas vu depuis des mois. Les os du front saillants sous la peau et des yeux énormes, il était très amaigri. Comme les autres, il avait une barbe de plusieurs jours. Il portait un T-shirt bleu. Il eut un léger frémissement de surprise en me voyant : que moi, qu'un des "jésuites" fût lui aussi tombé, était un événement complètement imprévisible. Ma seule présence, me dirait-il plus tard, lui avait donné la mesure de l'ampleur de la catastrophe. Je craignis un instant de voir aussi Eleonora, qu'elle soit tombée avec Lemos, mais elle n'y était pas. Il n'y avait que nous quatre.

L'officier qui nous avait capturés, et dont j'appris quelques jours plus tard le prénom, Blasco, se planta devant moi. Il ne prononça aucun nom, me demandant seulement de l'appeler major. J'apprendrais ultérieurement que c'était un officier des renseignements.

Quand il commença à parler, les autres levèrent les yeux de leurs papiers et l'écoutèrent avec une attention contrainte. Ils étaient déjà habitués à ses discours.

– La subversion, ce n'est pas seulement les armes, l'ambition du pouvoir, la haine. C'est une radiation qui a rongé le langage et à travers le langage la pensée, et à travers la pensée, la réalité. Autour de nous les choses changent de forme. Radiation entre l'homme et la femme. Radiation entre le père et le fils. Radiation entre l'ami et l'ami, entre le patron et l'ouvrier, entre le pasteur et son troupeau. Vous êtes tous plus ou moins contaminés. Si je ne vous avais pas mis sur ma liste vous seriez déjà morts. Nous sommes tous infectés, moi-même je le suis. Ce travail va nous servir à tous d'assainissement et d'expiation.

Son discours fut beaucoup plus long, saturé de répétitions, comme s'il croyait que le rabâchage était la seule barrière contre la radiation. Les militaires ont toujours été sensibles au caractère répétitif de la vérité. Comment une parole prononcée une seule fois pourrait être vraie, une parole qui brille à peine et s'éteint aussitôt ? Blasco n'expliqua pas de quel travail il s'agissait, mais ce n'était pas nécessaire, car il me fit asseoir à une table sur laquelle il posa devant moi des papiers de toute sorte. Je pensai que j'étais encore vivant, que j'allais survivre, qu'il ne restait juste qu'à dissiper le malentendu qui m'avait conduit ici. Je commençai à examiner ces papiers et à les classer, sans même demander en quoi consistait le travail.

Pendant les premiers jours je n'échangeai pas un seul mot avec les autres. Il y avait en permanence à la porte un soldat à qui nous ne pouvions pas adresser la parole. Il tenait dans les mains un fusil FAL, dont la courroie était passée dans le dos. Les gardes changeaient régulièrement. C'étaient des soldats originaires de villages du fin fond des provinces, des soldats sans aucun lien avec la ville, des soldats qui ne savaient que faire de leurs journées de permission car ils n'avaient pas envie de visiter la ville par crainte de se perdre, ou par manque d'argent, et qui passaient leurs soirées libres à la caserne à jouer aux cartes ou à écouter une station de radio d'actualités sportives. On choisissait ceux qui étaient prédestinés, par manque de perspectives, analphabétisme ou pur et simple ennui, à faire de la caserne leur foyer et à devenir ainsi des subalternes qui infligeaient à d'autres les mêmes brutalités que celles qu'ils subissaient. On allait les chercher dans les casernes de Campo de Mayo, de La Tablada ou de Ciudadela et on les emmenait en camion pour les transférer dans ce sous-sol où ils nous surveillaient. Il était cependant facile de deviner que ces petits soldats n'étaient pas nos véritables gardiens, mais juste un élément décoratif.

Ils nous regardaient avec crainte. Qui sait ce qu'ils disaient de nous ; peut-être n'étions-nous pas seulement à leurs yeux un modèle de perversion morale, mais les possesseurs de pouvoirs secrets. À peine faisions-nous un mouvement brusque, par exemple pour ramasser un crayon tombé par terre, ils nous mettaient en joue et nous criaient de ne pas bouger. L'un d'eux, grand avec d'énormes oreilles, tira par erreur et la balle manqua de peu la tête de Crámer. Dans ce sous-sol clos, la détonation résonna comme une explosion et aussitôt quatre soldats et trois hommes en jean et tennis Adidas, armés de pistolets, survinrent. Ils croyaient qu'une évasion massive venait de se produire. Le soldat qui avait tiré par erreur s'était presque mis à pleurer, mais Crámer n'avait pas bronché. La balle avait fait un trou dans le mur, qui s'agrandit au fil des mois à cause du plâtre qui s'effritait.

Nous dormions dans une pièce du fond, irrespirable, sur des matelas posés par terre. Nous ne savions pas où nous étions, mais il était évident que c'était un sous-sol. Cimer et moi avions reçu un billet d'entrée directe dans le bureau. Lemos, lui, était passé par les commissariats de La Plata, où peu survivaient. Crámer avait été arrêté à Córdoba, où il tentait de se cacher chez des parents à lui. J'étais persuadé que j'étais là à cause de mon dossier sur la mort du syndicaliste Guzmán, ou parce que j'avais trouvé sur le miroir d'une maison dévastée le mot Nimrod et le chiffre 67. J'allais comprendre après que je me trouvais ici pour ma compétence de cryptoanalyste. Ce sous-sol était le Cercle des Cryptographes de Buenos Aires, mais sous une forme nouvelle.

Pendant les nuits, Crámer et Lemos s'agitaient, répondaient aux ordres, s'exclamaient “assez!”, demandaient de l'eau, se protégeaient des coups et du voltage de leur cauchemar. Tous étaient d'une pâleur cireuse, qui bientôt fut aussi la mienne. Ce n'était pas seulement à cause de l'absence d'air libre, mais on aurait dit que l'obscurité et la lumière des néons finissaient par imprimer sur nous leur halo livide.

Nous recevions comme une aumône tout ce qui nous parvenait de l'extérieur. Parfois c'était la phrase d'un soldat sur le temps, un match de football ou la vie à la caserne. D'autres fois, un bout de papier : un ticket de bus qu'un soldat, ou Blasco, avait laissé tomber, un coupon de blanchisserie collé à la semelle d'un soulier, ou encore un papier de bonbon ou de chocolat. Nous conservions ces fragments du monde réel comme un trésor. Non seulement c'étaient des indices qui nous permettaient de savoir plus ou moins où nous étions (nous découvrîmes bientôt que nous nous trouvions dans le sous-sol d'un immeuble de l'avenue Leandro Alem), c'étaient aussi des preuves que derrière les murs de ce sous-sol il y avait une ville où les gens pressaient le pas, les enfants allaient à l'école, les bus roulaient dans les rues et les costumes tachés étaient nettoyés dans des blanchisseries.

Le coup de Blasco

Tous les matins à huit heures, Blasco arrivait et nous rappelait que notre seule possibilité de survivre était de collaborer avec lui.

– Vous croyez qu'il m'a été facile de les convaincre ? Vous croyez qu'il est facile d'arracher des gens à l'abattoir, alors que même des enfants de généraux ne sont pas sauvés ?

Nous n'avions pas de noms, juste des numéros. Mais ces numéros n'appartenaient pas à une même série, ils semblaient provenir de systèmes classificatoires différents. Crámer était le 85, Lemos le 10.027. Cimer avait une lettre en plus : N23. On m'avait attribué le 148. Il nous était formellement interdit de nous appeler par nos noms. Ni les nôtres ni ceux de personne. Chaque page que nous remettions devait porter le numéro qui nous correspondait.

Ce système de numération me rappelait une vieille histoire policière que j'avais lue. À la fin du XIXe siècle, une bande de criminels volait des cercueils du cimetière de la Recoleta et les rendait contre rançon. Le groupe était restreint, mais ses membres se connaissaient à peine et avaient interdiction de s'appeler par leur nom. Au lieu de pseudonymes, comme il est traditionnel dans la pègre, ils avaient des numéros. Le chef leur avait attribué des numéros très élevés (3522, 6521) pour leur faire croire qu'ils faisaient partie d'une organisation innombrable. Dans le sous-sol de l'avenue Alem, les numéros avaient une fonction contraire : nous faire sentir que nous n'étions personne et que nous ne faisions partie de rien.

Cimer et Crámer collaboraient, ou faisaient semblant. Ils ne décollaient pas les yeux des papiers et prenaient des notes sur des feuilles de papier d'emballage, qui arrivaient par milliers, avec le seul instrument d'écriture dont nous disposions : des crayons noirs Faber (plus tard, quand ils constatèrent que nous n'étions pas assez futés pour improviser des armes avec du matériel de bureau, ils ajoutèrent des machines à écrire). Lemos, en revanche, restait passif, comme ces malades qui renoncent à survivre. À peine touchait-il à l'ersatz de nourriture qu'on nous donnait et pendant les heures de travail il ne faisait jamais semblant d'avoir trouvé quelque chose. Il ne classait même pas les papiers. La table en désordre, la passivité, l'indifférence exaspéraient Blasco. Le vendredi, quand il fallait présenter les résultats de notre travail, nous glissions des notes dans les papiers de Lemos, pour qu'il puisse montrer quelque chose. Il acceptait cette aide avec autant d'indifférence que les sanctions qui consistaient, en plus des coups, à être enfermé dans une petite pièce, étouffante et sans la moindre lumière.

Ce fut deux ou trois jours après mon arrivée que j'entendis pour la première fois Lemos demander des nouvelles de sa femme, presque en murmurant :

– Vous pourriez me dire où est ma femme ?

Crámer m'apprit qu'il avait déjà posé la question plusieurs fois, avec les mêmes mots, et toujours obtenu la même réponse. Lemos était assis sur une chaise en fer, une absurde chaise de jardin, et il se tenait courbé sur sa table. Il prononça sa question sans regarder le major. Blasco se plaça dans son dos, sembla réfléchir une seconde à la question – *Vous pourriez me dire où est ma femme ?* – et le frappa sur la nuque avec la main ouverte. Puis il lui rappela qu'il était interdit de poser des questions. Je perçus, comme un chœur lointain, le rire nerveux, étouffé, du soldat de garde.

Quelques jours après, la scène se répéta quasiment à l'identique, sauf que la réponse de Blasco fut plus longue. Le seul fait que vous demandiez, dit Blasco cette fois, signifie que quelque chose vous est dû, que vous avez droit à quelque chose, même à un seul mot. Mais nous sommes ici dans un endroit où les droits n'existent pas, ni les réponses ni les exceptions.

Je n'avais pas revu la femme de Lemos depuis l'incident dans le couloir, quand elle avait frappé Eleonora. J'avais du mal à penser que cette femme, la psychologue de la langue paternelle et de la langue maternelle, verbeuse et un peu absurde, était la même que celle dont le sort était maintenant une énigme.

Pourtant, trois jours plus tard, Lemos reposa la question. Et reçut également un coup sur la nuque. Cimer et Crámer, plus anciens dans le sous-sol, étaient habitués à la scène, et je finis moi aussi par m'y habituer. Quand nous entendions la voix de Lemos, nous frémissions car nous savions ce qui allait suivre. Pour nous, la question était même pire que le coup, car le coup mettait un point final à la chose, alors que la question et le silence qui s'ensuivait – Blasco semblait jouir de cette attente et retardait chaque fois un peu plus son coup – anticipaient une violence qui pouvait prendre n'importe quelle forme. Quelle loi écrite ou non écrite empêchait Blasco d'abattre une chaise sur le crâne de Lemos, ou d'ordonner un soudain *transfert*, ou encore de lui tirer sur place une balle dans la tête?

Nous aussi, à force de répétitions, finissions par trouver un côté comique à ce jeu de la question, de l'attente et du coup. C'était comme la scène des gifles dans les films muets, ou les vieux cirques: le spectacle consiste en ce que la victime, oubliant ce qui s'est passé, répète une conduite qui sera punie. Mais peut-être que la véritable drôlerie de ce genre de récidive tient à ce qu'il s'agit davantage d'un souvenir que d'un oubli: le souvenir qu'il y a des choses pires que ces coups, que les coups, en fin de compte, peuvent être insignifiants, dépourvus de toute importance.

Je ne sais combien de fois se répéta la scène, car le souvenir ne sait pas compter, le souvenir est toujours souvenir d'un fait unique. Mais à force de se livrer à cette routine, au début avec cruauté, puis indifférence et finalement avec curiosité, Blasco trouva chez Lemos un noyau d'aberration ou de persévérance qui méritait son admiration. C'était comme s'il avait peu à peu créé, par ses coups, une espèce de dureté, de cal, qui ne pouvait être ignoré, et dont le mérite ne revenait pas seulement à Lemos, mais aussi à Blasco lui-même.

Un de ces coups, plus fort que les autres, fit tomber Lemos de sa chaise. Il tomba sur le côté et resta un instant la tête contre le sol en ciment avant de se relever. Mal lissé, le ciment lui râpa le côté gauche du front. Mais il ne se toucha ni la nuque ni le front, ni ne grimaça de douleur : il se rassit. Blasco regarda sa paume, comme si sa propre main l'avait trahi : il voulait donner toujours le même coup, ni plus fort ni plus faible, mais il s'était trompé. Ce fut le signe que quelque chose allait changer.

L'insistance de Lemos à poser sa question fut pour moi une surprise, car j'avais toujours imaginé Crámer plus dur que Lemos. Crámer était celui qui pouvait tout supporter, lui qui avait franchi la ligne de l'expérience, lui qui avait déchiffré des messages dans une île lointaine. Mais maintenant c'était Lemos qui occupait le devant de la scène. C'était Lemos qui répétait sa question absurde, et la répétait sans peur, sans considération pour les expériences antérieures. Lorsque le coup était imminent, nous raidissions la nuque comme si le coup allait s'abattre sur nous, comme si nous l'avions souvent reçu. Pas Lemos ; Lemos recevait toujours le coup pour la première fois.

Après sa chute de la chaise, il fut évident à nos yeux que Blasco ne le frappait plus avec la même force, comme s'il craignait de le faire retomber. L'insistance de Lemos l'avait vaincu et si le coup était plus bruyant, c'était parce qu'il l'assénait avec le creux de la paume, pour rendre le geste plus spectaculaire, tout en évitant de provoquer une lésion. Le coup s'était modifié, mais la question n'avait pas changé d'un iota. *Vous pourriez me dire où est ma femme ?* Mêmes mots, même volume de voix, presque un murmure. Le regard baissé, concentré sur les papiers. Et Blasco le comprit : soit il cessait de le frapper, soit il lui tirait une balle dans la nuque et l'affaire était terminée. Lemos savait que telle était l'alternative et nous nous demandions sur quelle issue il plaçait ses espoirs.

Un après-midi, en entendant la question, Blasco s'apprêta à frapper, mais il se retint. Crámer, Cimer et moi étions dans l'expectative, crayons en l'air, comme des automates subitement déconnectés. Blasco attendit, ce n'était pas l'attente qui préparait les spectateurs au geste, mais l'attente dubitative de celui qui cherche les mots adéquats. Les mots et aussi le ton, parce qu'il devait parler de façon à ne pas donner l'impression d'une abdication ni un renoncement à cette situation excluant questions, droits et exceptions.

Blasco dit alors qu'il avait passé deux appels et reçut une information qu'il considérait digne de foi. La réponse était la suivante : Ana María Bari, Ana María Bari de Lemos, psychologue, professeur à l'université de Buenos Aires, avait été arrêtée à la gare ferroviaire de Santos Lugares en août. Elle avait failli être libérée grâce à l'intervention d'un oncle colonel, à la retraite, qui avait fait appel à de vieux camarades du Collège militaire et à des compagnons de golf du Cercle militaire, il avait arpenté de nombreux couloirs et patienté devant des bureaux de fonctionnaires subalternes pour obtenir un entretien avec un responsable du ministère de l'Intérieur. Mais au moment même où son oncle s'entretenait avec un obscur fonctionnaire de ce ministère, Ana María Bari était exécutée, avec cinq autres détenus, en représailles à un attentat qui venait d'être commis, causant la mort de deux agents de la préfecture. Même les enfants de généraux n'étaient pas à l'abri, avait dit Blasco, encore moins la nièce d'un colonel à la retraite.

Lemos écouta les paroles sans réagir. Cimer, Crámer et moi nous efforcions de faire semblant de n'y prêter aucune attention et d'être seulement accaparés par notre travail, mais le bruit des papiers et des crayons avait cessé.

– Elle a été tuée il y a une semaine, 10.027, répéta Blasco, croyant que Lemos qui avait tout entendu sans broncher n'avait pas compris un seul mot de ce qu'il venait d'annoncer.

Lemos se replongea dans ses papiers, comme si ce qu'il avait entendu ne méritait ni réflexion, ni intérêt, ni affliction. Alors Blasco lui offrit une cigarette et, en l'acceptant, Lemos toucha la main du major Blasco, comme pour protéger la flamme du briquet d'un vent inexistant, impossible même à imaginer dans ce sous-sol.

Blasco pouvait mentir, Blasco pouvait être mal informé. Mais Lemos le crut et nous l'avons tous cru parce que les statistiques étaient de son côté.

Lemos avait jusque-là travaillé avec aboulie, sans même tenter de simuler le moindre effort. Les papiers s'accumulaient sur sa table, parfois il les prenait à la main, mais il avait le regard vide. Après la nouvelle de la mort de sa femme, nous pensions que son apathie se ferait plus profonde, sa conduite plus erratique, et qu'il ne resterait pas longtemps avec nous. À voix basse, Crámer me demanda d'être attentif à Lemos. De glisser quelques résultats sur sa table. Ce n'était pas facile, je devais pour cela profiter d'un moment d'inattention des soldats. Crámer pensait, comme moi, qu'il allait sous peu être emmené ailleurs.

Je parvins à poser des papiers sur sa table, à quelques pas de la mienne. Je pensai que Lemos n'allait même pas les lire, car il les laissa au milieu d'un fouillis de feuilles, de photos et de coupures de presse. Mais il finit par les prendre et les examiner pendant quelques minutes. Puis, à l'improviste, il me les rendit. Les soldats de garde auraient pu réagir, mais ils étaient immobiles, l'esprit vide, plongés dans un ennui extatique. Lemos entreprit alors de mettre de l'ordre sur sa table, classant les papiers en quatre groupes distincts. De temps à autre il s'attardait sur un document, comme s'il hésitait à le placer dans tel ou tel groupe. Signe qu'il s'était mis à travailler consciencieusement.

Ce fut à ce moment-là que commença ce que nous pourrions appeler la récupération de Lemos. Comme si la mort de sa femme avait marqué la fin d'une étape, Lemos commença à mieux s'alimenter, à se concentrer sur ses papiers et à nouer de longs dialogues avec Blasco sur la nature de notre travail. Lemos posait des questions méthodiques et recevait en retour des monosyllabes ou de longues réponses, précises dans leur brièveté comme dans leur développement. Lemos n'éprouvait plus ni crainte ni espoir, il était libre.

À cette époque – j'étais détenu depuis quatre mois – nous avons commencé à préparer notre propre nourriture, presque toujours du riz, sur un réchaud à gaz. Parfois on nous apportait des patates, du potiron, des fruits trop mûrs. On nous laissait aussi sortir de temps en temps dans une cour, un puits d'air pur et de lumière. On nous faisait traverser le garage pour prendre un escalier qui menait à la cour. Toutes les fenêtres de l'immeuble étaient fermées, on ne voyait jamais personne, pas même des employés de nettoyage. Nous supposions que tout l'immeuble devait être une dépendance officielle, peut-être des locaux de l'armée ou de la gendarmerie. Des appareils d'air conditionné fixés aux murs ronronnaient les jours de chaleur et en haut le ciel était comme le fond d'un puits.

Pendant ces sorties dans la cour on nous laissait seuls et nous envisagions en murmurant les possibilités de faire parvenir un message à l'extérieur ; nous imaginions même de nous servir des soldats comme messagers. Mais nous n'arrivâmes jamais à avoir le moindre dialogue avec ces conscrits qui changeaient sans cesse. Il était impossible d'entamer la moindre conversation avec eux, ils nous évitaient avec une espèce de crainte superstitieuse. Ils devaient avoir tellement peur de leurs supérieurs qu'il n'y avait aucun moyen de les leurrer. Crámer parvint à dire quelques mots à l'un d'eux et il semblait que celui-ci l'écoutait avec attention, comme si la première étape du sortilège avait été franchie. Mais à la fin, le soldat lui répondit par une phrase qu'il avait sûrement entendue de la bouche de Blasco.

– On ne parle pas avec des morts.

Lemos commença à reprendre du poids et à faire le soir des exercices pour se dégourdir les muscles. Pompes, étirements. Il devait les faire lentement, parce que l'air – qui provenait de bouches d'aération – était raréfié. Je me mis à l'imiter, comme si, dans un futur plus ou moins proche, une fuite exigeant certaines aptitudes physiques m'attendait.

Peu à peu nous nous rendîmes compte jusqu'à quel point allaient les nouvelles dispositions de Lemos pour son travail. Il écrivait tellement qu'il devait très souvent aiguiser son crayon. Même quand ses mains étaient occupées par le taille-crayon, son regard restait fixé sur les papiers, comme s'il ne voulait pas perdre une seconde. Au début, cela nous a réjouis, car nous le croyions perdu. Puis nous avons commencé à ressentir une légère inquiétude, qui se transforma vite en malaise. Crámer, Cimer et moi échangions des regards. Lemos ne nous regardait pas. Sa table de travail s'était changée en un modeste univers qui exigeait toute son attention.

Il travaillait avec tant de ferveur que, malgré ses limites de cryptoanalyste, il rendit évident que jusque-là nous n'avions fait que retarder le travail. Nous avions marqué comme indéchiffrables des messages dont la signification était transparente et nous n'avions donné de réponses correctes qu'aux questions que nous savions inutiles pour les intentions de Blasco.

Devant les nouveaux résultats, Blasco balançait entre la joie et l'exaspération. Peut-être aurait-il alors éliminé l'un de nous trois, comme avertissement, n'eût été Lemos qui devint rapidement une espèce de confident et de chef intermédiaire. Il examinait le travail de chacun et décidait de la voie à suivre. Il perçut, avant nous, que Cimer commençait à marcher vers l'abîme et lui confia alors des tâches plus simples et aussi plus neutres, pour qu'elles ne heurtent pas ses éventuels scrupules. À aucun moment Blasco n'installa officiellement Lemos au-dessus de nous, mais il ne fit pas non plus la moindre objection à sa détermination. La capacité de Lemos à organiser le travail des autres, dont il avait fait preuve pour transformer ce qui restait du Cercle des Cryptographes en un instrument révolutionnaire, il l'appliquait maintenant dans le sous-sol. Des noms et des adresses commencèrent à apparaître. Puis des instructions minutieuses. Blasco avait des éléments concrets à présenter à ses supérieurs et ne cachait pas sa satisfaction d'avoir lui-même réussi un retournement, doublement méritoire puisque la coercition n'y avait joué qu'un rôle secondaire.

Je ne savais pas comment convaincre Lemos d'accomplir son travail avec plus de lenteur et de maladresse. Je ne dis rien, mais Crámer le fit à ma place :

– La chasse est ouverte, Ramiro. Il faut ralentir, leur donner le temps de partir, de changer d'habitudes.

– Ils ont déjà eu assez de temps.

– Certains mettent plus de temps que d'autres à comprendre.

– S'ils n'ont pas encore compris, ils ne comprendront jamais.

– Si on tarde une heure, on leur donne une heure de plus pour se sauver. Un jour de retard, c'est un jour de plus pour eux.

Alors, Lemos – qui avait toujours été son bras droit, son ombre – montra les murs de la pièce, montra les habitants de ce bureau exigu – eux deux, Cimer et moi – et expliqua.

– C'est notre bateau maintenant, Víctor, et c'est notre équipage. Il n'est pas en notre pouvoir de sauver ceux qui ne sont pas à bord. Ce qui se passe à l'extérieur est une autre réalité. Nous ne savons pas ce qui leur est arrivé, ni ce qui est en train de leur arriver, et eux ne savent rien de nous. Ce sont deux mondes étanches. Nous sommes morts pour eux et ils sont morts pour nous.

Et Crámer, qui avait toujours réponse à tout, ne sut quoi dire. S'il avait eu des pastilles à l'eucalyptus à sa disposition, il en aurait sûrement mis une dans sa bouche. Mais il n'avait rien, ni pastilles ni réponses. Il retourna à sa table.

– Il nous a tous vendus pour quelque privilège, nous dit après Cimer en aparté.

Crámer lui ordonna de se taire, de ne pas dire n'importe quoi. Il avait raison, car quelle que fût la raison qui poussait Lemos à agir ainsi, il ne cherchait à obtenir aucun privilège personnel en échange de sa collaboration. Ni une meilleure nourriture, ni vêtements propres, ni protection, ni promesse de liberté. Il ne demanda ni n'obtint rien de tel. Quand il obtenait de nouveaux résultats, il cherchait à les attribuer à d'autres, comme s'il voulait que Blasco se fasse une meilleure opinion de notre collaboration.

Blasco ne cessait de nous apporter de nouveaux documents. Il y avait quelque chose d'infantile dans le plaisir qu'il affichait à chaque livraison, quand il arrivait avec des cartons que portaient les soldats. Ces caisses contenaient des papiers et des bandes enregistrées. Nous disposions maintenant de loupes, de machines à écrire, de magnétophones et de projecteurs de diapositives.

– Je dois trouver des noms pour pouvoir maintenir cette structure sans renvoyer personne. Mais ce n'est pas cet aspect du travail qui m'intéresse le plus.

Il faisait alors une pause, pour que nous sachions que ce qu'il allait nous dire était important.

– Ce que je veux faire, c'est un traité qui décrive en détail le langage de l'ennemi. Sa grammaire, sa rhétorique, son répertoire de métaphores. Sa haine de la religion, sa fausse logique, ses mensonges imposés. Les lois de la radiation. Ils répètent ce que nous disons, mais avec des points d'interrogation. Nous parlons avec des majuscules, nous parlons fort, nous sommes trop sûrs de ce que nous disons. Nous parlons comme si nous étions dans une caserne, nous n'apprenons rien de la subtilité, de la rumeur qui s'infiltre dans les consciences. Ils parlent entre guillemets, en italiques, ils mettent tout en doute. Nous ne savons pas demander et pourtant il n'y a aucun mot aussi dangereux qu'un point d'interrogation.

Dans les monologues de Blasco à peine interrompus par les bouffées de ses infects cigares Particulares, qui rendaient encore plus irrespirable le sous-sol irrespirable, filtraient de temps en temps des informations sur son passé. Rien sur sa famille, car il était très prudent et ne faisait jamais allusion à son épouse, s'il en avait une (nous étions sûrs que oui, car aucun officier célibataire n'aurait accédé au grade de major), ni à ses hypothétiques enfants (j'appris ensuite qu'il n'en avait pas). En revanche, il parlait de son apprentissage auprès du père Julio Miral, auteur, selon lui, de l'étude la plus complète sur le langage du communisme.

Il avait fait sa connaissance en 1967. Un compagnon d'armes lui avait prêté un livre de Miral, et à peine Blasco eut-il lu les premières pages, qu'il voulut rencontrer personnellement l'auteur. Il commença à assister à ses cours, car malgré sa jeunesse il s'était rendu compte de l'importance du langage dans la lutte contre l'ennemi. Cette question du langage avait occupé tout le temps ses pensées et il découvrait subitement qu'un autre, plus savant que lui, était arrivé aux mêmes conclusions.

Miral avait trouvé, nous disait Blasco, le noyau même de la radiation. Sous les multiples langages, sous-langages et jargons des trotskystes, maoïstes, staliniens, populistes de gauche, chrétiens de la théologie de la libération, compagnons de route et autres idiots utiles, se cachait la forme unique du même mal, une rhétorique commune, une même manière de désacraliser le monde et de le dépouiller de toute transcendance.

Blasco nommait "apprentissage spirituel" les heures qu'il avait passées avec Miral. Le curé arrivait en cours avec un cartable noir râpé, dans lequel il y avait toujours une bible à couverture bleue, dont les pages se détachaient. Il ne consultait jamais de notes, il avait tout dans la tête, y compris les citations. Blasco était peu à peu devenu un ami du prêtre et ils avaient de longs échanges quand il l'accompagnait jusqu'à l'arrêt de bus.

– Dans l'armée, j'avais souvent entendu parler de Dieu et de la Patrie, comme de deux idées qui doivent être liées. Mais c'est seulement dans les écrits et les cours de Miral que je suis arrivé à comprendre de quoi nous parlions. Sans la foi en Dieu, l'idée de nation n'est que fanatisme et confusion. Sans l'idée de nation, la divinité est soit superstition, quand l'intelligence est absente, soit abstraction quand l'intelligence est trop présente.

Il avait suivi trois séminaires de Miral, deux en 1967 et le dernier en 1968, dans les locaux d'un collège du quartier de Montserrat. Les séminaires avaient lieu le samedi, quand l'établissement était désert et qu'on n'y croisait qu'un employé de nettoyage répandant de la sciure dans les longs couloirs, pour ensuite les balayer avec un écouvillon. Miral, issu d'une famille française, avait fini par exécrer la France : "Toute la décadence du catholicisme vient des Français, Maritain en tête, qui nous ont enseigné la faiblesse. La France, la France catholique, nous a appris à abominer toutes nos croyances. Les Français prennent tout geste de faiblesse pour une transformation."

Blasco venait parfois avec des notes manuscrites que nous devions recopier à la machine, ces pages chaotiques faisaient partie de son grand traité. Nous nous appliquions à transcrire ses annotations sans faire d'erreurs et en respectant leur style émaillé de répétitions de mots surchargés de majuscules : Ordre, Liberté, Patrie, Haine, Mort. En guise d'inspiration pour ce qui devait être notre prose, il nous prêta un opuscule de Charles Maurras, *L'ordre et le désordre*. À la faculté nous avions appris la confusion, avec la prose de Maurras nous allions apprendre la clarté. Quand nous lui remettions des pages dactylographiées, il s'exaltait :

– Le père Miral m'a appris à déjudaïser la pensée. Les nazis ne comprenaient rien, ils exterminaient les personnes, alors que ce n'est pas les Juifs comme personnes qu'il faut détruire, mais l'idée même de juif. À quoi sert de tuer des Juifs, si l'idée de juif, avec cette volonté de tromper et l'exaltation de l'usure, domine l'âme du monde. Le père Miral m'a appris à déjudaïser mes propres idées, à en extirper la patine de la mystification, à effacer tout relativisme, à chercher l'authenticité. Et l'authenticité n'est pas une chose que nous pouvons énoncer : c'est ce pour quoi nous devons risquer notre vie.

Blasco avait suivi également son “apprentissage technique” pendant les mois où il avait fait partie d'un groupe d'officiers chargés de rédiger le texte “Écriture en campagne”, un rapport diffusé dans tous les secteurs de l'armée afin d'unifier les méthodes d'écriture relatives aux opérations militaires. C'était un ouvrage de 200 pages qui ne portait aucune mention d'auteur. Blasco affirmait que la plupart des idées venaient de lui et qu'il était le seul de l'équipe qui s'était mis à rédiger, car les autres s'ennuyaient. Ils avaient été recrutés parmi les premiers de sa promotion, les mieux formés, ce qui ne les empêchait pas de considérer que faire partie de cette commission était une corvée. Pour Blasco seul, c'était un honneur. Il laissa les autres s'occuper des symboles militaires qui devaient figurer sur les cartes – tanks, soldats, canons, cours d'eau, campements, arsenaux – pour pouvoir se consacrer sans interférences à ce qu'il appelait “l'esprit derrière la lettre”. Blasco se plaisait à nous répéter certaines de ses idées : *Pour que la rédaction des différents documents soit correcte, elle devra transmettre exactement la signification de ce que l'on veut exprimer, en évitant les confusions ou les interprétations de la part du destinataire.*

Il avait travaillé pendant quatre mois, en 1970, à ce projet, qui comportait, outre les instructions pour écrire et classer les documents, un appendice avec les abréviations et un autre avec les symboles à utiliser sur les cartes. Le major avait apporté plusieurs exemplaires dans le sous-sol de l'avenue Alem et nous obligeait à les lire pour que nos rapports soient plus clairs et précis.

Parfois, il nous lisait lui-même les instructions à haute voix : *La concision sera fondée sur une synthèse appropriée. Plus le travail sera bref, moindres seront les possibilités d'erreur, mais cela risque d'en affecter à son tour la clarté. Celle-ci ne devra jamais être sacrifiée au bénéfice de la concision.*

Quand il parlait avec Lemos, Blasco s'exprimait d'une voix stridente qui résonnait entre les murs du sous-sol, alors que Lemos murmurait à peine. C'était comme écouter une conversation téléphonique. Car Lemos qui au temps du Cercle des Cryptographes parlait toujours à voix haute, sur un ton grave et puissant, avait été complètement gagné par le murmure et par le secret, qui étaient avant les spécialités de Crámer.

Blasco s'embarquait avec Lemos dans de longues conversations. Parfois il se moquait du passé de Lemos – car il n'y avait plus aucun doute qu'il s'agissait de son passé et qu'il s'était maintenant transformé en un homme nouveau –, mais d'autres fois il s'efforçait de chercher des points communs, qu'il finissait par trouver, surtout dans le nationalisme. Parfois aussi, il lui posait une main sur l'épaule :

– Nous sommes tous des disciples, directs ou indirects, du père Miral. Moi, j'ai appris grâce à ses livres à décortiquer la rhétorique communiste, à découvrir dans son langage même la grammaire de la dissolution. J'ai appris avec lui à reconnaître le système de pensée judéo-marxiste là où il se trouve et à lutter contre l'idée de l'Empire Juif Universel, dont la capitale est Jérusalem. Et vous, vous venez du péronisme de gauche issu du terrorisme de Tacuara, inspiré de l'enseignement de Miral, bien qu'il n'ait pas voulu le reconnaître. Malheureusement, c'est la marine qui s'occupe de vous, c'est tous des francs-maçons et ils détestent les catholiques. Nous, on se charge des trotskystes, des hallucinés qui se croient à la guerre au Viêtnam, des âmes perdues pour lesquelles il n'y a pas de salut. En revanche, vous et nous, nous aurions pu nous comprendre, parce que malgré tout nous avons en commun les deux idées de Dieu et de Nation. Mais il y a cependant une grande différence : votre révérence pour la connaissance. C'est ce qui vous a fait dévier. Le marxisme vous a convaincus que vous pouviez comprendre le monde, mais le monde ne peut pas être compris.

“Le père Miral croyait que tout revenait à une lutte entre catholiques et gnostiques. Les gnostiques, qui se défient de l'importance de la foi et ne font confiance qu'à la connaissance, sont des fanatiques qui servent sans le savoir le pouvoir juif mondial. Moi, je suis catholique et vous, des gnostiques, et même si vous croyez faire le bien, vous serez toujours dans l'erreur. Le problème avec vous, ce n'est pas la violence, parce que la violence est toujours nécessaire. Le problème est que vous imaginez que vous allez finir par accéder à la vérité, alors que la vérité doit être au commencement. Le Vatican fait semblant de s'inquiéter des libertins, mais dans ses réunions secrètes, le haut clergé sait que le problème du monde n'est pas l'amour libre, ni les divorcés, ni les anticléricaux, ni les pédés, mais les ascètes enragés comme vous, prêts à se sacrifier pour un monde plus pur."

Dans le sous-sol s'accumulaient livres d'histoire, manuels de mathématiques, films, lettres, télégrammes, diapositives, recueils de poésie, cartes postales, brochures, cartes de visite, ordonnances médicales, enregistrements de cours universitaires, magazines de bandes dessinées. Les papiers débordaient de caisses en carton qui obstruaient le passage entre les tables. Il y avait aussi des photos de maisons, de fenêtres d'immeubles et de balcons, marqués par divers signes : un mouchoir noué aux barreaux d'une fenêtre, un pot renversé sur un balcon, un drap bleu. Ces signes indiquaient que la maison ou l'appartement avait été repéré par les groupes d'intervention de l'armée de terre, de la marine, ou par la police.

Dans plusieurs grandes chemises, comme celles qu'utilisent les employés administratifs, nous rangions des centaines de coupures de presse, parfois de revues de gauche, de quotidiens ou de magazines à tirage national. Il y avait aussi des bulletins syndicaux. Je suis tombé sur les terribles circulaires du syndicat des journalistes que rédigeait Eleonora, heureusement sans les signer. Nous étions attentifs aux noms qui se répétaient en plusieurs endroits. À travers certaines tournures stylistiques, nous devions identifier les auteurs qui signaient d'un pseudonyme.

– Le style c'est l'homme, disait Blasco.

Je tentais en vain de le convaincre que le style c'est l'époque et qu'il n'était pas possible de deviner qui étaient les auteurs de diatribes et de tracts.

Blasco s'était mis dans la tête à ce moment-là que les annonces de remerciement aux saints, publiées dans les dernières pages de *Clarín* et *La Nación*, cachaient des messages secrets de groupes de guérilleros.

– Ils sont tellement paumés, disait Blasco, qu'ils n'ont plus d'autre moyen de communiquer. Et du même coup, ils prient, ce qui ne leur fait pas de mal.

Il suspectait aussi les annonces nécrologiques. Il allait jusqu'à vérifier personnellement que les enterrements avaient effectivement lieu à la date annoncée. Il appelait la Recoleta, la Chacarita et le cimetière juif de La Tablada.

– Si je pouvais vous installer le téléphone pour que vous vous en chargiez, ma tâche serait plus légère. Mais je serais vraiment chagriné de devoir vous livrer aux types de la marine juste parce que vous avez composé un autre numéro.

Les tracts des syndicats et des groupes politiques arrivaient par centaines et il fallait séparer les authentiques des faux, que faisaient imprimer les services de renseignements ou les syndicats rivaux, pour en influencer d'autres ou les induire en erreur.

Certains livres étaient tachés de suie et avaient une odeur acide de brûlé. J'imaginais que leurs propriétaires avaient été surpris en train de les brûler dans le jardin ou la cuisine. Parfois, Blasco nous proposait de chercher de quel livre il s'agissait en nous donnant une page brûlée où quelques paragraphes avaient survécu. Il faisait cela, disait-il, pour maintenir la vivacité de notre esprit. D'autres livres, journaux ou cahiers avaient des traces de terre. En passant sur la couverture des livres, les limaces du jardin la rongeaient comme si c'était de l'acide. Les bords rognés par l'humidité, les insectes et la terre que nous trouvions entre les pages nous donnaient l'impression de tenir entre les mains un exemplaire provenant d'une civilisation éteinte.

Parfois, Blasco nous ordonnait de laisser les papiers de côté et de nous concentrer sur les enregistrements de conversations téléphoniques que nous devions écouter plusieurs fois. Les magnétophones qu'on nous fournissait paraissaient venir d'un service officiel, ils étaient volumineux, gris, et portaient sur les étiquettes un code formé de lettres et de chiffres. Les voix enregistrées que nous entendions échangeaient apparemment des banalités, mais à un moment, une petite étrangeté, une apparente diversion, une phrase ou un mot incohérent, un quasi imperceptible changement de ton justifiaient le soupçon qui pesait sur ces voix. J'essayais de trouver dans ces voix menacées – qui étaient peut-être déjà des voix de morts – des informations sur le monde extérieur. Ces conversations avaient le don de mettre Blasco en extase, pourtant ce qui l'intéressait le plus n'était pas la possibilité d'y découvrir un message secret, mais plutôt les banalités échangées dans toute conversation. Il passait des heures à écouter des disputes familiales, les commentaires de deux amies sur une boutique qui venait d'ouvrir ou un nouveau voisin, les blagues entre deux collègues d'un journal. Plus éloignés d'un possible contenu secret étaient les dialogues, plus vif était son intérêt. Mais il était surtout captivé par les conversations entre époux, comme si le mariage était une énigme qui attendait de lui une réponse. Cimer me disait :

– Il se fait son propre cinéma.

Quand il écoutait un enregistrement, qu'il mettait à plein volume, il arpentait le sous-sol à grands pas, exalté par les confidences, les disputes, par la peur ou l'éventuelle et fugace joie d'une conversation. Il prenait partie pour l'un ou pour l'autre, répondait, rectifiait, discutait, comme si ces invisibles confidents s'adressaient à lui. Parfois contaminé par une mélancolie imprévue des échanges, il passait de l'exaltation au silence.

Pendant les journées les plus froides de l'hiver, l'humidité nous transperçait jusqu'aux os. Nous écrivions avec une couverture râpée sur les épaules. Privés de tout appareil de chauffage, nous ne pouvions compter que sur des pulls troués et des pantalons de survêtement. J'avais froid aux mains et quand je les sortais de la couverture pour écrire au crayon ou à la machine, elles se raidissaient et je sentis bientôt des douleurs rhumatismales, qui persistèrent hors de ce sous-sol.

Quand il nous voyait tout grelottants, Blasco, qui n'était jamais chaudement couvert, se moquait de nous.

– Si vous travailliez plus, vous n'auriez pas froid. D'ailleurs le froid aide à penser. Toutes les cultures nées dans le froid ont prospéré. Plus il fait froid, mieux travaillent les têtes. Comparez la Suède avec l'Ouganda, le Canada avec Haïti.

Nous devions aussi analyser les textes des organisations de guérilla, toujours écrits dans un langage rugueux, technique, martial. Blasco approuvait parfois ce langage :

– Il faudrait recruter ces crétins pour leur faire rédiger nos discours, nos directives. J'aimerais que nous puissions écrire ainsi, sous la menace de la mort, sans montrer la moindre émotion. Admirable froideur.

Avec Cimer, Lemos et Crámer nous ne parlions presque jamais des conséquences de notre travail. Au fil des jours, le monde extérieur devenait de plus en plus irréel, ce qui nous aidait à poursuivre notre tâche, à survivre, sans penser à ceux qui tombaient dehors, au-dessus de nous. De temps à autre, la négligence de nos gardiens nous permettait d'accéder à quelque information sur le monde réel et en parlant nous comblions les vides de conjectures. On nous remettait des coupures de presse mais jamais des journaux ou des magazines entiers – sauf les publications des groupes de gauche desquelles on pouvait, rarement, extraire une information sur le monde réel : ces publications consistaient en une série illimitée de directives et d'avis de décès. C'était au verso des coupures de presse que nous trouvions des fragments de nouvelles, que nous commentions avec intérêt : un match de football, une découverte scientifique, une première théâtrale. Je trouvai une fois avec émotion, au dos d'une annonce signée du collège des pharmaciens, un article presque entier sur la chute d'un météorite en Union soviétique, près de la frontière avec la Mongolie. Le soir, grelottant, tandis que le bourdonnement dans mes oreilles s'intensifiait, comme cela se produisait quand je me couchais, j'imaginais la boule de feu qui transperçait les nuages noirs pour s'écraser dans le désert, en ouvrant un énorme cratère et projetant dans l'air un nuage de poussière. Mon bourdonnement cessa d'être neutre, adoptant le bruit que faisait le météorite en s'approchant de la terre. Je me sentais dépositaire de cette nouvelle, comme si ce prodige n'avait eu lieu que pour moi.

Un après-midi, Blasco oublia, ou feignit d'oublier, un journal entier que je cachai sous mes papiers. Des semaines durant je lus chaque page sans sauter une seule des petites annonces, des nouvelles insignifiantes, des pages sportives qui ne m'avaient jamais intéressé. Je devins un expert de cette journée particulière. Le journal passa de main en main, et le soir nous jouions à nous poser des questions : par combien de buts avait gagné Chacarita, comment s'appelait le policier exécuté à Nuñez, combien coûtait le nouveau modèle de Ford, quelle avait été la plus basse température à Ushuaia. Le ministre de l'Économie d'un pays africain, les victimes des pages de faits divers, le personnage masculin du nouveau feuilleton télévisé, les joueurs de football de la sélection nationale : tous étaient les habitants d'une planète secrète dont nous connaissions à la perfection l'encyclopédie froissée et jaunie.

Blasco déposa sur ma table plusieurs photos d'une maison du quartier de Colegiales. C'était une maison aux volets verts, avec un petit balcon et deux pots : un de cactus et l'autre de géraniums. Un coup d'œil suffisait pour voir ces pots comme un signal d'alerte : sur certaines photos les pots étaient du côté gauche, sur d'autres du côté droit. Blasco m'ordonna d'analyser la correspondance envoyée à cette adresse. Une carte postale de Bariloche, des lettres banales de vieilles tantes. Une autre lettre commençait par la location d'une maison de vacances à Córdoba. Puis racontait :

La maison de location est très bien, tout entourée par de grands eucalyptus. Pancho de très mauvaise humeur est tombé et s'est blessé au front. Le groupe des vieux amis de Sergio sont toujours sept. Le frigo était vide, ils avaient déjà tout fini.

Je savais qu'il y avait une bizarrerie dans cette lettre, quelque chose d'anormal. Aucune phrase n'était complètement invraisemblable mais, mises bout à bout, elles produisaient un effet d'étrangeté. Trop d'informations, pensai-je. Quand on écrit, on n'accumule pas ainsi des faits, on digresse, on hésite, on répète. On met plus l'accent sur notre monde intérieur que sur des faits nébuleux et distants. Là, on passait sans transition d'une chose à l'autre.

Comme toujours, je m'efforçai de retarder autant que possible la réponse, mais Blasco fit pression sur moi pour que je trouve rapidement une solution. J'étais resté enfermé une journée entière dans la petite pièce du fond et je ne tenais pas à y revenir. Il me fallut deux heures pour comprendre le système : les mots qui devaient être lus étaient séparés par d'autres mots. Le nombre de ces mots de remplissage était variable mais respectait un ordre arithmétique. Entre le premier et le suivant, il y en avait deux, puis trois, puis quatre, ainsi de suite :

> La *maison* de location *est* très bien, tout *entourée* par de grands eucalyptus. *Pancho* de très mauvaise humeur est *tombé* et s'est blessé au front. Le *groupe* des vieux amis de Sergio sont toujours *sept.* Le frigo était vide, ils avaient déjà tout *fini.*

Je passai le message au propre.

Maison entourée (c'est-à-dire repérée). Pancho tombé. Groupe sept fini.

Je remis le papier à Blasco.

– Très bien, 148, dit-il. Ça coïncide avec ce que nous savions.

Certains documents exigeaient une interprétation ésotérique, il fallait arracher un sens caché dans les plis des lettres.

Nous remplacions lettres et mots, ou sortions quelques mots du contexte général. Mais les documents qui avaient une diffusion publique – manuels scolaires, livres de toute sorte, discours, brochures et même bandes dessinées – imposaient une interprétation allégorique. Il fallait reporter ces mêmes termes sur un plan plus général d'interprétation et démasquer le matérialisme marxiste codé dans la vie de nos grands hommes, dans la critique ou l'exaltation des avant-gardes esthétiques, dans des poèmes abscons ou encore dans la théorie des ensembles.

Blasco insistait beaucoup sur les bandes dessinées. Il apportait des magazines pour qu'on les étudie à la recherche d'un élément bizarre, insolite. Il ne s'intéressait pas aux bandes dessinées de gauchos, de cow-boys ou d'aventures au temps des Hittites et des Sumériens : il traquait les messages cachés dans les vaisseaux spatiaux et les invasions d'extraterrestres. Plus le thème était extravagant, plus l'information était facile à dissimuler.

– Soyez attentifs aux soucoupes volantes. Elles ne viennent pas de Mars : elles viennent de Cuba.

Au début il apporta des coupures d'une bande dessinée publiée dans la dernière page de *Clarín* : "Le retour d'Osiris." Elle racontait la rencontre d'astronautes avec une race extraterrestre à l'aspect humain, mais capable de vivre mille ans. La mythologie égyptienne n'était rien d'autre que le souvenir du voyage des anciens Urlanites sur la Terre. À présent, Osiris – descendant de cet Osiris qui avait été considéré comme un dieu par les Égyptiens – revenait avec la mission de sauver la Terre des essais atomiques et en même temps des féroces habitants de l'Empire de Gahum, "les hommes sans sang". De temps en temps apparaissaient d'étranges signes représentant le langage de la planète Urln. Ces signes empêchaient Blasco de dormir, jusqu'à ce que je lui montre que dans une des premières séries de vignettes se trouvait le code permettant de déchiffrer les messages. Alors l'affaire cessa de l'intéresser. Comme Maldany, Blasco se rendait compte que le déchiffrement était décevant.

Il trouva ensuite de nombreuses bandes dessinées dans le journal *Noticias*, qui avait été fermé deux ans plus tôt sur ordre du pouvoir exécutif. Le titre était “La guerre des Antartes”, le scénario signé par un certain Francisco G. Vásquez et les dessins par G. Trigo. Les vignettes illustraient une Argentine future où la révolution avait triomphé. Le gouvernement était formé de conseillers populaires, qui avaient pris part à la révolution et suivaient les ordres d'un leader. Mais le bonheur révolutionnaire ne durait pas longtemps : des extraterrestres envahissaient le pays, en commençant par l'Antarctique – d'où leur nom d'Antartes. Tous ceux qui opposaient la moindre résistance étaient anéantis. L'invasion ne s'étendait pas au monde entier : devant la menace, les grandes puissances avaient livré le tiers-monde à l'ennemi.

Blasco regardait les dessins et soupirait :

– Ils ne sont même pas capables d'imaginer jusqu'au bout leur utopie. Ils ont à peine triomphé que des confins de l'univers arrivent des vaisseaux spatiaux pour tous les tuer. Remarquez que les envahisseurs suivent le schéma de Pinochet : ils liquident d'abord sélectivement ceux qui sont susceptibles de résister, leaders syndicaux ou associatifs, intellectuels de poids. Cette histoire date de 1974 et annonçait déjà la catastrophe inévitable. Dans les tracts ils proclament la victoire, mais quand ils rêvent, c'est de la défaite.

Une autre des obsessions de Blasco était les petites annonces. Il nous donnait des pages de *Clarín* d'annonces de ventes de voitures ou de maisons. Nous devions lire des milliers d'annonces en lettres minuscules et y déchiffrer quelque anomalie ou une annonce répétée de façon bizarre, à partir de laquelle on pouvait esquisser un modèle. Comme c'était justement la méthode qui nous semblait la moins crédible, nous y consacrions tous nos efforts, en espérant que la simple curiosité dégagerait de tous ces appartements, voitures, tracteurs, machines à écrire, femmes de ménage à l'heure, un modèle aléatoire qui mènerait à une impasse.

Après des journées à m'abîmer la vue, j'arrivai à trouver une Fiat Spider mise en vente avec une étrange insistance et dont le téléphone du propriétaire ne correspondait à aucun numéro en cours. La trouvaille enthousiasma Blasco, car un des chefs du groupe sud était surnommé "l'araignée", c'est-à-dire *spider*. Mais on finit par constater que la voiture existait bel et bien et qu'il y avait un chiffre erroné dans le numéro de téléphone. Crámer, pour sa part, trouva dans la rubrique "Antiquaires" une série d'annonces proposant un service à thé en porcelaine anglaise, mais lorsque Blasco envoya un de ses sbires, celui-ci découvrit que, loin d'être un message codé, il s'agissait d'une dame âgée d'une famille noble, qui mettait de temps en temps ses objets en vente pour se raviser aussitôt.

Dans le sous-sol de l'avenue d'Alem, nous nous transformions tous progressivement, sauf Crámer. Pendant que Lemos, Cimer et moi changions jour après jour, minés par l'enfermement et l'exercice bureaucratique de la délation, Crámer se détachait de tout ce qui en lui était circonstanciel, pour atteindre une forme plus authentique. La pâleur spectrale et la barbe fournie qui faisaient de nous des espèces de compagnons de captivité d'Edmond Dantès au château d'If donnaient à Crámer un air de concentration et de perfection morale qui allait bien avec sa personnalité. Il s'était toujours comporté comme un prisonnier, pesant chaque mot et chaque geste, et il était maintenant un vrai prisonnier.

Nous subissions un destin dévoyé, détourné ; lui, son accomplissement. Et tandis que nous paraissions explorer toutes les variantes de la défaite, lui en restait distant, comme si tout ce que nous vivions, au lieu d'être un échec absolu, était la confirmation d'une lointaine théorie adoptée depuis sa jeunesse. Ses boules de gomme à l'eucalyptus lui manquaient-elles, il ne le dit jamais.

Nous discutions souvent à voix basse. Surtout la nuit. Nous choisissions nos mots, au cas où il y aurait eu des micros. Crámer, qui avait eu plus d'expérience que nous dans le déchiffrement de messages pendant son séjour à Cuba, affirmait que beaucoup des messages qu'on nous communiquait étaient faux. Il s'agissait, disait-il, de listes de chiffres et de lettres uniquement destinées à tester notre fidélité à la cause. Notre véritable mission tenait à l'interprétation allégorique et à la satisfaction des ambitions intellectuelles de Blasco, de sorte que notre action était en grande partie inoffensive.

Nous ne sommes en train de condamner personne, nous disait-il souvent. Tout cela n'est que supercherie, mais nous ne devons pas révéler que nous le savons. Je ne l'ai pas cru alors et je ne le crois pas plus aujourd'hui, mais parfois je me plaisais moi aussi à imaginer que rien n'était réel, que ce n'était rien d'autre qu'une expérience souterraine, un jeu dont personne ne sortirait meurtri.

Crámer m'interrogeait parfois sur l'amitié entre Colina Ross et Maldany. En d'autres circonstances, j'aurais évité de répondre, mais là, dans ce sous-sol, cela n'avait plus aucun sens de garder la confidentialité. Je ne savais pas si l'un de nous allait en sortir vivant. Et c'était un plaisir de jouer à reconstituer, la nuit, une parcelle du monde. Alors, je lui parlais de Maldany, de Colina et de Marilú, de *La Fontaine du crapaud*, et j'avais l'impression de m'échapper un moment du sous-sol. Crámer était un expert de l'œuvre de Maldany, il m'expliquait avec une étonnante précision sa méthode de déchiffrement. Parfois, il griffonnait de mémoire les tablettes crétoises et glissait la feuille entre mes papiers. Mais il ne savait rien de la vie de Maldany. Qui d'ailleurs ne l'intéressait pas. Il avait toujours vécu dans une froide scénographie d'abstractions.

– Si Colina Ross conserve tant de documents de Maldany, pourquoi ne les publie-t-il pas ? me demanda-t-il une fois.

– Je ne sais pas. Ils lui rappellent peut-être de mauvais souvenirs. Ce sont les années où sa femme est tombée malade et est morte.

– Ils n'ont pas eu d'enfants ?

– Non, mentis-je.

– Pourtant, il y a un moment où la douleur disparaît.

– Colina n'a jamais eu envie de publier. Il n'a écrit qu'un seul livre, parce qu'il avait besoin d'argent.

– Mais ce ne serait pas son livre. Ce serait le livre de Maldany. Colina Ross n'a pas le droit de s'approprier ces papiers, ils ne sont pas à lui.

Je trouvais incroyable qu'ici, dans ce sous-sol, où toute justice était niée, Crámer puisse s'indigner du sort de quelques papiers. Je pensais que quelque chose en nous reste toujours en retard, quelque chose qui demeure attaché à une phase antérieure de notre vie.

Nous évoquions ainsi des faits lointains, car nous ne savions rien ou presque du présent. À l'exception de ce journal que j'avais pu conserver, nous n'avions rien d'autre à notre portée pour apprendre des nouvelles qui, de toute façon, ne sortaient pas dans les journaux. Mais sur nos tables de travail s'accumulait, fragmentée, embrouillée, dispersée, dans des écoutes téléphoniques ou des extraits de la presse clandestine, la véritable information. Et en reliant une donnée avec une autre, nous comprenions que de ces avant-gardes triomphantes, fermement convaincues de s'être infiltrées partout, même dans la police, le clergé et l'armée, il ne restait plus que des bataillons perdus, isolés les uns des autres, et dont les messages, destinés pour la plupart à des groupes déjà exterminés, étaient immédiatement interceptés. Ceux qui avaient renoncé à quitter le pays restaient cachés, dans l'incapacité de relever la tête. Beaucoup s'inventaient de fausses identités et louaient des maisons dans les faubourgs de petites villes de province, en pensant qu'elles étaient plus sûres que les grandes agglomérations. Mais ils étaient aussitôt repérés comme de nouveaux venus, étrangers et louches. Ils parlaient du peuple, mais n'arrivaient pas à se fondre dans le peuple. Ils attendaient les ordres d'un comité central dont les survivants, s'il y en avait, étaient déjà hors du pays. Tout le monde attendait des ordres, mais ceux qui pouvaient en donner étaient des fugitifs, ou travaillaient pour l'ennemi, ou étaient morts. Parfois ils imaginaient un changement de perspective, un plan secret, surprenant, qui révélerait que ce qu'ils avaient pris pour une défaite n'était rien d'autre qu'un repli stratégique. La dialectique leur enseignait que l'on pouvait toujours attendre l'inattendu.

Sans rien noter nous étions en train d'assembler la vaste maquette de la défaite. Nous découvrions la véritable importance de l'organisation à mesure que l'organisation s'effondrait. Nous étions une agence de presse spécialisée dans les mauvaises nouvelles, nous étions l'agence de presse qui donnait des nouvelles des morts.

N23

Comme si le mécanisme qui nous avait happés exigeait en permanence un homme sur la corde raide – pour nous avertir que nous étions tous en danger de mort, tout en nous laissant espérer que nous ne serions pas les premiers de la liste –, très vite Cimer remplaça Lemos. Les conséquences de nos actes occupèrent l'esprit du mathématicien, qui commença à remettre des rapports inconsistants, tellement confus qu'ils auraient nécessité un interprète, tellement faux que c'était un miracle que Blasco n'ait pas encore pris la décision d'ordonner son transfert. La théorie de Crámer, affirmant que tout cela était une épreuve obéissant à un mystérieux dessein, était corrigée par la théorie de Cimer, pour qui chacun de nos gestes avait des conséquences sur le monde réel.

Blasco remarqua immédiatement la chute de Cimer. Il venait à sa table de travail, jetait un coup d'œil à ses rapports, les déchirait et déposait les morceaux sur la table. Cimer ne levait pas les yeux.

Dès que Blasco s'éloignait, Cimer reprenait ses opérations arithmétiques. Il ne nous parlait pas, ne disait à personne ce qu'il était en train de calculer, ce que représentait le nombre qu'il notait, corrigeait, notait de nouveau. Il était toujours là, sur sa table, comme un objet sans cesse retravaillé. Il analysait toute l'information fragmentaire dont nous disposions, et plus élevé était ce nombre, plus fort était le pouvoir qu'il exerçait sur lui. À ce moment-là, c'était un nombre si élevé, que Cimer le regardait avec incrédulité, en se demandant s'il n'exagérait pas, si tous ses calculs n'avaient pas été erronés depuis le début.

Un matin, Blasco chargea Cimer de décrypter un message chiffré qui figurait sur un télégramme. Cimer ne regarda même pas le papier. Je le pris sur sa table pour tenter de le déchiffrer, car je m'étais habitué à imiter son écriture. Dans un coin je notai “N23”. Mais Blasco revint, se dirigea directement vers ma table, me donna un coup de poing sur la nuque, prit le papier et le reposa sur la table de Cimer. Contre son habitude, il resta silencieux et nous observa. Lemos voulut parler, mais Blasco le fit taire d'un geste. Puis Cimer prit le papier, nota quelque chose en marge et replongea dans ses calculs.

Au bout de deux heures, Blasco s'approcha de la table de Cimer et regarda les résultats. Il ne prononça pas un seul mot, pas le moindre reproche. Il mit le papier dans sa poche et partit. Mais, le lendemain, il arriva accompagné de deux hommes qui se ressemblaient, cheveux mi-longs, lunettes noires, jean et tennis Adidas (les véritables et invisibles gardiens) et leur ordonna d'emmener Cimer.

Lemos se leva devant lui, les paumes de la main ouvertes, comme tentant une supplique pour laquelle il ne trouvait pas les mots.

– Trop tard pour les plaintes, dit Blasco.

Deux jours après nous étions déjà habitués à l'absence de Cimer. S'il existait une usine où on fabrique des souvenirs à la demande, j'en achèterais un dans lequel nous nous inquiétions pour Cimer et demandions ce qu'il était devenu, même au risque de notre vie. Je suis triste de penser que notre inquiétude pour le sort de Cimer dura si peu. Tant que cela avait été possible, nous avions protégé Cimer, imité son écriture, signé ses rapports N23, mais après qu'il fut emmené, nous l'avons laissé complètement s'éteindre. C'était comme si notre espace réduit provoquait une réduction du temps, et que cette cellule temporelle nous empêchait de penser à autre chose qui ne fût pas la veille ou le jour suivant. Même quand nous étions seuls, nous ne parlions plus de lui. Cimer fut complètement effacé. Quel que fût le nombre qu'il avait trouvé, il avait fini par ajouter un chiffre de plus.

Les jours qui suivirent le départ de Cimer furent les plus sombres. Nous cessâmes quasiment de parler entre nous, craignant de subir le même sort. Aiguillonnés par la peur, nous travaillions avec plus d'ardeur qu'avant. Nous nous efforcions de produire des résultats de toute sorte, de noircir des pages d'interprétations de manuels d'histoire, de lettres, d'articles de presse, de petites annonces. Colina Ross disait que le manque d'argent était la dixième muse. Dans le sous-sol de l'avenue d'Alem, j'appris que la onzième était la mort.

Au fil des jours je remarquai que l'arrivée de documents commençait à diminuer. La défaite était complète, ceux qui n'avaient pas quitté le pays étaient morts, il n'y avait plus de maisons à mettre à sac. Nous devions feindre qu'il restait encore des documents à traiter, car nous redoutions le moment où nous ne servirions plus à rien à Blasco.

Comme le matériel avait diminué, nous en profitions pour nourrir de pages et de pages le grand traité de Blasco – la langue de la radiation – dont il parlait tantôt avec passion, tantôt avec amertume :

– J'ai un talent d'artiste : un jour je me laisse emporter par mes rêves et le lendemain je tombe dans le vide.

Nous écrivions des chapitres séparés, que Blasco mélangeait, coupait, collait. Nous analysions les déclarations de groupes de guérilla, des articles de revues de gauche. Nous assemblions des métaphores qui se répétaient. Un chapitre entier était consacré aux slogans récurrents des sept ou huit dernières années : Patrie ou colonie, Libération ou dépendance, la Révolution ou la mort, La Libération ou la mort,

La Patrie ou la mort. Ou, ou, ou, ou. Blasco s'intéressait particulièrement aux textes des groupes liés à la théologie de la libération.

– Pour ces curés, tout se vaut : Jésus-Christ, Marx ou Che Guevara. Ce qui compte pour eux c'est de suivre un barbu.

Un après-midi, Blasco prévint Lemos que la semaine suivante il allait devoir l'accompagner hors du sous-sol, parce qu'il avait besoin d'une collaboration "in situ". Après ce qui était arrivé à Cimer, nous avons craint le pire pour Lemos. Il avait collaboré avec Blasco en montrant une ardeur excessive, mais Blasco se rappelait peut-être son travail insignifiant des premiers temps et voulait sanctionner cette lointaine faute. Ou alors il avait reçu l'ordre de nous éliminer un par un. Tout était possible. Mais Lemos n'était pas inquiet. Il semblait ne craindre ni ne ressentir absolument rien.

Le matin de sa sortie, on lui donna un rasoir avec sa lame Gillette, des ciseaux et l'ordre de se laver, de se raser et de se couper les cheveux. Après des mois avec une barbe, son visage net avait retrouvé sa jeunesse. On lui remit également des vêtements propres. Blasco vint le chercher vers midi. Lemos sortit sans que son visage trahisse le moindre enthousiasme à l'idée de retrouver pour quelques heures le monde extérieur.

Il revint le soir, quand nous étions déjà tous couchés. Nous lui avons demandé où il était allé, mais il se contenta de dire "Par là" et s'endormit. Il nous dirait plus tard qu'après tous ces mois d'enfermement, l'air libre l'avait épuisé.

Quand ces sorties se renouvelèrent les jours suivants, Lemos perdit peu à peu sa pâleur. Il revenait de bonne humeur. J'étais très anxieux d'apprendre des nouvelles du monde extérieur. Tout m'intéressait : les changements de la mode féminine, les titres des journaux, tel bar qui avait fermé et un autre ouvert. Reclus dans un univers masculin je trouvais miraculeuse sa description des femmes :

une institutrice sortant d'une école avec les devoirs de ses élèves sous le bras ; une jeune serveuse d'un bar qui oubliait tout ; une femme dont le maquillage avait coulé à cause des larmes. Lemos était devenu notre Marco Polo.

Crámer avait une curiosité beaucoup plus sélective que la mienne. Il voulait savoir quelles traces avaient laissées tant d'actes de répression. Les journaux en parlaient-ils ? Y avait-il des graffitis sur les murs ? Des signes dans les conversations banales ? Dans les regards ? L'ambiance ? À toutes ses questions, Lemos répondait : Rien.

Lemos pensait que ces sorties anticipaient notre libération. De plus en plus proche, disait-il, et il nous montrait ses mains qui n'étaient plus aussi pâles. Il les exhibait comme s'il s'agissait d'étranges animaux qu'il était fier d'avoir capturés dans la forêt. Ses mains légèrement bronzées face aux nôtres jaunâtres, grises.

– À partir de maintenant, si je survis, je marcherai toujours au soleil, même en été, même par quarante degrés.

Parfois, il rapportait de ses sorties des pastilles à l'eucalyptus pour Crámer, achetées, imaginions-nous, avec l'argent que lui avait donné Blasco.

Quand le major entrait, il lui disait "mon ami" et lui donnait une légère tape sur la nuque, version affectueuse des coups étourdissants qu'il lui infligeait avant.

Un matin de septembre 1977, Lemos vint à ma table et se plaça derrière moi pour observer mon travail. J'avais commencé à me comporter avec Lemos comme avec le major ; et s'il se mettait à lire mon travail par dessus mon épaule, je me limitais à rester immobile et à transpirer. Mais cette fois, comme la scène se prolongeait, je tournai la tête et le vis dubitatif, un papier à la main, comme s'il hésitait à me le donner.

– C'est important. Laisse tomber tout le reste. Ils veulent une réponse urgente.

Je lus le papier. Quelqu'un avait écrit au crayon :

QLYRMOPQEDHLRMZOCDCBJUNLUOFQ

Je relus plusieurs fois ; je percevais dans cette succession de lettres un élément vaguement familier. Je savais que j'avais déjà vu ce message quelque part. Je pensai d'abord aux exercices que nous donnait Colina Ross, et que Tarrés résolvait si rapidement. Mais ce message murmurait autre chose, pas la sérénité que procurent les exercices dépourvus de toute nuance émotionnelle, comme les mots croisés. Quelque chose m'inquiétait.

– Rien de plus ? demandai-je.

– Rien de plus. J'ai essayé. Crámer a essayé. Il ne reste que toi.

– Qu'est-ce que c'est ?

– Je ne sais pas. Mais Blasco insiste.

– D'où ça vient ?

– Comment veux-tu que je le sache ? Ce sont des trucs qui sortent de temps en temps.

– C'est un nom ?

– Peut-être. Mais ça peut être n'importe quoi.

C'était trop long pour être un nom, mais il était logique de penser que si quelqu'un codait un nom, il ajouterait un mot pour que le nombre de lettres ne donne aucune piste sur sa signification.

Ce fut après avoir travaillé quelques heures, en cherchant les répétitions, que j'ai soudain pensé à Barnes. J'étais sûr que c'était le message que m'avait passé Barnes lorsqu'il était entré, maigre et spectral, dans le bar de Boedo. J'avais rangé le papier entre les pages de *Vies imaginaires* et je n'avais pas essayé de déchiffrer un seul signe. Et voilà que le message me revenait, comme reviennent les choses dans les cauchemars.

Je me gardai bien de dire à Lemos que ce message avait été un jour destiné à Crámer. J'étudiai les lettres. La plupart des messages étaient l'œuvre d'amateurs, écrits selon un code unique, et donc faciles à percer, même quand les espaces entre les mots étaient supprimés. La fréquence d'apparition d'une lettre restait le meilleur moyen pour commencer à déchiffrer un texte. Mais il suffisait d'un coup d'œil pour que je me rende compte que ce n'était pas un message de substitution simple.

Je cherchai les répétitions. Les répétitions sont toujours le bout de l'écheveau pour déchiffrer des messages. Je n'avançais pas.

Quand Blasco vint me demander la solution, je remarquai un léger tremblement d'anxiété de ses mains.

– Vous avez trouvé, 148 ?

– Non, pour le moment c'est impossible.

– Je ne connais pas la signification du mot "impossible".

– Si le texte était plus long…

– Il n'y a rien de plus. C'est tout ce que nous avons. Je voudrais entendre votre avis.

– Il est sûr, à cause de la variété de lettres, que c'est écrit avec une clé changeante. La première fois qu'apparaît un A, est changée, par exemple, par un F ; la deuxième par un Z.

– Qu'est-ce que vous avez noté là ?

Blasco dégagea de mes notes un diagramme que les cryptographes connaissent sous le nom de carré de Vigenère.

A	**B**	**C**	**D**	**E**	**F**	**G**	**H**	**I**	**J**	**K**	**L**	**M**	**N**	**O**	**P**	**Q**	**R**	**S**	**T**	**U**	**V**	**W**	**X**	**Y**	**Z**
B	C	D	E	F	G	H	I	J	K	L	M	N	O	P	Q	R	S	T	U	V	W	X	Y	Z	A
C	D	E	F	G	H	I	J	K	L	M	N	O	P	Q	R	S	T	U	V	W	X	Y	Z	A	B
D	E	F	G	H	I	J	K	L	M	N	O	P	Q	R	S	T	U	V	W	X	Y	Z	A	B	C
E	F	G	H	I	J	K	L	M	N	O	P	Q	R	S	T	U	V	W	X	Y	Z	A	B	C	D
F	G	H	I	J	K	L	M	N	O	P	Q	R	S	T	U	V	W	X	Y	Z	A	B	C	D	E
G	H	I	J	K	L	M	N	O	P	Q	R	S	T	U	V	W	X	Y	Z	A	B	C	D	E	F
H	I	J	K	L	M	N	O	P	Q	R	S	T	U	V	W	X	Y	Z	A	B	C	D	E	F	G
I	J	K	L	M	N	O	P	Q	R	S	T	U	V	W	X	Y	Z	A	B	C	D	E	F	G	H
J	K	L	M	N	O	P	Q	R	S	T	U	V	W	X	Y	Z	A	B	C	D	E	F	G	H	I
K	L	M	N	O	P	Q	R	S	T	U	V	W	X	Y	Z	A	B	C	D	E	F	G	H	I	J
L	M	N	O	P	Q	R	S	T	U	V	W	X	Y	Z	A	B	C	D	E	F	G	H	I	J	K
M	N	O	P	Q	R	S	T	U	V	W	X	Y	Z	A	B	C	D	E	F	G	H	I	J	K	L
N	O	P	Q	R	S	T	U	V	W	X	Y	Z	A	B	C	D	E	F	G	H	I	J	K	L	M
O	P	Q	R	S	T	U	V	W	X	Y	Z	A	B	C	D	E	F	G	H	I	J	K	L	M	N
P	Q	R	S	T	U	V	W	X	Y	Z	A	B	C	D	E	F	G	H	I	J	K	L	M	N	O
Q	R	S	T	U	V	W	X	Y	Z	A	B	C	D	E	F	G	H	I	J	K	L	M	N	O	P
R	S	T	U	V	W	X	Y	Z	A	B	C	D	E	F	G	H	I	J	K	L	M	N	O	P	Q
S	T	U	V	W	X	Y	Z	A	B	C	D	E	F	G	H	I	J	K	L	M	N	O	P	Q	R
T	U	V	W	X	Y	Z	A	B	C	D	E	F	G	H	I	J	K	L	M	N	O	P	Q	R	S
U	V	W	X	Y	Z	A	B	C	D	E	F	G	H	I	J	K	L	M	N	O	P	Q	R	S	T
V	W	X	Y	Z	A	B	C	D	E	F	G	H	I	J	K	L	M	N	O	P	Q	R	S	T	U
W	X	Y	Z	A	B	C	D	E	F	G	H	I	J	K	L	M	N	O	P	Q	R	S	T	U	V
X	Y	Z	A	B	C	D	E	F	G	H	I	J	K	L	M	N	O	P	Q	R	S	T	U	V	W
Y	Z	A	B	C	D	E	F	G	H	I	J	K	L	M	N	O	P	Q	R	S	T	U	V	W	X
Z	A	B	C	D	E	F	G	H	I	J	K	L	M	N	O	P	Q	R	S	T	U	V	W	X	Y

– C'est le plus commun des systèmes de codage, lui dis-je.

Il existait de nombreux systèmes de chiffrement. Mais je savais que ce message avait été chiffré par Barnes et qu'il préférait ce carré à tous les autres du système de Vigenère. Il l'admirait pour son économie et son élégance.

– Comment ça fonctionne ? voulut savoir Blasco.

– Supposons que notre abécédaire se réduise à cinq lettres : ABCDE. Dans un message chiffré chaque lettre pourrait être remplacée par elle-même et par les quatre autres. Ce qui donnerait le tableau suivant :

A B C D E
B C D E A
C D E A B
D E A B C
E A B C D
A B C D E

– Imaginez que je veuille transmettre le mot BECA (bourse). Je conviens à l'avance d'un mot clé avec le destinataire du message. Par exemple : DEA. Ce mot m'indiquera quelle ligne horizontale je dois choisir pour chiffrer chacune des lettres. Pour chiffrer BECA, je m'assurerai d'abord quelle lettre correspond à B sur la ligne du D, puis je chercherai le E sur la ligne du E, le C sur la ligne du A, et finalement le A sur la ligne du D, puisque le mot clé est plusieurs fois réutilisé.

Blasco prit un crayon et écrivit quelques annotations.

– Pour chiffrer BECA, selon la clé DEA, ce serait donc EDCD.

– Exact.

– Si vous savez déjà comment déchiffrer le message pourquoi vous ne le faites pas ?

– Je ne suis pas sûr qu'il ait été chiffré avec ce carré.

– Vérifiez si c'est le cas.

– Je ne connais pas le mot clé. Ce pourrait être n'importe quoi. Le nom d'un pays, d'une plante, d'un peintre.

Ça peut ne pas être un mot, mais une phrase, ou une suite aléatoire de lettres, ce qui rendrait tout plus compliqué. Si c'était un message plus long, je pourrais chercher les articles et les prépositions, et tenter de trouver des répétitions, pour savoir au moins combien de lettres compte le mot clé. Mais c'est tellement bref…

Blasco regarda mon carré de lettres et le mit dans sa poche.

– Vous avez peut-être besoin d'un petit séjour dans la pièce du fond pour retrouver l'inspiration. Dans l'obscurité et le silence on est face à soi-même et on entend plus clairement la voix intérieure.

Mais Blasco ne pouvait se concentrer longuement sur quelque chose. Quand il regarda ma table le lendemain, il commença à me donner des ordres au sujet d'autres documents, sur lesquels j'avais avancé et je pouvais lui donner du nouveau.

– Vous travaillez bien, 148. Mais n'oubliez pas l'autre message. Je vais être absent quelques jours. Je dois aller chercher du matériel. Pendant ce temps, Lemos sera chargé de cette affaire. Ne le décevez pas.

Les jours suivants, Lemos se montra insistant. Par moments il semblait sur le point de me frapper, ou bien il passait devant ma table et me disait à voix basse : "Souviens-toi de Cimer." À d'autres moments, oubliant sa violence, il se mettait à me parler comme un ami, me demandait ce que j'allais faire le jour où je sortirais d'ici, et après avoir écouté mes réponses évasives et mes monosyllabes, il m'implorait de résoudre cette énigme. J'étais intrigué que Lemos, loin de Blasco, continue à me parler de ce message. Je me demandai de nouveau s'il savait que le message était originellement destiné à Crámer. Si quelqu'un pouvait le déchiffrer c'était Crámer, qui savait sûrement de quoi il s'agissait, mais avait échappé à ce qu'on le charge de cette tâche.

À un moment, j'ai pensé demander à Blasco de me fournir du papier carbone pour faire des doubles du carré de

Vigenère et ne pas avoir à le reproduire chaque fois que la feuille se déchirait à force d'annotations et d'usage de la gomme. Mais je me ravisai, l'instinct me suggérait de n'attirer l'attention en aucune manière. C'était mieux ainsi : plus laborieux serait le travail, plus il prendrait de temps.

Lorsque je résolus l'énigme, six jours après qu'elle m'eut été soumise, ce ne fut pas à l'issue d'heures de concentration et de calculs patients, mais tout à coup, comme une révélation. Ce qui me conduisit à la solution ne tenait pas à l'aspect littéral du message, mais à la façon dont il m'était parvenu la première fois. Je revis Barnes, avec sa veste en cuir, entrant dans le bar de Boedo, avec son message dans la poche. "Pour Crámer", avait-il dit. Peut-être n'avaient-ils pas réussi à se mettre d'accord sur un même mot clé, de sorte que la clé devait être quelque chose que Crámer puisse supposer, deviner. Quelque chose qui était pour Crámer une obsession.

J'avais déjà essayé de nombreux mots. Je me suis concentré sur Crámer, qui était à quelques pas de moi. J'avais du mal à résister à la tentation de lui demander : quel est ton mot magique ? Dans ta dernière conversation avec Barnes, de quoi avez-vous parlé ? De même que je n'avais pas informé Lemos de ma dernière rencontre avec Barnes avant sa mort, de même je ne voulais pas que Crámer soit au courant du message, surtout maintenant que je supposais qu'il en était le véritable destinataire.

Je mc rappelai un vieux tour de prestidigitation que m'avait appris un ami quand j'avais dix ans. Il m'avait montré une enveloppe et demandé de choisir un nombre, une couleur et un métier. Quand j'ai dit "menuisier", il m'a donné l'enveloppe, d'où j'ai sorti une carte où il avait écrit le mot correct. Il n'a pas tardé à m'expliquer le truc : tout le monde répondait "menuisier". Dans un recoin de la mémoire, le mot "métier" et celui de "menuisier" étaient connectés.

Je devais trouver le "menuisier" de Crámer. Le mot évident, le premier auquel il pouvait penser. J'essayai

CORDOBA, sa ville natale. J'essayai COLINA ROSS, son ennemi. Avec n'importe qui d'autre, j'aurais essayé des prénoms de femme. Mais aucune femme ne tourmentait le célibataire Crámer. Dans une conversation, je lui fis croire que j'avais de la famille à Córdoba, pour pouvoir lui demander le prénom de sa mère. Estela. Mais cela ne donna aucun résultat.

À la fin, j'essayai avec MALDANY. Je cherchai le Q sur la ligne du M, le L sur la ligne du A… Aussitôt apparurent les premiers mots de la solution :

QLYRMOPQEDHLRMZOCDCBJUNLUOFQ
ELNOMBREES…

Je faillis crier que j'avais trouvé, que j'avais la clé. J'étais tellement absorbé par ce jeu que j'avais oublié qu'il pouvait produire d'énormes effets sur le monde réel. Il me restait à traduire le reste du message. Le nom. Et quand j'eus déchiffré la totalité du message, je me raidis sur ma chaise en réprimant toute réaction. Jamais dans ma vie je ne fus aussi immobile. Personne ne me regardait mais j'avais l'impression que tous les yeux étaient braqués sur moi et que Lemos me scrutait comme si chacun de mes gestes pouvait traduire les pensées que je cachais.

À l'instant où j'avais trouvé la réponse, je crus que j'étais victime d'une hallucination provoquée par l'enfermement et l'obsession. Un disciple de Wittgenstein, Julius Orff, avait prouvé qu'à un message secret donné ne correspondait pas une solution unique ; arrivé à un certain degré d'obsession, le cryptoanalyste pouvait projeter sur des signes inconnus le miroir brisé de sa propre mémoire et ainsi trouver dans les mots des indices d'un fait lointain ou le prénom d'une femme perdue. Champollion lui-même croyait voir parfois les hiéroglyphes égyptiens rimer avec les formules rituelles que sa mère, une femme ignorante et superstitieuse, prononçait à chaque activité de la vie quotidienne, quand elle faisait le ménage ou la cuisine. Les manuels de cryptographie mettaient en garde contre ces mots fantômes – allusion aux membres fantômes que les patients amputés perçoivent comme réels – qui remontaient du fond de la mémoire jusqu'à la conscience, pour indiquer quelque chose qui s'était perdu ou n'avait pas été résolu.

J'avais écrit le nom sur une feuille quadrillée, mais je ne pouvais pas la jeter à la poubelle, parce qu'ils l'auraient trouvée. J'aurais voulu que mon écriture, nette et claire, soit aussi incompréhensible que le galimatias de mes élèves. Je ne pouvais pas non plus la déchirer, parce que la règle d'or était que nous devions laisser les papiers intacts, même les brouillons, afin de nous rappeler que nous-mêmes, déchiffreurs, pouvions faire l'objet d'un travail de déchiffrement. Alors j'écrivis une lettre sur l'autre, comme si j'essayais des combinaisons, comme si l'illusion et la désillusion alternaient dans un jeu obsédant, et je remplis la feuille jusqu'à ce que l'encre le noircisse et finisse par ensevelir le nom interdit :

QLYRMOPQEDHLRMZOCDCBJUNLUOFQ
ELNOMBREESELEONORACOLINAROSS

Pendant les journées où Blasco fut absent la discipline se relâcha, nous nous sentions plus libres. Mais ces changements avaient quelque chose d'inquiétant, car Blasco, responsable de notre réclusion, était aussi le seul qui avait intérêt à nous garder en vie. Quand il revint, nous fûmes un peu soulagés.

Il arriva le matin, vêtu d'un costume gris, le nœud de cravate de travers. Pas rasé, il donnait l'impression de ne pas avoir dormi. Il revenait de sa mission fatigué et découragé, comme si pesait sur lui une menace pour ce monde souterrain qu'il avait créé.

– Des réunions à n'en plus finir. Córdoba, Mendoza, La Plata… Quelle déception, 10.027 ! dit-il à Lemos. Ils m'avaient promis une documentation importante, mais je n'ai rien trouvé d'intéressant. En plus, ils veulent supprimer ce service. Pour eux, il n'est plus nécessaire, il ne sert à rien. Ils sont devenus pyromanes, ils brûlent tout, ils ne veulent garder aucun papier. Avant, ils archivaient, même les trucs les plus stupides, et ils remplissaient de tampons chaque bout de papier, maintenant ils brûlent les archives. Ils ont des tampons qui impriment À LIRE ET À DÉTRUIRE. Avant ils ne s'en servaient jamais, maintenant ils en tamponnent même toute la liste de l'entrepôt. Ils me demandent de tout sortir, de ne pas garder une seule feuille de papier. Mais je ne vais pas laisser tout ça se perdre. C'étaient soi-disant les marxistes qui cachaient les revues dans la cave et enterraient les livres dans le jardin. Aujourd'hui, c'est nous.

Une espèce d'exaspération mélancolique s'était emparée de Blasco. Il ne se souciait plus que ses plaintes proches du délire soient entendues par nous et les gardes. Quand il se calma et sortit, Lemos vint vers moi pour me demander les résultats de mon travail sur le message. Je décidai de feindre que cette affaire était devenue pour moi une obsession : je lui montrai plusieurs carrés de Vigenère, avec les lettres marquées et des brouillons. Je me lançai dans une longue explication verbeuse pour l'ennuyer et il finit par lâcher prise.

Les jours suivants, bien que j'eusse d'autres recherches à effectuer, je fis semblant d'avoir toujours le message à l'esprit. Courbé sur ma table, je recopiais ces lettres, les transformais en d'autres, les regroupais, en tirais des constantes, ou les changeais en chiffres. Je craignais qu'on me retire cette tâche et qu'elle soit confiée à Crámer. Lemos, limité dans ce domaine, était incapable de déchiffrer le message, mais Crámer si ; Crámer avait des connaissances étendues, une formation complète. Si je l'avais déchiffré, Crámer y arriverait aussi.

J'eus l'idée d'inventer une fausse solution, ne compromettant personne, mais s'ils avaient une vague intuition de son contenu, ils se rendraient compte que c'était un mensonge, ce qui me mettrait en danger. Il valait mieux en rester là. Après tout, si doués et obstinés que soient les cryptoanalystes, il existe toujours des messages que personne ne peut déchiffrer.

Les jours suivants, le sous-sol se vida peu à peu de ses papiers. Les caisses en carton qui obstruaient le passage, remplies de cassettes, de coupures de presse, de lettres et de livres déterrés, commençaient à disparaître.

À cette époque, les ordures étaient encore brûlées à l'intérieur des immeubles, et tous nos travaux finirent dans l'incinérateur : une petite porte métallique qui s'ouvrait sur les flammes. À l'exception des papiers que Blasco emportait pour ses archives personnelles.

Parfois il nous faisait un clin d'œil en glissant des documents dans une mallette en cuir noir.

– Les futurs historiens viendront me voir quand ils voudront comprendre cette époque.

J'étais angoissé, je voulais que d'autres tâches nous soient confiées, que Blasco persévère dans son grand traité sur le langage révolutionnaire – La langue de la radiation. J'aurais échangé avec plaisir ces lettres de cauchemar contre des enregistrements, des plans, des brochures, des séries numériques et les lettres de prisonniers politiques qui étaient, depuis peu, notre matériel principal.

À cette époque on avait autorisé les hommes et les femmes mariés légalement à s'envoyer du courrier d'une prison à l'autre. Il s'agissait de détenus capturés avant le 24 mars 1976, car à partir de cette date il n'y eut plus de détention légale et presque tous finirent par disparaître. Parmi les prisonniers légaux, certains inculpés pour de vieilles affaires avaient suivi la procédure judiciaire normale, tandis que d'autres avaient été mis à la disposition du pouvoir exécutif.

Seuls pouvaient s'écrire les détenus légalement mariés, mais d'autres profitaient de cette correspondance pour transmettre des messages camouflés. Avant que les lettres arrivent au destinataire, elles étaient ouvertes et photocopiées au cas où elles contiendraient des éléments intéressants. Notre travail consistait à déceler où se terminait un message et commençait le suivant. L'écriture ne changeant pas, il fallait repérer un mot qui se répétait comme un signal, ou une phrase légèrement incohérente qui servait de coupure. Parfois, la coupure était donnée, par exemple par un *a* en italique au milieu d'une lettre écrite en lettres d'imprimerie. Une fois la lettre divisée en une série de messages, nous devions décider s'il s'agissait de propos personnels, dictés par l'ennui et le désir de recevoir des nouvelles du monde, ou d'une correspondance politique, échange d'espoirs infondés, mention de camarades encore actifs à l'extérieur.

J'ai lu des centaines de lettres de prisonniers, en marquant au crayon le moment où les interlocuteurs changeaient, et j'avais presque envie de lire davantage pour apprendre la suite de ce qu'ils évoquaient. Ces papiers étaient mon modeste feuilleton. Je suivais attentivement les relations amoureuses, les faits réels ou imaginés, les plaisanteries, les projets quand ils sortiraient de prison. Les uns voulaient voir la mer, d'autres entrer dans un certain café, manger tel plat, voir un film. Ayant appartenu à des groupes de guérilla, on aurait pu s'attendre à ce qu'ils parlent de films à caractère politique, de documentaires sur le Viêtnam, *La Bataille d'Alger*, *L'Heure des brasiers*, *La Chinoise*, mais tous les films qu'ils mentionnaient portaient sur les passions : *Les Hauts de Hurlevent*, *Casablanca*, *La Trêve*. Ou bien des films fantastiques : *Le Magicien d'Oz*, *Mary Poppins*, *Les Oiseaux*. La plupart étaient de vieux films qu'ils avaient vus dans leur enfance ou leur adolescence. Je les enviais : ils pouvaient l'écrire à quelqu'un, même si le plus souvent c'étaient des lettres envoyées à l'aveugle, alors que nous autres n'avions aucun contact avec le monde extérieur.

Mais ces distractions ne signifiaient pas que le message avait été oublié. Quand il voyait s'accumuler sur ma table papiers ou enregistrements, Lemos m'en prenait une partie qu'il remettait à Crámer, pour que je puisse me consacrer au message. Lemos recopiait la série de lettres quasi amoureusement. Il la connaissait par cœur. Je lui dis une fois que son insistance donnait l'impression qu'il entrevoyait dans ce papier la sortie du sous-sol.

– La seule sortie à laquelle je pense est celle qui nous permettra d'arriver vivants à la fin de la journée. – Il me parla à l'oreille. – Si tu as déjà une idée, je veux la connaître. Qui que ce soit, il ne court plus aucun danger : soit il est mort, soit il a quitté le pays.

– Tu es sûr qu'il s'agit d'un nom ?

– Pas toi ?

– Je ne sais vraiment pas.

– C'est un nom. Je suis sûr que c'est un nom.

– Tu sais mieux que moi que si quelqu'un chiffre un nom, il est logique qu'il ajoute des lettres ou des mots.

– Pourquoi ce nom est-il aussi important ?

– Je ne sais pas. Ça fait fantasmer Blasco. Qui sait ce qu'il espère trouver.

Pendant des semaines j'ai supporté la pression de ce message secret. J'enviais Crámer, exempté d'une telle charge. J'écrivis tant de fois le message et changeai tant de fois ces lettres par d'autres, que je finis par convaincre Lemos et le major Blasco que c'était devenu pour moi une obsession. Tant que les derniers militants pourchassés étaient exterminés, je pris la décision de ne pas révéler le nom. La chaîne des délations devait être brisée quelque part. Je m'endormais en serrant les dents, par peur de dire la vérité en rêvant.

Exit

Les soldats apportèrent de grands sacs en toile de jute qu'ils déposèrent dans un coin. Nous n'y touchions pas, mais pendant des jours nous les avons regardés en essayant de leur trouver une explication. Un matin, Blasco m'ordonna de les ouvrir. Je défis le nœud avec une vague appréhension pour ce que j'allais découvrir. Obéissant aux ordres du major, j'entrepris de les vider : ils contenaient des vêtements, du genre de ceux qu'on donne à l'Armée du salut et qui en général proviennent de proches décédés.

Toute nouveauté était pour nous à la fois une menace et un espoir. Crámer et moi regardions ces nippes – pantalons immenses, chemises sans boutons, un gilet de costume sans le costume correspondant, des chaussures d'homme vernies, une absurde cravate jaune – comme autant de signes dont le sens restait obscur. Je craignis qu'il y eût un lien entre ces vêtements et le message.

Le lendemain, Blasco vint à ma table et m'informa :

– Cet après-midi, vous serez libre, 148.

Il attendit une réaction de ma part, mais je restai silencieux. Une phrase ne signifiait rien. Il pouvait me demander de résoudre l'énigme en échange de ma libération. Ou il pouvait s'agir de la fin.

– Rendez-vous directement chez quelqu'un de votre famille, poursuivit Blasco. Mon apathie semblait le contrarier. Ne vous faites remarquer en aucune façon. Ne communiquez avec personne, ni avec les parents de Cimer, de Crámer ou de Lemos. Les trois premiers mois, restez loin de tout téléphone : un téléphone, dans votre cas, peut être un symbole de suicide. Enfermez-vous. Ne vous montrez pas au centre. Pas question de presse étrangère ou d'avocats. Et sachez que vous restez à notre disposition pour un nouveau travail éventuel. Je saurai où vous trouver.

Il ouvrit la porte, mais avant de sortir, il ajouta :

– Si quelqu'un vous demande où vous avez été détenu, répondez que c'était à la campagne, que vous ne pourriez pas reconnaître l'endroit, qu'il y avait des vaches et des moulins à vent. Ne vous avisez jamais de mentionner l'avenue Alem.

Deux heures plus tard, Blasco revint. Un soldat me donna des ciseaux et un rasoir à main. J'étais tellement nerveux que je me coupai partout sur le visage. Puis Blasco m'ordonna de mettre les vêtements qui étaient dans le sac. J'essayai de choisir ceux qui m'iraient le mieux, qui de toute façon ne m'allaient pas du tout : un pantalon de costume marron, de quatre tailles trop grand, les tennis Flecha que j'avais portées les derniers mois, une chemise grise. Crámer me serra la main, Lemos me donna une accolade en me murmurant quelque chose à l'oreille. Je pensais que c'était un message pour prévenir un proche qu'il était vivant, mais ce qu'il répéta en murmurant fut : le nom, le nom…

Je m'écartai de lui. La porte du sous-sol s'ouvrit : dehors m'attendait une Falcon avec la porte arrière ouverte. Blasco m'ordonna de m'allonger sur le siège. Et de ne pas lever la tête avant qu'on ne m'y autorise.

– Nous nous reverrons, 148. Si quelqu'un vous parle de moi un jour, dites que vous ne me connaissez pas. Ah, et ne gardez pas un mauvais souvenir de votre passage dans ces limbes. Dehors, vous n'auriez pas survécu.

Conduite par un militaire habillé en civil, la voiture monta la rampe vers la lumière. Loin de me paraître tentant, le monde extérieur m'effrayait. Je restai allongé sur le siège arrière en regardant défiler par les fenêtres les images fugaces de la ville. Arbres, bus, immeubles. Au bout de quelques minutes, j'eus l'impression que nous étions encore sur l'avenue Alem, d'où nous étions sortis, et que tout cela n'avait été qu'un piège, une incitation à résoudre l'énigme du message. Un moment plus tard, la voiture s'arrêta. Le chauffeur m'ordonna de descendre. Et la voiture s'éloigna à toute vitesse.

Je me trouvais à un croisement de l'avenue Garay, près de Constitución. Je regardai autour de moi sans savoir où aller. Il y avait un bar au coin d'une rue, un hôtel grisâtre aux rideaux orangés, un kiosque à journaux. La palissade d'un terrain vague était couverte d'affiches annonçant la coupe du monde de football : un petit gaucho tapait dans un ballon. J'avais toujours pensé qu'à cet instant de liberté, si je la retrouvais un jour, chaque chose du monde me paraîtrait précieuse, chaque détail m'émerveillerait. Et pourtant, je sentais une vague menace dans ce monde qui m'entourait et j'avais peur de toutes ces choses innombrables qui constituent la vie. Comment fallait-il vivre ? Par quels procédés mentaux arrivait-on à prendre une décision ? Je pensais aux lettres des prisonniers politiques, à leurs projets d'aller voir la mer, de manger tel plat dans tel restaurant, de faire un barbecue, d'entrer dans un café, de prendre du maté sur une terrasse sous le soleil d'hiver. J'étais hébété, je ne savais pas ce que je voulais. Les gens me regardaient à cause de ma pâleur spectrale et de mes vêtements dans lesquels je flottais. Je n'avais pas trouvé de ceinture dans le sac en toile de jute et je devais retenir mon pantalon d'une main pour qu'il ne tombe pas. Avec un bout de cordon noir que je trouvai au pied d'un arbre j'improvisai une ceinture. Submergé par la foule des passants, j'avais du mal à supporter cette avenue et j'avais l'impression qu'ils allaient me montrer du doigt. Je devais réfléchir. J'allais marcher jusqu'à la Plaza Once, où je prendrais le train pour me rendre chez mes parents. Je n'avais pas d'argent pour acheter le billet. Je pouvais tenter de resquiller, mais je ne voulais pas avoir de problèmes avec les contrôleurs et encore moins avec les policiers. Je quémandai quelques pièces à une jeune fille qui attendait le bus. Elle poussa un cri et s'éloigna. La deuxième fois, je demandai à un homme qui me donna un peu d'argent.

Il y avait des mois que je ne m'étais pas regardé dans un miroir. Je m'engageai dans une rue adjacente et entrai dans les toilettes d'un bar et là, entre les murs sales, couverts d'inscriptions obscènes, je pus voir mon visage, c'était le visage d'un inconnu, et je pus prononcer à voix haute le nom que j'avais tu si longtemps.

Eleonora Colina Ross.

V

LE TEMPLE DES SELS COLINA

LE MONDE EXTÉRIEUR

Tant que j'étais au pouvoir de Blasco, je pensais que la première chose que je ferais en sortant du sous-sol d'Alem serait de m'enquérir du sort d'Eleonora. Pourtant je laissai passer les jours sans appeler Colina Ross. Blasco m'avait mis en garde contre le danger du téléphone. Mais ce n'était pas pour cette raison que je n'appelais pas. Je ne voulais pas apprendre de mauvaises nouvelles, je ne voulais pas qu'on me dise que personne ne savait où elle était, qu'elle avait été arrêtée dans tel bar ou tel coin de rue, qu'on l'avait vue dans un commissariat ou une caserne.

Deux semaines après ma libération, je me décidai enfin à appeler Colina Ross. C'était un samedi matin, de bonne heure, et l'idée de réveiller le professeur ne me déplut pas. J'entendis un "Allô" somnolent et lorsque je dis mon nom, il resta muet puis bredouilla quelque chose qui ne parvenait pas à former une parole. Je connaissais ce langage, le langage de quelqu'un qui se dit qu'il parle avec un mort et doit prendre une décision : ou il rectifie sa version de la réalité et accepte l'existence des fantômes, ou il corrige les images mentales qu'il s'est faites de cette mort et remplit en quelques secondes le formulaire qui le rend à la vie. Vivant, mort : rayez la mention inutile.

– C'est bien moi, professeur.
– Dorey. Vous êtes vivant ? Je pensais…
– Je m'en suis tiré.
– Et les autres ?
– Lemos et Crámer sont vivants…
– Où sont-ils ?

– Je ne sais pas. Cimer, par contre… – J'allais dire qu'il était mort, mais je n'en étais pas sûr. – On n'a pas de nouvelles de Cimer.

– Je ne me rappelle pas qui était Cimer.

– Un blond, pâle. Il travaillait aux archives de *La Razón.*

– Ah, oui, dit-il, mais je compris qu'il ne se rappelait pas. Je l'enviai : j'aurais aimé ne pas me souvenir de lui, ni de ce qui lui était arrivé.

– Barnes a été tué… dis-je.

– Oui, dans un bar. Je l'ai lu dans le journal. Il aurait pu être un bon professeur. Quel gâchis. Quel terrible gâchis… – Il se tut un instant. – Mais vous appelez pour avoir des nouvelles d'Eleonora…

– Oui…

– Eleonora est saine et sauve, dit-il enfin.

– Où est-elle ?

Il hésita une seconde.

– Au Mexique.

– Depuis quand ?

– Je n'ai pas la mémoire des dates.

– Vous me donnez son adresse ?

– Je ne l'ai pas. Je n'ai aucune nouvelle d'elle.

– Vous ne vous écrivez pas ?

– Non.

– Il y a quelqu'un qui pourrait savoir où elle est ?

– Non, Dorey. Je n'en ai pas la moindre idée.

Je me rappelai subitement les papiers de Maldany. L'époque où je les cherchais me paraissait maintenant aussi lointaine et aussi floue que celle où les tablettes crétoises avaient été écrites.

– Ne cherchez personne, dit brusquement le professeur. Ni ma fille ni personne. Partez le plus vite possible. Avec peu de bagages.

Et il raccrocha.

Les fleurs des jacarandas avaient commencé à tomber et coloraient de mauve les trottoirs ; foulées et écrasées elles formaient de grosses taches d'encre foncée. Poussé par une absurde curiosité, je m'arrêtais pour ramasser des papiers par terre – prospectus, emballages de friandises ou de cigarettes, une page tombée de la chemise d'un étudiant – comme si j'étais encore dans le sous-sol de l'avenue d'Alem.

Tout continuait à me paraître irréel et je pouvais rester un long moment assis sur le banc de pierre d'une place, à observer un arbre, ou un scarabée assailli par une patrouille de fourmis. Au lieu d'avoir réintégré le monde extérieur, j'avais l'impression d'être entré dans un monde encore plus intérieur, où chaque objet devenait un signal occulte. J'avais besoin d'en sortir, mais je n'avais pas encore trouvé la porte et le monde restait clos comme un souterrain.

Je commençai à faire de petites promenades, pendant lesquelles j'avais tout le temps l'impression d'être suivi. De même que j'avais scruté les papiers qu'apportait Blasco, de même je scrutais maintenant les visages qui m'entouraient. Un regard fugacement croisé dans un bar ou un wagon du métro éveillait en moi une inquiétude qui m'obsédait des heures entières. Un après-midi, je me rendis compte qu'une adolescente blonde, vêtue de l'uniforme d'un collège privé, s'écartait de ses amies et me regardait, et je faillis croire qu'elle me montrait du doigt pour crier que j'étais découvert. Si je voyais deux fois la même personne, j'imaginais que c'était un piège, comme s'il était anormal que les gens aient des habitudes d'achats ou de promenades. J'aspirais à un monde unifié, où les inconnus montreraient fugacement leur indifférence avant de disparaître pour toujours.

Un après-midi, j'eus envie d'aller dans le centre. Ma pâleur avait commencé à s'effacer. Je me contraignais à suivre un régime à base de carottes et d'oranges. Je descendis dans le métro au Palais du congrès et pris Callao jusqu'à l'avenue Corrientes. Je marchais tête baissée pour éviter de rencontrer des connaissances. Combien de fois par le passé avais-je emprunté le même trajet, en regardant l'intérieur des bars à travers les vitres, La Giralda avec ses tables en marbre, La Paz, La Ópera, Los 36 billares, avec ses tables en bois foncé, à la recherche de camarades, d'une amie, ou de quelque rencontre pour ne pas finir la nuit seul. Maintenant je voulais être l'homme invisible et j'évitais les fenêtres des bars par crainte de découvrir un visage familier.

J'entrai dans une librairie de livres d'occasion, je me dirigeai vers le fond où on ne voyait personne et je m'attardai devant une table de romans policiers. J'en achetai un de David Goodis, de la collection Rastros. En sortant je faillis bousculer Lemos. Il portait un pantalon blanc et une chemise verte à manches courtes.

– Miguelito ! fit-il. Je pensais que tu étais parti. Je vois que je ne suis pas le seul à avoir décidé de rester.

Il s'approcha comme s'il voulait me donner l'accolade, mais il me tendit la main. Il jeta un coup d'œil de côté, comme si quelqu'un nous observait. Personne ne faisait attention à nous.

– Et Crámer ? demandai-je.

– Ils nous ont relâchés ensemble.

– Il a quitté le pays ?

– Je ne sais pas. Je ne l'ai pas revu. Ce n'était pas une bonne idée de se retrouver, non ?

Il fit un geste de la main comme pour repousser Crámer dans cette région où l'on relègue les camarades d'école, les vieux copains du quartier, les anciennes petites amies qui ont prononcé ou écouté, à une table de café, les triviales formules de la rupture, tous ceux dont nous nous souvenons comme des pièces de la mémoire, mais qui n'ont plus de place dans notre présent.

– J'allais venir te voir.

– Pourquoi ?

Il me prit par le bras.

– Viens, on va prendre le métro.

– Pour aller où ?

– N'importe où. C'est pour pouvoir parler tranquillement. Comme ça on saura si on est suivis.

– Blasco ?

Il rit.

– Tu n'as jamais rien compris, Dorey. Si quelqu'un nous suit, ce n'est pas Blasco. C'est *à cause* de Blasco. Le major a beaucoup d'ennemis dans les services de renseignements. C'est un incompris.

Nous sommes allés à la station Callao, où nous avons pris le premier métro. Les gens étaient tous pressés. Après tant de mois d'immobilité, j'étais étonné qu'ils aient tant d'obligations et d'affaires urgentes. Où allaient tous ces gens ? Lemos fit mine de monter dans un wagon mais se ravisa brusquement et monta dans un autre. Je le suivis.

– Tu vois, je suis parano. Je crois toujours que quelqu'un me suit. Surtout quand je suis suivi.

Mais personne ne nous suivait ni ne semblait nous observer. Un vendeur proposait un jeu de stylos-bille de couleur, en élevant la voix pour surmonter le vacarme du métro. Une jeune fille d'une douzaine d'années attendait son tour, avec une liasse d'images à la main.

Je sus alors que notre rencontre n'avait pas été le fruit du hasard, car Lemos me demanda de but en blanc :

– Et ce message, tu te rappelles ?

J'avais parfaitement compris, mais je fis semblant de ne pas avoir entendu. Le bruit des roues sur les rails. Il me cria à l'oreille :

– Ce message. Qu'est-ce qu'il disait ?

Une seconde, je fus sur le point de lui dire la vérité. Eleonora était au Mexique, il n'y avait rien à craindre. Mais si ce n'était pas le cas ? Si Colina Ross avait dit ça parce que c'était le scénario préparé par Eleonora et qu'elle était encore dans les rues de Buenos Aires ? De plus, ce nom était ce que je n'avais pas dit, pas révélé, c'était une limite, le bref symbole que quelque chose était demeuré intact. Si je finissais par le prononcer, qu'allait-il rester de moi ?

– Je ne sais pas. Je n'ai jamais trouvé la solution.

– Blasco continue à demander.

– Je pensais que tu étais libéré de lui.

– Bien sûr que oui.

– Et alors ?

– Je collabore avec lui. Quand il se met en colère, il m'appelle 10.027, comme avant.

– Tu es encore dans le sous-sol ?

Nous étions arrivés au terminus de la ligne, Leandro N. Alem. Tout près d'ici – je ne savais pas à quel niveau –, dans un immeuble se trouvait le sous-sol. Nous descendîmes du wagon.

– Oui, mais maintenant parce que je suis volontaire. Nous avons monté une petite entreprise de sécurité. On passe des contrats avec des compagnies financières. On crypte l'information. Et on enquête aussi sur des compagnies concurrentes. Le monde qui vient est un monde du secret. Parfois aussi, la police nous charge d'un travail. Mais les entreprises privées sont plus intéressantes, l'État paie toujours en retard.

Il se rapprocha et me dit d'un ton confidentiel :

– Le sous-sol d'Alem n'est pas un endroit sûr. Je te l'ai dit, Blasco a beaucoup d'ennemis dans les services de renseignements. Il a toujours la passion des archives, de l'Histoire, il veut rassembler de la documentation pour le futur.

– Et son traité sur la radiation ?

– Il ne l'a jamais terminé. On lui a écrit beaucoup de pages, surtout toi, mais il dit que ce n'est pas suffisant. Il s'imagine toujours qu'il est sur le point de comprendre l'époque où il vit, mais qu'il lui manque encore un détail. C'est pour ça qu'il est toujours plongé dans les archives. Ce qui ne plaît pas beaucoup à ses compagnons d'armes. Ils sont timorés, ils se contentent de voir l'Histoire représentée par les monuments, les manuels, les noms des rues, les statues équestres. Il leur manque cette passion des archives qu'a Blasco. Ils veulent tout brûler. L'ambiance est devenue étouffante. C'est pour ça qu'on s'en va. – Il se mit à chercher quelque chose dans ses poches. – Le mois prochain, nous ouvrons nos propres bureaux. Il n'y a pas longtemps qu'on s'est décidés, on était tous les deux dans le sous-sol et pour sceller notre accord on a trinqué. Un toast un peu pathétique : au lieu de champagne, un simple vin blanc, du

Suter étiquette marron, dans des gobelets en carton. Mais on a trinqué.

Il a fini par trouver ce qu'il cherchait dans ses poches et m'a tendu une carte. Elle portait le nom de l'entreprise : Security Corp. Et un nom : Javier Dobal.

– C'est qui ?

– Tu ne penses quand même pas que je vais travailler là-dedans avec mon vrai nom. Nous sommes superstitieux comme les Indiens : si on connaît ton nom, on peut te jeter un sort. Si tu résous l'énigme du message, appelle-moi : Blasco parle souvent de toi. Mais en termes positifs : tu lui as laissé un bon souvenir. Parfois il me dit : je me demande ce qu'est devenu 148.

Je voulus lui rendre la carte, mais il me la prit des mains et me la glissa dans la poche de ma chemise.

– En plus, les conspirations c'est terminé, terminée la révolution, tout est terminé. Le moment est venu de commencer à gagner sa vie, comme tout le monde.

Nous nous séparâmes et je me mis en marche vers l'obélisque.

Mars était arrivé, il y avait plus de quatre mois que j'étais libre. Je décidai d'aller passer quelques jours à Mar del Plata, dans un petit appartement que possédaient mes parents à la Playa de los Ingleses. Un vendredi matin, je pris le train à la gare de Constitución. Les contrôleurs, vêtus de vieux uniformes gris, demandaient les billets avec impatience et brusquerie. Les classes avaient recommencé et seuls des couples de retraités partaient sur la côte. Ils parlaient tous de choses qu'ils avaient oubliées de mettre dans leurs valises.

La ville m'accueillit par du crachin. L'immeuble était quasiment désert. Sur quarante appartements, seuls deux ou trois étaient occupés, et dans la cour intérieure sifflait un vent lugubre. J'avais toujours regardé incrédule les citadins qui venaient s'entasser l'été à Mar del Plata, sur des plages où on ne pouvait se déplacer sans marcher sur quelqu'un.

J'adorais en revanche l'hiver, la solitude, le silence. À présent, j'aurais préféré la musique stridente des radios, le défilé des baigneurs équipés de parasols, de pelles à sable et de glacières, la foule horizontale enduite de crème solaire Ferrini. La solitude est un phénomène surestimé à cause de mauvais poèmes et de photos kitsch de plages désertes.

J'assistai au spectacle mélancolique de la ville qui venait de se vider de ses touristes. Je me promenai au bord de la mer, sirotai un vermouth en regardant par les fenêtres du bar et achetai une cravate pour entrer au casino. Les femmes, toutes trop maquillées, en robe longue comme pour un mariage et ne jouant que des chiffres à la roulette ; les hommes préféraient les colonnes, pair ou impair, noir ou rouge, ou les tables de black-jack. Je tentai une martingale que Cimer m'avait expliquée un jour, qui combinait noirs et impairs : je perdis la modeste somme que j'avais dans les poches. Je me résignai à passer comme un somnambule entre les tables.

Au troisième jour la solitude m'était déjà devenue insupportable et je pris un billet de retour par le train de nuit.

Quand je suis arrivé, ma mère m'a prévenu que quelqu'un était venu me chercher.

– Qui ?

– Un ancien camarade de la faculté. Un garçon énergique, bronzé. Lemus ou…

– Lemos.

– Il a regardé les meubles, les photos, les tableaux, comme s'il n'avait jamais vu une maison comme la nôtre. Il semblait un peu éméché. Il m'a demandé de te faire penser au message. Tu avais un message à lui donner ?

À partir de ce moment, dès que j'entendais la sonnerie de la porte ou du téléphone, je craignais que ce soit lui. J'imaginais Blasco en train de le tarabuster, d'essayer de le convaincre, tous les deux seuls dans le sous-sol d'Alem, sans prisonniers ni gardiens.

Je décidai de passer peu de temps à la maison. Je sortais de bonne heure et je rentrais à la nuit tombée ; je restais toute la journée dans les rues, parfois dans le centre, empruntant des trajets absurdes, prenant le bus plutôt que le train, puis le métro, pour dépister d'imaginaires filatures.

Je finis par me résoudre à partir : je pensai d'abord à Madrid ou Barcelone, mais je choisis plutôt Rome, où vivait un cousin qui pourrait me trouver du travail. Dans la famille personne n'approuva ni ne désapprouva ma décision, mais je les sentis soulagés par l'imminence de mon départ.

Pour partir, il ne suffisait pas d'acheter un billet dans une agence de voyages : je devais d'abord obtenir un passeport à l'Office central de la Police. Nombreux étaient ceux qui avaient été arrêtés à ce moment-là, les yeux rougis par la nuit de veille et les doigts tachés d'encre. Jour après jour je repoussai cette démarche, jusqu'à ce que je finisse par me décider.

L'immeuble de l'Office central de la Police, où il fallait déposer une demande de passeport, était entouré d'ateliers de photos d'identité de format 4x4, de boutiques de tailleurs aux vitrines pleines d'uniformes bleus et d'armureries avec matraques réglementaires et pistolets 9 millimètres. Grâce à une connaissance de mon père, j'avais pu bénéficier de la possibilité d'une "procédure accélérée". Il fallait payer dix fois plus, mais on obtenait le passeport le jour même. Autre avantage : les policiers qui se chargeaient de cette fabrique clandestine de passeports, sachant qu'ils exerçaient dans l'ombre, étaient peu enclins à créer des problèmes susceptibles de menacer leur petit commerce. Il fallait demander un certain commissaire Aguat. Je n'ai jamais su si ce commissaire existait réellement, ou si c'était un code pour être dirigé au bas de l'escalier, tandis que les autres demandeurs de passeport se pressaient dans les salles et les couloirs à partir de cinq heures du matin.

À mesure que je pénétrais dans l'immeuble, ma crainte grandissait et j'observais les visages et les gestes des policiers en tentant d'y déceler des signaux d'alarme. Je n'en trouvai pas : tous semblaient s'ennuyer, lassés de poser les mêmes questions.

On me fit attendre dans un couloir, puis entrer dans une pièce où un officier fumait devant une table en formica. C'était une pièce minuscule, avec une fenêtre donnant sur une cour plantée de palmiers. Sur les murs, une affiche avec des photos de guérilleros. On remarquait que certaines étaient des photos d'identité. D'autres avaient été prises après leur arrestation.

Si vous les voyez… dénoncez-les !

L'affiche datait de quelques années. Je me demandai si l'un de ces visages était encore vivant.

– Où comptez-vous voyager ?

– En Italie, pour voir des cousins.

– En Italie, bien sûr. Qui n'a pas de cousins en Italie, dit-il sur un ton un rien soupçonneux, et il me tendit le carnet bleu à lettres dorées.

Je le pris avec les doigts tachés de cette épaisse encre noire, qu'on avait du mal à effacer même en se lavant et se frottant vigoureusement les mains. J'allais sortir lorsqu'il me rappela.

– Attendez. Ne partez pas encore. Vous devez signer.

Je signai un formulaire qu'il me tendit.

– Et vérifiez que c'est bien votre passeport. Il ne faudrait pas que ce ne soit pas le bon.

La date de mon départ était prévue un samedi après-midi, mais je mis ma valise dans le coffre de la voiture de mon père deux jours avant, en pleine nuit. Je ne voulais montrer aucun bagage au moment du départ. Je demandai à ma mère de ne pas venir à l'aéroport et je lui fis mes adieux à l'intérieur de la maison, je ne voulais pas attirer l'attention. Nous sommes partis avec mon père dans la Peugeot 504 comme si nous allions faire des courses au supermarché.

Nous roulions lentement dans les rues lorsque j'aperçus Lemos sur le trottoir. Il portait un pantalon clair, des bottes texanes un peu extravagantes et une chemise violette. Il paraissait habillé pour sortir le soir et aller danser.

Je fis semblant de ne pas le voir. Quand la voiture s'éloigna, il leva la main, comme s'il n'était venu jusque-là que pour me dire au revoir.

La vie à Liliput

Mon cousin, Ignacio Suardi, habitait près de la Piazza dei Re di Roma. Il m'hébergea pendant deux semaines, jusqu'à ce que je puisse louer, avec l'argent que m'avait donné mon père, un minuscule appartement dans un immeuble de trois étages du quartier San Lorenzo. Il y avait en bas un restaurant chinois et je ne pouvais pas ouvrir les fenêtres parce que l'appartement s'imprégnait d'une odeur de friture rance.

Ignacio était le fils de la sœur aînée de ma mère. Son départ en Italie n'avait rien eu à voir avec la politique : jeune, il avait beaucoup voyagé et travaillé dans des hôtels en Europe l'été. Il avait fini par s'installer à Rome, où il vendait des soldats de plomb, le hobby de son adolescence. Bien sûr, il n'était pas d'accord avec cette dénomination.

– On ne peut pas dire que ce sont des soldats, il y a aussi des figures de Cléopâtre, d'Adam et Eve au paradis et de Sophia Loren. Le mot correct, c'est donc “miniatures”.

– Miniatures de plomb…

– Elles ne sont pas non plus en plomb, parce que le plomb est toxique et il est interdit. C'est un alliage qui n'a qu'une très faible quantité de plomb. On l'appelle métal blanc.

– Miniatures de métal blanc…

– Pas très attirant. Il vaut mieux continuer à dire petits soldats de plomb.

Son commerce s'appelait Liliput : c'était une petite boutique avec un coin de vitrines pour renseigner les clients et une réserve meublée d'étagères chargées de boîtes en carton. Dans les vitrines étaient rassemblés des soldats de

Napoléon et des dieux égyptiens, James Bond et Elvis Presley, des officiers SS et le pape Paul VI (le modèle de Woytila, récemment élu après le bref pontificat d'Albino Luciani, sortirait peu après et avec grand succès). Ce qu'il vendait en magasin ne représentait qu'une petite partie de son activité commerciale. La plupart des pièces étaient vendues par correspondance. Je l'aidais à ranger les soldats de plomb dans des boîtes vertes, allongés sur une couche de copeaux de bois. Puis il fallait faire les paquets et les porter à la poste. Je trouvais étonnant que des pièces de valeur soient envoyées par courrier ; en Argentine, personne n'aurait eu une telle audace. Je passais des heures à ranger les petits soldats dans leurs boîtes. S'ils étaient très précieux, je les protégeais avec du papier de soie.

– Mes clients sont des hommes âgés, des colonels à la retraite, des ex-policiers ou des ex-diplomates, me disait mon cousin. Ils ne s'intéressent pas à l'Histoire, mais plutôt aux dorures de l'Histoire. Ils consultent dans des livres les planches d'uniformes pour vérifier que ce qu'ils achètent est une reproduction exacte. Ils ne veulent rien savoir de villes bombardées, d'animaux morts au bord des routes, de camps de concentration.

Je devais parfois l'accompagner chez quelque veuve qui voulait se débarrasser de la collection insensée de son mari. Les maisons étaient vastes et silencieuses comme des musées. Il était facile de marchander avec les veuves et de payer un prix très inférieur à la valeur réelle des pièces, tant elles désiraient en finir au plus vite avec ces armées fantomatiques aux aguets dans des vitrines poussiéreuses. En revanche, nous devions les écouter : des heures entières dans ces salons sombres, à prendre un café avec des biscuits à l'anis, pendant qu'elles disaient pis que pendre du mari décédé, des enfants qui étaient partis vivre loin (à cinq pâtés de maisons de distance) et surtout des belles-filles, ces harpies.

J'accompagnais mon cousin aux foires qui se tenaient dans les petites villes du nord de l'Italie. Nous partions avant le lever du jour, parfois sur des routes en plein brouillard, dans sa Fiat où les boîtes s'empilaient sur le siège arrière jusqu'au plafond.

De temps en temps mon cousin Ignacio allait en Argentine et revenait avec les valises remplies de petits soldats fabriqués dans un atelier installé dans le garage d'une maison de Quilmes. Elle appartenait à un petit industriel qui avait eu une fabrique de petites voitures de collection. Mais il avait fait faillite quand les importations s'étaient libéralisées et maintenant, privé d'employés et de machines, il survivait grâce à cet artisanat. Mon cousin était expert dans l'art de convaincre les employés des compagnies aériennes de ne pas lui faire payer l'excédent de bagages.

Ses arguments invoquaient toujours une épouse, l'amour de sa vie, qui venait de mourir. Ce qu'il emportait en Italie dans ces énormes valises était ses souvenirs. Il avait quarante ans et était célibataire, mais il portait une alliance, et si une employée ne le croyait pas, il l'ôtait de son doigt et la lui donnait comme preuve du lien sacré qui l'unissait à ces reliques, car à présent il n'allait plus en avoir besoin. C'était le dernier recours et il fonctionnait toujours avec succès.

– Il faut profiter de ce que la notion d'excédent de bagages est une des nombreuses "zones grises" de la vie moderne. Bientôt, ça va être ton tour de faire ces voyages.

Parmi les exilés, la possibilité de revenir était aussi une "zone grise" de la vie moderne. On entendait continuellement des rumeurs lointaines, certaines rassurantes, d'autres alarmantes. Des personnes qui étaient arrivées à l'aéroport d'Ezeiza et avaient aussitôt disparu. D'autres qui n'avaient pas osé sortir de l'aéroport et avaient pris le premier vol en partance pour n'importe où. Certains qui étaient revenus sans problèmes et avaient ouvert un commerce, ou repris le poste qu'ils occupaient à l'université sans que personne n'y trouve rien à redire.

Je savais que le jour où je reviendrais, ce serait définitif. L'Argentine ne me manquait pas, c'était la réalité qui me manquait. Vivre à l'étranger était comme se trouver dans un monde où les choses avaient certes poids et volume, mais me semblaient toujours sur le point de disparaître.

Au retour de ces voyages, mon cousin me rapportait des lettres de ma famille, des livres, des pots de confiture de lait, du maté, des boîtes de biscuits fourrés Havanna. Également des chansons et des émissions de radio susceptibles de me plaire que ma sœur enregistrait pour moi. Des dessins de mes neveux, pour lesquels j'étais un fantôme. Mais dire fantôme est encore trop, car les fantômes ont un endroit à eux, et je n'avais pas de maison hantée où faire mes apparitions. Ils dessinaient souvent les cadeaux que je leur envoyais (poupées Barbie, une espèce de robot géant appelé Matzinger, dont les programmes n'étaient pas encore arrivés en Argentine), peut-être parce qu'ils étaient le seul signe de mon existence et qu'ils voulaient, à leur façon, la garantir. J'ouvrais les boîtes de gâteaux, les pots, les livres, comme si c'étaient les reliques d'un royaume perdu. Je mangeais, je lisais, j'écoutais parcimonieusement, afin que ce trésor ne s'épuise pas en une soirée d'angoisse et de tristesse.

Mais cette immersion dans une Argentine symbolique ne signifiait pas mon rapprochement d'une Argentine réelle : j'évitais autant que possible le contact avec des compatriotes. Les rumeurs circulaient parmi les exilés et se concentraient dans les réunions des comités de solidarité avec les prisonniers politiques et les disparus. Il était possible que l'on parle déjà dans ces cercles invisibles (invisibles pour moi) du bureau des hommes pâles.

Dans tous les contacts entre les exilés régnait la paranoïa : on soupçonnait les libérés, envoyés à l'étranger pour voir ce que faisaient leurs anciens camarades ; on soupçonnait des agents de renseignements chantant de vieilles chansons dans les soirées des exilés, avec l'idée que les conversations banales autour d'eux leur permettraient de faire des rapports hebdomadaires transmis à l'ambassade d'Argentine à Rome. Les services secrets italiens s'intéressaient eux aussi aux réunions d'Argentins, par crainte de contacts éventuels entre les exilés et les Brigades rouges.

Mon cousin me disait :

– Il faut se méfier des plus exaltés, qui exigent de tout recommencer comme s'il ne s'était rien passé. C'est sûrement des infiltrés. Il faut aussi douter des plus conservateurs, qui préconisent la désertion et l'oubli. Et enfin, il faut se méfier de ceux qui ont trouvé le juste milieu entre l'exaltation et la défaite.

Seuls ma famille et deux ou trois amis de l'époque du lycée avaient mon adresse. Pourtant, j'ai commencé à recevoir des lettres qui ne venaient ni d'amis ni de proches : des lettres portant l'en-tête de Security Corp. Lemos, peut-être lassé d'être Javier Dobal, les signait de son nom. Security Corp avait ses bureaux dans un immeuble du centre historique de Buenos Aires.

Je ne répondais jamais à ses lettres, mais Lemos persistait à me raconter sa vie. Il changeait souvent d'appartement. Et de petite amie. Il avait acheté un aquarium géant qu'il avait peuplé de poissons mal choisis : ils se dévoraient entre eux et les survivants mouraient aussi. Il me demandait des conseils sur sa relation difficile avec son père, un médecin. Il me demandait également de l'aider en matière de cryptographie. Parfois, dans des lettres écrites la nuit, et au bord du délire, il proposait qu'on se réunisse tous de nouveau, qu'on reconstitue le Cercle des Cryptographes, qu'il lui arrivait d'appeler, par erreur, le bureau des hommes pâles. En fin de compte, ce que ces lettres me demandaient était toujours la même chose : que je déchiffre le message, que je révèle le nom caché, que je dise la vérité une fois pour toutes.

LES SECRETS QUE NOUS GARDONS

Habitué aux petits soldats et à leurs champs de bataille en miniature, je finis par avoir moi aussi une vie en miniature. À la différence de la vie en Argentine, où tout se ramifiait à l'infini au fil du temps, où l'on cessait de voir des gens connus, que l'on retrouvait plus tard avant de les reperdre de vue, à Rome les relations commençaient à l'improviste et se terminaient définitivement. Je me fis de nouveaux amis, que je cessai ensuite de voir, sans qu'ils me manquent. Je vécus avec une femme, professeur à l'université La Sapienza, puis avec une autre, biologiste : la première s'échappa et la seconde m'échappa. Mais d'une manière ou d'une autre chaque histoire demeura complètement close. Vivre à l'étranger était comme vivre par épisodes.

En revanche, tous les conflits de ma vie à Buenos Aires, si lointains fussent-ils, continuaient de graviter, avides, autour de moi. Chaque lettre que je recevais était un chapelet de comptes en souffrance. Je me sentais coupable d'avoir perdu de vue Tarrés, mon seul véritable ami, qui me racontait l'effondrement de l'entreprise familiale, ses acrobaties avec les factures impayées, ou ses périples dans la province de Buenos Aires, où il passait des films et s'escrimait sur de vieux appareils de projection.

Il y avait les lettres m'informant du sort de personnes connues ou inconnues, et qui souvent demandaient des nouvelles d'autres personnes connues ou inconnues, mais toutes étaient écrites dans le langage crypté de la paranoïa. Ainsi, le centre de la lettre était-il sans importance, alors que la véritable information se dissimulait dans une suite d'emportements et d'anecdotes. Il y avait les lettres de ma mère, pleines de détails de la vie quotidienne, et celles de mon père, anodines et laconiques, qui prolongeaient et congelaient son éternel silence. Et les lettres de Lemos, qui réclamaient la résolution de la vieille énigme.

Tout ce qui m'entourait à Rome était provisoire. Les meubles d'occasion de mon minuscule appartement, les livres que j'achetais, les gens que je voyais : j'allais finir par me défaire de tout.

Un matin, Ignacio me donna un papier – un prospectus glissé sous la porte, la publicité d'une liseuse de tarot – sur lequel il avait noté une adresse au crayon.

– Hier on a téléphoné pour toi, mais tu étais déjà parti.

– Qui c'était ?

– Une Argentine – il mit une seconde à retrouver son nom –, Eleonora. Elle a dit que demain entre dix heures et midi elle donnait un cours à cette adresse.

Eleonora, avait-il dit. Il avait prononcé son nom comme un mot quelconque, le nom d'une rue qu'on voit depuis la fenêtre d'une voiture pour l'oublier l'instant d'après, ou le nom qu'un inconnu prononce dans un train.

Je relus le papier, dont le texte était clair, comme s'il s'agissait d'un message secret. Je pouvais ne pas aller au rendez-vous, je pouvais fuir Eleonora. Elle était sûrement de passage à Rome et repartirait dans quelques jours. Si je résistais à la tentation de la revoir, je pourrais échapper au pouvoir du passé. À quoi servaient ces multiples tentatives de m'inventer une nouvelle identité, étrangère à Crámer, à Blasco, à Lemos, aux listes de noms, de messages codés, si je revoyais Eleonora ? Mais le bureau de poste des dieux ne ferme jamais et leurs télégrammes peuvent prendre bien des formes, y compris une adresse écrite sur le prospectus d'une liseuse de tarot.

Le lendemain, après avoir demandé mon chemin et fait des détours, j'atteignis une maison qui paraissait en ruine. Un écriteau indiquait un centre culturel consacré à l'Amérique latine. Personne à la porte, juste un tableau en liège où étaient punaisées toutes sortes d'annonces : cycle de cinéma mexicain, soirées folkloriques, cours de tango, de cuisine péruvienne, hommage à Neruda.

Je montai l'escalier, attiré par la rumeur d'une conversation. Mais ceux qui parlaient disparurent promptement, comme des fantômes. De l'extérieur, l'immeuble paraissait petit, mais l'intérieur s'étendait en longs couloirs et escaliers obscurs. Il n'y avait personne à qui demander où était Eleonora, de sorte que j'entrepris de visiter les lieux. Un chat dormait sur la dernière marche d'un escalier en marbre. Derrière une porte vitrée, brusquement je la vis, et j'avais eu beau la chercher, je fus surpris de la trouver, comme si chercher et trouver étaient des actions incompatibles. C'était le printemps, elle portait une robe à fleurs, cette robe que, me sembla-t-il, j'avais voulu lui acheter des années avant. Elle avait posé sur la table des lunettes de soleil.

J'entrai dans la salle le plus silencieusement possible. La porte me trahit avec un grincement de maison ensorcelée. Eleonora me jeta un regard furieux, comme si quelqu'un osait entrer dans la salle un peu avant la fin du cours. Mais lorsqu'elle me reconnut, elle se tut un instant et me regarda avec des yeux écarquillés. Je sentis que je n'étais pas simplement moi, mais le représentant d'une époque, le consul furtif d'un pays incompréhensible. Je craignis de lui avoir fait perdre le fil de sa leçon. Elle m'adressa un salut de la main. Et je sortis de la salle pour qu'elle puisse terminer son cours.

Je l'attendis sous une lucarne où passait une lumière de la couleur des nuages. J'avais la sensation d'avoir commis une erreur, d'avoir franchi une limite invisible. Mais je savais que s'il existait une possibilité de me faire pardonner, c'était de n'avoir pas prononcé son nom. Maintenant son nom m'appartenait, maintenant son nom était plus à moi qu'à elle. Qu'elle reste donc Eleonora Bartoldi ; l'autre, Eleonora Colina Ross, au patronyme pour elle abominable, m'appartenait.

Bruits de chaises remuées et murmures de conversations : le cours était terminé. Un groupe d'étudiants la suivait avec de tardives et urgentes questions en espagnol et en italien. Le petit cortège franchit le seuil et s'engagea dans le couloir avec une lenteur exaspérante. Considérés un par un, ils n'avaient rien d'étrange, mais regroupés ils présentaient quelque chose de monstrueux, comme si chacun d'eux était doté d'un trait qui le rendait mémorable, à la manière des personnage de Dickens : l'homme à la canne à poignée d'argent était trop pâle, l'adolescent aux taches de rousseur paraissait un enfant de douze ans avec une taille d'adulte, la femme en noir avait des faux cils démesurés et agitait frénétiquement un éventail noir, le jeune à barbe noire avait une plaie à l'oreille.

Je dus attendre que le petit groupe se disperse un par un. Chacun s'éloignait aussitôt comme chargé d'une mission à accomplir sur-le-champ. Il ne resta bientôt que celui à l'oreille blessée, qui s'obstinait à formuler une question composée de chapitres balbutiants. Je finis par m'approcher assez près pour que Van Gogh s'en aille à son tour. Eleonora tendit les mains vers moi. Nous nous sommes étreints avec gaucherie.

– Il y a longtemps que tu es à Rome ?

– Quatre jours, c'était mon dernier cours.

– Et tu me fais signe le dernier jour ?

– J'ai eu du mal à te trouver. Et puis je ne repars pas aujourd'hui, je m'en vais demain.

Elle tenait à la main des feuilles dactylographiées remises par les élèves.

– *Les secrets que nous gardons.* Ils t'ont confié leurs secrets ?

– Ne te moque pas. Je les fais écrire à partir de secrets de famille, de choses qu'ils ont entendues dans l'enfance sans les comprendre, de livres qu'ils avaient l'interdiction de lire, de ce qu'ils ont vu et n'auraient pas dû voir. Je leur avais demandé de ne rien m'apporter pour le dernier cours, mais c'est toujours pareil. Maintenant je vais devoir leur répondre par courrier.

Nous avons longuement marché au bord du fleuve. Nous parlions de vieux films, de Buenos Aires ; prudents, nous esquivions les sujets importants : le sort des amis, l'incertitude de l'époque, son père. Aucune allusion au Cercle des Cryptographes de Buenos Aires. Nous faisions comme si tout était nouveau et qu'on se voyait pour la première fois.

Nous passâmes devant un violoniste qui devina que nous étions argentins et se mit à jouer *Por una cabeza* sur un rythme de polka. Je fis tomber quelques lires dans son chapeau troué. Puis nous sommes allés chez moi. L'appartement, comme toujours, était bien rangé, mais les murs étaient nus, les meubles ordinaires, et elle me dit :

– On dirait que tu vas partir demain, ou que tu es arrivé hier.

– Je suis arrivé hier et je m'en vais demain. C'est ce que je me dis tous les jours.

– Où vas-tu aller ?

– Revenir. Comme tout le monde.

– Oui, bien sûr, en 2000.

Je la pris dans mes bras. J'entendais sa respiration contre mon oreille et j'avais envie de rester comme ça, un long moment, sans un mot, sans la pesante obligation de penser et de prévoir.

Elle se réveilla à onze heures du matin et me parla d'un train qui venait de partir, d'obligations et d'affaires urgentes qui l'attendaient à Madrid. Elle resta trois jours avec moi, trois jours qui donnèrent l'impression irresponsable de la perfection. Elle me demanda de ne pas parler de son père ni du passé. J'acceptai. Ce pacte avait pour moi la saveur d'une absolution.

Elle partit à Madrid, vida son appartement, brada ses meubles, abandonna des livres et, peu après, revint à Rome, épuisée, sans voix et avec 38 de fièvre. Elle retrouva sa voix, la fièvre disparut et nous avons vécu ensemble. Tout avait été compliqué entre nous, mais à présent tout était simple et clair : nous vivions à l'étranger, ce qui est toujours, comme les valises, un résumé de la vie.

De temps à autre Eleonora m'apprenait certains faits de sa vie. Elle était partie d'Argentine en octobre 1976. Même à l'intérieur de l'avion, dans l'attente du décollage, elle avait eu peur qu'on vienne l'arrêter. Elle occupait un des derniers sièges, dans la zone fumeurs, et fuma une cigarette après l'autre jusqu'à ce que le paquet soit vide. Elle conservait la carte d'embarquement et l'avait placée sous verre : modeste trophée qu'accordent les fuites. Elle vécut deux ans au Mexique, où elle épousa un médecin, un pédiatre, mais leur mariage ne dura que sept mois.

– Il en a eu marre, le pauvre. Les coups de téléphone à n'importe quelle heure, les réunions de dernière minute. Les Argentins sont déjà en soi insupportables, me disait-elle, mais les Argentins exilés le sont au-delà de l'imaginable.

Puis, elle était partie à Barcelone, où on lui avait promis un emploi dans une maison d'édition. Mais finalement ça n'avait pas été possible et elle avait fait ce qu'elle avait pu : des traductions de modes d'emploi d'appareils électriques, des ménages dans un bar, des cours d'espagnol pour des étrangers, surtout des Allemands et des Hollandais. Avec le temps elle avait fini par obtenir un poste à la bibliothèque de l'université. Elle remplissait les fiches et rangeait les livres. Elle portait des gants en caoutchouc parce que le papier et la poussière lui desséchaient les mains. Elle perdait toujours les gants.

Un matin elle reçut la visite d'une amie du Mexique qui lui apportait des lettres arrivées à son ancien appartement de Mexico. Elles étaient si nombreuses qu'elles avaient bloqué la porte. Eleonora les posa sur la table et entreprit de les trier. Elle en écarta aussitôt quelques-unes, avec le plaisir qu'on éprouve à se débarrasser de vieux papiers ; d'autres venaient d'amis auxquels il fallait répondre. Et cinq étaient de son père. Elle ne les ouvrit pas, comme elle avait toujours fait. Elle les voyait tous les matins sur la table, près du téléphone, obstinées. Elle ne voulait rien savoir de son père : ni le voir, ni lui écrire, ni lui parler au téléphone.

C'est alors qu'elle eut l'idée de commencer à travailler sur les secrets. Elle était la fille d'un homme qui s'y était consacré, elle avait fait partie du Cercle des Cryptographes, elle avait passé sa jeunesse à parler de secrets, elle avait rassemblé des heures d'enregistrement de personnes racontant leurs secrets (matériel perdu à cause de l'abandon précipité de l'appartement de la rue Uruguay). Nul autre sujet ne lui était aussi familier que celui-là. Elle écrivit des articles à mi-chemin entre la réflexion et le souvenir des secrets qu'elle avait enregistrés à l'époque de la faculté. Et elle commença à animer une espèce d'atelier littéraire *sui generis* où les participants écrivaient à partir de tout ce qu'on leur avait caché (ou qu'ils avaient eux-mêmes caché).

– Cet atelier était un aimant pour les fous.

– À Madrid aussi ?

– À Madrid et à Barcelone. Des solitaires, des mélancoliques, des paranoïaques, des Argentins. Mais ça a bien marché : en peu de temps j'ai arrêté de m'habiller avec les fins de série du Corte Inglés.

Elle n'avait pas terminé le livre, elle continuait à y travailler, ajoutant, modifiant. Elle avait commencé à étudier les différentes sortes de secrets qui parcouraient la littérature : l'auteur du crime dans le roman policier, un vieux mystère dans le conte fantastique. Elle passait ensuite de la littérature à la vie quotidienne : les secrets entre amies, la formulation des désirs (qui doivent rester cachés pour pouvoir se réaliser, que ce soit devant un gâteau d'anniversaire, sous un pont ébranlé par un train, ou à la vue d'une étoile filante), les secrets entre hommes, les secrets dans le couple.

– Et les lettres de ton père ?

– Dans une boîte à chaussures.

– Tu les as ouvertes ?

– Non. Fermées, elles servent d'inspiration, ouvertes elles ne servent à rien. Colina Ross n'existe plus pour moi.

Il avait dû se passer quelque chose avant qu'elle quitte l'Argentine pour qu'ils ne se parlent plus jamais. L'imagination est routinière, je pensai à quelque scandale avec des collégiennes ou des filles de province. Je savais que je ne pouvais pas demander et je ne demandai pas. Elle me fit promettre de ne pas mentionner son père en sa présence.

Des nouvelles de Colina Ross

Au début de l'été nous avons acheté une voiture d'occasion, une Fiat 500 de couleur bleue, et nous sommes allés chez une amie d'Eleonora près de Pise, où la mer n'était qu'à quelques kilomètres. Eleonora étrenna un bikini blanc qui lui allait vraiment bien et elle paraissait ne jamais se lasser d'entrer dans l'eau.

Vint ensuite un automne doux, suivi d'un hiver particulièrement rude, qui révéla tous les défauts de mon petit appartement par très basses températures. Les fenêtres fermaient mal, le four électrique tomba en panne, nous déjeunions emmitouflés dans trois couches de vêtements. Eleonora se déplaçait dans l'appartement avec une couverture sur les épaules.

– Qu'est-ce qu'on fait encore ici, sans argent, avec ce froid ? Partons.

– Où ?

– À Buenos Aires.

– Tu es dingue, ou quoi ?

– La situation a changé. On le sent dans les lettres, les nouvelles.

– C'est *eux* qui disent que tout va mieux. Ça fait partie de leur propagande. Les généraux se laissent caricaturer pour faire croire qu'on peut tout publier.

– Ils ont déjà tué tous ceux qu'ils voulaient tuer.

– Il leur en reste peut-être quelques-uns à éliminer.

Eleonora ne m'interrogeait jamais sur mon long séjour dans le royaume souterrain du major Blasco. Je lui avais parlé du bureau des hommes pâles, et elle m'avait laissé raconter sans me poser aucune question ni me demander la moindre précision. Je pensais que c'était de sa part une marque de pudeur ou de prudence. Jamais je n'en avais parlé à personne, et maintenant je commençais à trouver les mots pour le faire. À mesure que je le racontais, j'organisais mon récit, même dans ma mémoire, en petits épisodes, mais en passant sous silence la peur constante, l'ennui, le froid, les os douloureux, qui étaient notre lot quotidien, pour ne garder que des faits précis et uniques.

J'avais aussi appris à présenter notre activité sous un jour plus théorique que pratique : je ne parlais pas des messages déchiffrés, des conversations enregistrées, des photographies étudiées à la loupe, mais plutôt des communiqués, des revues, des livres brûlés ou enterrés, de l'obsession de Blasco pour le langage révolutionnaire. Je m'imaginais parfois à la barre d'un vague tribunal, expliquant d'une voix calme l'innocuité de tout ce travail souterrain. Dans mes élucubrations, j'étais le seul à parler, personne ne m'interrompait, personne ne me demandait d'explications, mais certains m'écoutaient avec un brin d'impatience, comme s'ils attendaient que j'aborde des faits plus importants. Ce qui n'arrivait jamais.

J'avais repoussé le moment de parler du message à Eleonora, je préférais que ce soit pour elle une histoire la plus lointaine possible. Mais je pensais qu'elle devait savoir, qu'elle avait le droit de connaître l'obscur cheminement de son nom. Un soir où nous avions ouvert une bouteille de chianti et étions au lit sous les couvertures, j'entendis ma propre voix – comme si c'était celle d'un autre – prononcer le nom de Barnes. Claudio Barnes, son ami de l'époque du lycée, tué à la sortie d'un bar de l'avenue Federico Lacroze. Je lui racontai son entrée dans ce bar, où je m'échinais sur la traduction – inaboutie – des *Vies imaginaires*, et du message que Barnes m'avait glissé dans la poche. Elle réagit avec une expression inquiète, comprenant aussitôt que c'était un prologue, que l'élément important allait venir. Elle résista à l'envie de me presser de finir mon récit. Mais avec une patience feinte, elle me dit :

– Barnes a toujours été dingue. Excentrique depuis l'âge de treize ans. Avant d'être "Barnes le tondu", on l'appelait "Barnes le dingue".

– C'est ce que j'ai pensé quand il m'a remis ce message : qu'il était fou.

– Les autres aimaient les tenues militaires, les grades, les ordres. Pas Barnes. Lui, il adorait l'autre face de la vie clandestine : les murmures, les signaux, les appels mystérieux.

– Mais après ce message est revenu.

– Comment ça, revenu ?

– Le major Blasco a insisté pour que j'en trouve la signification. Et Lemos aussi. Il semblait encore plus intéressé que Blasco. Et il est encore intéressé.

– Et que disait ce message ?

Je préférai lui expliquer, avec l'esprit pervers de celui qui ne se résigne pas à abandonner l'histoire qui le protège brièvement, comment je l'avais déchiffré. Si le message n'était pas destiné à Lemos, il l'était à Crámer. En pensant à Crámer, j'avais pensé à Maldany.

– C'était ça le mot-clé, *Maldany* ?

– Oui, *Maldany*… Seul un disciple de ton père pouvait avoir chiffré… ou déchiffré ce message. Un disciple ou un ennemi, comme Crámer.

– Barnes était un disciple de mon père.

– Moi aussi.

J'attendis qu'elle me pose la question.

– Et que cachait le message ? finit-elle par demander.

– Ton nom.

– Mon nom ?

– Ton vrai nom. Ton nom complet : Eleonora Colina Ross.

Elle considéra une seconde la réponse, avec l'air d'un professeur qui se demande si les balbutiements d'un élève peuvent constituer une bonne réponse.

– Pourquoi Barnes avait-il écrit mon nom en code ?

– Je ne sais pas. Mais il avait sûrement une bonne raison. Quelqu'un devait te rechercher. Ou t'apporter quelque chose. Ou te charger d'une mission. Qui sait. Nous n'avons personne à qui le demander.

Bien sûr que si, il y avait quelqu'un : Lemos. Mais c'était la dernière personne au monde à laquelle j'aurais voulu parler.

– Tu voyais Barnes à cette époque ? lui demandai-je.

– Je ne voyais plus personne. J'ai quitté l'appartement juste au bon moment, je n'ai pu rien emporter. J'ai tout perdu, même ce que j'avais gardé de ma mère. Pendant des mois je suis passée d'un endroit à l'autre. Un appartement au centre, une villa à Escobar, une maison dans le Tigre. J'ai même dormi une nuit chez mon père. Imagine.

– J'ai du mal à l'imaginer.

– La planque parfaite. J'ai dormi dans une des pièces condamnées par ma grand-mère. Le lit était entouré de machines à coudre, de tableaux posés par terre, de lustres en cristal. J'étais surveillée par une Vénus de Milo et un nain de jardin. Je me suis réveillée en pleine nuit, avec la peur que tous ces objets me tombent dessus.

Elle ne reparla plus de Barnes ni de Colina Ross.

J'eus cet hiver-là des nouvelles du professeur.

Mon cousin venait d'obtenir la franchise d'une marque suisse de petits soldats, qu'il avait mis longtemps à se voir accorder. L'article vedette de cette maison était la Garde suisse du Vatican, dont les uniformes étaient reproduits avec leurs couleurs brillantes et un réalisme remarquable. Pour fêter la signature du contrat, qui donnait un prestige singulier à son commerce, Ignacio organisa une journée de rencontres au premier étage d'un hôtel de Rome. Son propriétaire était un collectionneur des plus fervents, aussi mon cousin n'eut-il rien à débourser pour disposer de la salle.

Quelques jours avant l'événement, il reçut la nouvelle de la mort d'un des conférenciers victime d'une crise cardiaque. Il me demanda de le remplacer avec une conférence sur un sujet relatif à la guerre. Je lui dis que le seul que je connaissais bien était l'histoire des codes secrets.

– Ce que tu voudras, à toi de décider, répondit-il très intéressé par le thème de ma future conférence.

La veille, il me prévint que je devais me présenter avec veste et cravate. À ce moment-là je parlais relativement bien l'italien, mais je ne pouvais pas improviser, car la recherche d'un mot risquait de me faire perdre le fil. J'écrivis le texte que j'allais lire sur une Olivetti Lettera rouge que j'avais dénichée dans une brocante.

Je mis une veste d'un bleu un peu criard, que j'avais achetée en solde, et une cravate que me prêta mon cousin, car jusque-là, je n'avais jamais été obligé d'en porter une. Arrivés en avance à l'hôtel nous sommes montés directement au premier étage. C'était un immeuble du XVIIIe, surchargé de meubles énormes, de rideaux pourpres et de lugubres portraits de mystérieux évêques voilés par des toiles d'araignée. Nous avons préparé quelques tables selon une distribution éclectique : membres de la garde suisse, Indiens Sioux, prêtres aztèques, samouraïs, soldats français de la Grande Guerre avec leurs masques à gaz. Il y avait aussi des canons et des catapultes. Nous ne cessions de bouger pour résister au froid. Ignacio sortit furtivement une flasque en argent de sa poche et but une gorgée.

Les participants commencèrent à arriver, tous avec un cigare allumé, comme pour projeter un peu de fumée sur les immobiles batailles en miniature. Il y avait dans le salon une trentaine de chaises tendues de rouge et presque toutes furent occupées. Bien sûr, ni femmes ni jeunes. Tout aussi ennuyé que nerveux, j'assistai aux conférences : la représentation de Napoléon dans la peinture, un panorama des différentes sortes de moules pour les miniatures en plomb, l'évolution des mécanismes à corde, l'histoire des jouets en laiton peint. Lorsque mon tour arriva et que je dus monter sur l'estrade, je me rendis compte que j'avais choisi un sujet inadéquat : la méthode utilisée par les Nord-Américains pour casser le code japonais à la fin de la Seconde Guerre mondiale. Les auditeurs me regardaient avec ce rejet apathique qu'inspirent toujours les nouveaux venus. De plus, ils collectionnaient chez eux des petits soldats de plomb, ils s'intéressaient à ce que la guerre avait de visuel et de public, pas d'intime et de secret. Le métier des cryptographes et des espions était l'invisibilité : ni uniformes ni armes. Vendait-on des miniatures de Sorge, ou de membres de l'Orchestre Rouge ?

Lorsque j'eus terminé ma conférence et que je regagnai ma chaise, un homme aux cheveux complètement blancs s'approcha de moi. Il avait environ soixante-dix ans, mais il paraissait en pleine forme, très bronzé comme s'il arrivait de l'étranger. Il aurait eu besoin d'une coupe de cheveux, ce qui me le rendit sympathique : j'ai toujours bien aimé les gens qui oublient la fastidieuse corvée de se faire couper les cheveux. Je pensai que c'était un collectionneur et m'apprêtai à recevoir une leçon quelconque, puisque les autres ne posaient pas de questions, ils savaient seulement répondre.

– Miguel Dorey ?

– Oui.

– Ulisse Donadio… – Il me tendit une main où brillait une grosse chevalière en or avec ses initiales. – J'ai vu votre nom dans le journal, c'est pour ça que je suis venu.

– On se connaît ?

– Eh bien, je suis sicilien, de Palerme, mais je dirige depuis des années un centre d'études à l'université de Bologne. À une époque, on recevait une publication de Buenos Aires, les *Cahiers du Sphinx*, où vous écriviez souvent.

– Vous avez bonne mémoire.

– Nous sommes peu nombreux à nous consacrer au jeu des lettres et des symboles… Je suivais cette revue avec beaucoup d'attention. J'ai même échangé des lettres avec un certain… Je ne me rappelle pas son nom… une sorte de secrétaire de la revue.

– Fabiani.

– C'est ça. Mais du jour au lendemain j'ai cessé d'avoir des nouvelles du Cercle des Cryptographes de Buenos Aires. J'ai envoyé une lettre, mais je n'ai pas eu de réponse. Le cercle s'est dissous, j'imagine.

– Oui, il s'est dissous.
– Des conflits ?
– Un peu de tout.
– Les universitaires sont partout des gens compliqués. Jalousie, intrigues… Mais je voulais vous parler d'un ami commun : Ezequiel Colina Ross. Et de son amitié avec Maldany.

Je le regardai de nouveau : c'était un émissaire du passé, un employé occasionnel du bureau de poste des dieux.

– Quand j'étais très jeune, j'ai eu à répondre à un de ces questionnaires qu'Alexander Maldany envoyait aux universités à l'époque où il faisait des recherches sur la langue de Dédale. Le questionnaire ne s'adressait pas à moi, mais au titulaire de la chaire, qui m'a pourtant demandé d'y répondre à sa place. Il pensait que Maldany était un fou et que ce n'était pas la peine d'accorder de l'importance à cette affaire.

Un nouveau conférencier était monté sur l'estrade et regardait les feuilles qu'il s'apprêtait à lire. Le public observait avec appréhension l'épaisseur de la liasse.

– Taisons-nous, une nouvelle conférence commence, dit Donadio. Il va être question de catapultes : une bonne occasion pour nous projeter à l'extérieur.

Nous sortîmes dans la rue et le froid me découragea. Le vent s'acharnait à dépeigner les femmes. Après avoir fait quelques pas nous sommes entrés dans un petit café aux minuscules tables rondes. Je commandai un ristretto et lui une grappa.

– Pour le froid. – Il but la grappa cul sec, admirablement. – Je déteste le froid. Nous autres Siciliens ne sommes pas habitués à cette température.

– Il y a longtemps que vous enseignez à Bologne ?
– Des années. Toute une vie. Je revenais à Palerme quand ma mère vivait encore. Je n'y vais plus. Ma sœur habite la maison familiale, solitaire, recluse comme une nonne, volets toujours fermés. Le soleil n'entre jamais dans cette maison. Elle dit que les tapis se fanent à la lumière.

– Vous me disiez que vous connaissiez Colina Ross.

– Je le connaissais de nom, bien sûr, de l'époque des *Cahiers du Sphinx*. Je connaissais son amitié avec Maldany. J'ai profité d'un voyage que je devais faire en Argentine pour aller le voir. Je voulais savoir s'il avait conservé leur correspondance. Maldany a été oublié de nombreuses années, mais ces derniers temps, il y a eu une espèce de frémissement parmi les historiens. Le nom de Maldany a commencé à circuler dans des publications académiques et les couloirs des universités. Les départements d'archéologie se sont mis à offrir des sommes importantes pour acheter n'importe quoi. Quel danger de laisser de l'argent entre les mains d'universitaires !

– Et que vous a dit Colina Ross ?

– Un samedi, je me suis aventuré à La Plata jusqu'à la vieille adresse que j'avais. Je ne savais pas s'il habitait encore la même maison, ni s'il était vivant. Mais il était là, il m'a invité à entrer et servi un whisky imbuvable. Il m'a dit qu'il avait échangé une correspondance avec Maldany. Les lettres de Maldany étaient toujours très longues, m'a-t-il expliqué, comme s'il les commençait pour raconter quelque chose qu'il ne se décidait jamais à révéler. Mais le confessionnal n'était pas son genre. Jamais il n'y avait eu au monde de lettres où le mot *je* apparaissait si rarement. Colina Ross se rappelait avoir lu quelque part qu'un empereur chinois avait réservé pour son usage exclusif la première personne du singulier, nul autre dans tout l'empire ne pouvait dire *je*, sous peine d'avoir la tête tranchée. Maldany, disait Colina Ross, était de ces rares personnes qui, bien des siècles après la mort de l'empereur chinois, continuaient de respecter son décret.

– Et les papiers ? m'inquiétai-je.

– Je lui ai proposé une somme importante. Il m'a dit qu'il ne les avait pas. Alors j'ai un peu augmenté l'offre, jusqu'à la limite des fonds modestes de mon institut. Il m'a répété qu'il n'avait pas conservé une seule lettre de Maldany. Ni aucun autre de ses papiers.

Donadio se rapprocha de moi l'air complice. Il paraissait aimer le secret.

– Il m'a dit qu'une personne était venue chercher ces papiers et que, sans rien payer, sans violence, sans les voler, elle les avait emportés. Que lui-même, Colina Ross, lui avait donné un sac pour les emporter. Vous croyez que c'est vrai ?

– Il a dit comment s'appelait cette personne ?

– Crámer. Víctor Crámer. Avec un *c* ou un *k*, je ne sais pas.

J'avais perdu depuis longtemps tout espoir de mettre la main sur les papiers de Maldany, mais je ressentis aussitôt une déception qui me laissa sans voix. Et, pourtant, j'avais du mal à y croire : Colina Ross remettant son trésor jauni à son vieil ennemi.

– Avec un *c* ou avec un *k* ? répéta-t-il.

– Avec un *c*.

– Vous le connaissez ?

– Oui.

Je finis mon café et en commandai un autre. Donadio, une grappa, qu'il but d'un trait comme la première.

– Ce Crámer… c'était un ami du professeur ?

– Ils se détestaient.

– Ils se détestaient ? répéta-t-il comme s'il ne comprenait pas le sens du mot.

– Ils se détestaient.

– Mais ils se respectaient…

– Non. Ils se détestaient, sans le moindre respect entre eux.

Je tentai d'imaginer la scène : Colina Ross cédant tous ses papiers – toute la mémoire de son amitié avec Maldany – à Crámer. J'imaginai la maison de Colina Ross, j'imaginai la pénombre, les étagères poussiéreuses. J'imaginai Crámer. Le professeur servait deux verres de whisky. Crámer, abstinent, imbu de son éternelle pureté, n'en buvait pas une goutte.

– Et vous savez où je peux trouver Crámer ? Je voudrais lui faire une offre.

– Il y a des années que je ne l'ai pas vu.
– Il a quitté l'Argentine ?
– Je ne le sais pas non plus.

Mes maigres réponses ne le décourageaient pas, il commença à égrener ses souvenirs de Buenos Aires. Je voulus régler l'addition, mais il insista pour payer. Nous sortîmes. Le froid me coupa le souffle. Donadio me tendit sa carte de visite.

– Le numéro de téléphone est celui de mon domicile. À l'université, personne ne répond. Je vous serais très reconnaissant de m'appeler si vous apprenez quelque chose sur ces papiers. Et si vous aviez un article sur notre petit hobby des messages secrets… ma gratitude sera éternelle.

Donadio s'éloigna d'un pas pressé. Sa carte de visite était jaunie et froissée.

Je retournai à l'hôtel. Les conférences étaient terminées et j'aidai mon cousin à sortir les armées de plomb des vitrines et à les remettre dans leurs boîtes. Il me dit que cette journée avait été un succès et but une dernière gorgée de sa flasque en argent.

Je n'ai pas dit à Eleonora que j'avais eu ces étranges nouvelles de son père, mais pendant des jours, chaque fois que j'étais seul (en général devant d'innombrables petits soldats à emballer), je me demandais pourquoi le professeur avait donné les papiers de Maldany à Crámer. J'aurais aimé savoir ce qu'elle pensait de ce mystère, mais je n'ignorais pas qu'à peine j'aurais prononcé le nom de son père, son humeur changerait aussitôt. Et que je n'obtiendrais même pas la promesse d'une conjecture.

Au fil des jours, Eleonora accrochait des tableaux, installait des rideaux, achetait des meubles non démontables, accumulait des livres. Elle essayait de faire de mon appartement loué un vrai foyer. Je m'inquiétais de cette accumulation d'objets, comme si leur simple poids nous enfonçait en territoire italien, éloignant la possibilité d'un départ. Je voulais revenir en Argentine. Pas elle. Elle me disait que c'était de la folie, que les rumeurs sur la tranquillité de la situation étaient un appât pour piéger les naïfs et les nostalgiques. L'année 1979 avait montré ce que signifiait le retour : on les attendait aux aéroports, aux postes-frontières, aux gares routières, et on les pourchassait un par un. Mais les jours passaient, les exilés s'échangeaient des cassettes TDK de 90 minutes contenant des enregistrements d'émissions de radio, des exemplaires de la revue *Humor*, des articles de journaux et de magazines, des photocopies de photocopies dont il fallait lire à la loupe les lettres spectrales. Les exilés étudiaient ces articles, ces enregistrements, ces livres en essayant de discerner s'il était possible de revenir, ou si cette tolérance faisait partie d'un piège complexe.

Nous nous sommes donné un délai de six mois avant que je parte. Mais mon retour dut être brusquement anticipé : ma mère appela un soir pour dire que mon père était hospitalisé. Si je voulais le voir vivant, je devais partir immédiatement.

Mon cousin et Eleonora m'accompagnèrent à l'aéroport. Ignacio m'avait chargé d'une liste de commissions et ne cessait de me les rappeler. Il m'avait donné des revues spécialisées en objets militaires et des planches d'uniformes que je devais remettre à un atelier de fabrication de petits soldats, à Quilmes, pour qu'ils s'en servent de modèles. De plus, je devais acheter une série de pièces dans un magasin de la rue Libertad et une autre dans une galerie de la rue Lavalle, où ils ne vendaient pas seulement des soldats de plomb, mais aussi des souvenirs de la guerre : casques, médailles, grenades, pistolets Luger.

– Ils vont me faire une collection de personnages du nazisme, avec svastikas et tout. Comme en Allemagne les représentations de personnages du Troisième Reich et les symboles nazis sont interdits, les collectionneurs allemands rêvent d'avoir le drapeau à l'aigle noir, avec un Göring et un Hitler.

J'avais emporté *Le Désert des Tartares*, de Dino Buzzati, pour lire dans l'avion. J'avais lu ce roman bien des années avant, dans une très vieille édition, que Buzzati signait de son nom complet : Dino Buzzati Traverso. Le roman était redevenu à la mode après l'adaptation cinématographique de Valerio Zurlani, tournée dans un désert d'Iran.

J'avais adoré l'histoire de ce pauvre lieutenant Drogo qui attendait aux confins d'un empire incertain l'attaque des Tartares, qui justifierait sa vie. Je me disais qu'on pourrait écrire l'histoire d'un point de vue opposé : une forteresse assiégée jour après jour par des vagues de Tartares, où un jeune lieutenant rêve que les envahisseurs vont se lasser ou disparaître. Car après tout, je ne trouvais pas le tourment de Drogo si terrible : l'absence des Tartares.

Je pris un avion de la compagnie Varig pour São Paulo et passai la frontière en autobus, car les contrôles de gendarmerie à Misiones passaient pour moins rigoureux qu'à l'aéroport d'Ezeiza. En pleine nuit, la gendarmerie arrêtait l'autobus, mais nous étions en 1981, et l'époque où on recherchait des subversifs était terminée : les autorités ne s'intéressaient qu'à la marchandise de contrebande, surtout l'électroménager. Ils donnèrent à la fouille une allure formelle en installant au milieu de la route une petite table et une machine à écrire avec des feuilles et du papier carbone. Un greffier se mit alors à dactylographier à la lueur d'une lampe à pétrole les objets saisis : deux téléviseurs, une chaîne stéréo, un grand sac rempli de T-shirts Hering, des magazines de femmes nues. Ils volaient tout ce qu'ils pouvaient, mais en rendant cet hommage à l'ordre : tout mettre par écrit.

À Liniers m'attendaient ma sœur et son mari. Ils avaient laissé pour quelques jours leur hôtel à Córdoba, et leurs enfants. Ma sœur m'embrassa, elle ne voulait plus me lâcher, mais son mari lui parla à l'oreille et nous avons gagné rapidement leur voiture.

J'ai dit à ma sœur qu'elle était magnifique et paraissait avoir rajeuni. Menteur, répliqua-t-elle, il y a deux nuits que je ne dors pas, je n'ai presque rien mangé et j'ai les yeux cernés. Nous sommes montés dans la Taunus de mon beau-frère. Pendant que nous roulions vers Ramos Mejía, ils me mirent au courant des dernières nouvelles. L'hôtel qu'ils possédaient à Córdoba avait failli fermer, car il était devenu très bon marché d'aller à l'étranger, tout le monde partait à Miami et revenait avec les bagages bourrés de vêtements, d'appareils photo, de téléviseurs et de magnétoscopes. Mais leur situation s'était bien redressée. Ils venaient de faire construire une piscine pour les clients. Il y avait même un plongeoir. Mon neveu était en sixième, il était un peu turbulent et allait faire sa communion. Ma nièce terminait l'école primaire, jouait du piano et avait des bonnes notes dans toutes les matières. Concernant mon père, ma sœur répondait par la succession des rapports médicaux : chaque amélioration était suivie d'une rechute, chaque progrès d'une régression.

– Mais ça va lui faire du bien de te voir.

Avant de me rendre à l'hôpital, je pus faire une halte à la maison de mes parents. Il était huit heures du soir quand j'arrivai à l'établissement. Prévoyante, ma sœur m'avait donné un sac de pharmacie pour convaincre le personnel de garde que j'apportais des médicaments et qu'ils me laissent entrer. Mais personne ne s'y opposa ni ne me demanda rien. Je traversai de longs couloirs qui sentaient un produit désinfectant. Quand j'entrai dans la chambre, mon père somnolait. C'était la première fois que je le voyais avec une barbe de deux ou trois jours.

Il ne me reconnut pas tout de suite, il me tendit la main comme s'il saluait un inconnu. Sa main était froide et sans force. Je lui apportais une boîte de chocolats Bacci, qu'il avait toujours aimés, et des cassettes d'opéra. C'est moi, lui dis-je, c'est Miguel. Alors s'ouvrirent les portes de la mémoire.

– Tu as repris des couleurs, dit-il. Quand tu es parti tu avais l'air d'un mort.

– C'est le soleil d'Italie.

– Qu'est-ce que tu vas faire maintenant ?

– Je ne sais pas encore si je reste ou si je repars en Italie. Si je reste, je vais chercher du travail.

– Dans quoi ?

– Je ne sais pas encore, papa. Je viens tout juste d'arriver.

– Et la cryptographie ?

– J'en ai eu ma dose. Je vais devoir faire quelques démarches pour voir si je peux obtenir mon diplôme. C'est ce que j'allais faire quand j'ai dû partir.

– Des démarches, encore des démarches. On passe sa vie à faire des démarches.

– Oui.

– De la paperasse.

Jamais les formalités en tout genre ne l'avaient dérangé. Il était avocat et accordait de l'importance à chaque étape d'une procédure, à chaque lettre de chaque document. Il vivait dans un univers de papiers tamponnés et signés. Paperasse. Quelque chose avait changé. Nous restâmes quelques secondes en silence. Je tirai les rideaux. Je regardai les fenêtres éclairées. Les vies étrangères. J'ai toujours été curieux des rituels des autres, ce qu'ils font quand ils pensent que personne ne les voit : une femme fumait le regard dans le vague, un homme ouvrait le frigo et l'observait longuement, une adolescente dansait en silence (en silence pour moi qui étais loin). Je regardai ensuite les objets apportés à mon père par les visiteurs : le magazine *Somos*, des quotidiens des jours précédents, des bonbons à la menthe, un exemplaire de la revue *Libro elegido* (dont chaque livraison présentait un résumé d'une douzaine de livres à succès, pour que l'on puisse en parler sans avoir besoin de les lire), un roman de Morris West. Soudain, mon père dit :

– Quand j'étais en terminale au lycée San José, on préférait tous se confesser à un curé polonais, dont personne ne savait d'où il était venu, parce qu'il parlait mal l'espagnol et ne comprenait rien à ce qu'on lui disait. Quels que soient nos péchés, il concluait avec son accent rugueux : "Deux *Notre Père* et deux *Je vous salue Marie*", et c'était réglé. On aurait eu honte de se confesser avec un autre. Mais avec lui, on osait dire la vérité. On lui confessait un mensonge et la pénitence était "Deux *Notre Père*, deux *Je vous salue Marie*". Si quelqu'un lui avait confessé un adultère, un sacrilège, un crime, la pénitence aurait été la même : "Deux *Notre Père*, deux *Je vous salue Marie*." Un peu plus tard, quand j'étais déjà étudiant en droit, j'ai suivi un cours sur le droit canonique et j'ai dû aller chercher quelques livres à la bibliothèque du séminaire de Villa Devoto. Et j'y ai trouvé ce curé polonais penché sur un livre en latin. Je suis allé le saluer, en me disant que je n'allais pas réussir à me faire comprendre. Je lui ai parlé lentement, en choisissant mes mots, comme si je m'adressais à un enfant de deux ans. "Vous pouvez parler normalement, il m'a dit, je comprends parfaitement." "Comme vous parlez bien maintenant, mon père. Je me souviens qu'avant..." "J'ai toujours bien parlé, il a répondu, et toujours tout compris."

Comme si l'effort de s'exprimer ou de me reconnaître avait été trop fatigant, mon père s'endormit.

Contre tout pronostic mon père se rétablit ; ma mère attribua ce miracle à mon arrivée. Au bout de quinze jours il rentra chez lui et décida de cesser de travailler. Il céda ses dossiers en attente à un collègue plus jeune, auquel il loua le cabinet. Stella Maris, sa secrétaire, eut ainsi un nouveau patron, ce qui soulagea toute la famille, préoccupée de l'avenir de Stella Maris lorsque mon père prendrait sa retraite. Il craignait qu'elle ne se jette par la fenêtre de son bureau.

Maître Dorey n'avait jamais arrosé une plante : il commença à s'en occuper, à faire des greffes, à lire des manuels de jardinage. Nous prîmes l'habitude, avec ma sœur, de lui offrir des graines exotiques, des bulbes de tulipe, des outils importés, des chapeaux de toile, des sécateurs. Il suffit que quelqu'un s'adonne à un nouveau passe-temps pour que ceux qui l'entourent y voient une passion, une mission existentielle, et transforment un goût en destin, au moyen de commentaires insistants et de compliments exagérés. Nous sommes distraits, ambigus, inconstants, mais nous voulons que les autres soient d'une seule pièce.

Avec Eleonora nous avons finalement décidé que je resterais à Buenos Aires et qu'elle se chargerait de fermer l'appartement de Rome. Autant réserver nos économies pour un nouveau foyer à Buenos Aires plutôt que de payer un nouveau billet d'avion. Chaque fois que nous nous parlions au téléphone (des appels brefs, car très chers), elle m'épuisait avec les détails de ce déménagement laborieux. Elle me demandait si je voulais conserver tel ou tel meuble, et la vaisselle ?, et ce petit tableau de la femme sur la plage ? Je lui conseillais de se débarrasser de tout. Mais elle persistait à vouloir envoyer certaines choses par bateau. Je lui rappelai toutes les démarches que nous aurions à faire à la douane de Buenos Aires, tout ce rituel de formulaires, de tampons, de pots-de-vin, et elle renonça.

Les premiers jours, je me sentais légèrement embrumé, comme si je venais de descendre de l'avion. L'expression "jet lag" n'était pas encore arrivée jusqu'à nous : à peine parlait-on de fatigue, de décalage horaire, sans que le nom anglais donne du prestige à cette espèce de léthargie. Je commençai à être affecté par l'absence d'une certaine routine de vie. De plus, il me fallait trouver un travail avant que les lires et les dollars que j'avais rapportés avec moi ne s'épuisent.

Je louai un appartement dans le quartier de Boedo, en m'efforçant de suivre les instructions d'Eleonora : qu'il soit lumineux, que les fenêtres donnent sur la rue, que la cuisine soit grande (comme si cuisiner l'intéressait). Je savais qu'elle aimerait choisir les meubles, aussi n'achetais-je au début que l'indispensable : un lit et des chaises. Je trouvai sur un trottoir une table avec un pied cassé. Je l'emportai, la réparai, la peignis en blanc et la baptisai la Table des Choses en Attente. Au lieu d'un emploi du temps, j'avais une table, sur laquelle je posais les factures d'électricité et de gaz, une lampe que je devais réparer, des bristols avec des rendez-vous (de travail, avec des amis, chez le dentiste) et plus tard, les devoirs de mes élèves.

Je commençai à donner des cours de littérature et de philosophie dans un lycée du quartier de Once. Je découvris qu'avec les années j'avais acquis une patience extraordinaire avec les adolescents ; ce qui énervait d'autres professeurs et qui, plus jeune, m'aurait également énervé, m'était maintenant indifférent. Cela déconcertait les élèves qui me témoignaient un certain respect. Ils s'étonnaient aussi que je puisse déchiffrer leur écriture : ils nourrissaient le vain espoir que de n'être pas compris, on soupçonnerait leurs gribouillis de cacher la bonne réponse. Pour les examens, ils demandaient toujours plus de temps, comme s'ils avaient un argument génial en suspens qu'ils se réservaient pour la fin. Je m'obstinais à leur transmettre mes goûts poétiques passés de mode : Rubén Darío, les sept sonnets médicinaux d'Almafuerte, Manuel Gutiérrez Nájera, *Aulo Gelio* d'Arturo Capdevila. Pendant quarante ans les intellectuels de gauche s'étaient époumonés à parler de l'écrivain engagé et avaient accablé la poésie d'exigences, mais le meilleur poème sur l'engagement était le long *Aulo Gelio* de Capdevila, peu suspect de gauchisme.

Pendant qu'en vain tu distrayais
l'âme par de minuscules vérités,
les légions de César répandaient
sur la terre le triomphe de l'iniquité

Nul blâme ne t'inspira l'injustice.
Nulle étincelle d'amour la foule esclave.
Tu savais tout de Pindare et d'Homère,
tout des dieux, mais de l'Homme : rien.

Mais mes élèves comprenaient-ils quelque chose à *Aulo Gelio* ? Qu'ils écrivaient invariablement "Ay Rogelio".

Il me tardait qu'Eleonora arrive, mais j'éprouvais aussi de l'appréhension. À Rome nous étions seuls, le monde entre parenthèses. Sans autres engagements que ceux de la vie quotidienne. Mais à Buenos Aires nous allions être sans cesse assiégés par ma famille, son père, les vieux amis, les choses en souffrance, le passé, la peur…

Les Tartares, les Tartares…

À la mi-décembre, un mois avant la date prévue pour l'arrivée d'Eleonora, j'aperçus Lemos au fond d'un couloir, dans le lycée où je travaillais. Appuyé contre le mur, il fumait d'un air pensif. Je le reconnus aussitôt malgré sa chemise hawaïenne, ses cheveux longs et son bronzage. Avant qu'il ait eu le temps de me voir, je tournai à gauche et descendis un escalier qui donnait sur une cour. Il n'y avait pas grand monde dans l'établissement : les cours étaient terminés et ne restaient que les élèves qui devaient repasser des examens en décembre.

Je tentai d'abord de me convaincre que ce n'était pas Lemos mais quelqu'un qui lui ressemblait. Puis, cette tentative ayant échoué, j'essayai de me convaincre qu'il ne venait pas pour moi : peut-être avait-il eu un fils dont je ne savais rien, ou était-il en couple avec une mère divorcée. Je dus vite abandonner cet espoir.

C'était bien Lemos et il venait pour moi.

Je décidai de différer ma sortie. J'espérais que Lemos se lasserait d'attendre. Je passai par la salle des professeurs, un endroit que j'évitais autant que possible, où on était condamné à des conversations fastidieuses et à être témoin – et souvent juré – de disputes. Les litiges abondaient : à cause de la cafetière électrique jamais nettoyée, de l'usage de la tasse d'un autre, de la disparition subite d'une part de tarte aux pommes.

Je découvris avec soulagement qu'une seule personne était assise à la longue table : le professeur Lopresti, de travaux pratiques. Elle avait une coiffure haut perchée, tenue par la laque, un chef-d'œuvre de l'architecture contemporaine.

Lopresti avait cinquante-cinq ans, elle était célibataire, vivait avec sa mère, ne partait pas en vacances et trouvait les étés interminables. Elle attendait impatiemment le mois de mars pour charger de nouveau les élèves de confectionner une tour Eiffel avec des allumettes brûlées, ou "Le penseur" de Rodin, sculpté dans un cube de savon.

Elle était attablée devant un petit plateau en carton doré, rempli de gâteaux à la crème fraîche, à la crème chantilly et à la crème pâtissière.

– J'ai vu un petit oiseau mort, dit-elle en guise d'explication.

Je la regardai étonné.

– Je vous dis que j'ai vu un petit oiseau mort et que j'ai joué le 35. Comme j'ai gagné, j'ai apporté des gâteaux pour tout le monde. Je voulais aussi apporter du cidre, mais j'ai oublié. Vous voulez un gâteau ?

Je me sentais nauséeux, mais l'idée de refuser me fit je ne sais quoi et je pris un cornet à la crème. Il faisait 36 degrés, manger ce cornet sans boisson pour l'accompagner revenait à se faire hara-kiri. J'étais tellement inquiet de la présence de Lemos que j'aurais aimé partager mon angoisse avec le professeur Lopresti, mais je craignais qu'elle ne fût pas la personne adéquate pour ce genre de confidences. Je lui souhaitai un joyeux Noël et une bonne année, et je sortis de la salle. Je pensais m'éclipser par la porte de derrière du bâtiment, qui ne servait qu'à la livraison de meubles ou de marchandises. C'était un bon plan de fuite, mais je tombai sur mon poursuivant qui essayait d'allumer une cigarette avec le mégot de la précédente. Il me regarda à travers ses lunettes de soleil.

– Il est interdit de fumer dans l'établissement, lui dis-je.

– C'est bien ce que je pensais. Dans les écoles, toutes les bonnes choses de la vie sont interdites.

– Comment tu m'as trouvé ?

– Sois un peu plus aimable. Demande-moi d'abord comment je vais et ce que j'ai fait toutes ces années. Invente une excuse pour expliquer que tu n'as pas pu répondre à mes lettres. Montre un peu d'intérêt pour ma situation, est-ce que je suis marié (non), est-ce que j'ai des enfants (non plus). Et maintenant tu peux me poser toutes les questions auxquelles tu sais que je ne vais pas répondre.

Tout en lui dégageait une allure juvénile : la désinvolture surjouée, les cheveux longs, la barbe négligée, le bronzage – qui paraissait naturel et non pas d'exposition aux UV –, la chemise à fleurs, dont le logo était une planche de surf, les heures de gymnastique. Je n'aurais pas été surpris de découvrir un tatouage.

– Vous fêtiez quelque chose ? Ah ! La folle vie des professeurs !

J'avais oublié le cornet à la crème pâtissière, que je jetai dans la première poubelle que je vis, et nettoyai avec un mouchoir les restes de sirop sur ma main. Nous avons remonté le couloir jusqu'à la porte de sortie. Aux murs, des photos de classe des anciennes promotions. Sur chacune, dans un fin cadre noir, tous les élèves souriaient, sauf un : dans ces hommages à l'avenir, il y a toujours un individu qui se doute de ce qui l'attend.

– Tu as une voiture ? me demanda-t-il en arrivant à la sortie.

– Oui. – J'avais la Peugeot 504 de mon père, qui ne conduisait plus. Le changement de conducteur n'avait pas été bénéfique à la voiture : elle dormait dehors et je ne la lavais jamais. – Mais je viens travailler en métro. On ne trouve pas de place pour se garer.

– Alors viens avec moi. Je te ramène chez toi. Comme ça on pourra parler en chemin.

Dans la rue, il m'indiqua une voiture flambant neuve, rouge, d'importation, d'une marque japonaise que je ne connaissais pas, garée devant le lycée sur les pointillés jaunes, entre deux panneaux d'interdiction de stationner. Nous montâmes dans la voiture. Elle était restée au soleil et la chaleur était insupportable. Elle sentait le neuf, comme si elle venait de sortir du concessionnaire. Il brancha la climatisation.

– On est à peine en décembre et tu es déjà bronzé, lui dis-je.

– Après avoir été enfermé dans ce sous-sol, je me suis consacré à la vie au grand air. Dès que j'ai quelques jours, je file à la plage. J'ai appris à faire du surf.

– Du surf ?

– Oui, du surf. C'est mal ?

– Non.

– Il y a une partie physique, mais aussi beaucoup d'observation. Guetter les vagues, apprendre à les connaître.

– Tu es toujours dans cette entreprise avec Blasco ?

– Bien sûr. Si tu veux un poste à la Security Corp…

– J'ai déjà un travail, merci.

– Qu'est-ce que tu enseignes ?

– La littérature en première et terminale. Littérature espagnole, argentine et latino-américaine.

– Et tu gagnes combien par mois ? Non, ne me dis pas, ça va me déprimer.

– Ça me suffit. Je n'ai pas d'enfants. Tu me connais : je suis un homme aux goûts modérés.

– Et une femme, une petite amie, ou, comme on disait avant, une *compagne* ?

Je pensai à Eleonora et je voulus l'expulser de ma conscience, comme si Lemos était capable de lire mes pensées :

– Non plus.

Lemos mit une cassette dans le lecteur : *Les Quatre Saisons*.

– Tu aimes la musique classique ? À vrai dire, je n'ai rien d'autre, et je ne supporte pas la radio, ils font tous les malins. C'est ça le malheur de ce pays, non ?, quand tout le monde fait le malin.

Lemos accompagnait la musique de la main droite. Il quitta Rivadavia en direction du nord. On s'éloignait de chez moi. Je tentai une faible protestation : j'ai trente copies à corriger. Juste une bière, dit Lemos, et je pensai en effet qu'une bière ne me ferait pas de mal.

Il se gara devant un vieux bar au coin d'une rue, près du parc du Centenario. Il n'y avait que des ventilateurs de plafond, on regrettait l'air conditionné de la voiture. Peu de tables étaient occupées : des hommes seuls, la chaleur de décembre mettait à l'épreuve leur fidélité au bar. Lemos choisit une table près de la fenêtre et commanda une bière et de quoi grignoter. Le serveur apporta une assiette avec quelques chips et encore moins de cacahuètes.

– C'est bien tristounet, ça ! Apportez-nous autre chose. Nous sommes de vieux amis qui se retrouvent après des années.

Le serveur revint avec du fromage, du salami et des olives. Lemos lui adressa un regard approbateur.

– À l'époque où on travaillait ensemble, je me suis rendu compte que s'il y a certaines règles pour analyser des messages, ces règles ne servent qu'à continuer le travail une fois commencé. Première étape : le bout de la pelote, c'est ce qu'on ne peut ni enseigner ni expliquer. Et pour ça, il n'existe aucune règle. De nous quatre, tu étais le seul à avoir une véritable intuition. Je faisais comme si on était tous égaux, parce que ça nous arrangeait, mais c'était toi qui avais le don, toi qui voyais dans l'obscurité. Et je n'ai rien dit. Pourtant, tu ne me considères pas digne d'un coup de téléphone ou d'une lettre.

– C'est que chacun de nous, les hommes pâles, nous sommes porteurs de mauvais souvenirs.

– Mais nous avons survécu. Et nous ne sommes plus aussi pâles.

Un octogénaire en chemise blanche et bretelles passait de table en table en y déposant des billets de loterie.

– Il y a un gros lot. Qui veut devenir riche ?

– Je suis déjà riche. – Lemos lui rendit les billets. – Tu sais pourquoi ces types posent les billets de loterie sur la table ? Pour qu'on voie le numéro et qu'il reste gravé dans la mémoire. S'il est gagnant, même avec les derniers numéros, on s'en veut de pas l'avoir acheté. C'est leur stratégie secrète.

– Je serais incapable de me rappeler même le dernier chiffre d'un billet.

– Pourtant, je suis sûr et certain que ce message, avec tant de lettres, tu le connais encore par cœur.

– Il n'y a que quatre choses que je sais par cœur : la chanson *Mi noche triste*, le poème de Borges "Le remords", le *Notre Père* et l'Hymne à Sarmiento. Ah, et les sonnets médicinaux d'Almafuerte. Bon, disons les trois premiers.

– Comme tu vois, je ne m'avoue pas vaincu, même si je le suis. Dis-moi ce qu'était ce message.

– Si nous n'avons pas trouvé la solution dans le sous-sol d'Alem, malgré toute l'inspiration du moment, ce n'est pas aujourd'hui qu'on va la trouver.

– C'est un nom dont tu n'as plus rien à faire. Dis-moi ce nom, et tu ne me reverras plus jamais.

– Les années ont passé. Quelle importance pouvait avoir ce message ? Il ne doit même plus intéresser Blasco…

– Sûrement pas, parce qu'il est mort.

– Mort ?

– Tu ne le savais pas ? Cancer du poumon. Il fumait trois paquets par jour.

Depuis que j'étais sorti du sous-sol d'Alem, j'avais toujours eu la sensation que le major Blasco pouvait apparaître à tout moment pour me charger d'un travail urgent. Je croyais le voir dans une rue grouillante de monde, au fond d'un wagon de métro, tout comme il nous arrive de voir ceux qui sont morts, par cette espèce d'illusion que créent les foules et leurs visages infinis. Les contes anglais nous apprennent que les fantômes apparaissent dans les maisons abandonnées, la solitude et le froid, mais pour nous il n'y a de fantômes que dans l'étouffante indifférence d'une foule.

– Il est mort à l'hôpital militaire. Je suis allé le voir tous les jours, jusqu'à la fin. Ses compagnons d'armes lui rendaient aussi visite… ils voulaient savoir où étaient ses archives. Sa veuve, qui habite à Belgrano, m'a dit qu'ils étaient allés jusqu'à fouiller sa maison mais qu'ils n'avaient rien trouvé. Ils l'ont effrayée, pauvre femme. L'un d'eux l'interrogeait pendant que les autres retournaient les tiroirs.

– Ce n'était pas difficile pour toi de travailler avec lui ?

– Non, pas du tout.

– Il a fait tuer Cimer. Cimer et qui sait combien d'autres. Tu étais ami avec Cimer.

– Bien sûr qu'on était amis. On jouait au poker tous les jeudis. Il gagnait toujours.

– Tu ne pensais jamais à Cimer quand tu parlais avec Blasco ?

Pour toute réponse, Lemos indiqua une table avec des jeunes d'un peu moins de vingt ans.

– Regarde-les.

Deux garçons et une fille d'une vingtaine d'années étaient attablés près de la fenêtre du bar. Sur la table, une bouteille de Seven Up, une eau minérale et un sandwich, qu'ils partageaient. Sur le T-shirt de l'un, le visage de Sid Vicious ; sur celui de l'autre, qui portait des lunettes, un personnage de dessin animé japonais. La fille, aux cheveux courts, avait un air légèrement androgyne. Ils parlaient par monosyllabes, ils s'ennuyaient. De temps à autre, l'un éclatait de rire, et son rire s'éteignait aussi subitement qu'il avait jailli.

– Regarde-les.

– Tu n'as pas besoin de les montrer du doigt.

– Non, tu as raison. Montrer du doigt est mal élevé, disait ma mère.

– Oui, je les regarde.

– Et qu'est-ce que tu vois ?

– Des gamins de vingt ans. Classe moyenne. Peut-être des étudiants.

– Maintenant, réponds à ma question : avec qui nous avons le plus de choses en commun ? Avec eux ou avec Blasco ?

– Eux, on ne les connaît pas…

– Regarde-les bien : évidemment qu'on ne les connaît pas. Ils ressemblent à tous les autres : apathiques, égoïstes, impulsifs, dépressifs. Sous anxiolytique avant d'avoir vingt ans. Ils ne s'intéressent à rien d'autre qu'à leur petite personne. Ils croient que le monde est une extension de leurs craintes et de leurs désirs. Tes élèves doivent être pareils, non ? Un idéal ? Leur idéal est d'acheter des trucs aux États-Unis. Telle marque de tennis, tel jogging, telle chaîne stéréo.

– Symptômes d'une génération…

– Ce sont les époques qui nous unissent, les circonstances partagées, pas les camps… Cher Miguel : l'époque où nous avons vécu quelque chose d'important est la seule patrie à laquelle nous pouvons aspirer. Et ceux qui étaient au même endroit, au même moment, ceux-là sont nos compatriotes.

Je me levai.

– Je dois partir. Mes copies à corriger…

Il planta ses doigts dans mon bras jusqu'à ce que je me rassoie. Il sortit de la poche de sa chemise un papier plié en quatre. Il me le donna et je l'ouvris. D'une écriture nette il avait reproduit le vieux message.

Je le lui rendis, mais il me le tendit de nouveau.

– Il y a quelque chose que tu dois savoir. Ce papier n'intéressait pas Blasco. Moi, il m'intéressait. Pour ce qu'il signifiait. Je ne te l'avais jamais dit, mais il est temps que tu le saches.

– Et qu'est-ce qu'il signifiait ?

– C'était le nom de la personne qui nous avait tous donnés. Ainsi que ma femme, Any, qui n'avait rien à voir avec nous.

Je regardai tout ce qui m'entourait : le ventilateur de plafond, le verre de bière à moitié vide, une femme qui passait devant la fenêtre en traînant un enfant portant un tablier de jardin d'enfants. Sur le mur d'en face, des affiches évoquaient les coupures de courant : *Aidons-nous les uns les autres à sortir de l'obscurité.* Un homme en costume bleu entra en sifflotant et posa un journal sur la table avant d'appeler le serveur. Tous ces inconnus paraissaient s'être concertés pour que j'entende enfin la vérité. Je pensai que j'allais me souvenir de cet instant toute ma vie. J'allais me rappeler l'homme au journal, la femme qui traîne le gamin qui se met à pleurer, le jeune avec Sid Vicious sur son T-shirt, la fille aux allures de garçon et l'autre avec le personnage de dessin animé. Eleonora nous avait tous donnés.

Aidons-nous les uns les autres à sortir de l'obscurité.

Mais si je réfléchissais une seconde, si je m'isolais un instant des bruits du bar, la surprise, bien malgré moi, n'en était pas complètement une : Eleonora me l'avait dit tout le temps. Mais je n'avais pas voulu l'écouter. Elle m'avait parlé de secrets, de lettres closes, de la malédiction de la vérité. Elle parlait des secrets de la culture, du monde, de l'univers, mais c'était son secret qu'il était important de garder.

En portant le verre à mes lèvres, je remarquai que ma main tremblait. J'avais déchiffré le message, mais maintenant me parvenait tardivement ce que Colina Ross appelait la “mère du message”, c'est-à-dire le contexte, le sens, l'histoire. La signification de la signification.

Eleonora Colina Ross.

– Je ne te crois pas. Tu nous l'aurais dit.

– Non, parce que ça pouvait être le nom de n'importe qui. Le tien, ou même celui de Crámer. Et si c'était le cas, personne n'aurait donné la réponse. Ma seule possibilité était que tu ne saches pas de qui il s'agissait.

Je ne dis rien. Indifférent à ma perplexité et à mon silence, Lemos continuait à parler.

– Tu te souviens de Claudio Barnes ? Barnes m'a dit qu'un militaire savait tout sur le Cercle des Cryptographes. Tous nos noms. Et qu'il était sur le point de découvrir qui lui avait donné cette information. Je dois enquêter, il m'a dit. Tu imagines Barnes courir les rues comme un halluciné, à guetter partout, et à faire une enquête comme un détective de cauchemar ? Et pourtant il l'a fait. Quelques jours plus tard, il m'a transmis l'information, mais codée. Il me l'a glissée sous la porte de l'appartement où je me planquais et que je croyais être l'endroit le plus sûr de la terre. Mais Barnes surestimait mes modestes talents. Je n'étais pas doué pour les messages secrets. J'étais là pour Crámer. Je vous écoutais parler de je ne sais plus quel abbé et de hiéroglyphes, et je vous prenais pour des fous.

– Le fou, c'était Barnes. Il a pu mettre n'importe quoi dans ce message.

– Moi, je crois qu'il a écrit la vérité. Une vérité qui, du moins dans mon cas, continue de m'intéresser.

– Tu ne lui as pas demandé ce que c'était ?

– Il a été tué le lendemain du jour où il a glissé le message sous ma porte. Il était armé, qui l'aurait cru, ce n'était pas un type qui aimait les armes. Et je n'ai jamais pu savoir qui nous avait dénoncés.

– Blasco ne le savait pas ?

– Il obéissait à un lieutenant-colonel et à quelques collaborateurs. Ils lui ont donné nos noms, nos adresses, mais ne lui ont jamais dit de qui ils les tenaient. Comme nous : compartiments étanches.

Il me revint malgré moi en mémoire l'image de Barnes avec sa veste en cuir et son chapeau. L'hiver 1976, il avait accompli la mission dont on l'avait chargé : il avait découvert la coupable et codé son nom avec le carré de Vigenère. Et il avait été fidèle, complètement fidèle, à l'enseignement de Colina Ross, au point que seul un autre disciple de Colina Ross aurait pu déchiffrer le message. Car personne d'autre n'aurait pensé au nom de Maldany. J'étais persuadé que Claudio Barnes était mort en espérant que personne ne parviendrait à comprendre son message.

Je m'efforçai de prendre une voix normale, accablée par la chaleur, lassée par la conversation, exempte de toute surprise :

– Quelle importance ? Quelle importance de savoir qui nous a dénoncés ? Nous avons dénoncé tellement de…

Lemos frappa la table avec la paume de la main. Les clients se retournèrent pour nous regarder. Même celui qui avait le T-shirt de Sid Vicious.

– Pour moi c'est important ! Celui qui nous a dénoncés a ajouté Any à la liste. Elle n'avait rien à voir là-dedans.

Il récita les lettres du message.

– Je l'ai mémorisé sans la moindre erreur. J'ai eu du mal : j'ai dû appliquer un de ces procédés mnémotechniques dont vous parliez si souvent et que vous attribuiez à Nicolas de Cues…

– À Giordano Bruno.

– C'est pareil. Par fidélité pour moi, Blasco en avait fait une affaire personnelle. Je suis devenu ami avec ce fils de pute. Un véritable ami. Il avait compris ce que ça signifiait pour moi.

Nous sommes restés silencieux. C'était un silence que Lemos approuvait. Il considérait le silence comme l'antichambre de la vérité.

– Maintenant que tu sais tout, tu es toujours aussi sûr que tu n'as pas déchiffré le message ?

Je regardai la série de lettres. Lemos n'arriverait jamais à les déchiffrer. Il apprendrait peut-être ce qu'était le carré de Vigenère, le cadre dans lequel le message avait été codé, mais il ne trouverait jamais le mot clé.

– Si quelqu'un parvenait à la solution, cela aurait quelles conséquences pour la personne portant ce nom ?

Il s'inclina en arrière. Ses yeux me scrutèrent de nouveau, pour voir si je savais.

– Aucune. Tout ce que je fais, c'est par amour de la vérité. Tu n'as pas envie de connaître le pourquoi et le comment des choses ?

Je le regardai, ses yeux rivés sur moi, comme s'ils pouvaient voir au-delà des apparences. C'était lui, pas Barnes, l'halluciné, le détective de cauchemar. Année après année, il avait poursuivi la même enquête, toujours vaine, mais jamais interrompue. Il voulut régler l'addition, mais je le devançai. Quand je me suis levé pour quitter la table, j'ai pensé qu'il allait me retenir d'une manière ou d'une autre, mais Lemos paraissait découragé, comme si notre conversation l'avait déprimé, et il me laissa partir sans un mot.

L'ennemi

Sur ma Table des Choses en Attente il y avait une facture d'électricité, une pile de copies à corriger, un rasoir électrique que je devais faire réparer et une affichette : *Colina Ross*.

Je partis à pied vers la place Once. Des hommes solitaires lisaient le journal sur des bancs de pierre, des Juifs orthodoxes marchaient d'un pas pressé, des femmes de ménage paraguayennes attendaient qu'on vienne les embaucher, des pasteurs évangélistes en costume mal coupé et cravate phosphorescente s'égosillaient devant un petit groupe de vagabonds et d'ivrognes. Je montai dans le bus blanc de la compagnie Río de La Plata et m'assis près de la fenêtre. J'avais emporté des copies à corriger. Bientôt je m'endormis. Je me réveillai au moment où le bus entrait dans la gare routière de La Plata. Du pas lent des repentis, je me dirigeai vers la maison de Colina Ross. À un moment je me perdis et je dus demander mon chemin.

La maison offrait le spectacle mélancolique d'un lent cataclysme. Les gargouilles aveuglées par la mousse avaient dessiné sur les murs d'interminables hiéroglyphes de rouille. Les premières marches en marbre étaient fendues, et des mauvaises herbes se frayaient un chemin, tenaces, par les fissures, gribouillages verts sur une ligne tordue.

Le professeur ouvrit la porte, pas rasé ce jour-là, ni le précédent. Quand je lui dis mon nom, il réfléchit un instant, comme s'il ne savait pas qui j'étais. Je répétai :

– Miguel Dorey, professeur…

– Je sais qui vous êtes. Je suis surpris, pas amnésique. Ni sourd.

Il s'écarta pour me laisser entrer. La maison était fraîche malgré la chaleur extérieure. Colina avait vieilli prématurément ; jeune, il donnait déjà l'impression d'un homme âgé. Maintenant c'était un septuagénaire et les années, auxquelles il avait payé un tribut précoce, l'avaient respecté. Il n'avait pas changé depuis notre dernière rencontre. Il y avait cependant dans sa pâleur une espèce de froideur qui me déplut ; ses yeux paraissaient rapetissés, comme s'il regardait de loin tout ce qu'il voyait. Je cherchai un autre signe de maladie, mais n'en trouvai pas. Il portait avec son habituel laisser-aller une chemise usée, un pantalon trop grand et des chaussures pas cirées. Il flottait dans la maison une vague odeur d'eucalyptus, peut-être s'était-il préparé une infusion pour les bronches. Je m'assis dans le fauteuil au pied cassé. Sur la table basse il y avait un journal de La Plata ouvert et, pour meubler le silence, je dis que les travaux de restauration de la cathédrale avaient repris. Il me regarda comme s'il ne savait pas de quoi je parlais. À côté du journal, des enveloppes d'un laboratoire d'analyses, dont un coin portait le monogramme : la coupe avec le serpent. Et des papiers à l'en-tête de l'université. Il m'indiqua les papiers pour détourner mon attention des résultats d'analyses du laboratoire.

– Le rectorat est en train de me préparer un hommage. Vous pensez qu'Eleonora voudra venir ?

– C'est quand ?

– Dans trois mois.

– Eleonora est encore en Italie.

Elle allait arriver sous peu, mais je ne voulus pas le lui dire.

– Vous devez être surpris qu'on veuille me rendre hommage…

– Pourquoi ? Vous savez que j'ai toujours admiré votre œuvre.

– Mon œuvre… Quelle œuvre ? Si on vit assez longtemps, les contemporains, c'est-à-dire les ennemis, finissent par prendre leur retraite, partir à l'étranger ou mourir. Les vieux péchés sont pardonnés. Et on commence à parler du “mythique” professeur Colina Ross, du “légendaire” professeur Colina Ross. Quand on arrive à ce point de la chronologie, on ne nous demande plus de rendre des comptes. Tout fait partie d’un même monde couleur sépia et plus rien ne paraît grave.

Il ne me demanda pas ce que je voulais boire et sortit deux verres d’une vitrine et une bouteille de whisky bon marché.

– J’ai appris que vous aviez vécu à Rome, dit-il.

– Je vis avec votre fille, ça vous le savez.

– Oui, cela aussi je le sais. Vous êtes venu me demander sa main ?

Nous avons parlé de Tarrés. Il m’expliqua qu’il l’avait renvoyé pour le sauver. Quelques mois plus tôt, il l’avait rencontré dans la rue Corrientes. Pendant quelques secondes, j’eus envie de lui demander où il était : puis de prendre un bus ou un train à Retiro ou Constitución, de voyager toute la nuit, et de chercher Tarrés dans quelque cinéma de province.

Je ne lui posai pas la question.

Il servit deux centimètres de whisky dans chaque verre et m’en tendit un.

– Qui vous a dit qu’Eleonora et moi vivions ensemble ?

– J’ai l’air d’un homme isolé, ici à La Plata, mais je reçois quand même des nouvelles.

– Vous devez avoir de fidèles correspondants.

– En réalité, je l’ai appris par quelqu’un qui est venu me voir. Mais permettez-moi, pour le moment… comment disent les journalistes ?… de ne pas révéler mes sources.

Je savais que cette personne était Crámer, mais je me tus.

– Il n’y a pas longtemps, à Rome, j’ai fait la connaissance d’un professeur de l’université de Bologne. Il se souvenait très bien des *Cahiers du Sphinx*. Et aussi de vous.

Il hocha la tête comme s’il approuvait mes propos au cours d’un examen :

– L’homme à la chevalière. Je ne me rappelle pas son nom.

– Donadio.

– Cet homme seul, obsédé par les papiers, m'avait un peu attristé. Notre université est un chaos et un cauchemar, mais les universités européennes sont pires, écrasées par l'idée d'une tradition qu'il faut préserver. Ces bibliothèques infinies sont cause de nombreux suicides. Les notes en bas de page sont cause de nombreux suicides. Tout est passé, on ne peut plus rien ajouter.

– Le syndrome de Pompéi.

– Ce Sicilien, Donadio, était complètement pétrifié.

– Il recherchait les papiers de Maldany.

– Maldany est devenu à la mode. Incroyable, non ? C'est tellement irritant de voir que ce qu'on a vécu devient un motif d'intérêt académique. Ce qui était la vie, n'est plus maintenant que papiers…

– Il m'a dit qu'il était reparti les mains vides.

– Je lui ai expliqué que je n'avais pas besoin d'argent, ce que Donadio a parfaitement compris.

– Nous avons tous besoin d'argent.

– Pour les filles. C'est ce que vous êtes en train de penser. Colina Ross a besoin d'argent pour les filles, ou pour résoudre les problèmes que les filles peuvent lui causer.

– Je ne pensais pas à ça.

– Non ?

– Je pensais que vous pourriez faire des travaux dans cette maison.

Il indiqua d'un geste vague le plafond de la pièce : tache d'humidité, plâtre écaillé, toiles d'araignée.

– Cette maison est comme mon esprit, elle tombe en morceaux. Au fil des années, les maisons deviennent les métaphores de ceux qui les habitent.

Je regardai la fissure qui traversait le plafond.

– Cette métaphore risque de vous écraser.

– Pourquoi êtes-vous venu, Dorey ? Vous m'apportez un message de ma fille ? Cela ferait de votre visite à La Plata quelque chose de vraiment utile et même mémorable ? Sinon…

– Je voudrais savoir si vous avez réellement donné à Crámer les lettres de Maldany.

Il regarda son verre.

– Crámer est venu ici, un samedi matin, cela fera presque un an. Il s'est épargné les formules de politesse et autres banalités, et s'est contenté de me dire qu'il venait chercher les lettres. Je n'ai rien fait. Je n'y ai même pas touché. Je ne mens pas : je lui ai trouvé un vieux sac pour que les papiers ne lui tombent pas des mains. Je pense qu'il ne me rendra pas le sac, mais ce n'est pas une grande perte : la fermeture éclair était cassée et il y a des années que j'ai abandonné le tennis.

– Et pourquoi les lui avez-vous donnés ? Vous aviez toujours été ennemis.

– Adversaires, pas ennemis. Je n'ai eu qu'un seul véritable ennemi et ce n'était pas Crámer.

– C'est lui qui vous a exclu du Cercle. Lui qui nous a tous entraînés… Votre fille aussi…

Vous vous êtes tous laissé entraîner. Crámer était de ces hommes qui paraissent incarner la force aveugle de l'Histoire. Mais on peut les éviter. Il ne faut pas leur offrir de résistance, il faut juste s'écarter et les laisser passer. Comme l'eau trouve son lit, ils trouvent leur chemin.

– Nous étions jeunes.

– Une excuse stupide. C'est dans la jeunesse qu'on prend les décisions importantes. Le travail, le mariage, les enfants. Et même l'appel du Christ ! Le reste de la vie consiste à jouir ou à pâtir des conséquences de ces décisions.

– Qui est votre ennemi, alors ? Lemos ?

– Si ce n'est pas Crámer, Lemos encore moins. On ne doit pas choisir ses ennemis à la légère. On ne doit pas les choisir par haine, qui est mauvaise conseillère. Ils doivent être significatifs, symboliques. Quand Crámer a emporté les lettres, sans débourser un seul centime ni même dire merci, j'ai ressenti un immense soulagement. Je m'étais enfin débarrassé de ces vieux papiers. Ils ne tomberaient plus entre les mains de mon véritable ennemi.

Le professeur Colina Ross me sourit avec une haine que je n'avais jamais vue et n'ai jamais revue chez personne. J'eus un moment l'impression que la faiblesse le submergeait, mais que la haine l'enflammait et le rivait sur place, assis.

– Je vois que c'est moi, votre ennemi, pas Crámer.

– Vous. Oui, vous. Exactement vous.

– Mais pourquoi ? Parce que je ne vous ai pas défendu quand Crámer vous a exclu du Cercle des Cryptographes ? J'aurais dû sortir avec vous ?

– Je ne me souvenais même pas que vous étiez présent à cette réunion. Non, c'est à cause de cette séance de cinéma, que vous aviez organisée avec Tarrés.

– *La Fontaine du crapaud*...

– Vous m'avez attiré dans cette salle immonde comme dans un piège. Sinon, je n'aurais jamais découvert que ce vieux film cachait le message que m'avait adressé Marilú. Je cherchais dans les tiroirs, dans les pages des livres. Les hommes se rendent compte toujours trop tard de l'intelligence des femmes.

– Je ne vous ai rien dit. Je n'ai rien dit à Eleonora.

– Ce n'était pas la peine. Nous sommes des cryptographes, non ? Quand ma femme murmure son vœu devant la fontaine, quelque chose en vous s'est transformé. Je ne vous regardais pas, je regardais le film. Et je dois dire que vous n'avez pas non plus brusquement sursauté. Pourtant il s'est produit une sorte de concentration d'énergie, comme si un éclair avait jailli dans la salle. J'ai failli croire à la télépathie. Personne d'autre ne l'a remarqué, mais moi je l'ai senti comme si j'avais mis les doigts dans une prise de courant. Quelque chose vous avait secoué et vous m'avez transmis cette décharge électrique. Je l'ai sentie de la même manière que nous sentons dans notre dos, hors de notre champ visuel, la présence de quelqu'un qui nous connaît et nous observe. Alors je me suis rappelé vos problèmes d'audition. Je me suis rappelé ce jour où nous nous sommes rencontrés dans le métro et que vous avez lu sur les lèvres de ces deux crétins, amis de Crámer. Certains sourds peuvent lire sur les lèvres, j'ai pensé. Vous aviez découvert le message secret caché depuis des années. Vous étiez le complice dont ma femme avait besoin pour me tourmenter.

J'avais les yeux rougis par la boisson et la fumée du cigare de Colina Ross.

– C'est là que je vous ai choisi comme ennemi. Pas Crámer, pas Crámer : vous. Elle n'est pas ta fille, elle n'est pas ta fille… C'était la fontaine des vœux et le vœu de Marilú était de me voir souffrir. Elle a été exaucée ; bien des années après, mais elle a été exaucée. Je ne sais pas si les bons vœux s'accomplissent, mais les mauvais sont infaillibles.

– Vous avez vécu toute votre vie auprès d'Eleonora. Vous l'avez élevée, protégée. Quelle importance pouvait avoir l'aveu de votre femme ?

– Ce fut une brève catastrophe comme mari et une longue catastrophe comme père, cependant il me restait au moins une certitude : elle faisait partie d'une fatalité biologique. Mais vous m'avez ôté cette certitude. Crámer m'a exclu du Cercle, c'est vrai ; mais vous m'avez exclu de ma vie, ou de ce que je considérais comme ma vie. À partir de ce jour, je vous ai haï. Si je ne vous avais pas haï, je vous aurais exclu de ce Cercle, comme j'ai exclu Tarrés, comme j'ai essayé d'exclure Eleonora. Mais je vous ai laissé continuer.

– Et qui est le père d'Eleonora ? demandai-je, juste pour le blesser.

Il tarda à répondre.

– Maldany. Je suppose que c'est Maldany. Il a traversé l'océan pour venir dans un pays dont il ne savait rien (enfin, presque rien : je lui ai offert une fois pour son anniversaire un livre de William Henry Hudson). J'étais persuadé que c'était moi qu'il venait voir, pour que je le libère de la malédiction crétoise. Mais ce n'était peut-être juste qu'un homme amoureux de la mauvaise femme. Peut-être est-il venu pour dire ce qu'il n'a pas pu dire, et après il s'est tué, comme certains se tuent parce qu'ils ne peuvent pas dire la seule chose qu'ils doivent dire.

Il se rapprocha de moi, comme pour me faire une confidence et qu'il craignait que quelqu'un nous écoute dans cette grande maison vide.

– Un jour nous sommes partis en voyage dans la voiture de Maldany. Une Bristol bleue. Nous étions tous les deux devant, les deux femmes derrière : sa fiancée et Marilú. Nous nous sommes arrêtés au bord de la route pour manger des sandwichs. La fiancée de Maldany a déplié une nappe sur l'herbe. Marilú avait déniché (je ne sais pas comment, car à cette époque il était très difficile d'acheter des produits du continent) une bouteille de vin italien. Nous nous sommes assis sur l'herbe. Nous avons mangé, causé. Je parlais avec Maldany sans faire attention aux femmes, qui étaient silencieuses, mais à un moment il a tourné la tête vers Marilú et j'ai suivi son regard : elle était plus belle que jamais, les joues enflammées, elle avait bu une demi-bouteille de vin à elle seule. Elle s'est allongée pour somnoler quelques minutes. C'était une sauvageonne, elle se moquait que les fourmis grimpent sur son visage. La fiancée de Maldany, qui détestait Marilú, n'a pu s'empêcher de faire remarquer que ses cheveux se mélangeaient à l'herbe. Sa beauté lui était insupportable et elle est partie marcher toute seule pour oublier que dans le monde existait une dénommée Marilú, ou se rappeler qu'elle partirait bientôt pour toujours. Moi qui étais le soi-disant maître de cette beauté, je continuai à l'observer comme si je ne la connaissais pas et que je la voyais pour la première fois. Elle avait un côté enfantin, les joues incendiées par le vin, la bouche entrouverte par le sommeil. Alors une feuille est tombée sur la tête de Marilú, comme si l'arbre à son tour l'avait découverte et voulait la désigner à sa façon. Une feuille de chêne, déjà rouge, qui avait tournoyé, avec cette géométrie imprévisible des choses flottant en l'air, et s'était posée sur ses cheveux. Je ne faisais pas attention à Maldany, je pensais qu'il avait suivi sa fiancée pour corriger l'incorrigible. Mon ami, et le monde entier avec lui, avaient disparu dans un oubli momentané, un cillement de l'univers. Mais j'ai vu soudain qu'il était toujours là et s'empressait de récupérer la feuille tombée, comme si c'était le précieux vestige d'une civilisation disparue, un télégramme urgent de l'Antiquité. Maldany a pris délicatement la feuille, sans en briser une nervure. Alors il a découvert mon regard et dit que c'était une feuille peu commune, il l'a glissée dans un livre qu'il avait dans la poche, les tragédies de Sophocle, sur lequel nous venions de discuter. (Il affirmait que c'était un livre de Sophocle qui était dans la veste de Shelley quand le corps du poète noyé en mer avait été retrouvé ; moi je disais que c'était un livre d'Eschyle, et j'avais raison.) La feuille se trouve encore entre les pages. J'ai pensé que c'était une excentricité de plus de sa part, comme lorsque je l'avais surpris en train d'observer un bourdon sur une vitre. Une excentricité parce qu'il y avait des milliers de feuilles autour de nous, tout aussi semblables et rouges que celle-ci, mais il avait gardé celle qui avait touché la tête de Marilú. Ça se passait sous mes yeux et je ne me rendais compte de rien. Je m'occupais de problèmes difficiles : la facilité me déconcertait. Existe-t-il quelque chose de plus bête que l'amour ?

– Vous avez parlé de tout cela à Eleonora ?

– Non. Je ne lui ai jamais rien dit. Et vous ?

– Vous savez bien que non.

Pourquoi non ? Dans un couple marié il ne doit pas y avoir de secrets.

– Nous ne sommes pas mariés, et il y a toujours des secrets.

Subitement tout m'apparut avec clarté.

– Tout ça est faux.

– Quoi ?

– Que vous ayez donné les papiers à Crámer pour qu'ils ne tombent pas entre mes mains.

– Partez maintenant. Je suis fatigué.

Colina Ross serrait dans la main les clés de la maison : le porte-clés était une petite voiture en métal.

– Eleonora nous a tous donnés, elle a aussi donné la femme de Lemos. C'est ça que Crámer avait découvert.

Et avec ça qu'il vous menace. Il y a des années que Lemos cherche le nom d'Eleonora. Des années qu'il me demande toujours la même chose: le nom, le nom. Je le lui ai caché. Et Crámer aussi, je m'en rends compte maintenant.

Colina Ross avait été mon maître. J'espérais qu'il me dise à cet instant que je me trompais, j'espérais une autre version de la vérité. J'aurais accueilli une insulte comme une bénédiction. J'espérais un démenti indigné, une absolution. *Eleonora n'a donné personne: c'est moi.* Il ferma les yeux une seconde, comme s'il se refusait à répondre et son silence, qui était mieux qu'une confirmation, faillit me réjouir. Comment pouvez-vous penser que ma fille ait pu faire une chose pareille? Mais la réponse se fraya un chemin:

– Elle ne l'a pas fait pour se sauver. Elle l'a fait pour moi. Pour me sauver.

– Pour vous sauver de quoi?

– Du scandale. De la prison. Vous ne le comprendrez jamais, mais ce qu'elle a fait était une preuve d'amour.

J'eus en même temps l'impulsion de fuir cette maison, cet homme, et la conscience que je n'avais pas la force de me lever, que je n'atteindrais pas la porte. La leçon se poursuivit dans la pénombre:

– Un cousin à moi, le lieutenant-colonel Porta, conseiller occasionnel des services de renseignements, avait appris l'existence du Cercle, il savait qu'il était complètement infiltré et qu'Eleonora en était une des têtes pensantes. Il lui a donné rendez-vous dans un café de l'avenue Santa Fe et là il lui a tendu un carnet et un stylo-bille et demandé d'écrire tous les noms. Il n'a pas menacé de la tuer, c'était sa nièce: il l'a menacée de révéler certains faits mineurs de ma biographie. Mon cousin lieutenant-colonel ne craignait pas du tout l'opprobre, après tout nous n'avions pas le même patronyme. Et il m'avait toujours détesté, depuis que nous étions enfants. Je crois qu'au fond il espérait que ma fille refuse, pour le plaisir de voir mon nom livré en pâture aux journaux.

Colina Ross toussa et eut du mal à respirer. Mais il poursuivit après quelques secondes.

– Pour défendre mon honneur, elle vous a tous donnés. Y compris vous. Elle a été récompensée par l'autorisation de partir au Mexique. Elle ne me l'a jamais pardonné. J'ai fait beaucoup de choses impardonnables, mais ce qu'elle ne m'a pas pardonné, c'est ce que je n'ai pas fait : c'est ce qu'elle a fait, elle.

Je pensai aux lettres rangées dans une boîte à chaussures. Les lettres qu'elle n'avait jamais ouvertes.

– Elle n'a plus voulu me parler, poursuivit Colina Ross. Elle est têtue comme sa mère. Sa mère m'avait au moins laissé un message secret. Eleonora, rien du tout. Mais ne croyez pas que ce que j'ai dit avant est un mensonge : je ne mens pas. Vous êtes mon ennemi.

Je me levai, lui arrachai le porte-clés des mains et j'ouvris la porte. Je respirai l'air frais de la rue.

– Ne dites pas à Eleonora que je sais tout.

– Vous savez qu'elle n'ouvre pas mes lettres. Je pourrais écrire n'importe quoi : Eleonora ne le lira pas. Tout ce que j'écris est pour elle de l'encre invisible. Aussi pouvez-vous partir tranquille.

Je pensai que je ne reviendrais jamais dans cette maison. Pièces closes pour toujours. Odeur d'infusion de feuilles d'eucalyptus. Flacons de sels Colina. Chats enterrés dans le jardin.

Mais c'était faux. J'allais devoir y revenir.

– Vous êtes le maître des messages secrets. Sur ce sujet, vous en savez plus que quiconque. Pourquoi n'avez-vous pas trouvé plus tôt le message de votre femme ? Pourquoi avez-vous dû attendre de rencontrer un idiot capable de lire sur les lèvres ?

– Toutes ces années d'études ne vous ont donc servi à rien ? La réponse est évidente. Je vous l'ai déjà dit il y a très longtemps. Nous sommes capables de trouver la signification de n'importe quel message codé, à l'exception de celui qui nous est destiné.

Excédent de bagages

Une semaine plus tard j'allai à l'aéroport d'Ezeiza chercher Eleonora. Elle traînait une énorme valise rouge, une autre noire, deux sacs en nylon et un sac à dos, en plus de son sac à main. Je trouvai incroyable qu'on l'ait laissée monter dans l'avion. Nous nous sommes brièvement embrassés : elle jetait des regards inquiets de tous côtés.

– Partons vite.

– Attends-moi ici, je vais chercher la voiture.

– Non, non, je ne veux pas rester seule. On y va avec les valises.

Je voulus la rassurer, la persuader que personne ne faisait attention à nous. Mais elle insista, elle ne voulait pas attendre seule. Nous avons marché avec les valises jusqu'à l'endroit éloigné où je m'étais garé.

– On t'a laissé monter à bord avec tout ça ?

– Ton cousin m'a appris ce qu'il fallait dire.

J'eus du mal à fermer le vaste coffre de la 504 et le siège arrière fut entièrement encombré de bagages.

– J'ai vendu quelques livres, j'en ai jeté et donné d'autres. J'ai eu tant de choses à faire ces derniers jours. Je crois que je vais dormir toute une semaine.

Quand nous sommes arrivés à l'appartement, il faisait nuit. Nous avons fait trois voyages par l'ascenseur pour vider la voiture. Quand nous avons enfin fermé la porte, nous nous sommes étreints. Je me posai des questions sur ma propre étreinte, comme si elle n'était pas vraiment la mienne, mais un étrange instrument que je venais d'acquérir. Depuis que Lemos m'avait appris la vérité, j'avais pensé que je me comporterais différemment avec Eleonora, que chacun de mes gestes serait marqué par le léger sceau de l'accusation ; qu'elle-même remarquerait vite le changement et se livrerait à une de ces patientes investigations, dont les femmes sont spécialistes, et qui finissent toujours par la vérité. Et cependant, tout s'effaça immédiatement, l'étreinte était une authentique étreinte, le désir sexuel s'imposait avec son urgence habituelle, irrépressible comme la soif et la faim. Le passé s'estompait, sans le moindre pouvoir devant cet impératif qui est toujours le même : maintenant, tout de suite.

Nous nous sommes réveillés quelques heures plus tard, au milieu de la nuit et d'un désordre de vêtements et de bagages. J'avais prévu une longue série de critiques sur l'appartement que j'avais loué, mais elle l'accepta sans grandes réticences et entreprit de tout ranger très rapidement. L'armée de chemises, jupes, livres, tubes de rouge à lèvres, crèmes, objets décoratifs, parfums, colliers, boucles d'oreille et bracelets partit à la conquête éclair de l'appartement. Je ne lui dis pas que j'étais allé voir son père, elle ne posa pas non plus la question.

Les premiers jours de vie commune, nous observions une étrange prudence, due en partie au monde extérieur et à ses dangers, mais aussi à nous-mêmes et à nos propres dangers. Nous faisions preuve d'un respect excessif l'un pour l'autre. Ce qui est toujours dangereux ; on le sait : les couples qui se disputent le moins sont ceux qui se séparent le plus. J'observais attentivement ma conscience comme un théâtre vide où devait se jouer une pièce sans cesse retardée. J'attendais le moment où une broutille ferait éclater le vieux secret. Mais rien de tel n'arriva. Je ne disais rien. Ne reprochais rien. J'avais appris à voir dans cette découverte une certaine justice. Avant, j'étais l'*homme pâle*, le coupable qui m'avait rapproché de l'innocente, et cette différence m'avait pesé. Nous avions été comme des membres de deux castes différentes. Nous étions maintenant de la même classe.

L'ancienne Eleonora avait changé. Sa conviction de posséder toutes les réponses, de vivre un moment unique dans l'histoire de l'humanité, de savoir qui doit vivre et qui doit mourir, de porter une torche allumée dans un monde obscur, tout cela était terminé. Tout avait passé comme passe une maladie ; la maladie c'était l'époque.

Un matin je découvris Eleonora à la table de la cuisine concentrée sur une lettre qui venait d'arriver. Sur la cuisinière l'eau bouillait avec impatience. J'éteignis le feu. Il était rare de recevoir une lettre, car peu de gens connaissaient notre adresse. Je pensai à son père. Mais je me rendis compte aussitôt de quoi il s'agissait : l'enveloppe portait le logo de Security Corp.

– Qu'est-ce que c'est ? demanda-t-elle.

Je voulus prendre la lettre qui mobilisait toute l'attention d'Eleonora. Elle résista à peine et finit par céder. Une feuille de papier sans date, ni nom de ville, ni salut : juste le message secret.

– Tu sais bien. Je te l'ai déjà dit. Je te l'ai dit à Rome.

– C'est quoi ?

– Ton nom.

– Comment c'est arrivé ici ?

– C'est Lemos. Il veut que je le déchiffre. Il y a des années qu'il me le demande.

– Tu es sûr qu'il ne sait pas ce que ça veut dire ?

– Sûr et certain.

– Pourquoi il insiste ? Tout ça est très loin.

Je haussai les épaules.

– Combien de fois il t'a écrit ?

– Je n'ai pas compté.

– Ça veut dire très souvent.

– Oui, souvent. Si tu le vois, essaie de l'éviter.

– Pourquoi je le verrais ? Ce serait un hasard énorme dans une ville de millions d'habitants.

– Il dirige le hasard à sa guise. Si tu le rencontres, ne lui parle pas, ne lui dis rien d'important.

– Tu es jaloux ?

Pour la première fois j'eus envie de la frapper.

– Tu sais de quoi on parle, non ?

– De messages secrets.

– De noms secrets.

Elle me montra le papier.

– Qu'est-ce que Lemos croit qu'il est écrit ici ?

– Le nom de la personne qui nous a tous donnés. Ainsi que sa femme. Surtout sa femme.

Elle me regarda avec les yeux écarquillés, tellement pétrifiée que je craignis qu'elle ait cessé de respirer.

Elle posa le papier sur la table et partit dans la chambre. Je la regardai par la porte entrouverte. Ce n'était que la pièce voisine et j'eus pourtant l'impression d'épier un pays lointain. Les persiennes étaient baissées, mais des rais de lumière passaient entre les plaques. Elle commença à mettre des affaires dans un grand sac en cuir rouge qu'elle s'était acheté à Rome. Puis elle alla à la salle de bains avec le sac pour y mettre d'autres objets. Je la perdis de vue, mais j'entendais ses mouvements précipités. Quelque chose se cassa dans la baignoire, quelques secondes après me parvinrent des effluves de parfum. Elle revint dans la chambre. Je cessai de l'observer, mais pas de l'écouter. Des tiroirs s'ouvraient et se fermaient, les cintres se heurtaient dans la garde-robe. Puis le bruit de la porte de l'appartement et celui de l'ascenseur.

En entrant dans la chambre, je vis le tiroir de la commode ouvert. C'était là que nous rangions l'argent : elle l'avait emporté. Dans la salle de bains, je ramassai les bouts de verre au fond de la baignoire. C'était un parfum français. Je me fis une légère coupure. Mais l'avantage de se couper avec l'éclat de verre d'un flacon de parfum est que la plaie est désinfectée en même temps.

Je ne voulus pas tenter de la rejoindre. Elle pouvait être n'importe où, sauf chez son père. Ces jours-là je fis de longues marches à pied, je corrigeai les copies de mes élèves, j'allais au cinéma voir des films qui, je le savais, ne plaisaient pas à Eleonora. J'appelai une amie à elle, qui me répondit qu'elle ne l'avait pas vue, mais je compris à sa voix qu'elle mentait. Je n'insistai pas.

Un mardi soir j'entendis la clé tourner dans la serrure. J'étais attablé en train de manger des pâtes. L'ampoule avait grillé et j'avais allumé une lampe de chevet sur la table. Eleonora entra vêtue du pantalon et du manteau qu'elle portait quand elle était partie, mais avec une nouvelle chemise bleue qu'elle avait dû acheter. Un gant de laine à la main droite, elle avait perdu l'autre. Sans un mot et sans un baiser, elle se servit un verre d'eau au robinet, s'assit sur la table de la cuisine (je n'avais pas touché au message, resté là où elle l'avait posé) et elle se mit à parler comme si elle poursuivait une conversation qui venait de s'interrompre.

– C'est cet oncle à moi, le lieutenant-colonel. Il m'a montré des papiers qu'il gardait dans une chemise en plastique bleu. Il avait rassemblé des rapports de police, une vieille plainte, des rapports de collèges, des circulaires internes, un texte du ministère de l'Éducation de la province. Une biographie complète de mon père. Il ne s'intéressait pas à ce que nous avions fait. Les militaires voulaient savoir les noms de ceux qui avaient des connaissances en cryptographie. Il avait une confiance absolue en quelqu'un qui était en train de former une unité pour déchiffrer tout ce qui était susceptible de l'être.

– Blasco.

– Il ne m'a pas dit son nom, mais il parlait de lui avec enthousiasme. Il disait que c'était un homme pur.

– Et tu lui as donné nos noms.

– Pas le tien. J'ai accusé les autres pour ne pas t'accuser toi. Mon oncle a prononcé ton nom et je t'ai décrit comme un idiot. Mais il savait déjà qui tu étais.

– Et la femme de Lemos?

Eleonora détourna le regard vers la fenêtre, qui était fermée à cause du froid. Nous nous reflétions dans la vitre. La lumière de la lampe de chevet nous enveloppait dans une bulle jaunâtre.

– Lemos et moi, c'était fini. À ce moment-là, je m'étais éloignée du groupe de Crámer. Je continuais à travailler au syndicat et j'avais repris mes cours. Mais cette femme était devenue folle. J'ai essayé de lui parler, mais c'était impossible. Elle entrait dans la salle de cours. Elle me menaçait. Me suivait dans la rue. Elle sonnait chez moi à trois heures du matin. Elle me mettait tout le temps en danger. Je la détestais. Quand mon oncle m'a demandé plus de noms, j'ai donné le sien. Je pensais qu'ils allaient se rendre compte qu'elle était nulle en cryptographie et la relâcher.

– Ils ne l'ont pas relâchée.

– Je sais. Ils l'ont tuée tout de suite.

Eleonora attendait mes reproches, des commentaires. Mais je ne dis rien. Elle prit le papier avec son nom codé et le plia soigneusement.

– Je vais parler à Lemos. Je vais lui expliquer…

Je donnai un coup de poing sur la table.

– Non. Tu ne parleras pas à Lemos ! Tu ne lui diras pas un seul mot. Jamais tu ne reconnaîtras ton rôle dans cette affaire. – Je lui pris le papier des mains et le déchirai. – Il y a des années que Lemos cherche ce nom.

– Mais si je lui explique, il va comprendre…

– Eleonora : ce genre de choses ne se règle pas par une conversation.

Elle sembla comprendre ; elle sembla renoncer au principe féminin selon lequel la parole peut dominer les bêtes, les tribus sauvages, les vagues de la mer. Je m'approchai d'elle et lui arrachai l'étiquette de sa chemise bleue, avec le prix, qui pendait de son cou.

– Il faut changer l'ampoule, me dit-elle.

Eleonora commença à passer des coups de téléphone pour chercher du travail, surtout aux personnes qu'elle avait connues en Espagne et qui étaient revenues avant elle. Et rapidement elle obtint un cours de travaux dirigés dans une section de linguistique. Le salaire était dérisoire. Elle continua aussi à animer ses mystérieux ateliers, où les participants écrivaient des récits sur leurs secrets de famille. Elle me montrait parfois ce qu'ils écrivaient. Beaucoup de ratures et de correcteur liquide.

– Ils ne te demandent jamais, en échange, que tu leur racontes un secret ?

– Le croupier ne mise jamais.

Elle les incitait à chercher dans leur passé, à remuer le fond des tiroirs, à revoir l'arbre généalogique, à lire les vieilles lettres.

Je scrutais chaque mot, chaque regard d'Eleonora : je me demandais si elle me détestait de savoir la vérité. J'avais entendu parler de nombreux couples où la haine faisait brusquement irruption : quelqu'un découvre qu'il ne supporte pas que l'autre écoute telle émission de radio le matin, qu'elle continue de porter ce manteau au col décousu, qu'il goûte le vin au restaurant en prenant des airs de connaisseur, qu'elle dépense beaucoup au supermarché, qu'il dise "oui" au lieu de "allô" au téléphone, qu'elle mette trop de maquillage, qu'il regarde la télévision comme un abruti.

Cet été-là, nous avons loué une maison sur la côte, à Valera del Mar. Nous ne voyions quasiment personne, nous étions repliés sur nous-mêmes. Nous parlions en choisissant nos mots : si nous nous laissions aller au langage courant, avec son mélange de phrases toutes faites et d'éléments enfouis dans l'inconscient, la conversation pouvait s'interrompre à tout instant. Heureusement, la maison était dotée d'une respectable collection de romans d'Agatha Christie, avec des taches de crème solaire sur les couvertures et du sable entre les pages.

Nous sommes rentrés chez nous début mars, car je devais reprendre les cours. On était en 1982. À la fin du mois, une manifestation anti-gouvernementale, organisée par les syndicats, tenta en vain d'occuper la Plaza de Mayo : elle fut réprimée par des charges de policiers à cheval, des canons à eau, des balles en caoutchouc et des grenades lacrymogènes. Il y eut des milliers d'arrestations. J'étais allé régler une formalité au centre : j'aperçus au loin, entre les pancartes des manifestants, un gigantesque ballon bleu et blanc de la CGT qui s'élevait dans le ciel gris, pendant que les gens couraient pour échapper aux brigades anti-émeutes, aux chevaux et aux policiers en civil qui descendaient de Ford Falcon sans plaque d'immatriculation. Les manifestants couraient sur l'avenue de Mayo, pancartes abandonnées en chemin, les yeux rougis par les gaz lacrymogènes, certains complètement trempés par les canons à eau. Je venais de sortir d'un café et je regardais tout cela comme si je n'étais pas concerné ou que j'étais en visite dans un pays étranger. Avant, l'Histoire m'avait paru proche, un ensemble de choses qui m'environnaient et exigeaient de toute urgence mon implication. L'Histoire était un artefact compliqué, extravagant, grouillant de sigles et de symboles, mais cependant familier. C'était maintenant quelque chose d'infiniment plus simple à définir, mais de complètement étranger.

Je ne me souviens même plus de ce que nous avons dit de cette journée, parce qu'on n'a pas eu le temps de se livrer à de longues interprétations. Deux jours plus tard, la radio nous informait du débarquement dans les îles Malouines, dont la capitale allait s'appeler, pour quelques mois glaciaux, Puerto Argentino. Alors eurent lieu les manifestations de soutien, les bruyants mouvements de troupes, les civils qui s'enrôlèrent comme volontaires dans de mystérieux régiments de futurs combattants. Puis les longues émissions de télévision de collectes d'aliments, de vêtements et d'argent (rapidement volatilisé) ; l'interdiction de films anti-guerre, ou tout simplement anglais; l'interdiction de chansons en anglais; la Torre de los Ingleses fut débaptisée, ainsi que tous les cafés appelés Gran Bretaña, Príncipe Carlos, Londres, ou Princesa Diana. Apparurent ensuite les couvertures de magazine avec des photos de navires anglais en train de couler et les slogans de victoire, les harangues qui annonçaient non seulement le triomphe, mais la facilité du triomphe.

Et finalement, la défaite, brusque comme un réveil. Les journaux et les magazines publiaient maintenant les photos des soldats grelottant dans leurs pulls kaki et leurs uniformes verts en toile, insuffisants contre la pluie et le froid. Fusils FAL obsolètes, sans lunette télescopique, affrontant des armes de dernière génération, équipés de lunette à vision nocturne. Soldats improvisés de dix-huit et dix-neuf ans contre une armée professionnelle. Canons antiaériens tirant des munitions défectueuses contre les avions Sea Harrier à décollage vertical. Et à la fin, le modeste cimetière de croix blanches à la sortie de la petite ville qui s'appela de nouveau Puerto Stanley.

Quand la défaite fut annoncée, les manifestants atteignirent les portes de la Casa Rosada, le palais présidentiel. Eleonora voulait y aller; je l'en empêchai. De nouveau les chevaux, les canons à eau, les matraquages, les gaz lacrymogènes. Le chaos dans les forces armées était tel qu'en quelques jours les conscrits mobilisés furent renvoyés dans leurs foyers, à l'exception d'une poignée, nécessaire pour garder les casernes. Et très vite on annonça la tenue d'élections.

Les mois passèrent. L'Histoire qui avait été étouffée commençait à apparaître de tous côtés, non seulement dans les revues et les journaux de gauche, mais aussi dans les magazines populaires. Une femme nue en couverture et à l'intérieur des récits sur des prisonniers jetés vivants des avions dans le Río de la Plata, ou des photos d'exhumations de fosses communes. Les deux sujets interdits – le massacre et le sexe – se côtoyaient dans la presse.

Je lisais tous ces récits de centres clandestins de détention en redoutant d'y trouver des références au bureau des hommes pâles ou au major Blasco. Je craignais que Lemos, dans sa folie, se mette à raconter le passé pour se livrer à un fracassant mea culpa. Ou qu'apparaissent les archives de Blasco avec nos noms et qualités. J'avais parfois l'impression de percevoir dans un titre de journal ou de magazine une allusion à nos activités souterraines. Mais dès que je jetais un coup d'œil aux pages intérieures, je me rendais compte que personne ne parlait de Blasco, ni de notre séjour dans les limbes, ni de nos délations. Personne ne parlait de Lemos, ni de Crámer. Seuls les noms de Cimer et de la femme de Lemos apparaissaient dans une des listes de disparus qui commençaient à circuler. Mais il y avait tellement de noms que nous ne courions pas le risque qu'on leur prête une attention particulière. D'un côté, cette absence d'allusion à nos activités me tranquillisait, mais d'un autre elle me paraissait désolante. Tout ce que nous avions vécu n'était plus que fumée, néant, effacement. Le passé semblait une hallucination personnelle faite de coupures de journaux, de livres brûlés et de messages secrets.

Mon père me prêta quelques dollars et nous avons emménagé dans une maison plus grande, dans un lotissement du quartier d'Almagro. C'était une maison étroite et longue, notre chambre donnait sur la rue, puis venaient une autre chambre et la salle à manger, et à l'étage, une pièce qui pouvait servir de bibliothèque. Il y avait une grande terrasse couverte de dalles rouges. Nous avons commencé à évoquer l'idée d'avoir un enfant, même si j'avais du mal à imaginer Eleonora vouée aux taches domestiques qu'exigent les enfants. Elle méditait tous les matins devant le four de la cuisine pour savoir quel brûleur allumer. Manger était le dernier de ses soucis. Quand nous allions au supermarché, elle regardait extasiée les rayons, sans savoir très bien à quoi servaient tous ces produits, comme si après avoir été en exil dans un pays derrière le rideau de fer, nous étions impressionnés par l'abondance du capitalisme. Elle pouvait vivre pendant des mois de maté, de biscuits, parfois d'un bol de café au lait.

Quand le téléphone sonnait de temps en temps, ce n'était jamais pour nous, puisque personne n'avait notre numéro, mais pour l'ancienne maîtresse de maison, propriétaire de l'entreprise Déguisements Tomasini. Je décrochais le combiné avec appréhension et j'écoutais : Vous pouvez me réserver pour la semaine prochaine une tenue de danseuse espagnole ? Ou bien : Dans le déguisement de San Martín, le sabre à lame courbe est compris, ou il faut le louer ailleurs ? Une fois, le téléphone sonna et une voix de femme demanda : C'est combien pour la mort ? Il me fallut quelques secondes pour me souvenir que la Mort – crâne, cape noire et faux – était un des grands succès de Déguisements Tomasini.

Un matin je répondis et à peine eus-je le temps de dire allô, j'entendis la voix de Lemos. J'étais seul, Eleonora était sortie pour donner un cours. Je me souviens que la fenêtre donnant sur la rue était ouverte et que le courant d'air me fit frissonner. Il me retrouve toujours, pensai-je. Deux années au moins s'étaient écoulées depuis que je l'avais vu pour la dernière fois, en le croisant dans une rue du centre. Ce jour-là, il avait tardé à me reconnaître et je m'étais éloigné rapidement en l'entendant m'appeler par mon prénom. Mais là, je ne pouvais pas m'esquiver. Je lui demandai comment il avait obtenu mon numéro de téléphone, mais il ne daigna pas me répondre.

– Après des années à avoir commencé par le début, j'ai décidé de commencer par la fin.

C'est ça la folie, pensai-je. Reprendre une conversation après des années, comme si ne s'étaient écoulées que cinq minutes. La folie, c'est poursuivre dans le temps ce qui n'a plus la moindre suite.

– Quelle fin ?

– Je savais qu'il fallait trouver un mot clé. Et je me suis dit : si Barnes pensait à moi, quel mot clé aurait-il choisi ? (Barnes ne pensait pas à toi, Lemos. Barnes pensait à Crámer.)

– Alors, j'ai essayé… Je m'étais trompé, je ne devais pas penser à des mots éloignés, mais aux plus proches…

Je respirai soulagé. Jamais il ne trouverait le nom de Maldany. Archéologie, Crète, tablettes durcies par le feu de vieux incendies. C'était le genre de choses auxquelles Lemos ne prêtait jamais attention.

– J'ai essayé avec Ana María… Sans résultat. J'ai essayé avec Any. Au début ça n'a rien donné, mais en commençant par la fin, j'ai trouvé…

Il marqua une pause, comme s'il avait un accès de timidité. Comme s'il craignait que je démolisse le seul progrès qu'il avait fait en tant d'années.

– Qu'est-ce que tu as trouvé ?

– Une lettre *o* et deux *s*. J'ai pu avancer jusque-là. Un nom qui se termine par *o* et deux *s*. Le nom c'est Colina Ross, pas vrai ?

Grâce à sa folie, Lemos avait progressé. Dans ses cours, Colina Ross avait parlé de causalités extraordinaires, où un procédé erroné menait à la vérité. Si on lance une fléchette les yeux bandés, il est peu probable qu'elle atteigne la cible. Mais si on lance mille fléchettes, il y en aura au moins une qui se plantera dans le cercle rouge. Lemos avait lancé ses mille fléchettes et découvert ainsi la fin du message. Combien de temps lui faudrait-il pour sortir de son enfermement mental et découvrir que le mot clé n'était pas ANY, mais MALDANY ? Et combien de temps pour découvrir la totalité du message ? Combien de temps pour découvrir que *Colina Ross* était précédé d'*Eleonora* ?

Dans le sous-sol d'Alem je m'étais engagé à ne pas révéler ce nom. Je devais continuer à le cacher.

J'attendis un instant et je répondis.

Lemos resta silencieux, je craignis qu'il ne m'ait pas cru. Je craignis qu'il ne se mette à étudier les lettres pour voir si ma réponse correspondait à son message. Mais il me sembla entendre un gémissement, comme un sanglot qui ne parvient pas à sortir. Je compris alors qu'il ne chercherait plus, qu'il accepterait mon verdict pour la simple raison que j'étais son dernier recours. Il avait besoin que le message vienne de l'extérieur. Une vérité qui l'avait recherché lui et qui enfin l'atteignait. Il lui fallait que ce fût quelque chose d'extérieur à son obsession, à ses nuits blanches. Lui aussi croyait aux indices et aux signes, au bureau de poste des dieux, et moi j'étais chargé de lui remettre le message. Les menaces étaient terminées, les promesses aussi et même les larmes. Que ressentait-il maintenant qu'il croyait résolue cette longue devinette ? Il se sentait libéré. Ne me sentais-je pas moi aussi libéré ?

Il raccrocha sans dire un mot.

"Oui, c'est *Colina Ross*, je lui avais dit. *Ezequiel Colina Ross.*"

ÉPREUVES

Eleonora avait terminé son livre et se décida à chercher un éditeur. Un rude chemin commençait pour elle : photocopies, secrétaires, envois par la poste. Elle tenta aussi un concours. Finalement elle eut une réponse positive : l'éditeur était un homme jeune, fils d'un libraire de la rue Corrientes. Il avait publié *Antigone,* la conférence de Kierkegaard, un essai de Siegfried Kracauer, des articles inédits de Martínez Estrada, et voulait maintenant publier de nouveaux auteurs.

Il n'avait pas de bureau. Nous sommes allés le voir dans son appartement, à l'angle de Rodríguez Peña et de Tucumán. Il était jeune, de petite taille et portait une barbe naissante. Il nous servit un café sur la table de la cuisine, tandis que son épouse se déplaçait entre les paquets de livres, avec un bébé de quelques mois dans les bras.

– J'ai envie de vendre beaucoup de livres, mais pas pour devenir riche, juste pour pouvoir marcher dans mon appartement. Et ainsi sauver mon couple.

– Pourquoi tu ne déposes pas les livres dans la librairie de ton père ? lui demandai-je. Je savais que cette librairie avait un sous-sol où s'entassaient des essais politiques, des livres condamnés par la loi, des livres ne promettant que des ennuis à l'éditeur et au libraire. La censure n'avait jamais eu de règles clairement définies : c'était un murmure, un appel à la prudence, un exercice de paranoïa, un pressentiment. Les derniers temps, ces vieux exemplaires remontaient timidement à la surface.

– Et supporter ses conseils sur ce que je dois ou non éditer ? Je préfère entasser les livres dans la baignoire.

Je passai deux ou trois soirées à aider Eleonora à corriger son texte. Elle souligna en rouge ce qui devait être en italique et en noir ce qui devait sortir en gras. Je voulus lui donner un conseil :

– Supprime les notes en bas de page. Chaque note est une perte dans l'armée des lecteurs.

Étonnamment, elle suivit mon conseil. Elle coupa et colla. Le livre compta trente pages de moins que dans sa première version. Le résultat fut un original bariolé, avec des annotations en marge et des pages scotchées et collées.

L'éditeur la convainquit de faire une présentation de l'ouvrage.

– Pourquoi ? On en vendra tout au plus douze ou quinze.

– Si dans une présentation on vendait douze ou quinze livres, je ferais des présentations tous les jours et je serais heureux.

La présentation eut finalement lieu : c'était un jour pluvieux et froid. Je devais assister à une réunion de professeurs et j'avais laissé la voiture à Eleonora. En sortant de la réunion, je pris un taxi, un vieux Di Tella, conduit par un octogénaire qui roulait à vingt à l'heure. À travers le pare-brise, les voitures étaient des taches de lumière liquide. "Je déteste les jours de pluie", disait le chauffeur de taxi. "Mais vous travaillez plus quand il pleut." "Peu importe. Les risques sont plus grands quand il pleut." Comme pour illustrer son idée, il faillit renverser une femme. Je perçus l'espace d'une seconde le visage épouvanté de la femme, éclairée par les phares. Les pneus grincèrent. "Les gens devraient porter des lumières, comme les voitures. Ils ne se rendent pas compte qu'ils sont gris, opaques... des ombres."

Le taxi me déposa devant la librairie, rue Talcahuano. Eleonora était à l'entrée, maquillage et coiffure miraculeusement épargnés par la pluie. Nous descendîmes l'escalier vers le salon en sous-sol où devait se tenir la présentation. Des travaux avaient été faits récemment, l'endroit sentait la colle et l'humidité. L'éditeur nous attendait, vêtu d'un imperméable trempé, vaguement honteux de la solitude qui nous entourait.

– Ne déprimons pas encore : les gens vont venir, promit-il.

Eleonora lui proposa d'annuler la séance, mais l'éditeur lui demanda un peu de patience. Malgré sa courte expérience, il savait à quoi s'en tenir : tout le monde arrive en retard, surtout les jours de pluie, et encore plus s'il s'agit de la présentation d'un livre. C'est un tel sacrifice d'assister à la présentation d'un livre que si l'on arrive seulement pour entendre les derniers mots et les applaudissements, on éprouve une sensation de devoir accompli.

En effet, le public arriva peu à peu : camarades de faculté, un couple d'Espagnols amis d'Eleonora, de passage à Buenos Aires, les mystérieux élèves de son atelier, toujours la même collection de *freaks* : une femme très grande, maquillée à l'excès, talons hauts, robe de soirée bleue ; une jeune fille pâle, tout en noir, avec une main bandée ; un gigantesque gros au regard torve. Eleonora me décrivit à l'oreille le profil de ses élèves. La première tenait une boutique de soieries : elle avait retrouvé son journal intime d'adolescente et voulait le publier (avec notes en bas de page "pour indiquer mes changements de point de vue"). La fille en noir brûlait tout ce qu'elle écrivait dans les jardinières du balcon. Le gros gigantesque était l'auteur de cinq romans de science-fiction de huit cents pages chacun. Les élèves de l'atelier se connaissaient, mais se saluèrent avec discrétion tout en s'adressant des regards hostiles. L'auteur de science-fiction avait apporté deux boîtes de cacahuètes au chocolat, comme s'il était au cinéma. Quand il les eut toutes mangées, il s'endormit.

Le micro ne fonctionnait pas, comme souvent les micros, mais il n'était pas indispensable. L'éditeur se chargea de présenter le livre. Il cita d'autres auteurs qui s'étaient intéressés au secret : Georg Simmel, Mircea Eliade, René Guénon, et un psychanalyste dont le nom m'échappe. Après quoi, il demanda à Eleonora de qui étaient ces lettres qui, disait-elle dans le prologue, lui avaient inspiré ce livre.

– Comme c'est un livre qui traite de secrets, permettez-moi de garder le secret sur ce point.

Ce n'est pas ton secret, pensai-je. Mais c'est un procédé classique, lorsqu'on veut cacher quelque chose, de cacher autre chose à la place. Ainsi, celui qui découvre quelque chose croit avoir tout découvert.

J'ai oublié de quoi elle parla ce soir-là car je n'écoutais pas : je ne cessai de regarder la porte comme si Colina Ross allait apparaître d'un instant à l'autre pour dire : *Dorey m'a désigné. Dorey a livré mon nom et maintenant l'ombre de Lemos plane sur moi.* Mais son père ne se montra pas. Je pensai qu'il ne devait pas être au courant. Ou que la pluie l'avait découragé. Venir de si loin sous l'orage. Puis devoir rentrer en bus à La Plata.

La présentation terminée, Eleonora s'assit à une petite table, dédicaça six ou sept livres d'une écriture hésitante et parla aux uns et aux autres sans se départir d'un sourire fatigué. Nous avions acheté quatre bouteilles de vin, un fromage et des biscuits salés. Je débouchai deux bouteilles et servis le vin dans des gobelets en plastique.

– Succès total, disait l'éditeur.

Il était content : il avait vendu neuf livres.

Le sous-sol sentait l'humidité et j'avais l'impression d'étouffer. Depuis mon expérience dans le bureau des hommes pâles, j'évitais autant que possible les sous-sols. Je montai l'escalier un verre de vin à la main et restai à la porte de la librairie en observant les gens qui pressaient le pas sous leurs parapluies. Le chauffeur de taxi avait raison, pensai-je, ils sont opaques. Des ombres.

Mais je vis quelqu'un qui ne me parut pas une ombre : une femme en imperméable vert luttait contre la force du vent pour conserver son parapluie à pois. Elle devait avoir une soixantaine d'années. Elle se réfugia sous l'auvent de la librairie. Elle avait un sac et des chaussures de marque ; c'était évident même pour un profane comme moi en matière de mode. Le parapluie, en revanche, était chinois. Après avoir maîtrisé son parapluie, elle me demanda :

– C'est ici qu'on présente le livre d'Eleonora Bartoldi ?

– La séance est terminée. Mais entrez si vous voulez. Elle est en train de dédicacer son livre. Et il y a du vin.

Elle ne paraissait pas être une élève d'Eleonora. Elle n'avait manifesté aucun signe de comportement anormal.

– Vous pourriez lui remettre un message ?

– Si vous connaissez Eleonora, ce serait mieux que vous le lui donniez vous-même.

– Non, je ne veux pas la voir. Je l'aurais appelée par téléphone, mais je n'ai pas son numéro. J'ai appris qu'elle présentait son livre par l'annonce dans *La Nación*. Je lis le journal en entier. Même les pages culturelles que plus personne ne lit. Les conférences sur l'Égypte, les concerts d'orgue dans les églises…

Elle prit un papier dans son sac et un stylo Parker. Elle commença à écrire mais s'interrompit.

– C'est plein de taches d'encre et d'eau. Vous pourriez lui dire quelque chose de ma part ?

– Bien sûr.

– Ce n'est pas une bonne nouvelle.

Le bureau de poste des dieux, pensai-je. Même en plein orage, leurs facteurs sortent pour distribuer le courrier.

– Qui êtes-vous ?

– La tante d'Eleonora. Sa tante Haydée.

– Eleonora va vouloir vous voir. Si elle apprend que je ne vous ai pas fait entrer…

– Et vous, vous êtes… ?

– Miguel. Je suis son… – Je ne trouvai pas le mot exact. C'est pour cela que la civilisation avait inventé le mariage : pour pouvoir définir les situations de manière précise. – Je vis avec elle.

– Ce que j'ai à lui dire est délicat. C'est au sujet de son père.

– Je le connais bien.

– On se voit toutes les semaines, toujours dans le même café. Toutes les semaines, depuis… Depuis je ne sais combien de temps. Mais il ne vient plus et ne répond plus au téléphone.

– Avec cet orage…

– Chez lui il n'y a personne. Le courrier s'accumule dans la boîte à lettres.

– Il est peut-être parti en voyage.

– Ne dites pas de bêtises. Où irait-il ?

Où pouvait donc aller un homme seul et en mauvaise santé, sans prévenir la seule personne avec laquelle il conservait un contact ?

Puis, elle dit :

– Je n'ai pas les clés de la maison, sinon j'entrerais. C'est bête qu'Ezequiel ne me les ait jamais données.

– Je ne sais pas si Eleonora a les clés…

– Elle aurait pu lui rendre visite, non ? Elle l'a abandonné.

– Ils ne se sont jamais bien entendus.

– Accusations, reproches. Elle ne le comprend pas. Personne ne l'a jamais compris. Elle ose le juger, mais elle n'essaie pas de le comprendre. Tout ça est arrivé parce que je l'ai trahi.

Elle baissa la voix. On entendit au loin un coup de frein brutal et un coup de klaxon prolongé.

– Ça s'est passé il y a de nombreuses années. Entre nous deux, nous avions le paradis. Nous avions l'arbre des secrets. Mais je l'ai trahi.

– Vous l'avez trahi ?

– J'ai grandi. Mûri. Vieilli.

Et sur ces mots, elle s'éloigna dans la rue avec son parapluie à pois maltraité et reprit la lutte contre les rafales de vent.

Nous sommes rentrés chez nous avec deux paquets de livres que nous avons posés par terre, près de la porte. Ce fut une nuit de va-et-vient dans l'appartement, d'appels inutiles et de cafés à l'aube. Et d'éternuements : nous nous étions tous les deux enrhumés. De temps en temps, Eleonora tentait une explication : congrès, voyage, déménagement. Je la laissais parler sans la contredire. Pendant quelques minutes, parler lui donnait l'illusion de contrôler la réalité, mais très vite elle-même trouvait des obstacles à ses tentatives d'explication. À un moment, elle voulut qu'on parte en pleine nuit, mais l'idée de circuler dans l'obscurité sous une pluie battante m'en dissuadait. Je n'avais pas envie de finir dans un fossé ou sous un camion. Je la convainquis de dormir un peu et d'attendre le matin.

En me réveillant, je vis les paquets enveloppés de papier kraft, liés par une ficelle jaune, et il me fallut quelques secondes pour me rappeler que c'étaient les livres d'Eleonora. La présentation avait eu lieu quelques heures plus tôt, la nouvelle que nous avions apprise l'avait changée en un événement lointain. Eleonora n'avait même pas jeté un coup d'œil à son livre.

C'était une matinée glaciale. La voiture dormait toujours dans la rue et l'orage l'avait couverte de brindilles et de feuilles. La Peugeot 504 mit un certain temps à démarrer, comme chaque fois qu'il faisait froid. J'actionnai plusieurs fois le starter avec le désir inconscient de noyer le moteur, mais il finit par démarrer. Eleonora avait mis des gants de laine rouge. De temps en temps elle devait passer un chiffon sur le pare-brise qui s'obstinait à s'embuer. Nous n'avons pas parlé pendant presque tout le trajet. J'allumai la radio, mais Eleonora me demanda de changer de station, de baisser le son et finalement de l'éteindre. C'était samedi, peu de voitures circulaient.

Près de La Plata, nous sommes passés devant un cirque qui annonçait la présence de Guy Williams, l'acteur de Zorro. Un éléphant attaché à un pieu explorait de sa trompe l'herbe à côté d'une voiture brûlée. Les affiches détrempées annonçaient des numéros extraordinaires. Il y a une tristesse que seuls peuvent provoquer en nous les cirques, les théâtres, les carnavals, les gens déguisés, toute tentative de représentation : comme si les artistes sous leur maquillage et leurs masques voulaient convoquer les choses mauvaises du monde pour les vaincre et les exiler, mais finissaient toujours vaincus.

Puis nous avons traversé la voie de chemin de fer avant d'entrer dans la ville. Les murs étaient couverts d'affiches électorales. Je dus faire un détour à cause d'une rue barrée – l'orage avait abattu un arbre qui était tombé sur une Fiat rouge – et Eleonora commença à me guider pour que je ne me perde pas dans les rues transversales.

Je me garai devant la porte de Colina Ross. Je coupai le moteur et nous restâmes tous les deux immobiles. Nous avons dû rester ainsi environ cinq minutes sans dire un mot. Le chauffage éteint, la voiture se refroidissait et perdait son caractère de refuge. Une femme passa avec son caddie à provisions. Elle marchait lentement, la main sur son visage à cause du vent. Un homme de haute stature promenait deux redoutables chiens noirs. Je remis le moteur en marche pour qu'Eleonora puisse allumer une cigarette avec l'allume-cigare. Je sortis de la voiture pour échapper à la fumée. Deux minutes après Eleonora me rejoignit.

– Je vais entrer le premier, lui dis-je. – Je grelottais. – Donne-moi les clés.

– On entre ensemble.

Il faisait tellement froid que la buée nous sortait de la bouche.

– Toujours alarmiste, la tante Haydée. Colina Ross a dû partir en voyage, dit Eleonora, comme si elle voulait résumer toutes les hypothèses de la veille. Elle savait mieux que moi que Colina Ross détestait voyager. Ce fut son ultime spéculation avant d'entrer dans la réalité.

Nous avons pressé longuement la sonnette, mais sans conviction. Nous donnions une chance à la normalité de répondre présente. Elle n'accepta pas notre invitation. Le courrier s'était accumulé. Les dernières enveloppes, qui n'avaient pu entrer qu'à moitié dans la petite boîte à lettres, étaient trempées de la pluie de la veille. Je les sortis : une facture d'électricité, une enveloppe de l'université de La Plata, un avis de lettre recommandée à retirer à la poste, des enveloppes de bulletins de vote pour les élections d'octobre. En nous entendant, une voisine ouvrit sa porte. Elle portait une robe d'intérieur, un gilet et des pantoufles de laine : l'uniforme réservé aux femmes au foyer d'un certain âge. Je pensai qu'elle allait nous parler, mais elle nous lança seulement un regard réprobateur et rentra chez elle. Que réprouvait-elle ? Que nous arrivions maintenant, ou que nous ne soyons pas venus plus tôt ? Pendant ce temps, Eleonora cherchait les clés dans son sac, d'où tombèrent un paquet de mouchoirs jetables, un tube de rouge à lèvres, des bonbons à la menthe. Elle eut enfin les clés à la main.

– Ça y est. Entrons.

La porte s'ouvrit avec difficulté, bloquée par d'autres enveloppes. L'intérieur était plongé dans l'obscurité. Il régnait ce froid humide des maisons inhabitées.

Lorsque Eleonora alluma la salle à manger, une ampoule grilla. Je relevai les persiennes métalliques par où entra une lumière blanche. La maison me parut mieux rangée que les trois fois où j'y étais venu (la première comme invité, l'autre comme voleur bredouille des papiers de Maldany, la troisième comme ennemi). Sur la table, une couche de poussière. Il y avait là le porte-clés du professeur avec sa petite voiture. Dans une tasse, un sédiment de thé et à côté une biscotte intacte. Dans un bol en porcelaine une pomme rouge solitaire pourrissait.

Sur le bureau était posée la machine à écrire de Colina, une Remington portative, avec une feuille engagée dans le chariot. Je craignis que Colina Ross n'ait laissé un message destiné à sa fille (*Dorey m'a désigné, Lemos va venir me chercher*), mais la feuille était vierge.

Eleonora monta lentement l'escalier. Je la suivis et la dépassai. J'allumai et jetai un coup d'œil dans les pièces avant qu'elle puisse y entrer. J'en ouvris deux qui étaient tellement encombrées d'objets que la porte ne bougeait que de quelques centimètres. Dans l'une d'elles je sursautai en découvrant la main blanche d'une sculpture. Dès que j'eus vérifié que l'étage ne réservait aucune mauvaise surprise, j'y laissai Eleonora seule.

J'allais jeter un coup d'œil à la cuisine. Aucune assiette sale. En dehors d'un large verre à whisky, tout était à sa place. J'ouvris la porte donnant sur le jardin et m'engageai sur un sentier dallé. La porte de la petite tour, où je n'avais jamais pénétré, n'était pas fermée à clé. J'entrai. La bibliothèque grimpait en spirale, un chef-d'œuvre de menuiserie. Je trouvai même un exemplaire de la *Scripta Minoa*, l'édition des inscriptions trouvées en Crète. C'était un ouvrage de dimensions gigantesques. Je le pris pour l'ouvrir, mais me ravisai aussitôt. Des années avant j'aurais adoré posséder cet exemplaire ; je le voyais maintenant comme un de ces objets capables de conserver et d'apporter au présent l'antique tristesse d'un monde pétrifié. Le syndrome de Pompéi, disait Colina Ross.

Nous avions visité toute la maison sans trouver une seule trace d'un fait anormal. C'est alors que je me souvins du temple des sels Colina. Je compris aussitôt que cette visite était une réplique de la précédente et que j'allais trouver Colina Ross au même endroit.

Je courus pour y arriver avant Eleonora. La porte n'était pas fermée à clé. La lumière filtrait à travers les vitraux avec des reflets bleus et tombait sur le corps qui flottait dans le bassin saturé de sel. Il est peut-être inexact de dire qu'il flottait, car le liquide s'était presque entièrement évaporé, et le corps ressemblait plutôt à celui d'un noyé rejeté par la mer sur une plage déserte. Sur les bords du bassin s'entassaient des flacons vides de Sels Colina, dont le contenu avait été versé dans l'eau. Ils étaient alignés, l'un à côté de l'autre, et bien que vides, quelqu'un avait pris la peine de les reboucher. Comme il n'y avait visiblement aucun flacon intact, je supposai que tous ceux disponibles dans la maison avaient été versés dans le bassin.

Le sel se concentrait sur les contours du corps et des traînées blanches traversaient le visage. Les cristaux formaient un puzzle de pièces minuscules. La peau du visage était tendue comme un masque. Rongé par le sel, le corps commençait à se craqueler. Tout cela avait eu lieu longtemps avant et appartenait désormais à un monde de fossiles ou de cristaux.

Eleonora m'appela plusieurs fois de l'étage et j'entendis ses pas discrets qui descendaient l'escalier. Je voulus lui dire de ne pas entrer, mais ma voix ne franchit pas mes lèvres. C'était comme dans ces rêves où nous voulons appeler à l'aide et sommes incapables de crier. Je la vis arriver, grelottante dans son manteau noir, car la maison était glaciale. Avec cette attention intense que nous portons à des objets inutiles dans des moments graves, je remarquai qu'elle n'avait qu'un seul gant, celui de la main gauche. Je m'avançai vers elle, mais elle m'écarta. Comme un enfant, j'eus l'impression qu'elle m'écartait du monde épuisant et mystérieux des adultes.

Les yeux d'Eleonora parcoururent la scène, comme si le cadavre n'en était qu'un élément parmi d'autres, pas plus important que le sel, les flacons vides, la lumière qui filtrait par la claire-voie. Un gémissement monta du fond de sa gorge. Elle ne versa pas une seule larme, ne fit aucun mouvement pour s'approcher du corps. Nous restâmes en silence devant le sépulcre de sel.

Je lui dis que j'allais téléphoner, mais elle m'arrêta d'un signe impérieux de sa main gantée de rouge. Je commençais à ressentir cette euphorie qui s'empare des survivants d'une catastrophe, quand ils comprennent que des missions importantes les attendent, quand ils regardent autour d'eux et voient que tout ce qui les entoure est chargé de sens et que ce jour échappe à l'ordre des jours, pour devenir unique et mémorable.

Alors je découvris dans la main droite d'Eleonora une enveloppe fermée, sur laquelle le professeur avait inscrit d'une écriture minuscule : *Pour ma fille Eleonora.* Avant, elle n'avait jamais ouvert ses lettres, qu'elle rangeait dans une boîte à chaussures, cimetière de la correspondance de son père. Mais celle-ci était différente. C'était la dernière et elle allait l'ouvrir.

Dorey m'a désigné, pensai-je. *L'ombre de Lemos sur moi. Dorey m'a désigné, maintenant Lemos vient me chercher.*

Il y eut ensuite les appels téléphoniques, les conversations avec les médecins légistes et des policiers, les formulaires jaunâtres (*À remplir en LETTRES MAJUSCULES*), les déplacements à La Plata, l'attente sur un banc de la morgue, le compte rendu détaillé de l'autopsie. Personne n'avança l'idée d'un crime, de l'irruption d'un inconnu, d'un lien minime avec une intrigue plus vaste. Les médecins légistes penchèrent pour un suicide discret, ou le mélange accidentel de somnifères et d'alcool. Le cadavre avait de l'eau dans les poumons, Colina Ross s'était noyé dans sa minuscule mer Morte, ce qui fut mis sur le compte des somnifères. Si Lemos avait été présent, son travail, méticuleux et létal, était imperceptible. (Je l'imaginai en bras de chemise malgré le froid ; je l'imaginai bronzé en plein hiver ; je l'imaginai sifflotant une chanson à la mode ; je l'imaginai en gants de chirurgien, blancs et translucides ; je l'imaginai dépassionné, sans colère, comme s'il ne venait pas se venger, mais compléter, par un crime, sa vieille devinette). Personne ne découvrit d'indices d'un quelconque visiteur. La maison même semblait dire : à quoi sert ce décor de mauvaises herbes poussant dans les fissures, de chats enterrés dans le jardin et de solitude, si ce n'est pour la mort ?

Les hommages suivirent, une plaque à son nom dans une salle de l'université de La Plata, et le livre de Crámer avec la correspondance de Maldany, publié par une maison d'édition universitaire anglaise (Crámer estima juste d'exprimer sa gratitude à Colina Ross, en faisant figurer son nom dans la liste des remerciements). Il y eut aussi les minutes – les vingt secondes – de silence, et aucune vérité, car hommage et vérité ne s'accordent jamais. Mais avant qu'Eleonora décroche le téléphone et rende publique cette mort, elle devait ouvrir l'enveloppe.

– Où as-tu trouvé cette lettre? demandai-je.

– Sur la table de chevet, dit-elle en déchirant l'enveloppe.

Elle en sortit un feuillet plié en deux. Un vieux papier jauni. *Dorey m'a désigné*, pensai-je.

Il protégeait une feuille d'arbre. Pas un seul mot n'était écrit sur le papier. La feuille d'arbre était sèche et conservait un éclat rougeâtre.

Eleonora la regarda de chaque côté, espérant trouver une explication. C'était le testament d'un homme qui avait consacré sa vie aux mots et faisait ses adieux sans en écrire un seul.

– Ça n'a aucun sens, dit-elle. Il met une feuille d'arbre dans une enveloppe, il écrit mon nom, après quoi il meurt ou il se tue. C'est de la folie.

– Non. C'est un message secret.

– Et que veut dire ce message?

Elle avait posé machinalement la question, sans avoir l'idée que je connaissais la réponse. Son père et elle avaient appartenu à un monde fermé, coupable et réel. Ceux qui lui étaient extérieurs, comme moi, étaient irréels. J'étais à l'abri de tout soupçon, non parce que j'étais innocent, mais parce que j'étais irréel.

Je gardai pour moi le secret de cette feuille, qui était la réplique d'une feuille lointaine, saisie d'une main avide et glissée dans un livre. J'eus peur qu'un secret conduise à un autre et que le mien finisse aussi par être révélé. J'eus peur que le monde devienne un enfer transparent.

Je lui dis seulement que si j'avais appris quelque chose de son père, si j'avais appris une seule chose pendant toutes ces heures passées avec lui, c'est que nous pouvons déchiffrer n'importe quel message, sauf celui qui nous est destiné.

Au-dessus de nous se dressait la vieille enseigne de l'entreprise familiale, avec des traits faits de branches et de lettres:

Sels Colina. La fontaine de l'éternelle jouvence.

Bonjour, nous vous remercions d'avoir acheté ce livre et nous aimerions pouvoir vous connaître mieux, lire vos commentaires sur nos publications, vous informer de nos nouveautés, vous offrir la primeur des premiers chapitres de nos textes à paraître, vous prévenir quand nous organisons une rencontre près de chez vous. Pour ce faire il vous suffit de nous envoyer votre mail et la ville dans laquelle vous habitez à : **redaction@metailie.fr**.

Rappelons aussi qu'en scannant le QR code ci-dessous ou en entrant **metailie.premierchapitre.fr** dans la barre d'adresse de votre navigateur (sur ordinateur, tablette ou smartphone), vous accédez directement aux derniers extraits de nos nouveautés à paraître. Gardez cette adresse dans vos favoris ou sur l'écran d'accueil de votre smartphone et vous serez constamment à la page !

Bibliothèque hispano-américaine

Histoires d'amour d'Amérique latine
Présentées par Claude Couffon

Selva Almada
Après l'orage
Les Jeunes Mortes

Eugenia Almeida
L'Autobus
La Pièce du fond
L'Échange

Federico Andahazi
La Villa des mystères

José María Arguedas
Yawar fiesta
El Sexto

Jaime Avilès
La Nymphe et le sous-commandant

J. Blanc, J. Hocquenghem, Y. Le Bot et R. Solis
La Fragile Armada (La marche des zapatistes)

Piedad Bonnett
Ce qui n'a pas de nom

Alfredo Bryce-Echenique
Le Petit Verre de ces dames
Ne m'attendez pas en avril
Noctambulisme aggravé
L'Amygdalite de Tarzan
Guide triste de Paris
Le Verger de mon aimée
Une infinie tristesse

Pablo Casacuberta
Scipion
Ici et maintenant

Horacio Castellanos Moya
La Servante et le Catcheur
Le Rêve du retour
Moronga

Ana Clavel
Les violettes sont les fleurs du désir

Mario Delgado Aparaín
La Ballade de Johnny Sosa
Une histoire de l'humanité
Les Pires Contes des frères Grim (avec L. Sepúlveda)

Pablo de Santis
Le Théâtre de la mémoire
La Traduction
Le Calligraphe de Voltaire
Le Cercle des douze
La Soif primordiale
Crimes et jardins
La Fille du cryptographe

Jesús Díaz
Les Paroles perdues
La Peau et le Masque
Parle-moi un peu de Cuba
Les Initiales de la terre

Ramón Díaz-Eterovic
Les Sept Fils de Simenon
La mort se lève tôt
Les Yeux du cœur
La Couleur de la peau
L'Obscure Mémoire des armes
Le Deuxième Vœu

Alicia DUJOVNE-ORTIZ
L'Étoile rouge et le Poète

Mauricio ELECTORAT
Sartre et la Citroneta

Jorge FRANCO
Melodrama
Le Monde extérieur

Santiago GAMBOA
Perdre est une question de méthode
Les Captifs du Lys blanc
Esteban le héros
Le Syndrome d'Ulysse
Nécropololis 1209
Prières nocturnes
Retourner dans l'obscure vallée

Mempo GIARDINELLI
Fin de roman en Patagonie

Javier GONZALEZ RUBIO
T'aimer fut mon châtiment

Rafael GUMUCIO
La Dette

Sylvia IPARRAGUIRRE
La Terre de Feu

Alejandro JODOROWSKY
L'Arbre du Dieu pendu
L'Enfant du Jeudi noir

Miguel LITTÍN
Le Voyageur byzantin
Le Bandit aux yeux transparents

Federico Mastrogiovanni
Ni vivants ni morts

Juan Carlos Méndez Guédez
Les Valises

Élmer Mendoza
L'Épreuve de l'acide

Daniel Mordzinski
Cronopios

Elsa Osorio
Luz ou le temps sauvage
Tango
Sept nuits d'insomnie
La Capitana
Double fond

Leonardo Padura
Électre à La Havane
L'Automne à Cuba
Passé parfait
Le Palmier et l'Étoile
Vents de carême
Les Brumes du passé
L'homme qui aimait les chiens
Hérétiques
Ce qui désirait arriver

Ángel Parra
Mains sur la nuque
Bienvenue au paradis

Alfredo Pita
Le Chasseur absent
Ayacucho

Alicia Plante
Les Eaux du tigre

Horacio QUIROGA
Contes d'amour de folie et de mort
Anaconda
Les Exilés
Au-delà
Le Désert

Sergio RAMÍREZ
Il pleut sur Managua

Pablo RAMOS
L'Origine de la tristesse
Encore cinq minutes María

Hernán RIVERA LETELIER
La reine Isabel chantait des chansons d'amour
Le Soulier Rouge de Rosita Quintana
Mirage d'amour avec fanfare
Les trains vont au purgatoire
Les Fleurs noires de Santa María
Le Virtuose
Malarrosa
L'Art de la résurrection

Santiago RONCAGLIOLO
La Peine capitale

Evelio ROSERO
Les Armées
Le Carnaval des innocents
Juliana les regarde

Carlos SAMPAYO
L'année où le lion s'est échappé

Canek SÁNCHEZ GUEVARA
33 révolutions

Antonio SARABIA
Le Ciel à belles dents
Les Invités du Volcan
La Femme de tes rêves

Luis Sepúlveda
Le vieux qui lisait des romans d'amour
Le Monde du bout du monde
Un nom de torero
Le Neveu d'Amérique
Histoire d'une mouette et du chat qui lui apprit à voler
Rendez-vous d'amour dans un pays en guerre
Journal d'un tueur sentimental
Les Roses d'Atacama
La Folie de Pinochet
Une sale histoire
Les Pires Contes des frères Grim (avec M. Delgado Aparaín)
La Lampe d'Aladino et autres histoires pour vaincre l'oubli
L'ombre de ce que nous avons été
Histoires d'ici et d'ailleurs
Dernières nouvelles du Sud (avec D. Mordzinski)
Histoire du chat et de la souris qui devinrent amis
(illustré par J. Jolivet)
Ingrédients pour une vie de passions formidables
Histoire d'un escargot qui découvrit l'importance de la lenteur
(illustré par J. Jolivet)
L'Ouzbek muet et autres histoires clandestines
Deux idées de bonheur (avec C. Petrini)
Histoire d'un chien mapuche (illustré par J. Jolivet)
La Fin de l'histoire

Enrique Serna
Quand je serai roi
Coup de sang
La Double Vie de Jesús

Karla Suárez
Tropique des silences
La Voyageuse
La Havane année zéro

Paco Ignacio Taibo II
Le Rendez-vous des héros
De passage
L'Année où nous n'étions nulle part
Archanges
Ces foutus tropiques
Le Retour des Tigres de Malaisie

Amir Valle
La Havane-Babylone

Cet ouvrage a été composé par
Atlant'Communication
au Bernard (Vendée)

Cet ouvrage a été achevé d'imprimer en juillet 2018
dans les ateliers de Normandie Roto Impression s.a.s.
61250 Lonrai
N° d'édition : 16153001 – N° d'impression : 1802508
Dépôt légal : septembre 2018

Imprimé en France